BASTEI
LÜBBE

Weitere Titel der Autorin:

15 729 Die Tarotspielerin

Über die Autorin:

Marisa Brand, Jahrgang 1960, studierte deutsche und englische Literatur mit dem Schwerpunkt Mittelalter und Philosophie, war Dramaturgin am Kölner Schauspielhaus, Redakteurin einer Tageszeitung, Dozentin für Frauengeschichte und Drehbuchautorin. Heute arbeitet sie als freie Journalistin und Autorin von Büchern und Theaterstücken in Köln.

Marisa Brand

DAS GEHEIMNIS DER TAROTSPIELERIN

Historischer Roman

BASTEI LÜBBE

BASTEI LÜBBE TASCHENBUCH
Band 15 964

1. Auflage: Februar 2009
2. Auflage: April 2009

Bastei Lübbe Taschenbücher in der Verlagsgruppe Lübbe

Originalausgabe

Lektorat: Angela Kuepper
Titelillustration: Musée des Beaux-Arts,
Blois/Lauros/Giraudon/bridgemanart.com
Umschlaggestaltung: Atelier Versen
Satz: Urban SatzKonzept, Düsseldorf
Gesetzt aus der Garamond
Druck und Verarbeitung: CPI – Ebner & Spiegel, Ulm
Printed in Germany
ISBN 978-3-404-15964-2

Sie finden uns im Internet unter
www.luebbe.de
Bitte beachten Sie auch: www.lesejury.de

Der Preis dieses Bandes versteht sich einschließlich
der gesetzlichen Mehrwertsteuer.

Für Armin Beuscher
Danke für eine kraftvolle Patenschaft
und segensreiche Unterstützung

Erster Teil

Der gesprengte Turm

Die verkaufte Seele will sich befreien.
Die Masken fallen.
Tod aller Illusionen.

Mariflores Zimenes, »Die Geheimnisse des Tarots«

1.

Köln, am 8. Januar 1536

Der Frost wich Wind und nieselndem Regen. Die Räder des Reisewagens gruben sich durch zähen, kalten Schlamm. Letzte Eisstücke spritzten auf.

»*Rápido!* Macht voran!« Mit Rufen und Pfiffen trieb Goswin die Zugpferde an. Seit Stunden kam sein Fuhrwerk nur unwesentlich schneller voran als die Wanderkrämer, Bettler und Pilger, die der Wind wie welke Blätter auf Köln zutrieb.

Die Kaltblüter stemmten sich ins Geschirr, aufgeschreckt von Goswins Pfiffen und den scharfen Böen. Sie waren Vorboten eines gewaltigen Sturms, doch der Kutscher war zuversichtlich, es noch vor Toresschluss in die Domstadt zu schaffen. Hier auf der Aachener Straße, wenige Meilen vor Kölns Mauerring, hoffte er auf Reste des römischen Steinwegs, der die beiden Reichsstädte seit über tausend Jahren verband.

Goswin freute sich auf die Kamine im prachtvollen Hause van Berck. Bei einer Kurierstation hinter Sindorf hatte er einen Boten gefunden und auf einem Reitpferd vorausgeschickt, um dem Hausherrn ihr Kommen anzukündigen. Claas van Berck, Kölns reichster Waffenhändler, würde sich nicht lumpen lassen und prasselnde Feuer für den Gast entzünden, den Goswin ihm ins Haus brachte. Und da er selbst einen Brustpanzer mit dem Wappen des Grafen von Löwenstein trug, in dessen Diensten er stand, sollte auch für ihn ein warmes Plätzchen abfallen. Während ihm Sprühregen ins Gesicht nadelte, träumte er von heißem Burgunder, gewürzt mit Zimt und Paradieskörnern. Bestimmt gäbe es keinen sauren Hund aus kölnischen Weingärten, den man mit Färberkraut gerötet und giftigem Bleizucker gesüßt hatte, sodass einem der Schädel sauste wie ein Glockenstuhl oder der Zecher für immer die Engel singen hörte.

Hatte er alles schon erlebt. In seiner Zeit als Kölner Stadtsoldat. Die Krone aller deutschen Städte und das Jerusalem des Nordens beherbergte neben unzähligen Heiligenreliquien, fetten Prälaten und Kaufherren jede Menge Leutebetrüger und Lumpenpack.

Der stämmige Mann erhob sich vom Sitzbrett. In der Ferne sah er die trutzige Hahnentorburg und den Turm von St. Aposteln. Ein Lächeln vertiefte die Falten seines wettergegerbten Gesichts. Acht Jahre hatte Goswin seine Vaterstadt nicht gesehen.

»Bon día, Colonia«, murmelte er und grinste. So vertraut ihm die spanische Zunge in den letzten Jahren geworden war, so sehr sehnte er sich nach dem singenden Dialekt seiner Heimat. Er schob ein vergnügtes »Loss jon« in Richtung der Pferdehintern nach.

Selbst die Umfriedung des Leprosenhospitals Melaten, wie die Maladen in rheinischer Mundart hießen, begrüßte er heiter. Eine hohe Mauer trennte das Gehöft der Aussätzigen von der Welt der Gesunden. Hier lebten die von der Gliederfäulnis Gezeichneten. Aus der Gemeinde ausgesegnet, als seien sie bereits verstorben. Gegen Zahlung einer Pfründe und verpflichtet zum nimmermüden Gebet: fünf Ave Maria und fünf Vaterunser für jede Mahlzeit, egal wie mager sie ausfiel. Sie hielten regelmäßige Andachten und strenges Zölibat, während der Aussatz ihre Körper zerfraß.

Melaten war ein Ort des qualvollen Sterbens. Auf die eine oder andere Weise. Schräg gegenüber vom Spital lag der Richtplatz Rabenstein. Goswin schnalzte ungeduldig mit der Zunge. Nichts wie weg! Doch der Wagen kam mit dumpfem Knirschen zum Stehen, mit schmatzendem Geräusch steckten die Vorderräder im Morast fest, das Fuhrwerk sank ab.

»Vermaledeiter Mist!«

Hinter Goswin wurde die Wagenplane zurückgeschlagen. Sein hübscher Fahrgast, ein biegsames Mädchen von achtzehn Jahren, raffte den kostbaren Pelzmantel und kletterte auf das Sitzbrett. Der Wind fuhr stürmisch unter ihre Damaströcke und wirbelte ihr schwarzes Haar in die Lüfte, sodass es ihr schmales Gesicht wie ein Krähenschwarm umflatterte.

Hexenkind, durchfuhr es Goswin. Jesus Maria, wie kam er darauf? Musste an Melaten liegen. Er bekreuzigte sich verstohlen: »Besser, Ihr bleibt drin. Wind und Regen nehmen zu, und das nicht zu knapp.« Er deutete mit einer Kopfbewegung auf die zinngraue Wolkenwand, die sich hinter ihnen auftürmte.

»Warum hast du dann angehalten?«

»Die Vorderräder stecken fest.«

Goswin übergab Lunetta die Zügel, sprang vom Kutschbock und kämpfte sich gegen den Wind zum Heck des Reisewagens. Er holte tief Luft und stemmte sich mit dem Rücken gegen die durchnässte Holzblende. Einmal, zweimal. Schweißperlen mischten sich auf seinem Gesicht mit Regentropfen. Die Pferde tänzelten auf schweren Hufen, spürten den Schub und zogen an. Goswin kletterte zurück auf den Kutschbock. Ein Schnalzen, und der Wagen fuhr an. Ein gutes Gefährt, sogar gefedert. Für seine einzige Tochter scheute der Graf von Löwenstein keine Kosten.

»Was ist das?«, wollte Lunetta wissen und zeigte auf den Melatenhof. Eine scharfe Böe riss ihr die Worte aus dem Mund.

»Das Haus der lebenden Toten samt Gottesacker und Kapelle«, brummte Goswin knapp.

»Lebende Tote?« Lunettas Gesicht nahm einen kindlichen Ausdruck an, war ganz Aufmerksamkeit.

»So nennt man die Aussätzigen. Gehören nicht mehr zu dieser Welt.«

»Halt an!«

Verblüfft zügelte Goswin die Pferde. »Was ist?«

»Ich möchte in die Kapelle!«

»Niemand möchte dorthin!«

»Eben sah ich eine Schar Bettler und Wanderkrämer in den Friedhof einbiegen.«

»Die suchen Schutz vor dem Wetter, sonst würden sie Melaten meiden wie die Pest. Siehst du die Galgenbäume dort drüben? Käme der Wind von Süden, könntest du sie sogar riechen, irgendwelche armen Teufel hängen immer im Gebälk.« Er spuckte angewidert aus. »Ein verfluchter Ort. Die Seelen der Sünder gehen hier überall um.«

Lunettas nussfarbene Augen weiteten sich, ein Zittern ging durch ihren schmalen Körper. »An einem Ort wie diesem starb meine Mutter.«

Goswin biss sich auf die Lippen. Bei Gott, er hatte ihr keine Angst machen und sie noch weniger an die Mutter erinnern wollen. Doch als Lunetta sich ihm wieder zuwandte, waren ihre Augen nicht dunkel vor Furcht, sondern leuchteten. Mild und honigfarben wie Bernstein.

»Ich will, dass du sofort wendest und zu der Kapelle fährst.«

»Der Sturm wird uns einholen.«

»Ein Grund mehr, für eine sichere Reise zu beten.«

»Die in einer halben Stunde zu Ende sein kann!« Goswin sah, wie der Regen in Streifen über das Mädchengesicht lief.

»Nun mach schon, wende.«

Die Pferde scheuten. Der Wind rüttelte zur Bestätigung von

Goswins Wettervorhersage an der Wagenplane, löste ein Befestigungsseil und ließ es wie eine Peitsche durch die Luft knallen.

»Beim Blute Gottes, Lunetta! Uns ist ein gewaltiger Sturm auf den Fersen! In Köln erwarten uns ein gastliches Haus, Eure Verwandten und Freunde.«

Eine Zornesfalte teilte die glatte Stirn. »Ich habe es nicht eilig, nach Köln zurückzukehren. Als ich das letzte Mal ankam, wollte man mich auf den Turm sperren, ich wurde verfolgt und beinahe getötet.«

»Was Eure Freunde verhinderten! Sie suchten und fanden Euren Vater, den Grafen von Löwenstein. Diesmal kommt Ihr als seine Tochter in die Stadt!«

»Nur als die seine? Ich bin zur Hälfte ein spanisches Gauklerkind, Goswin. Vergiss das nicht. Das letzte Mal führte ich einen Bären mit. Du selbst wolltest mich verhaften.«

Goswins Miene verfinsterte sich. Oh ja, der Bär. Er hatte sich die Hosen nass gemacht beim Anblick des dürren Kindes mit der fürchterlichen Bestie im Rücken. Natürlich hatte er sie bei der ersten Begegnung für ein Kind der Straße gehalten.

»Das ist acht Jahre her«, rief er schroff in den brausenden Wind. »Seither bin ich Euer Beschützer.«

»Und ich bin und bleibe die Tochter der Tarotspielerin Mariflores Zimenes.«

»Nicht in diesen Kleidern.«

Lunetta lachte bitter und sah mit einem Male sehr viel älter aus als ihre achtzehn Jahre. »Kleider! Ist das alles, was mich von der Welt der Vaganten und Bettler trennt?«

»Ihr vergesst Euren Titel und Euer Vermögen.«

»Es sind Titel und Vermögen meines Vaters, dem es gefällt, mich fortzuschicken, um ohne mich auf Reisen zu gehen. Was, wenn er nicht wiederkehrt?«

»Er reist als Diplomat im Auftrag des Kaisers nach London. Niemand wird es wagen, ihm etwas anzutun.«

»Und warum hat er mich nicht mitgenommen, wie sonst auch?«

Goswin zuckte die Achseln. »Es ist eine geheime Mission.«

Ein gefährliches Funkeln stahl sich in Lunettas schwarze Augen. »Vielleicht sollte ich das Tarot danach befragen?«

Goswin erbleichte. »Das ist Blendwerk des Teufels.«

»Es ist das Vermächtnis meiner Mutter!«

»Euer Vater hat es verboten. Er will Euch beschützen.«

»Wovor? Als er das letzte Mal allein auf Reisen ging, war ich ein Kind. Er ließ Mariflores und mich in Spanien zurück. Alle Welt glaubte, er sei in der Neuen Welt verschollen. Sein Bruder Aleander verfolgte uns mithilfe der spanischen Inquisition, um uns zu vernichten. Wir waren ihm schutzlos ausgeliefert.«

»Ihr seid es nicht mehr. Aleander hat alle Macht verloren«, unterbrach Goswin sie schroff. Mariflores Zimenes war ein Thema, das man mied.

»Meiner Mutter kam niemand zu Hilfe. Sie trug keinen Titel und die falschen Kleider. Würdest du für mich dein Leben wagen, wenn ich keinen Titel und andere Kleider trüge?«

Goswin fuhr entsetzt zu ihr herum. »Eure Feinde sind die meinen. Ich würde alles für Euch tun.«

»Dann fahr zur Kapelle.« Lunetta kletterte flink vom Sitzbrett in den Wagen.

Verdammtes, verflixtes ... Luder! Ihn so listig auszumanövrieren! Das Kind war wie ausgewechselt, seit sie Spanien vor vier Monaten verlassen hatten. Wo war das sanftmütige Mädchen hin, das sich lächelnd über die Laute beugte, bei Hofbesuchen zu den anmutigsten Tänzerinnen zählte und mit kindlicher Neugier alles las, was es in die Hände bekam? Die Freude des Vaters, sein Licht, seine Zuversicht.

Lunetta hatte sich in Antwerpen kalt und knapp vom Grafen verabschiedet, als dieser die Galeone via England bestieg. Sie hatte ihre eigene Abreise aus der Scheldestadt hinausgezögert und die Fahrt aus jedem nur erdenklichen Grund unterbrochen. Befürchtete sie wirklich, dass man sie in Köln ohne den Schutz des Grafen noch einmal für das zerzauste, heimatlose Geschöpf halten würde, das sie einmal gewesen war? Ein, ein … *Hexenkind*, flüsterte eine Stimme in ihm. Verfluchter Melatenhof! Und *adiós* dem heißen Burgunder.

Seufzend wendete Goswin den Wagen und lenkte ihn durch das Friedhofstor. Die schweren Hufe der Pferde ließen den Beinbrecher erzittern, ein Holzrost, der streunende Hunde von frisch verscharrten Leichen fernhalten sollte.

Das Fuhrwerk passierte ein offenes Grab, aus dem Erde hochflog und nass gegen die Seitenwände des Wagens klatschte. Irgendeiner armen Seele wurde die letzte Ruhestätte bereitet. Am Rand der Grube erkannte der Kutscher einen regennassen Schädel und die Überreste eines Skeletts, das dem neuen Toten weichen und ins Beinhaus umziehen musste.

Goswins Miene verfinsterte sich wie der Himmel zunehmend. Er lenkte das Fuhrwerk auf einen Eibenhain zu, der die Friedhofskapelle umsäumte. Der anschwellende Wind ließ die Totenbäume tanzen. Ihre immergrünen Zweige kratzten an den Scheiben des Gotteshauses, als begehrten sie Einlass.

2.

Wie aus dem Nichts tauchte ein gebücktes Männlein in kurzem weißem Umhang und Kniebundhosen neben den Pferden auf und griff in die Zügel. Aus dem Nichts? Nein, aus dem offenen Grab. Schmutzstreifen auf seinem Umhang verrieten, dass er der Totengräber sein musste.

»Soll ich die Gäule festhalten? Wäre nicht gut, wenn sie an den Eiben knabbern. Tödlich, das Zeug.«

Goswin betrachtete ihn ärgerlich. Es war der Schellenknecht von Melaten. Man erkannte ihn am Glöckchen, einem Schultersack und der Büchse, die er flugs gegen den Spaten getauscht haben musste. So ausgerüstet, zog er täglich klingelnd und bimmelnd durch Köln, um Brot und Almosen für die Aussätzigen zu sammeln. Aufdringlichkeit war sein größtes Talent und sein Lohn die Hälfte aller Gaben.

Mit listigen Äuglein taxierte der Knecht das Wappen auf Goswins Brustharnisch und rechnete sich die Spende aus, die man den Insassen eines so vornehmen Gefährts abknöpfen konnte. Goswin schnaubte. Schlimmer als manch ein Habenichts waren die Bettelvögte, Almosenverwalter und Schellenbüttel, die an der Armut ihren Gewinn hatten. Das Aufleuchten im Gesicht des Männleins, als Lunetta aus dem Wagen stieg, vertiefte das Misstrauen des Kutschers.

»Gott zum Gruß«, flötete der Schellenknecht und wischte sich Erde und Regen aus dem Gesicht. »Wir erwarteten unseren Pfarrer aus Köln, der einer armen Seele das letzte Geleit geben soll. Noch ist ein Arzt bei dem bedauernswerten Mann, aber …« Er setzte eine Leichenbittermiene auf und schüttelte mit gut einstudiertem Bedauern den Kopf. Als er ihn hob, zeigte er ein ebenso wohl einstudiertes Lächeln. »Nun ja, eine schöne Fremde wie Ihr seid in einer solchen Stunde der Prüfung sehr willkommen.«

Er leckte sich die Lippen, während er Lunettas Gesicht studierte. Der Goldton der Haut und das Rabenhaar verrieten eine südländische Herkunft. Wie passte das zu einem deutschen Adelswappen? Schlecht. Es sei denn, die blutjunge Schöne hatte ein verwerfliches Geheimnis.

Etwa, dass sie die fremdländische Dirne des Grafen war. In Köln kannte er so manches Kurtisanenhaus für Fernhändler, deren Bewohnerinnen die raffiniertesten Laster anboten. Ihre Bußfertigkeit und ihren Wunsch nach Verschwiegenheit bewiesen diese Dienerinnen der Venus durch hohe Spenden. Der Schellenknecht öffnete mit anzüglichem Lächeln seinen Schultersack. »Eine milde Gabe für die Seele des Dahinscheidenden? Für einen Albus verspreche ich fünf Stundengebete, drei Seelenmessen kosten …«

»Der Mann ist noch nicht tot. Ein Arzt ist bei ihm«, wies Goswin ihn ab.

»Ärzte! Das macht die Sache gemeinhin nur schlimmer, oder glaubt Ihr, ich höbe sonst bei diesem Wetter eine Grube aus?«

Goswin schob den Knecht beiseite und öffnete für Lunetta die Kapellentür.

»Gottloses Pack«, zischte der Schellenknecht. »Ich meine, Gott sei mit Euch«, korrigierte er sich, als Goswin die Hand an sein Kurzschwert legte. Schnaubend betrat Lunettas Beschützer das düstere Gotteshaus.

Das Mädchen kniete bereits in einer Bank vor dem Altar. Auf dem Messtuch standen Kelch und Patene für die heiligen

Handlungen des Pfarrers bereit. So neugierig wie misstrauisch beäugten Lunettas Banknachbarn die dunkelhaarige Schönheit. Sie musste ihnen exotischer als indischer Pfeffer erscheinen.

Es waren frierende Bettler und brotlose Krämer. Ihre klammen Lumpen verströmten den sauren Geruch von Armut und Angst. Ein einzelner Siecher saß, verhüllt in einen bodenlangen Reiseumhang, mit Handschuhen und tief herabgezogener Kapuze, in der hintersten Bank. Selbst den Ärmsten der Armen hatten die Aussätzigen auszuweichen.

Die Kapellentür klappte, und ein weiterer Besucher drängte an Goswin vorbei ins Gotteshaus. Es war ein Wanderhandwerker mit Krempenhut und einem Felleisen über der Schulter. Er blinzelte, um sich an das Dämmerlicht zu gewöhnen, dann musterte er Goswin, entdeckte das Wappen der Löwensteins auf seinem Brustharnisch, und seine Mundwinkel hoben sich zu einem verblüfften Lächeln.

Welch ein glücklicher Zufall! Nein, verbesserte sich der Schmied, das konnte kein Zufall sein, das war göttliche Fügung! Seine Augen saugten sich an dem Wappenemblem fest.

Goswin stieß einen knurrenden Laut aus. Der Handwerker wandte flugs den Blick ab, sah sich unter gesenkten Lidern suchend um und schlich katzengleich nach vorn. Direkt neben Lunetta ließ er sich in die Bank gleiten.

Er hatte *sie* gefunden. Ausgerechnet sie! Der Herr war groß und seine Wege unergründlich. Was würde Master Elias dazu sagen, der ihn doch ausgeschickt hatte, einen ganz anderen zu finden? Der ihm leider zwischen London und Antwerpen entschlüpft war. Wie vom Erdboden verschluckt.

Dieses Mädchen war seine Gelegenheit, Master Elias dennoch

zu beweisen, dass er von Gott erwählt war, den Widersachern des Herrn und seines neuen Propheten die Stirn zu bieten. Ein Krieger des Lichts, der es verdient hatte, in die Sphäre der kommenden Engel aufzusteigen so wie Elias, der Künder der kommenden Welt.

Lunetta fing seinen halb lauernden, halb verzückten Blick auf, während er dicht an sie heranrutschte. Kleine, knotige Verwachsungen verunzierten seinen Hals. Der Wandergeselle musterte sie so eindringlich, als suche er nach vertrauten Zügen. Unsinn, schalt sich das Mädchen. Wahrscheinlich entkleidete er sie in Gedanken oder beraubte sie ihres Schmucks oder beides. Goswin näherte sich der Bank und räusperte sich warnend. Lunetta legte einen Zeigefinger an die Lippen und bedeutete ihm zu schweigen.

Die Blicke des Banknachbarn störten sie nicht. Im Gegenteil, zum ersten Mal seit ihrem Aufbruch aus Spanien fühlte sie eine bittere Befriedigung. Bis in ihr elftes Lebensjahr war sie selbst eine Ausgestoßene gewesen, vertraut mit dem Staub der Straße, mit Not, Verfolgung, Gier und Furcht. Todesfurcht, die sie niemandem, nicht einmal dem Vater in den letzten Jahren hatte zeigen dürfen.

Jeder nahm an, sie habe sie wie die Erinnerungen an die Mutter mit den Bettlerlumpen abgestreift und freudig gegen ein Leben in Seide eingetauscht. Alles an ihr hatte seither Dankbarkeit zu sein. Ihr Lachen, ihre Liebe, ihr Leben.

Für so unbeschwert hatte der Vater sie gehalten, dass er sie in Antwerpen ein zweites Mal in ihrem jungen Leben verlassen hatte, um ohne sie zu reisen. Ahnte er wirklich nicht, was das für sie bedeutete?

Lunetta hob den Blick zum Gekreuzigten.

Herr, ich bin reich, und ich weiß, ich gehe zu Freunden, doch ich fürchte mich. Warum spüre ich die Kälte des Todes in mir, seit mein Vater mich verließ? Droht ihm Gefahr? Werde ich die Freunde verändert finden? Gebeugt von Schmerz?

Draußen rauschte der Regen und prasselte auf das Bleidach der Kapelle, als wolle er Löcher hineinschlagen. Gottes Sohn schien im eigenen Leid versunken. Lunetta biss sich auf die Lippen. Christus blieb stumm. So lange schon.

Herr, erbarme dich! Was bedeuten meine schrecklichen Ahnungen? Sprich zu mir, wie damals, als ich ein Kind war! Gib mir meine Gabe zurück.

Bedrohlich ächzten und knarrten die Eiben, ein splitterndes Geräusch verriet, dass der Sturm ihre Äste zerschlug. Die Bettler sanken auf die Knie. Lunetta löste ihre gefalteten Hände und ließ die Rechte in die Tasche ihres Pelzmantels gleiten. Zögernd betastete sie ein in Seide geschlagenes Kartenspiel und schloss die Augen.

Herr, vergib mir, flüsterte sie tonlos, während sie das Tuch aufnestelte, *aber ich brauche eine Antwort.*

Dann wählte sie mit zitternden Fingern eine Karte, deren scharfer Rand aus dem Stapel hervorragte. Vielleicht würde diese Karte sie wieder in Verbindung setzen mit ... mit ... Ja, mit was?

Gottes Stimme?

Mit dem Tod, warnte die Stimme ihres Vaters.

Er glaubte, das Spiel sei längst vernichtet. Die verbotenen Karten hatten ihre Mutter das Leben gekostet, sie dem Inquisitor Aleander gleichsam in die Hände gespielt, sodass er sie im Namen des Heiligen Offiziums als Ketzerin überführen konnte. Ihr Vater verabscheute das Tarot. Selten wurde die Mutter zwischen ihnen erwähnt, nie ihre Kunst.

Lunettas Blick sank zu dem ewigen Licht herab, das zu

Füßen des Kreuzes flackerte. Lange versunkene Bilder lodernder Flammen, die am gelben Ketzergewand ihrer Mutter Mariflores fraßen, drängten in ihr hoch. Der Duft der Opferkerzen mischte sich mit dem Gestank schmelzenden Körperfetts, dem stechenden Horngeruch brennenden Haars. Sie sah den zum Schrei geöffneten Mund, in den dunkler Rauch eindrang, und vermeinte die sengende Hitze auf ihrer Haut zu spüren. Selbst die Karte brannte in ihrer Hand.

Nein, sie würde nie vergessen. Schaudernd und mit angehaltenem Atem zog Lunetta die Karte aus der Tasche, wagte einen Blick und erstarrte.

Heiß schoss ein Gefühl in ihr hoch, das die Furcht über Jahre verdeckt hatte. Ein Gefühl, welches das Kartenbild präziser spiegelte als jedes Gebet. Sie bemerkte, dass ihr Banknachbar in ihren Schoß schielte und heftig die Luft einzog. Sie drehte die Karte rasch um und reckte das Kinn entschlossen zum Kreuz.

Warum Demut zeigen vor einem Stück Holz? Wie Hoffnung schöpfen aus dem Anblick einer geschnitzten Puppe? Man konnte all dies leicht zu Asche verbrennen, so wie man ihre Mutter in seinem Namen verbrannt hatte. Warum musste stets etwas brennen für diesen Gott des Schmerzes? Warum nannte man ausgerechnet diesen Gemarterten einen Gott der Liebe? Lunetta erschrak, als in ihr wie von selbst Worte Gestalt annahmen, die Sünde waren.

Du nahmst mir die Mutter, als ich ein Kind war. Du lässt zu, dass mein Vater mich ein zweites Mal verlässt. Ich will nicht glauben an einen Gott, der Herzen wie meine schafft, nur um sie zu zerreißen. Herr, ich entsage dir!

Der Handwerker war dicht an sie herangerutscht, fauliger Atem streifte ihre Wange. Lunetta erschrak. Hatte sie die letzten Worte laut ausgesprochen?

»Wir müssen weiter. Es dämmert bereits«, raunte Goswin von oben herab.

Lunetta wandte ihm langsam das Gesicht zu. »Ich will nicht nach Köln. Sieh her.« Sie zog mit beinahe triumphierendem Lächeln die Karte hervor, die sie gezogen hatte.

Goswin keuchte und prallte zurück. »Die Karten! Was, zum Teufel ...«, erwiderte er so heftig, dass die Kapelle vom Klang seiner Stimme widerhallte. Weiter kam er nicht.

Mit einem Knall zerbarst das Fenster über dem Gekreuzigten. Glas rieselte auf den Heiland herab, bunte Splitter schossen durch den Kirchenraum, schnitten sich in die Gesichter der Betenden. Ein schwarzer Ast bohrte sich ins Innere des Gotteshauses. Wie ein Henkersbeil sauste ein vom Sturm gefällter Baumriese durch das Kirchendach. Seine Nadelkrone riss den Allmächtigen vom Kreuz, sodass er auf den Altar niedersauste und Goswin unter sich begrub.

Lunetta schrie auf; der schwere Pelz glitt von den Schultern, als sie aus der Kirchenbank sprang.

Die vernichtende Sturmböe schluckte ihren Schrei. Sie fuhr mit Wucht durch das kleine Gotteshaus, wirbelte Messgerät und Kerzenhalter durch die Luft, hob Bänke in die Höhe, läutete die Glocken im Turm, drückte heulend die Kapellentüren auf und ließ sie wie zerschlagene Taubenflügel in den Angeln flattern.

Und verebbte.

Tiefe Stille senkte sich ins Kirchenschiff. Lunetta bemerkte es nicht, sie kniete bei Goswin. Quer über seiner Brust lag ein mächtiger Ast der Eibe. Der Harnisch, Goswins ganzer Stolz, war tief eingedrückt, das stolze Wappen der Löwensteins zerschlagen. Die Augen des Soldaten waren geschlossen, sein stilles Gesicht blutüberströmt und von Splittern zerschnitten.

»Goswin«, flüsterte Lunetta, »nicht du!«

»Wusste ich doch, dass ich die Grube nicht umsonst ausgehoben hab«, mischte sich die Stimme des Schellenknechts in Lunettas Klagen. »Für einen rheinischen Goldgulden bestatten wir auch Reisende. Für zwei sogar bei den Pilgern im Portikus. Egal, woher sie kommen und wohin sie gehen. Gehen wollten. Was immer man von Melaten sagt, es ist geweihte Erde! Gute katholische Erde, und im Leprosenhaus halten wir auch die Totenwache. Gegen einen Aufschlag.«

Lunetta schluchzte auf, fasste Goswins Schulter, rüttelte ihn sanft, doch er rührte sich nicht. Sie weinte, schrie: »*Herr*, ist das deine Antwort an mich?«

»Schweig«, unterbrach eine kalte Stimme sie. »Schweig, du Zauberin, du Teufelsbuhlin.«

Es war die Stimme des Handwerksburschen, der sie eben noch so lüstern betrachtet hatte. Er hielt einen flammenden Kienspan in der einen Hand und mit der anderen eine Karte hoch, damit alle sie sehen konnten. Lunettas Karte. Entsetzt wichen die Bettler, die Wanderkrämer und selbst der vorwitzige Schellenknecht zurück.

Im flackernden Licht sahen sie einen Turm vor nachtschwarzem Himmel, in den ein Blitz einschlug. Feuer drang aus der berstenden Dachkrone, Menschen stürzten sich in die Tiefe und den sicheren Tod.

»Seht genau hin! Damit hat sie den Sturm auf Gottes Haus herabgezogen. Direkt vor dem Altar!« Schreie wurden laut. Vereinzelt flohen Menschen aus der Kirche, andere starrten gebannt auf die Karte, wandten sich mit fragenden Blicken an den Ankläger, warteten auf mehr.

Er enttäuschte sie nicht. »Ich weiß, wer sie ist! Der Herr hat mich gesandt, um sie zu richten.«

Die Augen des Burschen glühten wie Kohlen. Rot leuchtende Flecken bildeten sich auf seinen unrasierten Wangen, ließen die Knoten an seinem Hals aufblühen. »Der Herr ist ein hoher Turm, heißt es im Buch Samuel. Sie wollte ihn zerstören. Es sind stets die Reichen dieser Welt, die das Niedrigste tun. Sie unterdrücken das Licht Gottes. Ihr Wohlleben ist Satans Lohn, nicht Gottes Auszeichnung. Schaut sie euch an. Sie ist unversehrt in ihrem goldenen Kleid der Schande. Seht ihr lockendes Fleisch, das Luzifer geweiht ist und darum keinen Schmerz kennt!«

Seine Hand schoss vor, sein Zeigefinger deutete auf den Spitzenausschnitt von Lunettas höfischem Gewand, das den sanft schwellenden Ansatz ihres Busens enthüllte.

Lunetta erbleichte und erinnerte sich an seine Blicke vorhin in der Kirchenbank. Das waren nicht die Augen eines Lüstlings, sondern die eines Fanatikers. Mühelos setzte er die Umstehenden in Brand, verschmolz sie zu einem gärenden, schwelenden Haufen. Die Bettler bildeten einen Ring um sie.

Lunetta roch den scharfen Schweiß ihrer Angst, ihre Todesfurcht. Oh, sie kannte diese Furcht genau und hatte eben selbst erfahren, in welch vernichtenden Zorn diese Furcht umschlagen konnte. Sie verschränkte ihre Hände und bedeckte ihre nackte Haut.

Ein wissendes, fast zärtliches Lächeln stahl sich in das Gesicht des Wanderhandwerkers. Wie wohl es tat, die Wahrheiten des Master Elias zu verkünden, diese Macht zu fühlen, diese reine göttliche Macht, mit dem der Prophet ihn vertraut gemacht hatte.

»Seht ihr?«, fuhr er kraftvoll fort. »Diese goldene Hure Babylons weiß um ihre Schuld. Eher geht ein Kamel durch ein Nadelöhr, als dass ein Reicher in den Himmel kommt, sagt die Bibel. Lasst uns das Wort des Herrn mit Leben füllen. Lasst uns die Welt erlösen und Täter des Wortes sein! Ein Glaube, wenn er nicht Werke hat, ist tot in sich selber, so steht es bei Jakobus, dem Gerechten, geschrieben.«

»Woher kennst du die Heilige Schrift?«, wollte der Schellenknecht wissen. Der Schmied hörte ihn nicht.

»Ich sage: Schlagt sie tot! Schlagt sie tot. Ich bin der Hammer des Herrn. Schlagt sie tot.« Mit verzücktem Gesicht zog der Prediger einen Schmiedehammer aus seinem Felleisen.

»Ich dulde hier keine Zaunprediger und religiösen Schwarmgeister! Köln ist eine katholische Stadt. Nur unsere geweihten Priester kennen die Bibel«, mischte sich zaghaft der Schellenknecht ein.

»Gott ist allmächtig«, schrie der Schmied, »und Gott ist zornig! Gott will die Welt erlöst sehen von allem Dunkel, das sich in ein trügerisches Gewand von Licht hüllt. Sie ist eine Tochter der Finsternis, und ich bin ein Engel des Herrn.«

»Schlag sie tot«, übertönten ihn die Bettler, trunken vor Begeisterung darüber, ihren Selbsthass auf die zauberische Fremde zu lenken.

»Aber doch nicht in meiner Kirche«, protestierte der Schellenknecht schwach, »draußen bei meiner Grube vielleicht, auf dem Friedhof ...«

Niemand hörte seinen Vorschlag. Schon griffen die ersten nach herumliegendem Messgerät, umklammerten Kandelaber. Teils, um sie als Schlagwerkzeuge zu verwenden, teils, um sie als Kriegsbeute einzustecken. Der Schmied packte sich Lunettas Pelz, warf ihn sich um die Schultern und tanzte wie im Fieber zu einer wilden Melodie, die er allein vernahm.

Lunetta kniete neben Goswin. Der Handwerksbursche holte

aus. Das Mädchen schloss die Augen und senkte den Kopf. Was war ihr Zorn gegen den des Herrn! Sie selbst hatte ihn heraufbeschworen. Ein sausendes Geräusch zerteilte die Luft. Lunetta öffnete den Mund zum Schrei.

3.

»Macht schneller! Vor einer Stunde ist der Bote gekommen. Unser Gast wird bald hier sein. Habt ihr die Gänse und die Pasteten im Ofen? Steht der Wein bereit? Spart nicht am Zimt, hört ihr? Ich will ein gutes Quäntlein Zimt im Wein. Und Orangen. Sie soll Orangen haben, wie in ihrer Heimat.«

Claas van Berck stand mit wild gesträubtem Haar in der weiten Diele seines Kaufmannshauses und scheuchte das Gesinde umher. Jeder griff sich etwas, hier einen Besen, dort eine Sturzbütte, nur um beschäftigt zu scheinen, dabei war längst alles geputzt und poliert. Einzig Tringin, die erste Hausmagd und Köchin, stand aufreizend gelassen da.

»Müsstest du nicht in der Küche sein, bei den Gänsen?«, erkundigte sich der Waffenhändler mit strengem Blick.

»Die Gänse sind tot und kommen im Ofen ohne mich zurecht«, erwiderte Tringin und verschränkte die Arme vor ihrem fülligen Busen. Hinter ihrem Rücken wurde Kichern laut.

Claas van Berck wirbelte – für sein Alter und seine Leibesfülle erstaunlich schnell – herum. Eine junge Frau mit rotem Haar kam die Treppe vom ersten Stock herabgesprungen.

»Sidonia! Hatte ich dich nicht gebeten, Lunettas Schlafgemach zu überprüfen? Ist das beste Leinen aufgezogen? Sind Bienenwachskerzen aufgesteckt? Hast du Rosenwasser versprengt? Ist die kleine Madonna aufgestellt? Diese schwarze Muttergottes auf der Mondsichel? Mein Reliquienhändler behauptet, dass man die in Spanien verehrt. Weiß der Teu…, ich meine, weiß der Himmel, warum!«

Seine Tochter schüttelte lachend den Kopf. »Vater! Es ist alles seit Stunden bereit. Lunetta ist kein so anspruchsvoller Gast, wie du denkst. Erinnere dich! Als ich sie das erste Mal herbrachte, kam sie als Gauklerkind, dem du nicht einmal ein Bad gegönnt hättest.«

»Sie liebt das Baden? Verflixt! Schnell, schnell, Tringin, setz die großen Kessel auf! Mach elf Schaff Wasser heiß!« Aufregung ließ Claas van Berck nach Luft schnappen. Pfeifend fuhr der Atem in seine Lungen, rasselnder Husten schüttelte ihn. Sofort war seine Tochter bei ihm.

»Vater, du musst dich ausruhen. Es ist genug getan.«

»Genug genügt nicht. Sie ist eine von Löwenstein! *Von Löwenstein!*«

Kurz verschattete Ärger Sidonias helles Gesicht, ihre grünen Katzenaugen blitzten. Den Namen von Löwenstein hatte ihr Vater schon immer angebetet wie eine seiner albernen Reliquien, den Tropfen von der Muttermilch Mariens oder den Strohhalm aus der Krippe Christi, die er in seiner Hauskapelle verwahrte. Energisch schob sie ihn durch die Tür zum Hauptkontor.

»Lass uns hier drinnen warten, dort können wir den Hof und die Toreinfahrt überblicken.«

Ein Feuer beheizte den behaglichen Raum mit der geschnitzten Balkendecke. Der Geruch von Papier, Tinte und Bleigewichten mischte sich mit dem Duft von Tannenzapfen, die auf dem Kaminrost Harz ausschwitzten. Sidonia drückte den Vater in einen Lehnstuhl, griff nach einer Zinnkanne und schenkte ihm von dem süßen Malvasier ein, den er so liebte.

»Trink, das beruhigt deine Nerven.«

»Hat Tringin am Morgen den Fingerknochen des heiligen Bavo in den Wein getaucht? Der Priester von Sankt Kolumba hat ihn mir gegen eine kleine Stiftung verehrt. Er sagt, Sankt Bavo heile jeden Husten.«

Sidonia verdrehte die Augen. »Ja, Vater.«

»Danke, mein Kätzchen.«

Seufzend ließ Sidonia ihrem Vater den alten Kosenamen durchgehen. Wann würde er endlich die erwachsene Frau von siebenundzwanzig Jahren in ihr sehen statt einer unmündigen Tochter?

Der Vater griff nach dem ziselierten Becher und musterte ihn abfällig. »Zu plump, mit Blei versetzt! Daraus trinken meine Schreiber. Für Lunetta werden wir die neuen bunten Gläser aus Venedig aufstellen. Glas schmeichelt dem Geschmack des Weines weit mehr, und außerdem ist es Mode in Europas Adelshäusern. Für unser Fastnachtsfest habe ich Masken nach italienischem Vorbild herstellen lassen und hauchzarte Parfümkugeln. In Italien bewirft der vornehme Kavalier an Karneval damit seine Angebetete. Nicht mit Eiern wie in Köln! Fürchterliche Bauernsitte, soll die Fruchtbarkeit anregen. Pah. Heidenunsinn.«

Sidonia verdrehte abermals die Augen und strich sich eine rote Strähne aus der Stirn. Noch immer hatte sie sich nicht daran gewöhnt, ihre Haare so fest zu flechten, dass sie unter der sittsamen Haube der Ehefrau versteckt blieben.

»Lunetta ist kein Püppchen, Vater. Sie wird froh sein, dem höfischen Affentheater für eine Weile zu entkommen. Gewiss würde sie lieber übers Seil als eine weitere steife Pavane tanzen. Sie ist ein lebhaftes Kind.«

»Was weißt du schon von Adelssitten und Hofleben.« Abfällig verzog ihr Vater den Mund.

»Genug. Es ist ein Maskenspiel für Schmeichler, Speichellecker und Intriganten.«

Claas van Berck nahm einen Schluck Wein und schnaubte. »Sagt das dein Mann? Wo steckt er überhaupt? Gabriel sollte hier sein, um Lunetta zu begrüßen. Weiß er nicht, was sich bei einem solch hohen Gast gehört?«

Sidonia lachte schallend auf. »Eine Verbeugung?«

»Wäre durchaus angemessen. Ob ich es wagen darf, die Hand des edlen Kindes zu küssen?«

»Vater, Lunetta ist Gabriels Nichte. Wir lieben sie wie eine Tochter und haben sie über fünf Jahre nicht gesehen.«

»Und warum ist der sehnsüchtige Onkel dann nicht hier?«

Sidonia streckte die Hände nach dem wärmenden Feuer aus. »Er wurde zu einem Patienten gerufen.«

Claas van Bercks Augen verengten sich zu Schlitzen. »Wohin?«

Sidonia zuckte die Achseln. »Das weiß ich nicht!«

Mein argloses Kätzchen, dachte van Berck. Laut sagte er: »Hoffentlich zu einem Kranken, der ihn entlohnt. Schlimm genug, dass er als Knochenbrecher tätig ist, aber dass er sich immer wieder zum niedrigsten Lumpenpack hinziehen lässt ...« Ein trockener Husten unterbrach ihn.

»Er kann es sich leisten, den Armen zu helfen. Er verdient genug an seiner vornehmen Kundschaft, von der die Hälfte an eingebildeten Krankheiten leidet. Anders als du! Du solltest etwas gegen diesen Husten tun. Gabriel kennt Arzneien, die sehr wirksam sind.«

»Sankt Bavo wird es schon richten. Ich bin nicht wirklich krank! Und mit einem Arzt, der neuerdings sogar in Hurenhäusern ein und aus geht, will ich nichts zu schaffen haben!« Aus den Augenwinkeln beobachtete er Sidonias Reaktion. Sie fröstelte, beugte sich zum Kamin hinab, griff nach einem Haken und vergaß das Feuer zu schüren.

»Hurenhäuser? Woher weißt du das?«, fragte sie endlich widerwillig.

»Wusstest du es nicht?« Claas van Berck schürzte die Lippen und bewegte die roten Backen, als wolle er dem Aroma des Malvasiers nachschmecken. Gabriels Arzneien, pah! Nichts war belebender als ein Wortgefecht mit seiner Tochter. Wenn sie nur wüsste, wie sehr ihm das in den Jahren ihrer Trennung gefehlt hatte. Dieser Gabriel Zimenes sollte sich vorsehen. Ein Claas van Berck würde nicht zulassen, dass man seinem Kätzchen wehtat.

Sidonia beobachtete ihn mit vorgeblicher Kälte. Wie konnte ein solch hintertriebenes Schlitzohr nur so gutmütig aussehen? *Und du so gelassen,* mahnte sie sich selbst.

»Man trägt mir gelegentlich Informationen zu«, bequemte sich ihr Vater zu einer Antwort.

Mit Sidonias Fassung war es vorbei. Empört stemmte sie die Hände in die Hüften. »Du spionierst hinter meinem Mann her wie hinter deinen Geschäftskonkurrenten?«

»Ich muss auch auf den Ruf meines Handelshauses achten. Und wenn ich schon mit einem Schwiegersohn leben muss, der ein Spanier von zweifelhafter Herkunft ist ...«

»Was soll das heißen?«

Van Berck lehnte sich tiefer in seinen Stuhl. »Steht der Name Zimenes etwa nicht auf der Todesliste der Inquisition? Immerhin seid ihr deshalb aus Spanien zurückgekommen.«

»Die Vorwürfe sind nichtig! Du weißt am besten, wie rasch man heutzutage unter Verdacht gerät. Dein eigener Sohn galt einmal als Lutheraner, wurde peinlich verhört und saß im Gereonsloch.«

Ihr Vater schnellte vor. »Genau darum habe ich ein Auge auf Gabriel Zimenes! Gerade jetzt. Erst im Sommer sind in Münster diese Wiedertäufer und ihr sogenanntes Gottesreich vernichtet worden, überall lauern Sektierer. Lambert hat seine Jugendsünden bereut. Er führt ein gottgefälliges Leben und macht unserem Rüstungshandel in London alle Ehre. Aber deinen Mann sieht man seltener in der Kirche als an gottlosen Orten.«

Sidonia sog scharf die Luft ein. »Er rettet Menschenleben!«

»In Hurenhäusern?«

Sie schluckte tapfer. »Wo immer er gebraucht wird! Das ist sicher ebenso gottgefällig wie der Verkauf von Bombarden, Luntenrohren und Schwertern!«

Ihr Vater stellte den Becher ab und faltete die Hände über dem Bauch. »Nun, ich hoffe, dein Gatte verlernt bei seiner Arbeit nicht das Beten.«

»Du vergisst etwas, Vater. Gabriel ist der leibliche Onkel einer *von Löwenstein!* Das sollte dich trösten.«

Claas van Berck blitzte seine Tochter so feurig an wie sie ihn. Es war unübersehbar, dass beide nicht nur Bluts-, sondern Seelenverwandte waren. »Er ist und bleibt ein Zimenes. Nur ein Onkel mütterlicherseits. Und von Lunettas Mutter kann man kaum Gutes sagen!«

»Außer dass sie Lunetta *von Löwenstein* das Leben schenkte!«

»Nun ja, dazu sind Frauen da.« So wie es die seine gewesen war – Gott habe sie selig, Amen.

Sidonia trat erregt zu einem der Bleiglasfenster, rüttelte an der Verriegelung und stieß einen der Fensterflügel auf. Kalte Luft strömte in den Raum.

»Was soll das?«, fragte ihr Vater. Mit vorwurfsvollem Hüsteln zog er seine Samtschaube enger um den ausladenden Bauch.

»Ich möchte, dass der infernalische Gestank von Eitelkeit und Hoffart diesen Raum verlässt. Von Westen zieht ein Sturm auf. Vielleicht wird der deinen Hochmut und die Titelsucht dämpfen!«

Claas van Berck richtete sich ärgerlich im Lehnstuhl auf. »Hoffart? Was heißt hier Hoffart? Und was Titelsucht! Ich müsste keinen solchen Aufwand für die Tochter einer Tarotspielerin treiben, wenn du nur klüger geheiratet hättest. All dieser Luxus könnte dir gelten. Allein daran zu denken, dass du einmal mit dem Grafen von Löwenstein verlobt warst! Hättest du ihn geheiratet, müsstest du seinen Bastard nicht wie eine Tochter lieben. Du könntest einen wahren von Löwenstein zur Welt bringen!«

Sidonia fuhr herum. Ihr Gesicht war bleich vor Zorn. »Lunetta ist kein Bastard, und meine Verlobung mit dem Grafen war nichts als ein Stück Papier. Du hattest sie von seinem Vater gekauft, als wir Kinder waren! Aber sein Sohn zog die Tarotspielerin Mariflores mir vor! *Er* kannte weniger Adelsstolz als du!«

»Hätte er dich *vor* dieser spanischen Hexe kennengelernt, hätte er anders gehandelt.«

»Nie und nimmer. Mariflores war die Liebe seines Lebens, Vater! Und das war mein Glück. Hätte er das Verlobungsversprechen zweier alter Männer eingelöst, dann hätte ich nie Gabriel gefunden. Den einzigen Mann, der mich glücklich macht.«

Lauernd beugte sich Claas van Berck in seinem Lehnstuhl nach vorn, das Leder knarrte spröde.

»Tut er das?«

Sidonia rang nach Luft, hielt ihr Gesicht in den kalten Wind. Wie weit ging die Neugier des Vaters? Seine Spitzel konnten unmöglich bis in ihr Schlafzimmer dringen. Oder ihr Herz belauschen.

»Macht er dich glücklich?«, fragte Claas van Berck leise und – ja – mit einem deutlichen Anflug von Zärtlichkeit. Seine Tochter hielt betroffen den Atem an. »Ihr habt noch immer kein Kind.«

Sidonias Kehle wurde eng. Man brauchte keine Spione, um das zu wissen. Sie schloss kurz die Augen. Dann drehte sie sich zu ihm um.

»Ich bin sicher, dass wir ein Kind haben werden. Eines Tages, wenn Gott will ...« Sie brach mit zitternder Stimme ab.

Claas van Berck nippte ein wenig verlegen an seinem Wein. »Ja, so Gott will«, murmelte er. Und falls Gabriel seine Lust und Manneskraft nicht längst in die Betten von Huren trug. Sidonia mochte gewitzt sein, aber Gefühle hatten sie schon immer blind gemacht für das Naheliegende. Was für eine Verschwendung! Für das kurze Feuer der Liebe hatte sie den Grafen Löwenstein verschmäht, der nach dem Tode von Lunettas Mutter doch wieder frei gewesen war ... und wahrscheinlich dankbar genug, um Sidonia zu heiraten, die ebenso viel zur Rettung Lunettas beigetragen hatte wie dieser verflixte Gabriel Zimenes.

Nachdenklich betrachtete Claas seine Tochter, die still in den Hof starrte. Zögernd setzte Regen ein. Er kam mit dem Wind aus dem Westen. So wie Lunetta und ...

Ein behagliches Lächeln schlich sich in van Bercks Gesicht. Oh, noch war nicht alles für ihn und sein Haus verloren. Er würde eines Tages einen Erben haben und den Titel von Löwenstein in das Handelswappen seines Rüstungsgeschäfts aufnehmen. *Van Berck und von Löwenstein*, das war ein Name, der die Jahrhunderte überdauern würde. Das hatte einen Klang wie bester Waffenstahl.

Und es gab einen Weg, sich diesen Namen zu sichern – trotz der unklugen Ehe seiner Tochter. Man musste nur eins und eins zusammenbringen, um daraus zwei zu machen. Mit der Liebe rechnen. Rechnen, jawohl, rechnen. Die Liebe war kein Geheimnis, das sich logischen Regeln entzog. Es gab eine Mathematik der Gefühle. Man musste nur zueinander fügen, was zusammengehörte, so wie der Adel es schon immer gehalten hatte.

»Ich wollte dich noch um etwas bitten«, riss Sidonia den Vater aus seinen Träumen.

»Jederzeit, mein Kätzchen. Du darfst mich um alles bitten. *Mir* lag dein Glück schon immer am Herzen.«

Misstrauisch zog Sidonia die fein geschwungenen Brauen zusammen. Was ging im Kopf des Vaters vor, das ihn plötzlich so milde stimmte? Sein Herz wurde seit jeher von Berechnung regiert. Irgendeine Kosten-Nutzen-Aufstellung schien es auch jetzt zu erwärmen.

»Ich möchte Lunetta mit den Grundlagen des Fernhandels vertraut machen. Sie ist ein wissbegieriges Kind. Es würde sie beschäftigen und ihr Heimweh lindern. Sie lernt mit Begeisterung und beherrscht dank ihrer Hofreisen mit dem Grafen viele Sprachen. Auch die englische Zunge! Das könnte bei unserem Rüstungshandel mit London nützlich sein.«

Claas van Berck verschluckte sich am Wein und hustete wieder. Sidonia glitt zu seinem Sessel hinüber und klopfte ihm kräftig auf den Rücken in Erwartung seines Wutanfalls.

Der Vater hatte es stets verabscheut, dass sie Rechenbrett, Münzwaage und Kontobücher dem Lautenspiel und dem Stickrahmen vorgezogen hatte. Nur zu gern hätte er an ihrem Beispiel vorgeführt, dass er sich adligen Müßiggang leisten konnte. Dabei war es in Köln üblich, dass Frauen die Geschäfte der Väter oder Ehemänner mitführten, dass sie zu Messen reisten, ganze Weinernten aufkauften oder in der Frauenzunft der Seidweberinnen Geschäfte betrieben. An den Woll- und Eisenwaagen gab es in Köln Zolleinnehmerinnen, von den Fischweibern, Pfandleiherinnen und Krämerinnen ganz zu schweigen.

Zu ihrer Verwunderung erholte sich der Vater nicht nur rasch von dem Hustenanfall, sondern sah sie mit einem Mal strahlend an.

»Eine Kaufmannslehre für die kleine Gräfin? Sidonia, das ist eine brillante Idee. Das gemeinsame Studieren von Büchern, das traute Beisammensein bis spät in den Abend, die Besuche bei Lieferanten. Oh ja, das ist brillant! Das ...« Er hielt abrupt inne wie eine sich putzende Katze, die von einem huschenden Schatten abgelenkt wird. »Nur, was wird ihr Vater dazu sagen?«

Sidonia machte eine beschwichtigende Handbewegung. »Ich habe ihn schon vor Monaten in einem Brief um seine Zustimmung gebeten. Er hat zugesagt und sogar ein fürstliches Lehrgeld angeboten. Ihm ist alles recht, was Lunetta glücklich macht und ihr über den Schmerz der Trennung hinweghilft.«

Claas van Berck jubelte innerlich. Das kam einer Zustimmung zu seinen geheimsten Plänen gleich! »Ah, bah. Lehrgeld! Wer braucht das, und wer will von Geld reden, wo unsere Familien seit Jahren so innig verbunden sind? Lunettas Glück soll unser erstes Ziel sein.«

Sidonia starrte ihn verdutzt und mit wachsendem Misstrauen an. Ihr Vater lehnte Geld ab?

Van Berck fuhr unbeirrt fort. »Wir werden es Lunetta gleich morgen vorschlagen. Nur heute Abend lass uns feiern. Wo bleibt das Mädchen nur? Ich hätte gedacht, dieser Goswin sei ein findiger Mann. Ein Söldner kann sich vom Tod, aber doch nicht von ein bisschen Wind aufhalten lassen!«

4.

Nicht Lunetta schrie auf, sondern der Prediger. Das Mädchen öffnete zögernd die Augen. Vor ihr lag der Schmiedegeselle. Seine blutverschmierte Hand umklammerte einen Hammerstiel, er keuchte und bewegte ungläubig die Lippen.

»Vorzügliche Waffe, guter Hieb«, murmelte der Schellenknecht voll Anerkennung, »wenn auch nicht tödlich.« Seine Bewunderung galt eindeutig nicht dem gefällten Gesellen.

Lunettas Blick glitt über den hingestreckten Körper des Wanderhandwerkers und entdeckte die Beine eines anderen Mannes, der über dem Schmied stand. Sie steckten in glänzenden Reitstiefeln. Langsam tasteten sich ihre Augen nach oben, erkannten den dunklen Umhang des Aussätzigen, der vorhin in der hintersten Bank gesessen hatte. Unter der herabgezogenen Kapuze trug er ein feingeschmiedetes Halbvisier, das nichts außer seinem Mund enthüllte. Es war ein abweisender Mund. Wieder holte der Verhüllte aus. Mit präzisem Schwung fuhr sein Degen auf den Ast nieder, der Goswin gefällt hatte, zerteilte ihn und gab den Körper des Kutschers frei.

Goswin stöhnte auf, sein Brustkorb hob und senkte sich unter gierigen Atemzügen. Lunetta kroch zu ihm hin.

»Er lebt … Er lebt!«

Sie schaute hoch, suchte das Gesicht des Degenträgers. Es blieb unter Visier und Kapuze verborgen. »Ihr seid ein Engel!«

Der Mann schüttelte sacht den Kopf: »So wenig wie Ihr eine Zauberin seid. Der Sturm hat den morschen Baum gefällt, aber es scheint härtere Schläge zu brauchen, um einen so gut gepanzerten Söldner zu töten.«

»Sie hat den Sturm auf uns herabgezogen«, zischte der Schmiedegeselle, während er sich rückwärts kriechend wie ein Reptil auf die Kapellentür zubewegte.

Der Degenträger wirbelte zu ihm herum. »Schluss mit dem Aberglauben! Auch wenn es dir nicht passt: Gotteshäuser sind Menschenwerk und der Macht des Wetters ausgesetzt. Und warum sollte eine mächtige Hexe den Nacken vor dem Hammer eines Gossenschwätzers beugen, wenn sie die Macht hätte, geweihte Kirchen zu vernichten? Wie eine Schmeißfliege, die du bist, könnte sie dich dann zerdrücken.«

Der Schmied erhob sich, schüttelte schwach seine blutende Faust: »Sie muss sterben! Es ist Gottes Wille. Ich bin vom Höchsten ausgesandt durch einen Erleuchteten, durch den Propheten des neuen Lichts ...«

»Hast du noch immer nicht genug?«, schrie sein Widersacher. Der Schmied wetzte davon.

»Und ihr?« Drohend hob der Kuttenträger die Waffe, bereit, weitere Hiebe auszuteilen. Die Geste genügte, um das kleine Kirchenschiff zu leeren.

Elegant las der Verhüllte Lunettas Mantel vom Boden auf, den er dem fliehenden Pelzdieb vom Rücken gezogen hatte. Er befühlte ihn kurz und warf ihn dem Mädchen zu. »Ihr seid ein wenig nackt für dieses geweihte Haus.«

Errötend hüllte Lunetta sich in den Pelz. Irrte sie sich, oder schwang lächelnder Spott in der Stimme ihres Retters mit? Seine Stimme klang nicht mehr amüsiert, als er sich wieder an sie wandte.

»Ich hörte, dass ein Arzt gerade Visite im Leprosenhaus hält. Ihr solltet ihn holen, damit er nach Eurem Begleiter schaut.«

»Wer seid Ihr?«, brachte Lunetta mühsam hervor.

Sie sah, dass sein Mund, ein jugendlicher Mund, zum Strich wurde. »Niemand, den Ihr kennen solltet.«

»Gehört Ihr zum Leprosenhaus?«

»Nein. Ich bin nur ein Reisender, der sich unter Abschaum und Ausgestoßenen wohl fühlt. So wie Ihr. Lebt wohl.«

»Ihr könnt uns doch unmöglich hier alleine lassen! Bitte geht und holt den Arzt.«

»Ich sagte, ich bin kein Engel, meine Schöne. Ich schicke Euch den Schellenknecht zurück. Er wird vergessen, was geschah, und ist zu jeder Dienstleistung bereit, solange sie gut bezahlt wird. Habt Ihr Geld, oder wollt Ihr mit Euren Kleidern nur den Anschein erwecken?«

Lunetta richtete sich auf. »Seid Ihr ein Aussätziger, oder wollt Ihr mit der Kutte nur den Anschein erwecken?«

Der Mann schwieg, doch sein Mund kräuselte sich sacht. Wieder rätselte Lunetta, ob sein Mienenspiel Spott oder Abscheu verriet.

Sie reckte das Kinn. »Ich habe gewiss mehr Geld als Ihr.«

»Wie beneidenswert, aber Ihr solltet nicht zu sehr damit prahlen.« Die Stimme des Verhüllten klang eindeutig abfällig. Mit seinem Degen spießte er die Spielkarte auf, die zwischen ihnen lag, und betrachtete das Bild des gesprengten Turms.

»Verdient Ihr Euer Vermögen mit diesem Mummenschanz, kleine Gauklerin? Die Dummheit der Menschen ist wahrhaftig grenzenlos. Dennoch würde ich Euch raten, nicht mit dem Feuer ihres Zorns zu spielen. Man verbrennt sich leicht daran.«

Lunetta erbleichte und entriss ihm die Karte. Was wusste dieser Mann von tödlichen Feuern! »Das Tarot ist kein Spiel! Wer seid Ihr, dass Ihr es wagt, mir Vorträge über Mummenschanz zu halten?«

»Es geht Euch nichts an.«

Ihr Retter zog den Umhang beiseite und ließ den Degen in

eine kostbar verzierte Scheide gleiten. Unter dem Mantel trug er enge Beinlinge und kurze, geschlitzte Hosen. Sein Körper war schlank und wohl trainiert. Mit elastischen Schritten ging er auf den Ausgang zu. Immer noch schwangen die Kapellentüren mit müdem Geräusch in ihren Angeln.

Als der Degenträger sie durchquerte, ließ ein jäher Windstoß die Scharniere knirschen und riss ihm die Kapuze vom Kopf. Das kahle Licht der Dämmerung genügte, um flammrote Locken auflodern zu lassen, die unter dem Helm mit dem Halbvisier hervorquollen.

Lunetta hielt den Atem an. Der Fremde drehte sich langsam zu ihr um.

»War diese Böe eine Kostprobe deiner Kunst?«

Lunetta kniff die Augen zusammen. Was sie von seinem Gesicht unter dem Visier zu erkennen vermochte, schien makellos, sein Kinn glatt, die Nase gerade und wohlgeformt. Seine Augen waren von heller, fast silberner Farbe. Eisaugen, die zu seinem abweisenden Mund passten. Nein, dort stand kein Engel. Ihr Retter sah aus wie ein jugendlicher Gott des Zorns.

Mars, durchfuhr es Lunetta, jener heidnische Kriegsgott, der die Tarotkarte des gesprengten Turms astrologisch beherrschte. Oh nein, das Tarot war kein Spiel!

»Ihr seid kein Aussätziger. Warum tragt Ihr die Leprosentracht?«, entfuhr es ihr.

»Wusstet Ihr, dass die lebenden Toten im fortgeschrittenen Stadium des Zerfalls das Gefühl von Schmerz verlieren? Sie werden gleichsam unverwundbar. *Tamquam mortuus* – einem Toten gleich. Eine Gnade, wie ich finde!«

»Wie könnt Ihr Spott mit einer Krankheit treiben?«

»Es hat in dieser Welt Vorteile, für einen Unberührbaren gehalten zu werden. Vor allem, wenn es gilt, Verfolger abzuschütteln, die sich für Gottes Gesandte halten, kleine Gauklerin.«

»Ich bin keine Gauklerin, und den Schmied sah ich heute zum ersten Mal. Er hat mich nicht verfolgt.«

»Ich sprach nicht von Euch, sondern von mir, meine Schöne.«

Damit drehte sich der Rothaarige um und verschwand.

Hinter Lunetta stöhnte Goswin auf. Erschrocken wandte sie sich ihrem Kutscher zu. Wie hatte sie ihn nur wegen dieses Halunken vergessen können?

»Goswin, kannst du mich hören?«

Der Soldat öffnete mit flatternden Lidern die Augen. Sie sah, dass er sprechen wollte, und hielt ihr Gesicht ganz nah an das seine.

»Die Karten«, brachte er mühsam hervor. »Vernichtet die Karten, bevor der Schellenknecht zurückkommt! Vergrabt sie, verbrennt sie. Schafft sie aus der Kirche. Niemand darf sie je wieder sehen!«

»Ich lasse dich nicht allein.«

Goswin richtete sich etwas auf. »Tut, was ich sage«, keuchte er. »Die Karten könnten für uns beide das Ende sein.«

Lunetta tastete nach ihrer Manteltasche, fand das Seidentuch, zog es hervor und erschrak.

»Sie sind weg! Bis auf den Turm sind alle weg.« Sie tastete nach der anderen Tasche. »Und das Reisegeld ist ebenfalls verschwunden.« Ihr Gesicht wurde hart. Der Mann mit den Eisaugen hatte ihren Mantel aufgelesen! Waren diebische Taschenspielertricks sein ganzes Geheimnis?

Goswin stöhnte und schloss die Augen. »Dann gnade uns Gott!«

Lunetta raffte die Röcke. Ohne länger zu zögern, rannte sie aus der Kapelle und in das verlöschende Licht des Tages. Noch immer strich Wind über das Gräberfeld. Sein wütendes Fauchen war einem klagenden Ton gewichen.

Gehetzt schaute Lunetta sich um. Im vagen Licht der Dämmerung glaubte sie die Umrisse des Leprosengehöfts und das Blinken einer Laterne zu erkennen. Das musste der Schellenknecht sein. Sie rannte los, glitt aus im saugenden Schlamm, fing sich und stolperte vorwärts durch die Gräberreihen. Sie wich windschiefen Kreuzen aus, sah vom Sturm gestürzte Steine und aufgeworfene Grabhügel, sprang über Wurzeln, die der Regen freigelegt hatte. Oder waren es Knochen? Sie schauderte und hielt im letzten Moment vor einer offenen Grube inne. Das Grab des Schellenknechts.

Sie schluckte. Magisch zog das gähnende Loch sie an. Ein Impuls zwang sie, einen Blick zu wagen. Sie schreckte zurück. Das Grab war nicht leer.

Lunetta taumelte rückwärts. Sie schloss die Augen. Vergeblich. Das Bild des Toten hatte sich in sie eingegraben. Der blutleere Mund, der glatt durchtrennte Hals, weit geöffnete, gleißend helle Augen, die ihr jähe Todesangst eingejagt hatten. Ein Gefühl, als solle sie in die Grube hinabgezogen werden.

Waren es die Augen des Degenträgers?

Noch einmal wagte sie einen Blick in die Grube. Der Leichnam war nackt und schön, aber nicht so jung, wie es der Degenträger war. Sie suchte das Gesicht des Toten und schrie auf. Dem Leichnam fehlte der Kopf. Wie gelähmt sah sie, dass der Tote sich aufrichtete, um sich aus dem Grab zu erheben, sich aufhockte und löwengleich zum Sprung ansetzte. Wieder schrie sie auf.

»Lunetta!« Hart umklammerte eine Hand ihren rechten Arm und riss sie vom Rand des Grabes zurück. »Kind! Wir haben dich in Köln erwartet! Was tust du ausgerechnet hier und zu dieser Stunde?«

Lunetta drehte sich um. Das Licht einer Laterne blendete sie. Doch dann erkannte sie den Mann, der vor ihr stand. Wärme und Erleichterung stiegen in ihr hoch, während sie ihm wortlos in die Arme sank. Mit ihm hatte sie an diesem Ort zuletzt gerechnet! Das also war der Arzt der Leprosen. Aber natürlich! Er war genau der Mann, der sich allen Stürmen zum Trotz zu den Elendsten begeben würde, um zu helfen. Warum hatte sie gefürchtet, *ihn* verändert zu finden, von Schmerz gebeugt oder ohne Liebe? Wie blind hatten Zorn und Furcht sie gemacht?

»Ich … ich habe einen Toten gesehen«, flüsterte sie statt einer Begrüßung und drückte ihr Gesicht in seinen schwarzen Tuchumhang. Dunkelheit umfing sie wie ein samtener Handschuh. Heimat war kein Ort, sondern Menschen, die man liebte. So wie Gabriel Zimenes, der Bruder ihrer Mutter.

»Einen Toten?«, wiederholte ihr Onkel verwirrt. »Der Schellenknecht faselte nur etwas von einem umgestürzten Baum und einem Verletzten in der Kirche!«

»Ich meine nicht Goswin.«

»Goswin? Er ist verletzt? Komm!«

Lunetta hielt ihn beim Saum seines Umhangs fest. »Warte! Warte! Was ist mit dem Toten dort in der Grube?«

»Welcher Tote, *mi cariño?*«

»Ich kenne ihn nicht.« Zweifel schwang in ihrer Stimme mit.

»Das kannst du auch nicht, denn dort ist kein Toter!«

»Doch. Man hat ihm den Kopf abgetrennt. Sein Mörder kann nicht weit sein.«

»*Chica*, ich schwöre dir, die Grube ist leer! Schau hin.« Gabriel hielt die Laterne über das Grab.

Lunetta starrte ungläubig in die Tiefe. Bei Gott, das Loch war tatsächlich leer!

Und dennoch hatte sie den Toten gesehen und Entsetzen dabei verspürt. Sie wollte sprechen, aber das Entsetzen wich einer plötzlichen Erkenntnis und machte sie stumm: Der Herr hatte ihr die Gabe wieder geschenkt! Sie konnte sehen, was anderen verborgen war, so wie damals, als sie ein elfjähriges Mädchen war. Ein von Schmerz durchdrungenes, hellsichtiges Kind, verbunden mit einer anderen Welt. Aber wer war der *löwengleiche* Tote gewesen? Ihr Vater? Lunetta erschrak erneut.

»Niña«. Ihr Gegenüber schüttelte sie sanft. »Was ist dir? Wir müssen zu Goswin!«

Lunetta schaute langsam hoch, beinahe widerwillig ließ sie das Bild des Toten in sich sinken und nahm das Gesicht des geliebten Menschen wahr, der sie trotz ihrer achtzehn Jahre immer noch *niña*, Kind, nannte. Es hatte den gleichen Goldton wie das ihre, seine Augen glänzten schwarz wie der Jettstein ihrer nordspanischen Heimat. Wie der Gagat, aus dem man Traueramulette und Totenschmuck schnitzte. Lunetta schüttelte den Gedanken ab wie eine lästige Sommerfliege. Nein, ihn hatte sie nicht im Grab gesehen!

»Lunetta, ist Goswin schwer verletzt?«

»Ich weiß es nicht, aber er lebt und atmet ...«

»Komm, bevor wir unsere Hand nicht mehr vor Augen sehen.« Gabriel Zimenes drehte sich entschlossen um und strebte auf die Kapelle zu.

Lunetta warf einen letzten Blick in die klaffende Grube, dann folgte sie zögernd ihrem Onkel. Auch wenn sie nicht wusste, wer der Tote war, den sie gesehen hatte, waren in ihr kein Zorn mehr und auch keine Furcht. Der Herr hatte ihr in seiner unermesslichen Güte eine Warnung geschickt. Sicher würde er ihr auch den Schlüssel in die Hand geben, sie zu deuten.

Sie beschleunigte ihre Schritte und rannte zum Kapelleneingang. Über ihr wölbte sich das Gnadenportal. Sie erkannte den Erzengel Michael mit dem Schwert, der die Toten aus geöffneten Gräbern ins Paradies führte – oder in die Hölle hinabstieß.

Und mit einem Mal wusste sie, was der Herr ihr eben mit dem leeren Grab gezeigt hatte: seine umfassende Macht über Leben und Sterben. Kein Wunder war zu groß für den Allmächtigen. Auch nicht das der Wiedererweckung von den Toten. Was konnte das anderes heißen, als dass ihr Vater geschützt war und ihre Ahnungen lästerlich?

Lunettas Herz klopfte voll freudiger Dankbarkeit. Die Liebe des Gottes, den sie eben noch verflucht hatte, schien größer als sein Zorn über sie oder das Tarot. Er hatte ihr Gabriel Zimenes geschickt, Goswin ins Leben zurückgeholt und ihr gezeigt, dass kein Feind den Vater vernichten würde, durch dessen Wappen ein reißender Löwe sprang.

Voll Dankbarkeit hob sie ihr Gesicht zum Gnadenportal.

Herr, dein Wille geschehe! Ich werde die Karten nicht mehr befragen.

Sie waren ohnehin verloren. Gestohlen von dem Degenträger. Lunetta schmunzelte. Vielleicht war er ja doch ein rettender Engel – wenn auch ganz wider Willen! Sei's drum. Der Herr hatte sie auf den rechten Weg zurückgeführt.

Immer noch lächelnd betrachtete sie den steinernen Michael. Er schien ihr Lächeln zu erwidern. Hell strahlten die Augen des Cherubs, weit heller als die Augen des Toten in der Grube. Sie waren unvergleichlich. Und nicht eisblau, sondern lockend warm, bernsteinfarben, beinahe golden. Lunetta trat näher an die Figur heran – und erschrak. Was sie nun sah, war ein schweflig leuchtendes Gelb. Verfluchte Visionen! Rasch betrat sie die Kapelle, um nach Goswin zu sehen.

Zweiter Teil

Der Teufel

Der Teufel hätte kaum Macht auf Erden,
wenn das Böse niemals im Namen des Guten
und Gerechten
getan werden könnte.

Mariflores Zimenes, »Die Geheimnisse des Tarots«

1.

London, 10. Januar 1536

Die Nacht war Musik, wie so oft im Palast zu Greenwich. Das zwölftägige Weihnachtsfest mit seinen Banketten, Empfängen und endlosen Maskenspielen war erst fünf Tage vorüber, und schon wurde in den Gemächern von Königin Anne wieder die Laute geschlagen, tönten schrille Flöten und Krummhörner, wirbelten Schlegel über hart gespannte Trommeln.

Graf Adrian von Löwenstein stand an einem offenen Fenster im Höflingstrakt. Er schaute zu der Saalflucht im gegenüberliegenden Gebäude hinüber, die im Licht Hunderter Kerzen und Kienspäne erstrahlte. Schemenhaft bewegten sich Tänzer hinter hohen Bogenfenstern. Ein Todesfall war Anlass für die ausgelassene Tanzerei.

»Sind das etwa Kastagnetten?«, fragte der Graf entsetzt, als ein Rasseln drohend wie das Zischen einer Schlange über den schneeglänzenden Hof drang.

Der Mann neben ihm nickte. »*Sì*. Und ohne Zweifel tragen alle Tänzer gelbe Gewänder, butterfarbenen Bombasin oder Zitronenseide, um unsere große Katharina von Aragón vollends zu verhöhnen.« Es war Don Eustace Chapuys, Spaniens Botschafter in England; ein drahtiger Mann mit Fuchsgesicht, das ein sauber getrimmter Spitzbart zu einem Dreieck vollendete. Sein Mienenspiel war unablässig in Bewegung, verriet einen flinken Geist und verwirrte jeden Gegner.

»Gelb? Spaniens Farbe der Trauer?« Der Ritter von Löwenstein verzog angewidert den Mund. Welch eine spottgetränkte Verneigung vor der am achten Januar verstorbenen Katharina. Anne Boleyns Damen und Höflinge vollführten groteske Sprünge und Volten. »Sie erinnern an trunkene Meerkatzen«, murmelte der Graf.

»Wahrscheinlich fühlen sie sich auch so«, bemerkte Chapuys trocken. »Die Königin mischt den Wein ihrer Gäste neuerdings mit dem irischen Wasser des Lebens. In gälischer Zunge heißt es *uisegebeatha*. Eine Tinktur der Ekstase, die jeden in einen lallenden Narren verwandelt. Gelegentlich stellt sie Räucherpfannen mit Opium auf. Es geht das Gerücht, dass sie ihre neuerliche Schwangerschaft dieser künstlichen Benebelung ihres Gatten verdankt.«

Der Ritter von Löwenstein schloss mit lautem Knall das Fenster. Chapuys hob in spielerischer Drohung den Zeigefinger. »Nicht so laut, *mi amigo*, und schaut nicht so sturdeutsch. Ihr seid doch ein halber Spanier, nutzt Euren Verstand so geschmeidig wie Euren Degen.«

»Ich bin nicht hier, um mir diesen widerwärtigen Hofklatsch anzuhören.«

Chapuys hob in gespieltem Entsetzen die fein geschwungenen Brauen. »Ihr haltet das für Klatsch? Ich nenne es verlässliche Informationen. Anne musste Heinrich für diesen Zeugungsakt berauschen, denn er tändelt längst mit anderen, und seine Säfte fließen nicht mehr so prompt wie die Tinte, mit der er Staatspapiere zeichnet.«

»Woher wollt Ihr das wieder wissen?«

»Heinrichs Puddingköchin, eine teure, aber gute Informantin, verriet mir, dass Anne oft eine Brühe aus Stierhoden und Stachelschweinborsten für den König zubereiten lässt. Glaubt mir, diese Großhure von Königin hätte noch ganz andere Dinge getan, um schwanger zu werden. Es ist ihre einzige Lebensversicherung. Bislang hat sie nur eine Tochter hervorgebracht. Genau wie die selige Katharina.« Er bekreuzigte sich rasch. »Mit der ich sie natürlich nie vergleichen würde.«

»Dieser Hof gleicht einem Komposthaufen, in dem sich alles zu einem Werk der Zersetzung versammelt, immer erhitzt und immer von üblen Dünsten umgeben«, zürnte der Graf mit Blick auf den Festsaal.

»So wie jeder Hof in Europa.« Chapuys wandte sich ab und ging zu einem Schreibtisch, um einen eben eingetroffenen Brief zu öffnen.

Löwenstein legte grimmig die Rechte an seinen Schleppdegen.

»Nun bin ich wahrhaft die Königin von England«, hatte die zweite Gemahlin Heinrichs des VIII. ausgerufen, als der Botschafter sie vom Tod ihrer Vorgängerin unterrichtet hatte, und sich selbstgefällig über den schwangeren Leib gestrichen, der sie vor dem Schicksal ihrer längst entthronten Rivalin bewahren sollte.

Neun Jahre hatte Katharina – unterstützt vom Papst und den Diplomaten ihres Neffen, Kaiser Karl V. – eine Scheidung von Heinrich verweigert. Bis zum bitteren Ende waren Katharinas Briefe aus ihrem kalten Exil im Norden mit »Königin von England« unterzeichnet. So trotzig wie vergeblich. Der Tudormonarch hatte sich längst vom Papst losgesagt und zum Oberhaupt der englischen Kirche »unmittelbar unter Gott« ernannt, um sich die Annullierung seiner Ehe selbst zu gewähren und Anne zu heiraten.

Überdies hatte der König entdeckt, wie einträglich es war, Klöster aufzulösen und Kirchenabgaben vom Peterspfennig bis zum Kirchenzehnt der Krone statt Rom zufließen zu lassen. Dies war Heinrichs Opus der Zersetzung und die Kirche der Kompost, auf dem England prachtvoll gedieh.

Das Rascheln von Pergament riss den Grafen aus seinen Betrachtungen. Er drehte sich um. Don Eustace hatte die Lektüre des Briefes beendet. Sein spitzes Gesicht spiegelte Betroffenheit wider.

»Das ist der geheime Obduktionsbericht für den König, Löwenstein.«

»Nicht ganz so geheim, will mir scheinen«, bemerkte der Graf.

Chapuys lächelte ebenso flüchtig wie geschmeichelt. »Nun, das Herz, das der Kerzenzieher von Kimbolton Palace aus Katharinas Brust schnitt, war von hässlichen Wucherungen umschlossen und schwarz. Durch und durch schwarz.« Der drahtige Spanier griff nach einem juwelenbesetzten Pokal, tauchte kurz eine getrocknete Natterzunge hinein, um seinen Inhalt auf Gift zu überprüfen. Das Ergebnis fiel zu seiner Zufriedenheit aus. Er nahm einen hastigen Schluck. »Wäre ich von poetischer Natur, würde ich sagen, dass ihr Herz vom Kummer zerfressen war, aber das riecht nach Gift! Oder soll es Zufall sein, dass Katharinas Tochter Maria in Hatfield ebenfalls mit einer unerklärlichen Krankheit daniederliegt?«

»Wer sollte es ihnen verabreicht haben?«, fragte Löwenstein widerwillig. Chapuys Geist war manchmal etwas zu flink, und er litt an der Berufskrankheit aller Diplomaten – chronischem Misstrauen. Oder wollte er sich mit der Theorie vom Giftanschlag nur das Gefühl erhalten, dass Katharina und er all die Jahre eine echte Bedrohung für Heinrich gewesen waren?

»Vielleicht war es der Koch, ein Page, der Bierbrauer«, sinnierte der Diplomat. »Es finden sich immer Möglichkeiten, einen Widersacher lautlos zu beseitigen.«

Der Graf hegte keinen Zweifel daran, dass Chapuys die meisten davon gut kannte. »Und wer gab den Auftrag?«

Chapuys formte mit den Lippen stumm den Namen *Anne*.

Laut fuhr er fort: »Die Flure, Fensternischen und Urinale von Greenwich schwirren von Spekulationen. Eines scheint allen sicher: Nun kann Heinrich wirklich nie mehr zu Katharina zurückkehren.«

»Und England nie mehr in die Obhut der katholischen Kirche«, ergänzte Löwenstein.

»So sagt man, ja.« Nach einer kleinen Pause fügte der Botschafter hinzu: »Nur ich nicht, Eustace Chapuys.« Mit eitlem Wohlgefallen strich er sein mit Moschuspomade gepflegtes Bärtchen.

Adrian von Löwenstein seufzte über die Hartnäckigkeit, mit der Chapuys an die Bekehrung Heinrichs zu Katholizismus und Kaiser glaubte. Noch vor wenigen Nächten hatte er über die Entführung der todkranken Katharina auf das Festland nachgesonnen, um dort einen Aufstand für sie und den wahren Glauben vorzubereiten. Mit Löwensteins Geld. Vorbei.

Der Blick des Grafen glitt zum Fluss, der hinter den königlichen Gemächern und der Kapelle träge wie eine schwarze Schlange dahinglitt. So traurig Katharinas überraschender Tod auch war und so hässlich Anne Boleyns Freude darüber, für ihn bedeutete beides, dass er sich nun dem wahren Zweck seiner Reise widmen konnte, statt diplomatische Ränke zu spinnen. Entschlossen trat er an Chapuys' Schreibtisch heran.

»Ich würde nun gern über die Angelegenheit sprechen, von der ich Euch aus Spanien schrieb.«

Chapuys schaute kurz hoch. »Ihr meint Euren Bruder Aleander?«

Adrian von Löwensteins Miene verschloss sich jäh. »Er ist nur mein Halbbruder, ein Bastard meiner spanischen Mutter.«

»Was ihn ebenso zu kränken scheint wie Euch. Wenn ich recht verstehe, hat Aleander den Tod Eurer Gemahlin zu verantworten.« Er wühlte auf dem Schreibtisch nach Papieren. »Einer gewissen Mariflores Zimenes.«

Der Graf nickte knapp.

Chapuys hielt ein Schriftstück hoch. »Höchst unerfreulich, doch die Akten der Heiligen Inquisition belegen, dass sie dem Scheiterhaufen übergeben wurde, weil sie das Tarotspiel für ketzerische Weissagungen gebrauchte. Ein abscheuliches Vergehen.«

Von Löwenstein überging den Vorwurf. »Mein Halbbruder nutzte sein Amt als Inquisitor, um sie zu vernichten, während ich in der Neuen Welt weilte. Selbst meine Tochter wollte er verbrennen. Er scheute keine Teufeleien, um sich Titel und Vermögen der Löwensteins zu sichern.«

»Ein lohnendes Ziel, *conde*.« Chapuys wog abwägend sein spitzes Haupt. »Aber ich scheue mich, dem Heiligen Offizium Gier zu unterstellen. Solche Vorwürfe verkürzen schnell das eigene Leben.«

»Es ist die Wahrheit!«, rief der Graf.

Der Botschafter hob beschwichtigend die Hand. »Mein Freund, man sollte niemandem die Wahrheit wie einen nassen Lappen um die Ohren hauen, sondern sie wie einen wärmenden Mantel hinhalten, in den man gern hineinschlüpft.«

Löwenstein straffte die Schultern. Er hatte es satt, sein Anliegen mit dem Muster zierlicher Konversation zu umhäkeln. »Der Kaiser selbst hat Aleander entmachtet und in ein Kloster in der Estremadura verbannt, das so gut bewacht ist wie Londons Tower. Padre Fadrique, sein Abt, sollte ihn nie mehr in die Welt entlassen.«

»Und doch ist er dem Kloster und dem Arm des Abtes wie auch des Kaisers entschlüpft. Euer Bruder muss sehr mächtige Freunde haben«, warf Chapuys ein. »Warum sollte ich mich mit ihnen befassen?«

Der Graf reckte das Kinn. »Aleanders Befreier kamen aus England, sagte der Padre, bevor er starb.«

»Aus England? Eine abenteuerliche Spekulation«, sagte – ausgerechnet – Chapuys.

»Padre Fadrique war ein weiser, hochkluger Mann und ...«

»Jude, Löwenstein, Jude, nicht wahr? Die Kutte des Hieronymitenmönches war seine Tarnung.«

Der Graf erbleichte und wich vom Schreibtisch zurück. »Ihr sprecht von einem Mann, der kaltblütig ermordet wurde, obwohl er einem Heiligen gleichkam.«

»Ein heiliger Jude?«

»Er hat vielen Menschen geholfen ...«

»Ja, Juden und Ketzern«, stellte der Botschafter nüchtern fest. Freundlicher fügte er hinzu: »Fasst Euch, mein Freund, es ist meine Aufgabe, alles zu wissen, was Spanien nutzen könnte. Oder schaden. Wie die Juden.« Mit angewidertem Blick schob er die Inquisitionsakte zur Seite. »Andererseits kann ich mir unmöglich alles merken, was ich lese. Also, was bietet Ihr mir im Gegenzug für Informationen über Euren Bruder?«

»Ich habe Euch bereits eine finanzielle Unterstützung für die Entführung Katharinas gewährt, damit Ihr Spitzel ausschickt und nach Aleander forscht.«

Chapuys krauste bedauernd die Stirn. »Gewiss, aber Katharina weilt nicht mehr unter uns, wohingegen Maria als erstgeborene Tochter von Heinrich ihren Anspruch auf Englands Thron zu sichern hat. Spanien muss seine Macht auf dieser Insel festigen. Eine Angelegenheit, die viel Zeit und noch mehr Mittel benötigt.«

»Ich habe Spanien genug geopfert«, stieß Adrian von Löwenstein zornig hervor. »Fünf Jahre bin ich dem Kaiser von Hof zu Hof gefolgt, habe Geld für seine Feldzüge gegeben ...«

»Wofür unsere Majestät der Kaiser gnädig übersah, dass Ihr

die Freundschaft mit Juden pflegt und Eure Tochter eine verurteilte Ketzerin zur Mutter hat«, sagte Chapuys gelassen.

»Bei Gott, ich habe es satt, immer nur an meine Pflichten als Höfling erinnert zu werden.« Löwensteins Augen verengten sich zu Schlitzen.

»Pflichten? *Compadre*, die wichtigste Pflicht eines Höflings ist die Freiwilligkeit …«

»Zu seinen obersten Tugenden gehört es, sein Wort zu halten!«, schrie der Graf außer sich vor Wut. »Ihr habt versprochen, mir zu helfen, wenn ich nach England komme.«

»Euer Temperament ist wirklich bedauernswert rechtschaffen und deutsch, *mi amigo*.« Der Botschafter nahm einen Schluck Wein, legte die Fingerspitzen seiner Hände gegeneinander und schloss die Augen. »Nun gut. Wer also waren die Engländer, die Euren Bruder befreiten? Und zu welchem Zweck?«

»Wenn ich es wüsste, hätte ich Euch nicht um Hilfe gebeten …«, knurrte der Graf.

Chapuys wedelte mit den Händen, als wolle er Fliegen verscheuchen. »Ich denke nur laut nach. Ein Luxus, den ich mir in privaten Gemächern hin und wieder gestatte.«

»Chapuys«, rief der Graf gereizt, »habt Ihr überhaupt Nachforschungen angestellt?«

»Habt Ihr je von Elias dem Propheten des kommenden Lichts gehört?«

»Die Bibel ist nicht meine gewöhnliche Bettlektüre«, erwiderte der Graf ungeduldig.

Chapuys öffnete die Augen und lächelte fein. »Das freut mich, denn sie gehört allein in die Hände geweihter Priester. Ich spreche von keinem biblischen Propheten, sondern von einem Mann, der in London einen bemerkenswerten Aufstieg …«

Ein krachendes Geräusch unterbrach ihn. Holz splitterte, die Tür zu der Kammer brach aus dem Rahmen. Chapuys'

Leibwächter kämpfte mit zierlichem Degen ein mehr symbolisches Rückzugsgefecht.

Fünf Soldaten aus der Leibgarde des Königs drangen mit schweren Hellebarden auf ihn ein. Es waren baumlange Männer in bunten, fantastisch geschlitzten Uniformen nach moderner deutscher Landsknechtart. Sie drängten ihren Widersacher mühelos in eine Ecke, wo er sich mit vollendet theatralischem Kniefall ergab.

Der Ritter von Löwenstein riss seinen Schleppdegen aus der Scheide und wollte auf die Männer einstürmen.

Chapuys schlüpfte hinter seinem Schreibtisch hervor und riss ihn mit erstaunlicher Kraft zurück. »*Maldito*. Tut das nicht«, zischte er und sah dem Grafen beschwörend in die Augen. »Ein direkter Angriff auf die Leibgarde des Königs wird wie ein Angriff auf Heinrich selbst geahndet, und darauf steht der Tod. Lasst mich das erledigen und schweigt, ganz gleich, was ich tue.«

Zornbebend ließ der Ritter das Schwert sinken.

»Welch eine umständliche Art, eine Tür zu öffnen. Wisst Ihr nicht, was sich gegenüber einem kaiserlichen Diplomaten ziemt?«, wandte sich Chapuys mit bewundernswertem Gleichmut und in akzentfreiem Englisch an die Hellebardenträger.

Ihr Anführer trat vor. »Wir sind gekommen, um einen Hochverräter zu verhaften.«

»*Sire!*«

»Wie?«

»Ihr habt den Sire vergessen, wir Spanier legen Wert auf das Hofprotokoll. Also noch einmal, weshalb seid Ihr hier?«

»Wir sind gekommen, um einen Hochverräter zu verhaften, Sire!«

»Besser«, lobte Chapuys. Dann streckte er seine magere Brust vor, auf der in goldenen Fäden der kaiserliche Doppeladler prangte, und sog wie in äußerster Empörung Luft ein. »Aber ich und mein Kaiser sind seit Jahren aufrichtige und treue Freunde Eures Königs«, donnerte er.

»Sire, wir meinen nicht Euch, sondern ihn.« Der Gardist wies auf den Grafen.

»Oh«, sagte Chapuys mit vollkommener Ruhe und strich sich den Spitzbart. »Und wer schickt Euch?«

»Wir kommen im Auftrag des ersten königlichen Ministers, Master Thomas Cromwell, Sire.«

»Cromwell, hm! Und wie lautet die Anklage?«

»In den Satteltaschen des Grafen fanden sich Pläne für eine Entführung der verstorbenen Katharina und Briefe, in denen er unsere Königin Anne als Hexe und Hure bezeichnet.«

»Diese Schriftstücke stammen nicht von mir«, warf Löwenstein ein.

Chapuys überging den Einwurf. »Anne Boleyn eine Hexe? Welch eine abscheuliche Beleidigung«, bemerkte der Botschafter und machte den Weg frei. »Nehmt den Kerl sofort fest! Und sagt Master Cromwell, dass ich im Namen unserer katholischen Majestät des Kaisers seinen gesamten Besitz beschlagnahme, um ihn gründlich auf Beweise zu untersuchen.«

Er schlenderte gelassen hinter seinen Schreibtisch und öffnete eine geschnitzte Truhe, entnahm ihr eine Goldmünze und warf sie dem Gardeführer zu. »Für deine Mühe.« Der Soldat fing das Geldstück noch aus der Luft. Die Gardisten packten Adrian von Löwenstein.

»So also sichert Ihr Euch mein Vermögen! Verräter«, stieß der Ritter in hartem Kastilisch hervor.

»En contrario«, zischte Chapuys kaum hörbar zurück. »Ich riskiere gerade mein Leben, um dich zu retten, du Narr aller Aufrechten!«

2.

Köln, 10. Januar 1536

Gähnend lupfte Tringin das Tuch, griff sich den riesigen Batzen Brotteig und schlug ihn zum dritten Mal ab. Sie walkte, knetete und schüttelte dabei den Kopf, um wachzubleiben. Früh um vier war sie aufgestanden, hatte das Feuer im Backofen entfacht und aus Reisig, Buchenscheiten und Asche eine Glut gezüchtet, die seine Wände gleichmäßig durchglühen würde. Jetzt herrschte trockene Hitze im Backhaus, und der anheimelnde Geruch nach gesäuertem Teig, Kümmel, Fenchel und Anis machte es schwer, die Augen offen zu halten.

Außerdem hätte sie die Reste vom heißen Burgunder besser nicht getrunken. Hui, das sauste und brauste im Kopf, aber schön war's gewesen.

Endlich war der vornehme Gast sicher eingetroffen. Bis tief in die Nacht hatte die Herrschaft gestern gefeiert. Ein Unfall hatte Lunettas Ankunft um zwei Tage verzögert. Bei Melaten. Irgendetwas mit dem Kutscher. Kein Wunder bei dem Sturm, der sich am Ende in Kölns Gassen ausgetobt hatte, bis er müde und träg in sich zusammengefallen war. Beim Dom, wo sonst. Nun, er würde überleben. Dieser Goswin, nicht der Sturm. Schien aus hartem Holz geschnitzt. Kölner eben. Zudem war Gabriel Zimenes ein verteufelt guter Arzt und dieses Küken Lunetta eine treue Herrin, die ihm nicht von der Seite gewichen war, bis der Kutscher außer Gefahr schien.

Erschrocken schlug Tringin ein rasches Kreuz, das Mehlspuren auf dem dunklen Wolltuch ihres Kleides hinterließ, und murmelte ein Vaterunser. Ausgerechnet beim Brotbacken an den Leibhaftigen zu denken. Das würde was geben!

Sie teilte den Teig in zehn gleich große Stücke, formte neun längliche Laibe und einen runden. Sie drückte ein Loch in seine Mitte und zerkrümelte getrocknete Zweiglein von Beifuß, Rosmarin und Salbei hinein. »Der Engel des Herrn brachte Maria die Botschaft, und sie empfing vom Heiligen Geist«, murmelte Tringin mit geschlossenen Augen. »Ave Maria!« Verschwörerisch zwinkerte sie dem Brotlaib zu.

»Der ist für dich, Sidonia. Möge er aufgehen, wie du einmal aufgehen wirst. Prächtig und rund.« Vielleicht halfen die fruchtbringenden Kräuter und das Angelusgebet. Und das hoffentlich rasch. Nach Karneval und mit Beginn der vierzigtägigen Fastenzeit waren Ehepartnern alle fleischlichen Gelüste bis Karfreitag verboten. Ach, wenn man Kinder nur backen könnte!

Ein wenig hatte sie von dem mitbekommen, was Claas und seine Tochter so beredet hatten an dem Abend, als sie auf Lunetta warteten. Ein wenig hatte sie auch gelauscht, aber die beiden waren schließlich kaum zu überhören gewesen.

Sie deckte die Brotlaibe wieder ab, stellte den Schieber bereit und schielte zum Ofen. Um die eiserne Klappe hatte sich ein glutroter Ring gelegt. Sollte genügen. Mit einer Zange öffnete sie die Tür, dann griff sie sich die Feuerschippe, schaufelte die zu Asche verbrannte Glut heraus und fegte mit dem Reisigbesen nach. Schweißperlen traten auf ihre Stirn. Hölle, war der Ofen heiß.

Herrje – schon wieder dachte sie an den Teu…, den Gottseibeiuns. Sie legte den ersten blassen Laib auf den Schieber und wollte ihn eben anheben und mit Schwung in den Ofen befördern, als ein kaltfeuchter Luftzug ihren Rücken streifte.

»In drei Teufels Namen!«, fuhr sie herum.

»Was für eine herzliche Begrüßung, Tringin.«

Die Magd ließ den Schieber fallen, das runde Brot klatschte auf den Ziegelflur. »Du? Ich meine, Ihr? Ach was. Mach die Tür zu, bevor aller Teig zusammenfällt.«

»Wie lautete noch dein Spruch, um das zu verhindern? Warte, gleich hab ich's.« Der unverhoffte Gast griff sich einen unfertigen Brotlaib und ritzte ein Kreuz hinein. »Dich ritz ich, dich schlitz ich, hinfort mit der Hex'!«

»Du stiehlst mir mein Brot nicht, oder ich ziep dich«, ergänzte Tringin pflichtschuldigst. »Und jetzt halt dein Schandmaul, bis das Brot im Ofen ist.« Sie griff nach dem Schieber und gab in einvernehmlicher Zusammenarbeit mit dem Eindringling die wartenden Rohlinge nacheinander in den Ofen.

»Und was machen wir damit?«, flüsterte sie schließlich mit Blick auf den Teigklumpen am Boden.

Ihr Gast las ihn mit elegantem Schwung auf. »Den backst du für mich. Ich habe es nicht besser verdient.« Er nahm sich den Schieber und beförderte den Klumpen in den knisternden Ofen.

Tringin warf die Klappe zu und schüttelte entsetzt den Kopf. »Mein Gott, was wird das geben! Der war für Sidonia gedacht.«

»Sie wird es mir verzeihen, und schmecken tut er sicher in jeder Form. Wie die süßen Wecken, die du mir als Kind zugesteckt hast«, rief ihr Besucher und drückte die dralle Magd ohne weiteres Zögern an seine Brust.

Tringin, seine ehemalige Amme, erwiderte die herzliche Begrüßung, dann stieß sie ihn von sich weg. »Warum stiehlst du dich mitten in der Nacht über den Hinterhof ins Haus? Dein Vater wird nicht erfreut darüber sein, dass du hier bist!«

»Das würde mich wundern. Er hat mich nämlich schon vor Monaten herbestellt«, erwiderte Lambert van Berck.

3.

Der Geruch von aufgehendem Brot mischte sich mit dem Duft von Apfelblüten.

Apfelblüten? Mitten im Winter? Sidonia van Berck kniff die Augen zusammen und kuschelte sich in die Decke aus Marderpelzen und die Bilder ihres letzten Traumes: spanische Orangenhaine, die die Luft parfümierten, maigrüne Mandelbäume und die purpurfarbenen Blütenkaskaden der Bougainvillea. Es waren Bilder voll Farbe, Fruchtbarkeit und Fülle, die Lunettas gestrige Ankunft in ihr geweckt hatte. Endlich war sie da.

Ja, sie hatten Grund gehabt zu feiern, zu essen, die Laute zu schlagen und zu erzählen. Von Lunettas Reisen im Gefolge des Grafen von Löwenstein, der als *cortesano* wie sein Kaiser zwischen den Residenzen in Granada, Burgos und Valladolid hin- und herzog. Von den herrlichen Sommern in Spanien.

Sehnsucht ließ Sidonias Seele flimmern. Mühelos formte sie im Geiste inmitten der Kölner Winternacht eine sengende Sonne, die Hitzewellen durch ihren Körper sandte. Sie fühlte fließende Wärme auf ihrer Haut, ein köstliches Brennen im Nacken und eine zehrende Glut. Sidonia seufzte wohlig. Es war keine Sonne, die diese Glut erzeugte, sondern das Gesicht eines Mannes, der in ihrem Traum lächelte.

»Gabriel« seufzte sie und tastete unter der Decke nach seinem Leib. Er war nicht da. Verflucht! War er mitten in der Nacht von einem Patienten gerufen worden?

Er geht neuerdings in Hurenhäusern aus und ein, mischte sich die Stimme ihres Vaters in ihre Gedanken.

Sie riss die Augen auf, starrte suchend ins Dunkel, fand Gabriel an der Stirnseite des getäfelten Schlafzimmers. Seine kauernde Gestalt wurde vom aufflackernden Feuer beleuchtet. Er belebte die Glut des Nachtfeuers mit Apfelscheiten, daher der betörende Duft.

»Komm zurück ins Bett«, raunte Sidonia.

Gabriel erhob sich in einer fließenden Bewegung. Nackt und schön stand er da. Sie liebte ihn so sehr. Das Feuer in seinem Rücken zeichnete die Konturen seines Körpers nach, sein Gesicht lag im Dunkel. Wortlos schlug Sidonia die Decke zurück. Ebenso wortlos glitt Gabriel zu ihr unter die schlafwarmen Pelze, die der Kürschner mit Sandelholz beduftet hatte.

Sie fanden einander mit den Händen. Jede Berührung teilte Freude mit und verursachte wogendes Verlangen, verdoppelte beides. Es gab keine Scham. Sidonia formte mit den Händen die Muskeln seines Nackens nach. Harte Muskeln, die von einer aufrechten bis störrischen Haltung zeugten, von seiner Unbeugsamkeit, die sie ebenso oft in hellen Ärger wie in hungrige Aufruhr versetzte. So wie jetzt.

Gabriels Körper zu erkunden war, als ob sie jedes Mal erneut die Geschichte ihrer Liebe belebe. Eine Geschichte der wechselseitigen Verführung, der schroffen Abwehr und vollkommenen Hingabe. Jede Bewegung dieser Liebe, jede Regung war eingeschrieben in ihre Körper. Nie schienen sie einander wirklich sicher zu sein. Auch nach acht gemeinsamen Jahren barg der eine für den anderen ein unbenennbares Geheimnis.

Sie fuhr mit den Fingerspitzen der rechten Hand sein Rückgrat entlang bis hinab zu seinem festen Gesäß. Lustvoll ließ sie die Handflächen über seine Hüften gleiten, fand sein Geschlecht, pulsierend warm und aufgerichtet. Mit leisem Stöhnen presste Gabriel ihren biegsamen Körper an den seinen und hielt auch sie bei den Hüften. So verharrten sie eine Weile und genossen das Fluten der Lust.

Ihre Lippen fanden sich. Ihre Zungen vereinten sich in geschmeidigem Tanz. Sanft löste Gabriel Zimenes den Mund von ihrem, gab sein Geschlecht für ihre Liebkosungen frei. Sie streichelte ihn, bis seine Augen dunkel und weit waren vor Verlangen. Tief blickte er ihr in die Augen, während er sich über sie schob, und bewegte sich langsam auf ihr. Ihr Schoß pulsierte und weitete sich für ihn, ihr Becken hob sich ihm entgegen. Es war ein schwebender Moment vollkommener Begierde.

Gabriel unterbrach seine Bewegungen.

»Bitte«, drängte Sidonia mit angehaltenem Atem. Sie spürte, wie heftig Gabriel atmete, spürte, wie sich ihr Verlangen auf ihn übertrug. Wie er seine Lust bändigte und die ihre dadurch vergrößerte. »Nimm mich«, raunte sie.

»Noch nicht«, flüsterte Gabriel und entzog sich ihr, schob statt seines Geschlechts sanft die Hand zwischen ihre Beine. Ein Schauer der Lust durchfuhr Sidonia. Gabriel war ein kundiger Liebhaber, und nichts schien seine Leidenschaft mehr zu befeuern als die ihre. Willig gab sie sich dem raffinierten Spiel seiner Hände hin. Erst als die Lust in immer höheren Wellen durch ihren Körper flutete, sie fortzureißen schien, hob sich Gabriel wieder über sie, hielt ihren Blick mit seinen Augen fest, stieß langsam in sie hinein.

Ihre Leiber verschmolzen in wollüstiger Bewegung, suchten den Gleichklang, wurden eins in ihrem Verlangen nacheinander. Als er sich endlich in ihr verströmte, entschlüpfte Sidonia ein Schrei, den er mit tiefem Seufzen beantwortete. Dann sanken sie erschöpft auseinander und spürten getrennt dem stillen Abfluten der Begierde nach.

Würde er immer diese Leidenschaft für sie empfinden? Was, wenn sie die Lust aneinander eines Tages verlören, so beiläufig wie ein Greis die Haare und ein Kind seine Milchzähne? Ein Kind. Sidonia öffnete die Augen und starrte in das Dunkel des Zimmers. Ein Frösteln kroch über ihren nackten Rücken, obwohl sie dicht beieinanderlagen.

»Gabriel, warum ist mein Schoß unfruchtbar?«, flüsterte Sidonia tonlos und fühlte, wie die schmelzende Hitze zwischen ihnen erstarb. Im Reden welkte die Erinnerung an die Lust und schmeckte schal.

Gabriel seufzte leise. »*Querida*, du hast einen blühenden, wunderschönen Leib. Es besteht kein Grund, die Hoffnung aufzugeben.«

Sidonia biss sich auf die Lippen. »Worauf soll ich noch hoffen? Ich habe so viel getan. Zur Heiligen Jungfrau gebetet, den Zyklus des Mondes beobachtet, um den Zeitpunkt zur Zeugung zu bestimmen, wie du geraten hast, und deine Arzneien aus Goldlack geschluckt. Seit Wochen trinke ich einen Sud aus Frauenmantel, Storchschnabel und Gundelrebe ...«

Gabriel hob erstaunt die Brauen. »Dieses Rezept stammt nicht von mir.«

Sidonia schlug schuldbewusst die Augen nieder. »Ich habe es von einer Kräuterfrau.«

Gabriel schwieg kurz. »Du meinst hoffentlich keine zweifelhafte Drecksapothekerin?«

Sidonia schüttelte hastig den Kopf. »Nein. Die Kräuter stammen von einer Konventsbegine am Blaubach. Sie heißt Catlyn und stammt aus England. Dort war sie Nonne und für ihre Heilkunst bekannt, vor allem bei Frauenleiden.«

»Catlyn aus England ... seit wann kennst du sie?«

Seine Frau räusperte sich verlegen. »Mein Bruder Lambert hat sie im Herbst aus London hergeschickt und mich gebeten, auf sie Acht zu geben. Sie ist eine Glaubensverfolgte.« Nach einer Pause setzte sie hinzu: »Ähnlich wie du.«

»Nicht jede verfolgte Seele ist auch eine fromme Seele, Sidonia.«

»Oh, sie betet, sie betet erstaunlich viel. Es scheint ihr ganzer Trost.«

Misstrauisch runzelte Gabriel die Stirn. »Verschweigst du mir etwas?«

»Was sollte ich verschweigen? Alle Welt weiß, dass die papsttreuen Katholiken in Scharen vor König Heinrich fliehen, der die Klöster auflöst und jeden mit Hinrichtung wegen Hochverrats bedroht, der ihn nicht als erstes Oberhaupt der Kirche anerkennt. Catlyns Orden hat sich geweigert, mehr weiß ich nicht.«

Gabriel seufzte wieder. »Nun gut. Sollte deine tapfere kleine Nonne sich tatsächlich so gut mit Fruchtbarkeitsmedizin auskennen, dann hat der König einen Fehler gemacht. Er hat noch immer keinen Thronfolger gezeugt. Nur darum hat er sich von Katharina nach acht oder neun Fehl- und Totgeburten getrennt und mit Rom gebrochen. Ein ganzes Volk stürzt er wegen der Schwäche seiner Lenden in einen blutigen Glaubenskrieg!«

Sidonia richtete sich gereizt auf. »Mich interessieren weder die Politik noch Englands Thron! Immerhin haben beide Königinnen diesem Wüstling ein gesundes Mädchen geschenkt. Catlyn sagt, dass Katharina und Anne neben Gebeten gewisse Tränke dabei halfen.«

»Sie kennt sich anscheinend nicht nur mit Kräutern, sondern auch bei Hof erstaunlich gut aus, deine Catlyn. Für eine *Nonne*.«

Wie ertappt schlug seine Frau die Augen nieder. »Nun, sie ist keine Nonne mehr, aber mehr darf ich dir nicht sagen, ich habe es versprochen.«

»Hauptsache, sie ist keine Giftmischerin, die vorgibt, eine zaubermächtige Hexe zu sein.«

»Ich sagte bereits, sie ist sehr fromm.« Sidonia ließ sich in die

Kissen zurückfallen. »Anders als ich. Wenn ein Gift helfen könnte, würde ich es nehmen, Gabriel! Mein Leib ist spröde wie der einer Greisin.«

Versöhnlich küsste Gabriel ihre Schulter. »Eine Greisin könnte mich kaum so entflammen«. Sie schob ihn fort, doch er schüttelte nur den Kopf. »Wir müssen Geduld haben, die Schöpfung ist das größte Geheimnis Gottes.«

Wie endgültig das klang, wie hilflos. Trotz und Wut ließen Sidonia starr werden. »Vielleicht haben wir selber Schuld! Die Zügellosigkeit unserer Lust ist Sünde, sagt die Kirche«, platzte sie heraus.

»Ich denke, die Kirche hat noch weniger als die Politik in unserem Bett zu suchen«, erwiderte Gabriel mit aufkeimender Wut in der Stimme. Sidonia kämpfte gegen Tränen.

»Ich will ein stärkeres Band zwischen uns als die Begierde. Ich möchte, dass wir eine Familie haben.«

Auch diese Sehnsucht hatte Lunettas Ankunft in ihr verstärkt. Lunetta, die sie und Gabriel wie eine Tochter liebten, war kein Kind mehr, sondern eine junge Frau. Nicht mehr lange, und sie selbst würde zu alt sein, um eigene Kinder zu gebären.

Gabriel strich ihr zart über die Wange. »*Mi corazón*, ich fühle deine Verzweiflung und tue alles, um einen Weg zu finden. Lass uns darüber nicht vergessen zu genießen, was das Schicksal uns geschenkt hat. Unsere Liebe und die Leidenschaft.«

»Die Lust ist flüchtig und beliebig. Sie ist nichts«, erwiderte Sidonia bitter.

Ihr Mann legte ihr sacht den Zeigefinger auf die Lippen. »Warum redest du so abfällig von der leiblichen Liebe? Dein Körper spricht eine andere Sprache. Vertraue ihm.«

Ihrem Körper vertrauen? Ihr Körper weigerte sich seit acht Jahren zu empfangen. Sidonia drängte sich enger an Gabriel, als könne sie so dem schrecklichen Gedanken entkommen, der ihres verfluchten Vaters würdig wäre. Den, dass Gabriel und ihre Liebe so gottlos waren, dass sie kein Leben hervorbringen konnten.

Sidonia schluckte: »Die Priester sagen, dass eine Frau, die Lust empfindet, nicht empfangen kann, weil sie in Wahrheit den Teufel begehrt.«

Gabriel schüttelte mit spöttischem Lächeln den Kopf. »Die Priester sind rasch mit Teufeln bei der Hand. Dem Hosenteufel, dem Spielteufel, dem Fressteufel, dem Tanzteufel. Es werden beinahe täglich mehr. Welch eine freudlose Religion im Namen eines Gottes der Liebe! Nein, Sidonia, suche die Schuld nicht bei dir und deinem Verlangen. Die Lust ist ein Teil der Schöpfung, und Gott irrt nicht, wie unser Freund Padre Fadrique zu sagen pflegte. Es gibt Religionen, die den Liebesakt sogar als Teil seiner Offenbarung verstehen.«

»Gabriel! Das klingt wie ... wie ... Satanswerk!« Ihre Stimme verriet tiefe Abscheu. Eine Erinnerung regte sich in ihr, ein schemenhaftes Bild blitzte auf und verlosch, bevor sie es fassen konnte. Zurück blieb ein Gefühl von Entsetzen und Schuld. Sie drehte sich von Gabriel fort und drückte ihr Gesicht in die Kissen.

Ihr Mann richtete sich verärgert auf. »Ohne die Lust gäbe es das ganze Menschengeschlecht nicht. Soll ich dir eine Ketzerei verraten, an die ich zutiefst glaube, seit ich dich kenne? *Freue dich des Weibes deiner Jugend. Sie ist lieblich wie die Hinde und holdselig wie ein Reh. Lass dich ihre Liebe allezeit sättigen und ergötze dich allewege in ihrer Liebe.*«

»Was ist das?«, murmelte Sidonia misstrauisch.

»Gefällt es dir?«

»Nicht, wenn es Ketzerei ist.«

Gabriel lachte hell auf. »Es ist die Heilige Schrift.«

Sidonia hob das Gesicht. »Dann ist es keine Ketzerei.«

»In der Übersetzung von Martin Luther schon, frag Kölns Priester.«

»Ach, zum Teufel mit den Priestern.«

»Exactamente, mi amor!«

Sie lagen eine Weile schweigend da. Sidonias Gedanken waren bei Lunetta. Sie erinnerte sich an das kleine schutzlose Mädchen, das sie einst aus Kölns Gosse geholt hatte, an die dunklen Kinderaugen, voll von Schmerz. Sie hatte erlebt, wie sich dieser Schmerz zögernd aufgelöst und in liebevolles Vertrauen verwandelt hatte. Nichts hatte sie je vorher so berührt. Nach nichts sehnte sie sich mehr, als in das Gesicht ihres eigenen Kindes zu schauen, in dem sich Gabriel und ihre Züge mischten und vereinten. Sie konnte es klar vor sich sehen. Warum verweigerte Gott ihnen das Glück, ein Kind zu lieben, zu beschützen und aufwachsen zu sehen?

Entschlossen setzte sie sich auf, streifte die Decke ab. »Ich will ein Kind. Unser Kind. Gleichgültig, um welchen Preis!«

Die Kälte des Raumes zog ihre Brustwarzen zusammen, keck ragte ihr Busen vor. Gabriel betrachtete sie mit wiedererwachendem Verlangen. Wie zur Abwehr zog sie die Pelzdecke hoch und verhüllte sich damit.

»Sidonia, wir haben einander. Ich werde dich immer lieben.«

»Bist du dir so sicher?«, konterte Sidonia mit neuer Heftigkeit.

Gabriel richtete sich betroffen auf. »Wie meinst du das?«

Ihre grünen Augen blitzten zornig. »Nun, die Lust, die dir so viel bedeutet, kann ein Mann bei jedem beliebigen Weib stillen.«

Gabriel streichelte ihren Nacken wie den eines trotzigen Kindes. »Sidonia, quäl dich nicht so. *No puedo vivir sin ti.* Hörst du, ich könnte ohne dich nicht leben!« Er legte den Arm auf ihre nackte Schulter.

Sidonia schloss die Augen, biss sich auf die Lippen. Aber nein, es half nichts. Sie musste es sagen. Es lag so nah. »Warum gehst du dann in Hurenhäuser?«

Wie von einem Messerstich getroffen, fuhr Gabriel auf. Sidonia fühlte, dass Scham ihre Wangen brennen ließ. Sie war zu weit gegangen. Wie konnte sie ihm einen so hässlichen Vorwurf machen? Hatte sie nicht eben selbst die Nähe verspürt, die nur eine starke Liebe erzeugen konnte? Zur Hölle mit ihrem van Berck'schen Temperament, das jeden Schmerz nach außen kehrte, in törichte Angriffe verwandelte und zu zerstören drohte, was es liebte.

Gabriel schlug die Decke zurück und stand auf. Sidonia krümmte sich unter den Pelzen, erwartete Vorwürfe, hoffte auf eine ihrer heftigen, kurzen Streitigkeiten, auf eine erneute Beteuerung seiner Liebe. Doch ihr Mann schwieg, während er sich ein Hemd überstreifte und in schwarze Beinlinge schlüpfte. Sein Schweigen verbrannte sie bis ins Innerste. Mit nüchterner Sorgfalt nestelte Gabriel den Hemdsaum an den Beinlingen fest, griff nach Pluderhose und Wams. Erst als er vollständig bekleidet war, drehte er sich zu ihr um, schien seine Worte so sorgfältig zu wählen wie Hose und Hemd. »Woher weißt du es?«

Sidonia schnappte verblüfft nach Luft und schnellte hoch. Alles hatte sie erwartet, nur das nicht.

»Du gibst zu, dass du Huren besuchst?«

»Warum nicht?«

»Wie kannst du so kaltblütig sein! Wie kannst du unsere Liebe so verraten. Mich so beleidigen und verletzen?«

Gabriel drückte sich ein schwarzes Barett aufs Haar. »Ich bin nicht kaltblütig, sondern zornig, Sidonia. Du hast mich in jeder nur erdenklichen Weise beleidigt. Du achtest meine Liebe so gering, dass du sie mit den flüchtigen Launen eines Lüstlings vergleichst. Du nennst das, was uns verbindet, Satanswerk. Glaubst du, ich spüre den Schmerz über unsere Kinderlosigkeit nicht ebenso wie du? Ich würde alles riskieren, um dir die Mutterschaft zu ermöglichen, sogar mein Leben! Wenn du wüsstest ...« Er brach ab. »Wir werden ein anderes Mal darüber reden«, schloss er knapp.

»Gabriel, bitte ...«

Glockengeläut schlängelte sich in die Gasse vor dem Kaufmannshaus. Klingende Töne sprangen von Mauer zu Mauer, hüpften an Fachwerkhäuschen hoch und perlten hell von den Steingiebeln des Hauses van Berck herab.

»Ich muss hinaus nach Melaten und Goswin holen.« Mit diesen Worten verließ Gabriel Zimenes das Schlafgemach. Mahnend erklang der Bass zweier Domglocken und gab Kölns Pfarrkirchen den Einsatz für das allgemeine Morgengeläut. Verfluchte Glocken! Sidonia zog sich die Decke über den Kopf.

Es klingelte, bimmelte, dröhnte, schellte, wogte, zirpte und brauste von über zweihundert Kölner Kathedralen, Kapellentürmchen, Klosterdächern und dem Gestühl des nahen Rathausturms. Sidonia hielt sich die Ohren zu. Ihr Gehirn arbeitete fieberhaft. Sie würde Gabriel heute Abend um Verzeihung bitten. Sicher gab es eine Erklärung für seine Besuche bei Huren. Es musste eine geben!

Genau wie es eine Erklärung dafür geben musste, warum sie kein Kind empfangen konnte. Wenn Gabriel als hervorragender Arzt sie nicht fand und auch die englische Kräuterfrau Catlyn scheiterte, dann würde sie woanders danach suchen! Köln war voll von Wahrsagern, die mit dem Pendel arbeiteten oder mit toten Fröschen, Fischblasen oder Knochen orakelten. Ganz egal was, sie musste jemanden finden, der ihr verraten konnte, was sie tun musste, um Gabriels Kind zu empfangen.

Tringin kannte sich mit heimlichen Weibern und Fruchtbarkeitszaubern aus. Sie würde die Magd befragen. Sie würde… Halt! Was für ein Dummkopf sie war.

Sie brauchte nicht mit dem Gesinde zu plaudern oder in finsteren Gassen und Höfen umherzustreifen, um weiße Hexen oder Wunderheiler zu suchen. Der Gesang der Glocken verschwebte. Sidonia sprang aus dem Bett und begrüßte fröhlich die fahle Dämmerung. Die Stundenglocken übernahmen mit schlichter Strenge und verkündeten die achte Stunde. Rasch kleidete sie sich an. Lunetta wird mir die Karten legen!, dachte sie aufgeregt, während sie vor einem Spiegel die Haube anlegte. Das Tarot war schon einmal ihrer aller Rettung gewesen vor… Sidonia weigerte sich, den Namen auch nur im Stillen zu buchstabieren. »Vor dem Teufel«, zischte sie und sah im Spiegel nichts als Hass.

4.

Lunetta stand zögernd vor der Tür des Kontors im Erdgeschoss des Hauses. Gedämpftes Stimmengemurmel drang zu ihr. Wandfackeln warfen tanzende Schatten auf die mit Bienenwachs polierten Dielen. Tringin hatte sie noch vor Anbruch der Dämmerung geweckt und gebeten, zum alten van Berck zu kommen, der eine freudige Nachricht für sie habe, deren Mitteilung keinen Aufschub dulde. Das Mädchen betrachtete unschlüssig die kunstvoll geschnitzte Tür.

Sicher, der Kaufmann hatte sie mit großer Prachtentfaltung und Geschenken empfangen, aber sie hatte nicht vergessen, dass das einmal anders gewesen war.

Und dass er sie, seinen Ehrengast, ohne Federlesens so zeitig wecken ließ, sprach dafür, dass er immer noch meinte, nach Belieben über sie verfügen zu können, von Löwenstein oder nicht.

Und sie? Sie hatte sich so beeilt, als gehöre sie zu seinem Gesinde. Lunetta warf ärgerlich den Kopf in den Nacken. Die Scham war vorbei. Gott selbst hatte sie gestern auf dem Friedhof mit ihrer zwiespältigen Herkunft versöhnt und in Liebe angenommen! Sie krümmte den Zeigefinger, um zu klopfen, als hinter der Tür die Stimmen lauter wurden. Ein Streit schien sich anzubahnen. Sie war eindeutig zu früh. Man erwartete sie noch nicht. Sie wollte sich zurückziehen. Der nächste Satz hielt sie zurück.

»Weißt du nicht, was sich bei einer von Löwenstein gehört? Du hättest vor ihr in Köln sein müssen. Du weißt seit Monaten, dass sie kommt«, zürnte Claas van Berck. Seine Stimme war unverkennbar. Der Gesprächspartner des Kaufherrn antwortete bedächtiger.

»Was habe ich mit deiner kleinen Gräfin zu schaffen?«

»Sie ist unser Ehrengast. Du kennst meine Pläne für sie«, bellte Claas van Berck. Lunetta fuhr zurück. Ihre Augen rundeten sich vor Staunen. Voll Widerwillen beugte sie sich näher zur Tür. Ein geschnitztes Äffchen, das mit Münzen jonglierte, grinste sie höhnisch an.

»Du kannst mich nicht herumkommandieren wie einen Karrenknecht! Habe ich uns nicht einen stolzen Auftrag verschafft? Drei Prunkrüstungen, hundert Armbrüste und beste Jagdwaffen für den englischen Hof. Ich trage die Anzahlung bei mir. Es war schwer genug, das Geld sicher nach Köln zu bringen. Sind die Plattner und Schwertfeger fertig?«

»Ich will nicht vom Geschäft reden«, erwiderte Claas van Berck abfällig.

»Ausgerechnet du?«

Unwillkürlich stahl sich ein Lächeln in Lunettas Gesicht. Wer war es, der dem ehrfurchtgebietenden van Berck so frech auszuweichen wagte?

Der alte Kaufmann überging den Konter. »Ich hatte dich bereits im Herbst zum Weihnachtsfest herbestellt!«

»Der Eisgang auf der Themse hielt mich auf.«

»Ach, Larifari. Als ich in deinem Alter war, nahm ich ganz andere Gefahren in Kauf, um mir ein einträgliches Geschäft zu sichern.«

»Ich dachte, du willst nicht über Geschäfte reden«, entgegnete Claas' Gegenüber und reizte den Rüstungshändler zur Weißglut.

»Ich will wissen, was dich auf die unsinnige Idee bringt, dir in Köln ein eigenes Haus mieten zu wollen, wo ich eines der prächtigsten in der ganzen Domstadt besitze. Mehr als zehn

Schlafkammern, ein Festsaal und nicht zu vergessen die Kapelle mit mehr als hundert vom Erzbischof bestätigten Reliquien. Was willst du mehr?«

»Sicher nicht die Reliquien«, kam es trocken von seinem Kontrahenten. Wieder schmunzelte Lunetta.

»Ich dulde keinen Spott über den Glauben in meinem Haus!«

»Dann solltest du die Gründung meines eigenen Haushalts begrüßen!«

»Wozu? Hältst du es immer noch mit den Glaubensabweichlern? Diesem niedrigen Lumpenpack, dieser gärenden Ketzerjauche, diesen Papstbeschmutzern ...«

»Einer der größten Papstbeschmutzer ist unser neuer Auftraggeber Heinrich der Achte. Wagst du es, ihn als Lump zu beschimpfen? Es könnte dem Geschäft schaden.« Unverkennbar war dieser Stimme Vergnügen zu entnehmen. Das Claas van Berck nicht teilte. Seine Stimme steigerte sich zu einem Donnern.

»Die Interessen eines Königs und des Allmächtigen sind gemeinhin dieselben.«

»Wie wahr. Das Gewissen dieses Königs ist geschmeidig. Heinrich scheut nicht einmal den Kontakt zu den Wiedertäufern in Münster und den protestantischen Rebellen von Lübeck, um eine Allianz gegen den Kaiser zu schmieden. Er taucht seine reich beringten Finger tief in die Ketzerjauche. Er züchtet sie geradezu. Ganz England wimmelt von Sektierern.«

Lunetta war erstaunt von dem Ekel und der Leidenschaft, die plötzlich in der Stimme des Besuchers mitschwangen und verrieten, dass ihm Glaubensfragen alles andere als gleichgültig waren.

Der Rüstungshändler schnaubte nur. »Ein König kann es mit dem Glauben und den Weibern halten, wie er will! Du nicht. Du wirst meine Pläne erfüllen und hier wohnen.«

»Ich werde mich nicht wie Sidonia von dir beherrschen lassen, Vater.«

»Sidonia ist gern bei mir!«

Ein kurzes Schweigen folgte. Lunetta hatte genug gehört, ihre Neugier war befriedigt. Ein Zwist zwischen Vater und Sohn ging sie nichts an. Sie wollte sich von der Tür fortstehlen, als Claas van Bercks Gast antwortete.

»Und ihr Mann? Lebt Gabriel auch gern unter diesem Dach? Ein in Spanien angeklagter Ketzer? Haben deine Reliquien ihn geläutert, oder macht ihn die Liebe zahnlos und schwach?«

Mit klopfendem Herzen blieb Lunetta stehen. Wie wagte es der Kerl, so über Sidonia und Gabriel zu reden! Sie musste die Erwiderung van Bercks hören. Doch wieder nahm das Gespräch eine andere Wendung.

»Weich mir nicht aus, Lambert. Warum willst du ein eigenes Haus? Willst du heimliche Konventikel abhalten?« Seine nächsten Sätze gingen in bellendem Husten unter, pfeifend rang der Kaufherr nach Luft.

Als er verstummte, schien sein Sohn von aller Scherzlust befreit. »Alle Glaubenskämpfer sind mir gleich zuwider.« Ohne Begeisterung setzte er hinzu: »Beruhige dich, ich werde hier schlafen, bis ich ein eigenes Haus gefunden habe.«

»Aber wozu denn überhaupt ein eigenes Haus?«, jammerte der Vater.

Sein Sohn seufzte. »Sagen wir einfach, ich brauche ein Haus, um eine Familie zu gründen.« Lunetta vermeinte durch das Holz die ehrliche Verblüffung Claas van Bercks zu spüren. Und dann folgte ein rollendes Lachen, dessen Herzlichkeit sie selbst verblüffte.

»Oh, mein Sohn, mein Sohn, mein Sohn! Wie wundervoll! Da hast du mich aber mächtig aufs Eis geführt ... Nun ja, ein

Scherz ist erlaubt so kurz vor Karneval! Wenn auch nicht mit der Religion.«

Lambert stimmte freudlos in das Gelächter ein. »Setzen die Kölner Klosterbrüder zu Fastnacht nicht ihren Abt verkehrt herum auf einen Esel? Und backen die Klosterschwestern etwa keine Nonnenfürze mehr?«

»Fürwahr«, kicherte Claas van Berck. »Sie produzieren die besten und saftigsten Nonnenfürze der Welt, da kommen nicht einmal Tringins Krapfen mit. Aber genug gespaßt. Lass uns endlich über deine Heirat und die Braut sprechen, Lambert.«

»Weiß sie schon, dass sie es ist?«

»Hauptsache, du weißt es! Der Rest ist eine leichte Übung. Die Weiber haben dir immer aus der Hand gefressen.«

»Vielleicht würde ich lieber selber wählen.«

»Willst du sagen, du bist *verliebt?*« Claas van Bercks Stimmlage verriet Abscheu und Entsetzen.

»Nein, diesen bedauerlichen Zustand habe ich hinter mir.«

Lunetta wollte sich von der Tür lösen. Diese kalte Schacherei um Herzen war widerwärtig. Sie streckte dem jonglierenden Äffchen auf der Tür die Zunge heraus. Claas' nächste Sätze gaben ihr recht.

»Ich wusste, dass ich auf deinen Verstand zählen kann! Den hast du von mir. Nur Frauen heiraten aus Liebe. Deine Schwester hat es getan. Dumm wie alle Weiber. Sie lassen ihr Herz sprechen und bereuen es ein Leben lang.«

Lunetta schloss kurz die Augen. Das war eine Lüge! Gabriel und Sidonia waren voll Zuneigung füreinander. Sie hatte es gestern selbst gesehen. Die verstohlenen Blicke, die heimlichen Berührungen, das stille Einverständnis. Sie waren der Beweis, dass unverbrüchliche, leidenschaftliche Liebe möglich war und nicht tragisch enden musste wie die Ehe ihrer Eltern!

Sie wandte sich ab und eilte auf die Treppe zu. Doch selbst

einige Schritte von der Tür entfernt konnte sie Claas van Bercks sich vor Fröhlichkeit überschlagende Stimme noch hören: »Diese Lunetta wird nicht anders sein als der Rest der Weiber, aber ich habe ihr den Ehegatten mit kluger Voraussicht gewählt. Und ihr Vater hat mir sogar Geld geboten, damit das Mädchen möglichst lange bei uns bleibt.«

Lunetta gefror in der Bewegung, griff nach dem hölzernen Geländer. Im Kontor erhob der Sohn des Hauses die Stimme.

»Vergiss es, Vater. Eine Löwenstein kann mich nicht reizen.« Es war, als spucke dieser Lambert ihren Namen aus.

»Sie ist eine *von* Löwenstein! Und sogar recht hübsch. Ein wenig dünn und dunkel, aber Tringin kennt wirksame Bleichmittel für Haut und Haare. Irgendwas mit saurer Milch und Katzenurin …«

»Wie anregend! Ich soll das Bett mit einem Mädchen teilen, das nach Kloake riecht? Nun ja, immerhin entstammt sie ja der Gosse.«

»Du musst ihr nur beiwohnen, bis unser Haus einen Erben hat! Danach kannst du deinen Hosenteufel jedem beliebigen Weib verehren, so wie dein Schwager Gabriel.«

Lunetta ließ das Treppengeländer los. Ihre Knie zitterten, ihr wurde übel, der Raum drehte sich um sie. Sie taumelte und lehnte sich gegen die Holzvertäfelung der Diele.

»*Lambert!* Bleib hier.«

Die Tür zum Kontor wurde aufgerissen. Ein hochgewachsener junger Mann stürmte hinaus. »Ich kann und werde sie nie heiraten! Die Ehe ist wie ein Käfig: Man sieht die Vögel draußen verzweifelt flattern, um reinzukommen, und die drinnen wollen mit der gleichen Verzweiflung raus.«

Der Sohn des Hauses wandte den Kopf und entdeckte Lunetta. Das Mädchen errötete, stieß sich von der Wand ab, flüchtete an ihm vorbei zum Eingangsportal, riss einen der Türflügel auf und jagte ins Freie.

Feuchte Kälte umhüllte Lunetta wie ein nasses Tuch. Sie trug nichts außer einem leichten Morgengewand aus Barchent. Um sie herum entluden Knechte Lieferungen für das ehrwürdige Kaufmannshaus van Berck. Flüche und Befehle würzten die frostige Morgenluft. Schreiber und Faktoren kritzelten auf Wachstäfelchen und nahmen Lieferungen in Empfang. Lunetta schlängelte sich durch die lärmenden Menschen auf das Tor zu. Bei Gott, sie wollte hinaus und fort von hier.

5.

Kaum hatte sie das Tor durchquert, als sie das Gewimmel aus Händlern, Ratsboten, Bauern, Mägden, Mönchen und Apfelweibern zurückprallen ließ. Lunetta drängte sich an die geziegelte Mauer, die den Stadthof der van Bercks umschloss. Alles hastete durch den weichenden Morgennebel zum Hafen- und Marktviertel am Rhein. Auf der gepflasterten Patriziergasse vor dem van Berck'schen Gehöft beschleunigte jeder seine Schritte. Die Fuhrknechte trieben ihre Pferde an und sorgten für ohrenbetäubendes Rasseln und Rumpeln. Hier kam man gut voran und war froh darüber, dem dunklen, mit Eispfützen und Unflat angefüllten Gassengewinkel Kölns für einen Augenblick zu entrinnen.

Hilflos blickte Lunetta sich um. Was nun? Wo sollte sie hin? Niemand schien das Mädchen im leichten Gewand zu beachten. Niemand außer einem Handwerksburschen mit Krempenhut, der sich aus dem Schatten einer kaum mannsbreiten Stichgasse löste. Mit energischen Püffen und Ellbogenstößen bahnte er sich einen Weg, um näher an es heranzukommen.

Lunetta stand frierend und unschlüssig da, während dralle Magdweiber und schwer beladene Kiepenkerle sie zur Seite schubsten.

Sie brauchte Luft und Licht. Licht! Sie wollte ins Offene, der Enge und dem Gefühl von unterdrücktem Zorn entkommen, das sich wie ein Eisenring um ihre Brust legte. Sie sah, dass die Fernhändlergasse nur einige Schritte weiter auf eine noch größere Straße traf und sich zu einer Kreuzung weitete. Dort teilte sich der Menschenstrom wie die Gasse. Die Händler, Marktweiber und Fuhrwerke wählten den geraden Weg. Lunetta erkannte das stolze Geviert des Rathausturms, dahinter lag der Alte Markt mit seinen Kauflauben und Holzbuden, den sie von ihrem ersten Besuch in Köln noch in lebhafter Erinnerung hatte. Auf dem Alten Markt war sie als Gauklerkind über das Seil getanzt – und abgestürzt. Aleander, der Halbbruder ihres Vaters, hatte sie von Spanien bis hierher verfolgt und einen brennenden Pfeil auf sie abschießen lassen. Sidonia hatte sie gerettet und sich auf die abenteuerliche Suche nach Lunettas Vater, dem Grafen von Löwenstein, begeben. Nie hatte sie daran gezweifelt, dass er noch lebte, und recht behalten. Dafür würde sie Sidonia immer lieben, aber nicht das Haus van Berck. Den Hausherrn nicht und auch nicht den Sohn.

Eine Gruppe maulwurfsgrauer Mönche passierte Lunetta betend. Das Mädchen ahnte, dass sie auf den Dom zustrebten. Sehnsucht stieg in Lunetta hoch. Auf dem Kathedralplatz würde sie freier atmen können! Der Cherub im Gnadenportal der Melatenkapelle fiel ihr ein. Wie tröstend es wäre, noch einmal sein lächelndes Gesicht zu sehen. Aber es war unmöglich, sie konnte nicht mit gelöstem Haar und im Morgengewand durch Köln laufen. Frierend legte sie die Arme um sich, als unter grölendem Gelächter ein Rutenstreich auf ihren Rücken niederging.

Mit einem empörten Schrei drehte sie sich um. Drei Bären hatten sich angeschlichen und umtanzten sie mit gebleckten Zähnen, begleitet von Schellengeläut und Glöckchenklingeln. Bären? Lunetta riss stumm vor Staunen die Augen auf. Es dauerte eine Weile, bis sie begriff, dass es sich um drei Kostümierte handelte, die unter ihren Fellmasken halb bedrohliche, halb brünftige Laute markierten.

»Mit den Ruten streichen wir dich«, brummte einer und schlug ihr erneut auf die Schenkel.

»Mit dem Reifen fangen wir dich«, ergänzte ein anderer und warf einen großen Fassreifen über ihren Kopf, der schwer zu Boden fiel und scheppernd zu Lunettas Füßen austrudelte.

»Mit unseren Mäulern bützen …«, hob der nächste an und wurde von einem schweren Hammerschlag auf die Schulter zum Schweigen gebracht. Jaulend vor Schmerz ließ er eine Narrenschelle fallen und zog sich die Fellmaske vom Gesicht. »Was soll das?«

»Das Mädchen gehört mir. Mir und dem Herrn«, schrie sein Angreifer. Lunetta erkannte ihn sofort. Es war der Wanderhandwerker aus der Leprosenkapelle.

»Sieh an, ein schmutziger Schmied«, rief einer der Bären. »Noch dazu ein Fremdling auf der Walz!«

»Ich bin so deutsch wie du und in der ganzen Welt zu Hause«, brüllte der Wandergeselle.

»Pah. Willst du dich etwa mit ehrlichen Kölner Fassbindern anlegen?«

Das wollte er. Der Schmiedegeselle hob den Hammer und holte aus. Mit voller Wucht traf er die Nase des Rutenbären. Ein hässliches Knacken verriet, dass der Schlag so gut gezielt wie kraftvoll gewesen war. Ohne weiter einen Bären imitieren zu wollen, stieß der Getroffene ein mehr tierisches als menschliches Schmerzensgebrüll aus, fasste sich an die blutende Nase und ging in die Knie. Seine Kumpane stürzten sich auf den Schmied, schlugen ihm den Hammer aus der Hand und rissen ihn zu Boden.

»Du Sauhut! Vermaledeiter Hundearsch!«

Als fluchendes Knäuel wälzten sich die Handwerker auf der Gasse. Eine johlende Menge bildete sich vor dem Haus van Berck und feuerte sie an. Kot spritzte auf, ein streunendes Schwein wich quiekend aus. Jemand griff sich die Narrenschelle und befeuerte mit hektischem Klingeln den Kampf.

Die Menschen drängten sich dicht, waren froh über die verfrühte Fastnachtsprügelei zwischen Fassbindern und Schmied, zwei Gewerbe, deren Zünfte traditionell miteinander verfeindet waren. Und obwohl der Wandergeselle kein Kölner war und man die Schmiede wegen ihres ständigen Umgangs mit dem Feuer für Diener des Höllenfürsten hielt, waren die Sympathien auf seiner Seite. Er schien der Stärkere.

Schon drückte er sein Knie auf die Brust des einen Fassbinders, dass dieser schnaufte. Der Schmied zwang ihn in den Schmutz und schüttelte zugleich den anderen von seinem Rücken ab wie ein lästiges Tanzäffchen. Dann las er seinen Hammer auf.

Lunetta erkannte, dass der Schmied als Sieger aus der Schlägerei hervorgehen würde, und wollte sich durch den Menschenring zurück ins Haus van Berck zwängen. Doch die Umstehenden schlossen die Reihen dichter, trieben sie bis in die Mitte der Gasse.

»Immer langsam, meine Schöne«, grölte ein Apfelweib mit zahnlosem Grinsen. »Der Gewinner hat sich die Belohnung seiner Minnedame verdient! Ein Kuss ist nicht zu viel verlangt!« Mit ihrem mächtigen Bauch schubste sie Lunetta zurück in den Ring. »Nun mach schon, bald ist Fastnacht, kleine Prinzessin.«

»Bützen! Bützen«, feuerten die begeisterten Zuschauer den Schmied an, der eben mit einem herzhaften Tritt seinen letzten Angreifer in den Schmutz stieß. Mit grimmiger Miene rückte er den Krempenhut gerade, steckte seinen Hammer ins Felleisen und wandte sich zu ihr um.

Lunetta ahnte, was mit dem Wort bützen gemeint war, und war sich sicher, dass ein Kuss das Letzte war, was der Schmied von ihr wollte.

Langsam näherte sich ihr der schmutzige Mann, begleitet vom Johlen der Menge. Er hob die Hände, als wolle er seine Friedfertigkeit beweisen.

»Habt keine Angst«, raunte er, »ich weiß nun, dass Ihr zu uns gehört, ob Gräfin oder nicht! Ich bin gekommen, um Euch aus den Fängen der Finsternis zu befreien. Der Prophet des Lichts wartet auf Euch. Kommt.«

Lunetta wich zurück. Dann nahm sie allen Mut zusammen, schürzte zur Verblüffung der Zuschauer ihr leichtes Gewand, verknotete es zwischen den Beinen und schrie auf Spanisch: *»Atención!«*

Mit erstaunten Ausrufen und Blicken – nicht zuletzt auf ihre schlanken langen Beine, wichen die Umstehenden zur Seite. Lunetta nahm wütend Anlauf, die Zuschauer wichen weiter zurück. Sie drehte sich vom Schmied fort, ihre Arme schnellten vor, mühelos sprang sie in den Handstand, überschlug sich mit wirbelndem Haar und kam direkt vor dem Apfelweib wieder auf die Füße. Nein, sie hatte ihre Straßenkünste nicht verlernt. Mit dem antrainierten Gleichmut der Akrobatin neigte sie stolz den Kopf.

»Seht an, ein Gauklerkind!«, schrien die Zuschauer. »Mehr. Mehr!« Lunetta erkannte eine schmale Lücke und setzte zu einem Radschlag an, als sich ein Mann in pelzverbrämter Samtschaube zu ihr durchdrängte. Er fasste sie hart an der Schulter und zerrte die sich wehrende Lunetta mit sich.

Der Schmiedegeselle wich mit klaffendem Mund zurück und gab Fersengeld. Ganz so, als sei er dem Leibhaftigen begegnet, flitzte er die Gasse hinab, bevor der Mann im Samtumhang ihn entdecken konnte.

»Die Vorstellung ist beendet. Schert euch an eure Arbeit, verfluchtes Pack«, sagte dieser mit harter Stimme.

6.

Niemand wagte ein Widerwort. Das Handelszeichen der van Bercks, das auf dem kostbaren Umhang des Mannes prangte, genoss in Köln so viel Ansehen wie ein Adelswappen, und man wusste, wie weit die Macht des Rüstungshauses reichte: bis hinein ins Rathaus und das Amtszimmer des Gewaltrichters.

Lunetta versuchte die Hand von ihrer Schulter abzuschütteln, doch ihr Befreier zog sie mit eisernem Griff hinter sich her zurück in den geschäftigen Hof des van Berck'schen Anwesens. Erst hier drehte sich der junge Mann zu ihr um, gab ihre Schulter frei und legte ihr seine Schaube um.

»Ihr müsst frieren.« In seiner Stimme lag keine Wärme.

Lunetta schüttelte die Schaube ab und hob erzürnt den Kopf. Was war die Morgenkälte schon gegen diesen Blick? Ein Blick aus eisblauen Augen, die in scharfem Kontrast zu seinen flammroten Locken standen.

»Wo ist Eure Leprosentracht, *Lambert van Berck?*«

»Wo ist Euer Pelz, kleine Tarotspielerin? Ihr seid schon wieder zu leicht bekleidet und reizt die Schaulust des Volkes! Glaubt nicht, dass ich mir eine Gewohnheit daraus machen werde, Euch vor dem Unmut der Gaffer zu schützen, nur weil Ihr von Löwenstein heißt.«

Lunettas Gesicht verfinsterte sich. »Ich kann mich gut allein verteidigen. Schließlich bin ich ein *Gossenkind.*«

»Ihr habt das Gespräch zwischen mir und meinem Vater also belauscht?«

»Euer Vater hatte mich zum Kontor bestellt, und Eure Stimmen waren nicht zu überhören.« Verflucht, warum schmeckte diese Antwort so sehr nach Rechtfertigung?

Lambert las seinen Umhang auf und deutete eine Verneigung an. »Ich entschuldige mich für das Wort »Gossenkind«. Mein Vater reizte mich, die Beleidigung galt ihm, nicht Euch. Wie sollte ich ahnen, dass eine Tarotspielerin und die Gräfin von Löwenstein eine Person sind?«

Lunetta verzog verächtlich den Mund. »Verschwindet, ich kann allein ins Haus zurückgehen.«

»Vermutlich sogar auf den Händen! Nun, es ist mir eine Ehre, Euch zum Kontor meines Vaters zurückzubringen. Er brennt darauf, Euch eine Überraschung zu bereiten.«

»Nie im Leben werde ich Euch heiraten«, platzte Lunetta erzürnt heraus.

Spöttisch hob Lambert die Brauen. »Ich erinnere mich nicht, Euch einen Antrag gemacht zu haben. Und obwohl Ihr weit hübscher seid, als mein Vater findet, werde ich es nie tun. Darauf habt Ihr mein Ehrenwort.«

»Das Ehrenwort eines feigen Betrügers, der als verkleideter Leproser umherzieht?«

In Lamberts Gesicht kämpften Erstaunen und aufflammender Zorn miteinander. Die Wut trug den Sieg davon. »Was soll das heißen?«

»Gib mir die Karten zurück, gemeiner Dieb!«

»Welche Karten?«

»Das Tarot!«

Verblüfft starrte Lambert sie an, dann legte er den Kopf in den Nacken und lachte. Außer sich vor Zorn, fauchte Lunetta: »Was ist daran so komisch?«

»Du! Ich darf doch auch du sagen? Jetzt, nachdem wir festgestellt haben, dass wir als Gossenkind und gemeiner Dieb auf einer Stufe stehen.« Er schüttelte den Kopf. »Oh, kleine Gräfin. Ein albernes Kartenspiel ist das Letzte, was mich interessiert.«

Gereizt erwiderte Lunetta: »Das Tarot ist kein Spiel, ich kann damit Dinge erforschen, die einer anderen Welt angehören. Meine Mutter Mariflores wusste von den heiligsten ...«

»Lunetta!« Lambert packte sie bei den Schultern. Der unvermittelte Ernst seiner Stimme ließ sie erstarren. »Hüte dich davor, mit dem Heiligsten herumzutändeln.« Ganz nah zog er sie zu sich heran, bis sein Gesicht ihres fast berührte. Seine Augen fingen mühelos die ihren ein. Sie fror unter seinem Blick. Nicht, weil er kalt war, sondern so hell, dass sie glaubte, er reiche bis auf den Grund ihrer Seele. So wie der steinerne Cherub auf dem Friedhof Melaten.

Aber das konnte er nicht. Lambert war kein Erzengel Michael. Er war das genaue Gegenteil. Im Angesicht des Engels von Melaten hatte sie nur kurz an ihn gedacht, und die Augen Michaels hatten sofort die Farbe von Schwefel angenommen.

»Meide jede Ketzerei, ganz gleich, wie verlockend sie dir scheinen mag, du Kindskopf«, flüsterte Lambert plötzlich sehr sanft. »Es könnte dein Leben zerstören. Ich weiß, wovon ich spreche.«

Lunetta riss den Kopf zurück, als schlüge ihr eine Flamme ins Gesicht. »Was weißt du von meinem Leben? Nichts, nichts!«

»In der Tat, aber glaube mir, ich habe die Hölle kennengelernt. Sie ist kein Ort für ein Mädchen wie dich.«

»Für einen Dieb bist du ein merkwürdig religiöser Mann. Mein Geld ist ebenfalls verschwunden.«

Lambert ließ sie so unvermittelt los, wie er sie gepackt hatte. »Das betrübt mich, ist aber nicht verwunderlich. Die Kapelle war voller Gesindel.«

»In der Tat«, zischte Lunetta.

Lamberts Mundwinkel krümmten sich zum Faksimile eines Lächelns. »Nun komm, lass uns Freunde sein, wir werden uns in nächster Zeit häufig begegnen.«

Lunetta schüttelte widerwillig den Kopf. »Du … Ihr seid nicht mein Freund! Und ich will nicht in einem Haus voller Lügner und Betrüger wohnen.«

Ein Fass polterte hinter ihnen zu Boden und brach auf, schäumend ergoss sich Bier auf das Pflaster des Hofes. Flüche wurden laut.

»Du lenkst das Gesinde von der Arbeit ab, kleine Gräfin.« Lambert senkte erneut die Stimme. »Im Vertrauen, du solltest das Haus van Berck vor den Faktoren und Knechten nicht so laut beschimpfen. Sie könnten daran zweifeln, dass du neben einer Auswahl an leichter Bekleidung auch einen Grafentitel besitzt.«

Lunetta sah sich um und erkannte, dass Lambert van Berck recht hatte. Die Faktoren registrierten weder das geborstene Fass noch die Warenlieferungen, sondern sie. Verhaltene Feindseligkeit schlug ihr entgegen.

Verzweifelt lenkte sie den Blick zu den Mauern, die sie umgaben, tastete die prachtvolle Fassade des van Berck'schen Hauses ab. Mächtige Kranbalken, die aus dem Dachgeschoss vorragten, vergitterten sogar den Himmel. Gab es denn nirgends auf dieser Welt einen Platz, wo man sie nicht allein deshalb willkommen hieß, weil ihr Vater von Löwenstein hieß, oder sie gar verabscheute, weil sie die Tochter einer Gauklerin war?

In diesem Moment öffnete sich das Hauptportal des Hauses, und Sidonia trat hinaus. Sie blickte sich suchend um.

»Sidonia«, rief Lunetta erleichtert. Ihre Freundin entdeckte sie, raffte ihr Gewand und sprang leichtfüßig die Treppe hinab. Im Nu war sie bei ihnen.

»Lambert! Was fällt dir ein, das arme Kind hier im Hof festzuhalten! Siehst du nicht, dass sie friert?«

Ihr Bruder zog kurz die Brauen zusammen, dann verneigte er sich mit übertriebener Ehrfurcht.

»Guten Tag auch, geliebte Schwester. Es ist schön, wie sehr du dich freust, mich endlich wiederzusehen.«

»Lass den Unsinn«, erwiderte Sidonia und legte einen Arm um Lunetta. »Tringin hat mir eben erzählt, dass du zurück bist und schon einen Streit mit Vater hattest. Worum ging es diesmal?«

Lambert streifte Lunetta mit einem kurzen Blick, sah das Flehen in ihren Augen. »Es war nichts von Bedeutung, Sidonia. Und wenn du erlaubst, empfehle ich mich jetzt, um meinen Geschäften nachzugehen.«

»Hat Vater dir von seinen Plänen für Lunetta erzählt?«

Lamberts Augenbrauen fuhren erstaunt in die Höhe. »Soll das heißen, du kennst sie?«

Auch Lunetta öffnete verblüfft den Mund und schüttelte Sidonias Arm von ihren Schultern ab.

»Was habt ihr nur beide?«, rief Sidonia aus. »Natürlich kenne ich die Pläne. Ich selbst habe Vater und den Grafen von Löwenstein schließlich davon überzeugt, dass Lunetta eine Fernhandelslehre beginnen soll, bis ihr Vater zu uns kommt.«

»Eine Lehre«, stieß Lunetta ungläubig hervor. »Aber ...« Sie brach ab, als Lambert herzhaft auflachte. »Eine Lehre. Bei Gott, das ist wirklich prachtvoll.«

»Lach nicht so albern«, fuhr Sidonia ihren Bruder an. »Du wirst sie ab morgen in allem unterweisen und überall mit hinnehmen.«

»Den Teufel werde ich tun«, konterte Lambert, wandte sich um und querte mit elastischen Schritten den Hof.

»Und vergiss nicht, Catlyn zu besuchen«, rief Sidonia verärgert hinter ihm her.

Ihr Bruder warf ihr über die Schulter einen warnenden Blick zu, dann verschwand er durch das Tor.

7.

London, am selben Morgen

Die Ruder tauchten schlürfend ins Wasser und hoben sich in einem Strahl von Gischt, so hell wie Sahne. Die Themse war ein freundlicher Fluss an diesem blau-weißen Morgen, wie ihn der englische Januar selten bot. »Herrliches Wetter, Sire«, rief der Bootsmann über die Schulter seinem Fahrgast zu, einem Mann in staubgrauem Talar. »Gemacht für Könige.«

»In der Tat«, murmelte der hochgewachsene Gelehrte, während er einem toten Hund nachschaute, der aufgebläht im Wasser trieb. Ein Lächeln huschte über sein Asketengesicht mit der edlen Adlernase.

Am Ufer zeigten sich über den steilen Ziegeldächern der Stadt große Flecke von Blau, prachtvoll anzusehen zwischen den dahineilenden Wolken. Die Luft war eisig und dünner als sonst. Sie ließ die Umrisse aller Dinge scharf hervortreten und bis weit in die Ferne schauen.

»An Steuerbord könnt Ihr gleich Whitehall Palace sehen, und wenn wir Glück haben, Seine Majestät beim Tennisspiel«, rief der Bootsmann. »Er liebt diesen neuen Sport, ist auch ein exzellenter Turnierkämpfer, und …«

»Ich bezahle dich fürs Rudern, nicht für sinnloses Geschwätz«, unterbrach ihn sein Passagier barsch. »Leg bei den Stufen von Blackfriars an. Ich will in die City, nicht bis nach Westminster.«

Ärgerlich drehte der Bootsmann den Kopf. Was für ein Sauertopf und zudem Ausländer! Sah zwar vornehm aus wie ein Lord, und sein Gewand war aus teuerstem Chamelot, dafür aber grässlich trist, wie eine Mönchskutte.

Der Bootsmann spuckte in den Fluss und dirigierte seinen Kahn in Richtung des Ufers. Er warf die Landungsleine aus und zog den Nachen an den Kai, wo er dumpf auf gepolsterte Pfähle prallte.

Sein Fahrgast raffte den Talar und sprang geschmeidig auf die steinernen Landungsstufen von Blackfriars, dem weitverzweigten Klostergelände der Dominikaner. Er warf dem Bootsmann achtlos seinen Lohn vor die Füße und verschwand in einer schlammigen Gasse längs des Fleets.

Mürrisch las der Bootsmann die Geldstücke auf. Abgewetzte Münzen, die man abschätzig *old Henry's coppernose* nannte, weil des Königs Nase darauf nach nur einmaligem Gebrauch in billigstem Kupferrot schimmerte, so haarfein war die Auflage aus Edelmetall. Chapuys' Leute würden ihm hoffentlich etwas drauflegen für eine Information über das Fahrtziel des Talarträgers.

Der Gelehrte eilte durch eine finstere Gasse, in der vergipste Holzhäuser dicht an dicht standen und knarrende Ladenschilder für Schlachtprodukte warben. An deren Abfällen labten sich vor den Türen unzählige Milane und Ratten – so zahm wie Katzen. Diese Stadt war ein einziges Fressen und Kauen, dachte der Mann im Talar angewidert und stieß einen Pastetenbäcker zur Seite, der mit lockendem Werbesingsang auf ihn eindrang. »Verschwinde, du Teigaffe.«

Voll Ekel zog er einen Bisamapfel unter seinem Gewand hervor, klappte die silberne Kugel auf und sog gierig den Duft von getrockneten Pomeranzen, Nelken und Ambra ein, während er in eine gepflasterte Straße einbog.

Mit eiligen Schritten querte er die Straße, auf der Karren und Pferdewagen ein unablässiges Donnergrollen erzeugten, und tauchte in eine stille Gasse ab, deren Häuser eher von Behaglichkeit als von übermäßigem Wohlstand zeugten. Mein Gott, war diese Wohngegend alles, was Englands mächtigster Minister sich leisten konnte – oder war die Bescheidenheit geschicktes Kalkül?

Vor einer glänzenden Doppeltür machte der Gelehrte halt und klopfte. Ein Lakai in dunkler Uniform öffnete ihm.

»Melde mich Master Cromwell, ich werde erwartet.« Er wurde in die Diele geführt, wo er auf einer harten Holzbank gegenüber vom Kamin Platz nahm. Darin prasselte ein anständiges Feuer, aber es fehlte an den kostbaren Nutzlosigkeiten, mit denen die Mächtigen der Welt sich sonst zu umgeben pflegten. Es ging das Gerücht, Cromwell sympathisiere im Geheimen mit den Vertretern der neuen Lehre, diesen Narren der Enthaltsamkeit im Namen des Herrn.

Wenn er nur an die Residenz seines einstigen Gönners, des Erzbischofs von Santiago de Compostela, dachte ... An die venezianischen Spiegel, die blattvergoldeten Heiligenfiguren, die brokatbezogenen Stühle und blauseidenen Betthimmel. Auch sein eigenes Vor- und Schreibzimmer im Heiligen Offizium war prachtvoller und ehrfurchtgebietender gewesen als diese Diele eines Bürgerhauses. Jeder hatte vor ihm, dem Löwen des Glaubens, gezittert.

Kurz erlaubte sich der Mann in Grau eine Rückreise an den Ort seiner einstigen Macht und Herrlichkeit. Er hatte es verstanden zu leben, und er würde es wieder tun, nur bei weitem herrlicher. So wie es Gott schon immer für ihn bestimmt hatte. Er besaß ein Mittel, um das Könige ihn beneiden würden, er kannte einen Weg zur Macht, den ...

»Tretet ein«, winkte ihn ein Page endlich ins Tageszimmer des Hausherrn. Thomas Cromwell, Heinrichs oberster Minister und Herr über ein Netz aus Spitzeln, von denen es hieß, dass sie sogar Fenster zu den Gedanken fanden, saß hinter seinem Schreibtisch und ließ eine Feder über Papier tanzen.

Er sah nicht auf, während sein Gast in einem Lehnstuhl Platz nahm und reichlich Zeit fand, den engsten Vertrauten des englischen Königs in Augenschein zu nehmen.

Das also war der berühmte Cromwell, von dem es hieß, er könne mühelos drei, vier, ja zehn Aufgaben gleichzeitig erledigen. Die Auflistung aller Klosterbesitzungen in England und deren Konfiszierung bis hin zum letzten Mastschwein, sämtliche Gesetzesvorlagen, diplomatische Winkelzüge, selbst die Begutachtung von Nachthauben für die zweijährige Prinzessin Elizabeth gehörten zu seinen Aufgaben – vom feinsinnigeren Geschäft der Intrige ganz abgesehen. König Heinrich sagte über ihn: »Wäre Cromwell Herodes' Sekretär gewesen, die Heilige Familie wäre niemals nach Ägypten entkommen.« Kurz: Cromwell galt als Inbegriff der Effizienz.

Sein Erscheinungsbild spricht dagegen, dachte sein Besucher abfällig. Alles an diesem Sohn eines Hufschmieds aus Putney schien schwerfällig, der kastenförmige Oberkörper unter dem pelzverbrämten Samtwams, der flache, kantige Schädel, die niedrige Stirn.

Der Gelehrte räusperte sich. »Wie ich hörte, ist die Verhaftung des Grafen von Löwenstein erfolgreich gewesen?«

Cromwell schrieb weiter, ohne aufzublicken. »Eure Beweise waren eindeutig genug, um nicht zu sagen plump.«

»Sie haben ihren Zweck erfüllt.« Und ihm endlich eine Audienz bei Cromwell verschafft.

»Wie man es nimmt. Chapuys ist kein Dummkopf und sehr erzürnt.«

»Ich dachte, dass Euch das gefallen könnte«, sagte der Mann in Grau gelassen.

Endlich hob Cromwell den Blick. Seine Augen hatten die unbestimmte Farbe des Themseschlamms. Das einzig Bemerkenswerte an ihnen war die Unfähigkeit, Gefühle zu zeigen, oder, besser gesagt, die Fähigkeit, sie zu verbergen. Cromwell examinierte seinen Gast wie einen exotischen Käfer, der kurzfristig sein Interesse weckte.

»Nun, es gefällt mir durchaus, weil es diesen lästigen Spanier für eine Weile von anderen Dingen ablenkt und alle Welt nun weiß, dass die fromme Katharina eine Intrigantin war, die sich an fremde Mächte und gegen den König und England gewandt hat.«

»Womit Ihr Heinrichs Wunsch, dass Katharina nicht als Heilige und Verfechterin des wahren Glaubens ins Gedächtnis des Volkes eingehen möge, erfüllt habt!«

Cromwell wandte sich wieder seinen Papieren zu. Sein Besucher hob erneut an. »Der König wird es zu schätzen wissen, dass sein Gewissen nun ruhig sein darf. Er hat nicht eine treue Ehefrau und Märtyrerin verstoßen, sondern England rechtzeitig vor einer spanischen Schlange geschützt.«

Cromwell schrieb unbeeindruckt weiter. »Der Graf ist ein hübsches Bauernopfer, aber ich mag es nicht, wenn meine Spitzel sich meinen Kopf zerbrechen, Master Aleander.«

Der Mann in Grau setzte sich bequem in seinem Lehnstuhl zurecht, strich zufrieden seinen Talar glatt. Dass sein Name gefallen war, war ein Zeichen dafür, dass die Audienz andauern würde und er über die Sphäre der gewöhnlichen Spitzel hinausgewachsen war.

»Darf ich Euch also um die Gunst bitten, die Ihr mir im Gegenzug für meine bisherige Arbeit zugesagt habt?«

»Es wird Euch betrüben zu hören, dass Chapuys den Besitz Eures Bruders im Namen des Kaisers beschlagnahmt hat. Womit Euer erhoffter Gewinn verloren ist.«

»Keineswegs, Master Cromwell. Das Geld wird Chapuys' Ärger lindern. Mir geht es nicht um das Vermögen, sondern um die Tochter.«

»Welche Tochter?«

»Lunetta von Löwenstein.«

»Der Graf reiste nur mit Soldaten seines Gefolges an. Und nach Spanien werdet Ihr wohl kaum zurückwollen.«

»Das Mädchen hält sich derzeit in Köln auf.«

»Ihr seid erstaunlich gut informiert über die Geschicke Eures Bruders.«

»Ich habe meine Quellen und Helfer.«

Cromwell legte die Schreibfeder zur Seite und lehnte sich seinerseits im Stuhl zurück. »Einige von Euren Helfern gefallen mir ganz und gar nicht. Ihr beschäftigt Huren für Eure Zwecke. Macht sogar Nonnen zu willfährigen Dirnen. Und dann ist da dieser deutsche Wanderschmied, der seinen Dienstherrn in Smithfield um einen Zentner Blei betrog und ihn im Streit erschlug. Ihr habt ihn in meinem Namen vor dem Galgen bewahrt.«

Aleander hob wie bedauernd die Brauen und seufzte. »Es ist traurig, aber solches Gelichter ist mitunter recht nützlich für unser Werk, Master Cromwell. Und ich verwandle die schwärzesten Knechte in helle Engel!«

»Lasst das Geschwätz!«

Aleanders Miene erkaltete. »Jeder Mensch möchte das Gefühl haben, in irgendeiner unbedeutenden Hinsicht etwas Besonderes zu sein. Dieses Gefühl gebe ich meinen Anhängern, weshalb sie mir folgen wie der Faden dem Weberschiffchen. Bei den gröberen Arbeiten.«

Cromwell griff nach einem Federmesser und schnitt den Kiel einer unverbrauchten Feder zurecht. Aleander wusste, dass er mit dieser Geste auf seine bevorzugte Waffe aufmerksam machte. »Welche Arbeiten meint Ihr?«

»Nun, wozu die Huren dienen, brauche ich nicht zu erläutern. Der Schmied hingegen kann gut schlagende Argumente vorbringen. Der Abt von Bothwell etwa war daraufhin bereit, Euren Revisoren Zutritt zu seinem Kloster zu gewähren, wo just eine hübsche Predigt über die Abscheulichkeit der Reichen gehalten wurde und äußerst blasphemische Dinge zwischen einigen Mönchen und meinen als Nonnen verkleideten Huren geschahen. Der Prediger nannte es eine Messe der mystischen Vereinigung zur Reinigung von allen Begierden. Schlichtere Gemüter würden es eine Orgie fleischlicher Sünden nennen.«

Cromwells Blick schweifte zu dem ummauerten Obstgarten, der hinter den Fenstern der Tageskammer lag. »Der Prediger wart Ihr, Aleander.«

»Gewiss, und der Schmied sorgte dafür, dass ich Euren Revisoren sicher entkam, was meinen bedauernswerten Anhängern nicht gelang, da sie nackt und wehrlos im Stroh lagen.«

Auch Aleander schaute nun in den Garten.

»Ihr habt recht hübsche Birnbäume, sicher tragen sie im Herbst reiche Ernte. Auch Bothwell hatte schöne Gärten und viele Hektar Land. Wie ich hörte, konnte das Kloster, das als Bastion des aufrechten Glaubens galt, nach Entdeckung der Orgie mühelos aufgelöst werden, nicht wahr?«

Cromwell wandte ihm langsam das Gesicht zu. Staubkörner tanzten im Licht der Wintersonne wie funkelnde Juwelen zwischen ihnen.

»Überschätzt Euch nicht, Master Aleander. Ich habe den Propheten Elias erschaffen und kann ihn genauso gut wieder vernichten. Ich sorgte dafür, dass Ihr entkamt, oder glaubt Ihr, ein tumber Schmied könnte Euch vor mir bewahren, wenn ich Euch vernichten wollte?«

Aleander sank in den Stuhl zurück. »Natürlich nicht, aber der bedauernswerte Schmied glaubt es, und so können wir unser einträgliches Doppelspiel immer hübsch weiter betreiben. Ich als Prophet von Heinrichs Untergang, der bei seinen Widersachern willkommen ist, aber Euren Revisoren entwischt, weil ein Schmied ihm den Weg frei schlägt. Und Ihr als der Hammer der Mönche, der die Schlangennester der Verschwörung aushebt und leider stets neue entdeckt. Selbst da, wo man sie gar nicht vermutet.«

»Auch ohne Euer Zutun sind viele Klöster Treibhäuser der Verkommenheit.«

»Wer wüsste das besser als ein ehemaliger Inquisitor, Master Cromwell! Aber es bedarf eines großen und bibelkundigen Verführers, um die Aufrechten unter dem Klerus zu beugen und zu verführen.«

»Ihr nutzt dabei gefährliche Psalmen und deutet sie sehr frei.« Cromwell kramte einen Spitzelbericht hervor, ein zierliches Quartblättchen, bedeckt mit spinnenfeinen Buchstaben: »›Und weiterhin sah ich unter der Sonne: An der Stätte des Gerichts, da war Frevel, und an der Stätte der Gerechtigkeit, da war Unrecht ... Ich aber bin gekommen, um zu zerschlagen die falschen Richter und die falschen Könige.‹ Das riecht nach Aufruhr von unten und nicht nach der Glaubensreform von oben, die ich und der König anstreben. Wir wollen keine Unruhe unter dem Volk.«

Aleander nickte. »Ja, das dritte Kapitel der Prediger enthält viel süßes Gift für die Kritiker Eures Königs. Und glaubt mir, sie trinken es gern; selbst wenn sie allen anderen Rauschmitteln und sogar der Streckbank widerstehen, darauf fallen sie alle herein.«

»Ich hoffe nur, Ihr glaubt nicht selbst an Eure Prophezeiungen.«

Aleander hob abwehrend die wohlgeformten Hände. »Es handelt sich nur um eine wahllose Zusammenstellung der überall kursierenden Häresien. Ein wenig Luther, etwas von Calvins Gottesstaat der Erwählten und nicht zu vergessen die Visionen der Wiedertäufer vom kommenden Gott, der seinen Fürstreitern jede Ausschweifung gestattet, um sich davon zu reinigen. Etwa die Vielweiberei, ein hübscher Freibrief für zügellose Hurerei im Namen des Herrn ...«

»Euer Geist gleicht einer offenen Jauchegrube.«

Aleander beugte sich in seinem Stuhl vor und fixierte sein Gegenüber mit stechendem Blick. »Ich habe als Inquisitor von meinen Feinden gelernt, denn dies ist der sicherste Weg, sie zu vernichten. Oder glaubt Ihr nicht, Cromwell?« Wie beiläufig griff er sich ein in Leder gebundenes Bändchen vom Tisch. »Die englische Übersetzung der Psalmen von Tyndale ... Offensichtlich beschäftigt auch Ihr Euch sehr eingehend mit Ketzereien?«

Er sah, dass hinter Cromwells Stirn die Gedanken wie Ratten umherflitzten. Die Hand des Ministers zuckte, als wolle er ihm das Buch entreißen. Doch dann sagte Cromwell mit unbewegter Miene: »Die Lektüre und Zensur verbotener Schriften gehört bedauerlicherweise zu meinen Aufgaben.«

Aleander von Löwenstein nickte lächelnd und schwieg, so wie er es früher bei Befragten zu tun gepflegt hatte, bevor er sie auf die Streckbank geschickt hatte.

Cromwells Blick schweifte wieder zu seinem Obstgarten.

»Ihr wollt also dieses Mädchen? Wozu?«

»Es besitzt eine Gabe, die uns überaus nützlich sein könnte.«

»Uns oder Euch, Master Aleander?«

»Meine und Englands Interessen sind so untrennbar verbunden wie Zwillingsbrüder, Master Cromwell.«

»Kein besonders angebrachter Vergleich für einen Mann, der wie Kain alles daransetzt, seinen Bruder zu vernichten. Ich warne Euch, wir haben Euch nicht aus dem Kloster befreit, um

Euren privaten Rachedurst zu befriedigen, sondern um uns beim Kampf gegen die Feinde unseres Königs zu unterstützen.«

»Was ich von Herzen gern tue. Ich liebe England, es bietet so ungeahnte Aufstiegsmöglichkeiten.« Nach einer kurzen Pause fügte er hinzu: »Selbst für Menschen von einfachstem Herkommen.«

Ein kurzer Anflug von Ärger überschattete Cromwells Gesicht, doch er überging die dreiste Anspielung, als könne sie unmöglich auf ihn gemünzt sein.

»Was für eine Gabe, die uns nützen kann, sollte eine so junge Frau besitzen?«

»Sie sieht Dinge, die gewöhnlichen Menschen verborgen sind. Die Zukunft, ihre Chancen, Gefahren, mögliche Unglücksfälle ... Kurz gesagt alles, was es einem ermöglicht, planerisch in das Schicksal einzugreifen und Dinge abzuwenden, die höheren Interessen zuwiderlaufen.«

»Wollt Ihr sagen, sie ist eine Hexe, so wie ihre Mutter, die Ihr als spanischer Inquisitor verbrannt habt?«

Aleander schüttelte den Kopf. »Mariflores war eine kümmerliche kleine Tarotspielerin. Aber ihrer Tochter Lunetta hat Gott die Gnade mystischer Erleuchtung gewährt.«

»Woher wollt Ihr das wissen?«

»Ich kenne Lunetta seit Jahren, und in dem Kloster meiner Gefangenschaft entdeckte ich eine geheime heilige Schrift, die die Ankunft eines prophetisch begabten Kindes voraussagt, das die Sprache der Engel und die Zeichen des Herrn zu entschlüsseln weiß.«

»Ihr seid nicht der Mann, der an Wunder glaubt.«

Mit einem Mal erfasste Leidenschaft Aleander. Die Wintersonne brachte sein graues Gewand zum Leuchten, das sich bis in seine schillernd grauen Augen fortsetzte. Kaum einer erkannte, dass er die Farbe Grau nicht aus Bescheidenheit oder

Gründen der Tarnung für sich gewählt hatte, sondern weil sie ihm schmeichelte.

»Wenn Ihr mit Wundern die Phiolen voll Entenblut meint, die einige Gottesdiener gegen Geld als Reliquien vorzeigen, oder die Pfannkuchen, auf denen vorgeblich das Gesicht Jesu erscheint, so gebe ich Euch recht«, ereiferte sich Aleander. »Aber dies ist etwas anderes. Lunetta von Löwenstein besitzt die Gabe, die letzten Geheimnisse zu ergründen.« Er schwieg abrupt, wie um sich von einer plötzlichen Eingebung zu erholen. Nüchterner fuhr er fort: »Und würdet Ihr nicht gern erfahren, ob Königin Anne mit einem Thronerben oder einer weiteren Totgeburt schwanger geht?«

Cromwells Gesicht wurde zur vollkommenen Maske, sein Mund zum abweisenden Strich.

»Es heißt, dass Heinrich bereits mit anderen Frauen liebäugelt«, köderte Aleander den Minister. »Vielleicht sucht er nach einer neuen Königin. Es bedürfte eines Fingerzeiges, wie er die scharfzüngige Anne loswerden könnte, ohne sich der Lächerlichkeit einer zweiten Scheidung auszusetzen. Eine Aufgabe, die eines Mannes von Eurer Größe und Weitsicht bedarf …«

Der Minister erhob sich drohend von seinem Stuhl. Aleander registrierte befriedigt, wie klein der Mann war. So viel kleiner als er, ein geborener Löwenstein. »Was Ihr da sagt, ist Hochverrat!«

»Nun, genau das ist unser Geschäft, nicht wahr, Master Cromwell?«

8.

Köln, am Mittag

»Du hast ihr wieder nachgestellt? Zur Hölle mit dir! Du solltest nur das Haus überwachen.«

»Versteh doch, ich will meinen Frevel von Melaten wiedergutmachen.« Auf Knien rutschte der Schmied über den harten Lehmboden an die Frau im grauen Leinenkittel heran, suchte den Saum ihres Gewandes zu berühren. Sie war seine einzige Verbündete in dieser Stadt, seine einzige Verbindung zu Elias. »Ich war eben so nah daran, diese Lunetta zu ergreifen. Ich hätte sie dem Master nach England bringen können, wenn nicht ...«

»Du verdammter Narr, glaubst du tatsächlich, das Mädchen würde noch mit dir gehen, nachdem du es in der Kapelle hast töten wollen?« Die Frau runzelte ärgerlich die helle Stirn. Eine blonde Locke hatte sich unter ihrem strengen Beginenschleier in die Stirn gestohlen.

Ihr Haar ist wie gesponnenes Gold, dachte der Schmied. Selbst im trüben Halblicht des Gartenhäuschens leuchtete es, so wie die schimmernde Haut ihres weichen Halses. Alles an Catlyn war weich, sogar der englische Akzent, der ihre Stimme färbte. Weich und lockend.

Entsetzt fuhr der Schmied zurück, als er spürte, wie es sich in seiner Hose zu regen begann. Das waren Einflüsterungen des Teufels! Satan brachte das elende Fieber zurück und führte ihn wieder in Versuchung. *Ihn*, der alle Stufen und Zeremonien der

Reinigung längst vollzogen hatte und kurz davor stand, in die Sphäre der Erlösten einzugehen. Ein kommender Engel an der Seite des Propheten, frei von allen niederen Gelüsten, die ihn an diese elende Welt ketteten.

Er musste sich davon frei machen. Er musste. Seine Hand schnellte vor und haschte nach Catlyns Röcken. »Hilf mir, bitte ... Der Fürst der Finsternis kommt über mich. Das Fieber ... Ich spüre es«, flehte er. »Meine Gedanken sind unrein.«

Die Begine schlug seine Hand fort. »Lass das.«

Beleidigt fuhr der Schmied zurück. »Du weißt, was Master Elias uns über die Reinigung von allen Begierden predigt. Die Vereinigung dient der Erlösung unserer sündigen Lenden und eurer von Gott verdammten Schöße.«

Ein feines Bimmeln ertönte und rief zur Non.

»Hier ist nicht der Ort dafür.«

»Weil es ein Konvent ist? Du weißt, wir können die Welt aus den Angeln heben, wenn wir uns nur von den Säften reinigen, die Satan in uns aufsteigen lässt, um uns an ihn zu binden! Es ist ein heiliger Akt.«

»Nur unter den Jüngern Elias'«, wehrte Catlyn ab.

»Aber das bin ich.« Der Schmied krallte sich verzweifelt in den Saum ihres Kleides.

»Nicht mehr«, sagte die Begine kalt und trat nach ihm aus, traf seinen hart geschwollenen Hosenlatz. Der Schmied jaulte laut auf. Die Frau warf einen nervösen Blick aus einer kleinen Fensterluke, die mit Schweinsblasen bespannt war, während sich der Schmied vor Schmerz am Boden rollte. Unscharf zeichneten sich am anderen Ende des Gartens die Umrisse des Glockentürmchens ab, das das Hauptgebäude ihres Konvents krönte.

»Und nun geh. Ich kann dich nicht länger verstecken. Der Schellenknecht von Melaten verbreitet die Geschichte vom

Schmied und der Teufelspredigt in der Kapelle bereits als Bänkelsang in Kölns Gassen.«

»Ich ließ mich hinreißen«, wimmerte der Schmied, »ein Augenblick der Verblendung.«

»Nun, vielleicht bist du kein Krieger des Lichts, sondern nur ein verdammter Galgenvogel.«

»Ich töte nicht aus Vergnügen«, stieß der Schmied keuchend hervor und erhob sich drohend von den Knien. »Ich töte im Namen des Höchsten und für die Gerechtigkeit. Dazu hat mich der Prophet berufen.«

»Elias wird über dein weiteres Schicksal entscheiden.«

Der Schmied zuckte zusammen, fasste Catlyn beim Arm. »Hast du Nachricht von ihm?«

»Er wird bald kommen. Und nun verschwinde endlich.«

Sie schüttelte seinen Arm ab und wollte die Tür des Holzhäuschens aufreißen, doch der Schmied riss sie zurück.

»Bitte, sag Master Elias, dass ich das Mädchen zu ihm bringen kann. Es wird ganz einfach sein. Eben noch lief sie aus dem Tor hinaus, ohne Schutz«, ereiferte sich der Geselle.

Catlyn schüttelte den Kopf. »Du hast deine Gelegenheit vertan. In den Plänen des Meisters ist kein Platz mehr für dich.« Wieder leuchtete ihr Haar unter dem Schleier.

»Aber diesmal habe ich das Mädchen sogar verteidigt und ...«

»Schweig, du nichtsnutziger Prahlhans. Du weißt eine Mistforke nicht von einem Messkelch zu unterscheiden. Master Elias wird dafür sorgen, dass sie aus eigenem Entschluss zu uns kommt.«

»In der Kapelle sprach alles dafür, dass sie eine Dienerin Satans ist«, knurrte er. »Der Sturm. Das gefällte Kreuz. Ihre seidenen Gewänder, der Pelz und diese Karten, die Karten ... Sieh selbst.« Er zog eine Hand voll aus seinem Felleisen. Die Frau nahm sie, ohne sie zu betrachten.

»Das Tarot ist ihr heiliges Werkzeug, sagt Master Elias. Er nennt dieses Mädchen nur die Unberührbare. Sie wird uns große Weissagungen machen.«

Der Schmied fuhr zurück. »Das wusste ich nicht.«

»Du sollst nicht wissen, sondern glauben und gehorchen. Dein Auftrag war ein anderer.«

»Ich dachte, wenn dieser Lambert sie doch zur Frau nehmen will, dann muss auch sie ...«

»Er will und darf sie unter keinen Umständen heiraten, elender Narr! Eben darum solltest du ihn auf dem Weg von London hierher töten. Wenn ich an den Preis denke, den ich zahlen musste, um Lunetta vor den verfluchten Heiratsplänen des alten Claas van Bercks zu schützen. Ich habe meine Heimat verloren, musste Lambert ...«

»Deine Heimat ist der Herr«, korrigierte der Schmied sie schroff und ihrer Strafpredigt müde und rieb sich den Hosenlatz. Mit dem Nachlassen des Schmerzes wuchs sein Zorn.

»Rede du nicht vom Höchsten, wenn du nicht einmal die einfachsten Befehle erfüllen kannst«, fauchte die Begine. »Herrje, ein Überfall auf einen allein reisenden Kaufmann. Wie dumm muss man sein, um das zu verpatzen, wo doch an jeder Fernhändlerstraße der Tod auf den Kaufmann lauert. Gerade in Deutschland, mit seinen ungezählten Grenzen und armseligen Rittern, die aus der Räuberei ihren ganzen Unterhalt ziehen.«

»Ich kann ihn jederzeit vernichten«, stieß der Schmied grimmig hervor. Er tastete nach seinem Felleisen mit dem vom Master geweihten Hammer, fühlte die heilige Kraft. Nein, seine Seele war noch nicht an Satan verloren, sein Fieber konnte wieder in ein reinigendes Feuer verwandelt werden.

Die Begine wirbelte zu ihm herum: »Du weißt doch nicht einmal, wo er ist.«

Der Schmied reckte triumphierend das Kinn. »Doch, ich

weiß es. Als ich Lunetta vorhin ergreifen wollte, kam er hinzu, um sie zu retten.« Befriedigt sah er, dass er einen Sieg über die hochmütige Catlyn errungen und ihre Neugier geweckt hatte.

Sie wandte sich von der Tür ab und trat zu ihm hin. »Soll das heißen, Lambert van Berck ist in Köln angekommen?«

Der Schmied nickte genüsslich. »Im Haus seines Vaters. Bald ist Karneval. In der Nacht werden sich die Zecher und Raufhanse auf den Gassen herumtreiben, zahllose Händeleien sind die Folge. Dieser Lambert wäre nicht der erste Tote, den der Trubel fordert.«

Die Begine runzelte nachdenklich die hübsche Stirn. »Einen van Berck muss man in seiner Vaterstadt mit anderen Waffen schlagen als mit einem Hammer.«

»Mit welchen?«

Catlyn warf ihm einen lauernden Blick zu, in dem sich Angriffslust mit Berechnung mischte. »Keine, die ein tumber Geselle wie du beherrscht.«

»Das lass ich mir von einem dummen Weib nicht sagen, ich bin Rüstungsschmied und kann alle Waffen führen ...«

Die Begine lachte spöttisch. »Ich sprach von der Waffe des Verstandes. Kölns Gewaltrichter würden einen groben und heimtückischen Mord am Sohn des Rüstungshändlers peinlich genau untersuchen.«

Der Schmied richtete sich hoch auf. Sein Kopf berührte fast die Decke des niedrigen Häuschens. »Ich fürchte die Gewaltrichter nicht.«

Die Begine schenkte ihm einen genau kalkulierten Blick der Anerkennung. »Du bist mutiger, als ich annahm«, sagte sie mit einem Mal sehr sanft.

»Ich bin dem Galgen schon einmal entronnen«, protzte der Schmied und schnitt mit rascher Geste einen imaginären Strick durch.

»Dank Master Elias.« Die Begine senkte die Stimme und gab ihr jenen schmelzenden Klang, der ein Echo ihres lockenden Leibes war. »Diesmal würde er dir nicht helfen, es sei denn, du wärst zu einem großen Opfer bereit.« Der Schmied spürte, wie ein erneutes Beben von Lust und gerechtem Zorn sich in ihm zu einer einzigen untrennbaren Leidenschaft mischte. Er sehnte sich danach, sich von der fleischlichen Begierde zu befreien, um das einzig wahre Licht zu schauen. Das Licht des Propheten Elias.

»Ich bin bereit, für ihn und unsere Sache in den Tod zu gehen«, sagte er entschlossen.

Ein Funkeln stahl sich in Catlyns Augen. »Bist du das wirklich?«

»Ich schwöre es. Diesmal werde ich Lambert vernichten, egal, was es kostet!«

»Dann musst du es vor den Augen der ganzen Welt tun und dich im Anschluss daran selber richten. Nur so werden keine Fragen bleiben und niemand, der unsere Glaubensgemeinschaft verraten könnte. Bist du zu diesem Opfer für das Heiligste bereit?«

Der Schmied zögerte, ihm sanken die Schultern herab.

Die Begine trat mit wiegenden Schritten auf ihn zu. Sie legte die Hand auf seinen Hosenlatz. »Ich spüre, dass Satan dich noch in dieser Welt festhalten will.«

Der Schmied spürte es ebenfalls. In Wellen brach sich die Lust in ihm Bahn, die knotigen Verwachsungen an seinem Hals begannen zu blühen, zu schwellen. Er fiel wieder auf die Knie und griff wie zu Anfang nach dem Saum ihres Gewandes.

»Läutere mich. Schenk mir die Kraft, vor meinen Schöpfer zu treten. Erlöse mich von den Fesseln der Sinnlichkeit.«

Die Begine reichte ihm ihre weiße Hand mit der nachlässigen Eleganz einer Hofdame und zog ihn nach oben. Gierig drängte der Schmied sich an sie. Catlyn schob ihn sanft von sich fort und nestelte seinen Hosenlatz auf, ohne hinzuschauen. Hart sprang das Glied des Schmieds hervor. Eher sachlich als liebkosend legte Catlyn ihre weichen Hände darum, begann es mit dem Geschick einer Hure zu streicheln.

»Nicht so«, seufzte der Mann und wischte ihre Hand fort, bevor sie die harten Geschwüre an der Unterseite seines Gliedes ertasten könnte. Er griff sie bei den Hüften und zwang sie zu Boden. Die Begine schloss die Augen und ließ ihn gewähren. Im uralten Akt der Unterwerfung zog der Schmied sie unter sich, schlug ihr das Gewand über das Gesicht, drang in ihren Leib. Der Schweiß brach ihm aus jeder Pore, während er sich wie ein Rasender immer und immer wieder in sie hineintrieb, bis er in ihr zerbarst. Die Manneskraft hatte ihm die französische Krankheit nicht genommen. Er spürte, dass sein Fieber nachließ und seine Gedanken sich wundersam klärten.

Keuchend rollte er sich von der Begine herunter. Sie richtete sich auf und fuhr sich hastig mit ihren Röcken zwischen die Beine. Das Gebende ihres Schleiers hatte sich gelöst. Lehm klebte in ihren Locken, nahm ihnen Farbe und Glanz. Der Schmied sah es mit Genugtuung.

»Ich hoffe, du bist nun bereit, deine Pflicht zu tun, nachdem ich die meine an dir erfüllt habe«, sagte Catlyn kalt.

»Was ist das irdische Leben schon gegen das Paradies, das mich erwartet«, gab der Schmied beseligt zurück. »Die Vermählung der gereinigten Seelen in Ewigkeit.«

Dritter Teil

Die Liebenden

Eine Seele,
die durch die Augen zu sprechen vermag,
kann auch mit Blicken küssen.

Spanisches Sprichwort

1.

KÖLN, 17. JANUAR 1536

Lunetta wich geschickt einer überfrorenen Pfütze aus, in der sich kaltes Winterlicht fing. »Ist es wirklich nötig, dass wir einen so weiten Gang durch die Stadt wagen? Du hättest Tringin schicken können.«

Sidonia winkte ab. »Tringin hat genug mit den Vorbereitungen für Vaters großes Fastnachtsfest zu tun. Kölns beste Familien sind morgen Abend eingeladen, damit er mit dir angeben kann. Und da du mir die Tarotkarten nicht legen willst, muss ich mein Glück weiter mit Catlyns Kräutern versuchen. Sie schickte mir eine Nachricht, dass sie eine neue Mischung gefunden habe.«

»Ich kann dir die Tarotkarten nicht legen, weil ich sie nicht mehr habe«, protestierte Lunetta verlegen. Es tat ihr weh, ihre Freundin mit den kummervollen Fragen nach ihrer Unfruchtbarkeit sich selbst zu überlassen. Ebenso wie es ihr schwerfiel, die Heiratspläne Claas van Bercks vor Sidonia zu verheimlichen. Aber sie war kein hilfloses Kind mehr. Sie wollte sich diesem alten Despoten allein widersetzen – so wie Lambert es getan hatte.

Schweigend setzten sie ihren Weg fort.

Sidonia warf Lunetta einen raschen Seitenblick zu. Sie hatte seit Tagen das Gefühl, dass Lunetta etwas vor ihr verbarg. Wie zum

Beweis senkte das Mädchen die Augen, als müsse es den Weg vor sich genauer inspizieren. Dabei war heute ein leichtes Vorankommen. Frost hatte den Schlamm der Gassen in eine feste Kruste verwandelt, sodass sie statt auf lästigen Stelzenschuhen auf weichen Ledersohlen gehen konnten.

Sie bogen von der Hohen Pforte in das Viertel der Woll- und Tuchfärber beim Blaubach ein. Vor ihnen lag der Waidmarkt, wo rötendes Krapp, gelbes Saflorpulver, scharf riechende Beizen und die wichtigste Pflanze zum Blaufärben, der Waid, gehandelt wurden. Der Platz vor der Jakobskirche summte vom Werben und Feilschen und dem fröhlichen Gefiedel einiger Spielmänner, die Fastnachtslieder zum Besten gaben.

Ja, auf Papst und Kaiser jeder Zecher
Hebt in Freuden seinen Becher!
Trinkt, ihr Männer, trinkt, ihr Weiber,
Trinkt, ihr Gönner, trinkt, ihr Neider,
Trinkt, ihr Krieger, trinkt, ihr Pfaffen,
Trinkt, Verbrecher, Lumpenpack,
Trinkt, ihr Edlen dieser Stadt!

Saufen, das ist unser Leben,
Trinken, bis uns nichts mehr hält.
Bacchus schenkt uns seinen Segen,
Jedem, der hier lässt sein Geld.
Und die, die Böses von uns sagen,
Die uns fluchen unverhohlen:
Ach, zur Hölle soll'n sie fahren,
Soll sie doch der Teufel holen!

In riesigen Körben boten die Waidhändler den zu handlichen Klößen geformten und getrockneten Farbstoff an. Krämerinnen bewegten sich mit schwingenden Hüften zwischen Markttischen und boten aus glühheißen Kannen Würzwein an, Bäckerjungen hielten aus Bauchläden knusprige Brezeln und süßes Backwerk feil. Sidonia winkte einen von ihnen heran und erstand für sich und Lunetta zwei Schmalzkrapfen, die nach Korinthen und Rosenwasser dufteten.

»Hier«, bot sie dem Mädchen einen Krapfen an und biss herzhaft in den ihren. »Ich liebe das Fastnachtsgebäck. Es entschädigt einen für die mageren Wochen mit Walfischspeck und Erbsgemüse bis Ostern.«

Lunetta gab ihr genüsslich kauend und mit einem Nicken recht. »Aber deinem Vater wird unser Ausflug in ein Viertel wie dieses nicht gefallen.«

»Nun, das macht den Ausflug umso reizvoller, findest du nicht?«, erwiderte Sidonia augenzwinkernd. Lunetta grinste spitzbübisch zurück. Sie hatten sich von Tringin grobe Wollumhänge geborgt und sahen aus wie Mägde oder Bauersfrauen. Eine Tarnung, die Sidonia in ihren Jugendjahren oft angewendet hatte, um dem väterlichen Haus zu entkommen.

Und in der Tat, es war herrlich, so frei durch die Gassen zu streifen. Sie überquerten eine kleine Steinbrücke, die über den Bach in der Mitte der Straße führte, und erreichten eine Reihe armseliger Häuschen und Höfe, vor denen Männer mit glasigen Augen auf Bänken hockten. Hin und wieder erhob sich einer von ihnen torkelnd und verschwand im Hof, um sein Wasser abzuschlagen.

Lunetta hielt gebührenden Abstand von den Betrunkenen.

»Wir haben doch keinen Feiertag. Warum arbeiten sie nicht?«, wunderte sie sich.

»Aber das tun sie doch«, raunte ihre Freundin vergnügt. »Sie machen blau.« Sie sah ihren fragenden Blick und verstand: Ein Mädchen, das zunächst bei Gauklern und dann bei Hof aufgewachsen war, kannte die einfachsten Geheimnisse und Techniken des gewöhnlichen Handwerks nicht. »Es ist Montag. Die Färbergesellen und Meister haben den ganzen Sonntag über kräftig gezecht, um einen sehr wichtigen Stoff für ihr Färbehandwerk zu produzieren.«

»Welchen?«

»Männerurin«, lächelte Sidonia. »Man muss ihn der Waidbrühe zufügen, damit sie von gelblichem Braun auf sattes Blau umschlägt, wie auf diesen Tüchern.« Sie wies auf einen Holzrahmen im Hof eines Färberhauses, über den leuchtend blaue Laken gespannt waren, um in der Sonne zu trocknen.

Der Frost dämpfte gnädigerweise den stechenden Geruch, der von den Tüchern zu ihnen herüberwehte, dennoch musste Lunetta sich schütteln und schnupperte instinktiv an ihrem Wollumhang. Die Aromen von Lavendel und mottenvertreibendem Weihrauch entstiegen dem Stoff.

»Keine Angst«, lachte Sidonia, »bevor diese Tücher auf den Markt kommen, werden sie im Bach ordentlich gewaschen. Eine Arbeit, die die Färber meist ihren Frauen überlassen. Macht ja auch weit weniger Spaß als das Bläuen am Montag!«

Lunetta stimmte in ihr Lachen ein. »Ach Sidonia, ich wünschte, ich wüsste so viel von der Welt wie du!«

Ihre Freundin hob verblüfft die Brauen. »Du bist gereist, hast viele Länder gesehen, warst an den Höfen Europas zu Gast. Worum könntest du mich beneiden?« Wehmütig sah sie einigen Kindern zu, die mit Stöckchen kleine Rindenboote über den Blaubach trieben.

»Ich beneide dich darum, dass du in der wirklichen Welt lebst, wo alles seine fest gefügte und überschaubare Ordnung hat«, sagte Lunetta. »Ich kenne nur Welten, in denen nichts wirklich sicher ist und trügerischer Schein regiert.«

Sidonia nickte langsam, sie hatte mit ihrer Vermutung also richtig gelegen. Weder als Gauklerin noch bei Hof hatte Lunetta sich je wirklich wohl gefühlt.

»Tröste dich, ich werde dich noch oft genug mit den höchst überschaubaren Regeln des Fernhandels langweilen«, rief sie fröhlich und wischte sich Zuckerkrümel aus den Mundwinkeln. »Und damit es nicht gar zu öde wird, werde ich Lambert schon noch überreden, dich zu unseren Schmieden und Schwertfegern mitzunehmen. Und in den Hafen, wo unser Stahl angelandet wird. Das ist eine wirklich aufregende Welt.«

»Ich möchte von Lambert nichts lernen«, warf Lunetta ein.

Sidonia fasste sie bei der Hand »Worüber habt ihr euch nur gestritten? Ich weiß, dass mein Bruder eine herzlose Spottdrossel sein kann, aber glaube mir, im Grunde ist er voll aufrichtiger Leidenschaft. Seine abweisende Art dient seinem Schutz, seit er wegen lutherischer Umtriebe im Gereonsloch saß. Ihm drohte der Galgen! In Wahrheit ist er einer der warmherzigsten Menschen, die ich kenne.«

Lunetta schwieg. Das Schlimme war, dass sie inzwischen ganz ähnlich dachte. Doch immer noch eingebrannt in ihre Seele war dieser eindringliche Blick aus Lamberts Eisaugen, als er sie warnte: *Hüte dich davor, mit dem Heiligsten herumzutändeln ... Es könnte dein Leben zerstören.*

Sidonias Bruder hatte auch nicht wie ein ertappter Dieb gewirkt, als sie ihn wegen der Karten und des Geldes angeklagt hatte. Sein Zorn war ehrlich gewesen und – Sidonia hatte recht – leidenschaftlich. Er passte zu der Flammenfarbe seines Haares, so wie seine Kälte zu den Eisaugen. Wie reizvoll es wäre, das Tarot nach seiner wahren Natur zu befragen.

Unsinn!, schalt sie sich. Er geht mich nichts an, und das Tarot ist verloren.

»Wir sind da«, riss Sidonia sie aus ihren Gedanken und klopfte an die vergitterte Pforte eines Konvents. Eine alte Begine trat heraus, beladen mit einem Korb frisch gewaschener Chorhemden. »Kommt nur herein, Frau van Berck. Catlyn ist im Garten bei ihren Kräutern.«

Zuvorkommend hielt sie den beiden Frauen die Pforte auf, bevor sie in die Gasse eintauchte, um die Hemden bei der Jakobuskirche abzuliefern.

Sidonia und Lunetta betraten den Konventshof und atmeten genüsslich die reine Luft und den Frieden ein, der über dem Geviert aus weiß getünchten Häuschen lag.

»Ein wundervoller Ort«, flüsterte Lunetta.

Sidonia nickte. »Ja, und ein sicherer. Hier gilt das schützende Kirchenrecht. Kein Ungebetener darf in einen Konvent eindringen, selbst unsere Stadtväter haben hier keine Macht. Darum hat Lambert Catlyn aus London hierhergeschickt. Er musste sie für eine hübsche Summe in den Konvent einkaufen, damit sie eine Weile in Frieden leben kann.«

»Eine Weile? Ist sie denn nicht verpflichtet zu bleiben?«

Sidonia lachte. »Das eben ist das Gute am Beginenleben, man kann es jederzeit beenden, etwa um zu heiraten. Beginen sind keine Nonnen im strengen Sinne, sondern ehelose Frauen, die sich freiwillig einer Ordensregel unterwerfen. Ohne die ewigen Gelübde abzulegen, führen sie ein Leben in klosterähnlicher Gemeinschaft, während sie Christus in der Welt als Wäscherinnen für die Mönche, Siechenmägde und Totenwächterinnen dienen.«

Lunetta hielt ihr Gesicht in die blassgelben Strahlen der Sonne. Sie spürte, wie ein warmes, fast zärtliches Gefühl ihre Brust weitete. »Dein Bruder scheint wirklich ein Herz für Verfolgte des Glaubens zu haben. Es ist selbstlos und großzügig von einem ehemaligen Lutheraner, eine arme, papsttreue Nonne zu beschützen.«

Sidonia lachte leise. »Es freut mich, dass du endlich die lichten Seiten seines Charakters erkennst. Sie überwiegen seine Fehler, glaube mir.« Mit diesen Worten fasste sie Lunetta bei der Hand und führte sie über den stillen Hof zu einer Gartenpforte neben dem Hauptgebäude. »Das Beginentum ist kein schlechtes Leben. Jede der Frauen hat ein eigenes Häuschen. Und warte erst, bis du den Garten siehst.«

Sie stieß ein Lattentor auf. Ihr Atem bildete Federwölkchen in der kühlen Luft, als sie es durchquerten und in den ummauerten Garten traten. Er war klein, aber ebenso hübsch geometrisch angelegt wie ein klassischer Klostergarten. Die mit Buchsbaumhecken umfassten Beete für Heil- und Küchenkräuter, Gemüse und Blumen bildeten ein Kreuz von dunklem Braun. Die Erde war vom Frost verkrustet, aber bereits frisch umgegraben und aufgefurcht, bereit, eine neue Saat zu empfangen.

Winterharte Salbeisträucher und silbergrüner Rosmarin sorgten für Farbtupfer. In der Mitte des Beetkreuzes war ein Brunnen aufgemauert, der von einem Sadebaum beschattet wurde. Dort stand, mit dem Rücken zu ihnen, eine junge Frau in einem groben Leinenkittel und pflückte eifrig abgestorbene Blätter.

»Catlyn«, rief Sidonia. Die Angerufene zuckte kurz zusammen, ließ die Blätter rasch in einer Schürze ihres Kittels verschwinden und drehte sich zu ihnen um. Ihr spitzes, herzförmiges Gesicht erinnerte Lunetta an das eines Eichhörnchens. Es war von reizvoller Unschuld und wurde von blauen Augen beherrscht.

Unter ihrem grauen Novizinnenkopftuch wuchs blondes Haar nach. Lunetta stutzte, denn es schien mit einem Brenneisen gelockt zu sein. Die Freiheiten der Beginen mussten tatsächlich groß sein.

Mit wiegenden Schritten kam Catlyn auf die beiden Frauen zu. Alles an ihr war weich und fließend. Unter dem groben Leinenkittel zeichnete sich ein üppiger, lockender Leib ab. Mit einer nachlässigen Bewegung ihrer weißen Hand strich Catlyn sich eine Locke aus der Stirn.

Sie ist nicht, was sie scheint, durchfuhr es Lunetta plötzlich, und sie wurde von jähem Entsetzen gepackt. War das nicht Blut, das aus ihrem Hals hervorquoll? Alberne, alberne Visionen. Um sie abzuschütteln, sagte sie rasch: »Sie ist so ... wunderhübsch. Fast wie ein ... Engel.«

Sidonia lächelte. »In der Tat. Und Lamberts Interesse an ihr ist auch nicht ganz so heiligmäßig, wie du denkst.« Verschwörerisch senkte sie die Stimme. »Catlyn ist Lamberts Verlobte. Vater wird toben, wenn er es erfährt!« Sie hielt inne. »Was ist mit dir, Lunetta? Warum bist du mit einem Mal so bleich? Dich wird Vater mit seinem Zorn gewiss verschonen.«

2.

London, der Tower, zur gleichen Zeit

Eine kurze, eiskalte Brise bauschte Don Chapuys' schwarzgelben Prunkmantel und zerrte daran wie eine ungeduldige Geliebte. Der drahtige Spanier stand neben dem Grafen von Löwenstein auf einem der schmalen Wehrgänge des Towers. Die Blicke der Männer waren auf die im Sonnenschein glitzernde Themse gerichtet. Träge durchpflügten Kähne, Prunkbarken und Ruderboote den Fluss. Jenseits der London Bridge, deren Steinbögen den Strom kurzfristig in reißende Sturzbäche zerteilten, die nur bezahlte Bootsmänner zu durchschießen wagten, war die Themse ein heiteres Gewässer für jedermann. Schänken, Docks und Werften säumten das Ufer zu Füßen des Towers.

»Welch eine prachtvolle Aussicht«, schwärmte Chapuys, während er einen Brotfladen zerpflückte und die Brocken kreischenden Möwen zuwarf, die den Wehrgang umflatterten. »Und das schöne Wetter hält an, *mi amigo*. Wir haben Glück.«

»Glück!«, stieß der Graf entgeistert hervor. »Ihr vergesst, dass wir im Tower sind! Dies ist das mächtigste Gefängnis Englands.«

»Nur für Euch, mein bedauerlicher Freund, nicht für mich.«

»Als könnte ich das vergessen.«

Chapuys warf ihm einen tadelnden Blick zu und klopfte sich sorgsam letzte Krümel von seinen saffiangelben Handschuhen. »Ich darf Euch versichern, dass es weit schrecklichere Gefängnisse als dieses in London gibt. Hier hält man sogar Könige gefangen. Und habt Ihr nicht eine hübsche Unterkunft erhalten?«

Sein Blick streifte den zinnenbewehrten kleinen Turm, der nur wenige Schritte entfernt die Mauer krönte. »Sogar mit freiem Blick auf die Themse, dazu ein Schreibzimmer mit Kamin, eine abgetrennte Schlafkammer. Vielleicht erlaubt man Euch sogar, die königliche Menagerie des Towers zu besuchen mit ihren Löwen und Elefanten. Ein einmaliges Erlebnis! Die Menschen flüstern sich viele Schauermärchen über den Tower zu, dabei verlassen die meisten Verurteilten ihn lebend und bekommen seine Katakomben nie zu Gesicht.«

»Unter Heinrich hat sich das geändert.«

Chapuys seufzte. »Ja, seit er überzeugt ist, dass zwischen Gott und seinem Gewissen kein Unterschied besteht, färbt sich das Grün auf dem Tower Hill viel öfter rot.« Seufzend sog er die kalte Luft ein, in der ein Hauch von Meeressalz mitschwang. »Dennoch, was gäbe ich darum, einmal in solcher Abgeschiedenheit entspannen zu dürfen. Fern vom Lärm des Hofes, in guter Luft und ...«

Der Graf ballte die Fäuste. »Chapuys, es bleibt ein Gefängnis, verdammt! In das unter anderem Ihr mich hineingebracht habt.«

»Gewiss«, erwiderte der Botschafter gelassen. »Und das zu besten Bedingungen. Hätte ich der Verhaftung nicht beherzt zugestimmt, hätte Euch die Leibgarde abgestochen, oder Ihr wärt in einem von Cromwells Verliesen verschwunden. Tief unter der Erde, umgeben von Abschaum in menschlicher und tierischer Ausprägung, angekettet an einen Pfahl, besudelt mit Euren eigenen Ausscheidungen, ohne Nahrung, gewürgt von einem Halseisen und ohne den tröstlichen Zuspruch Eures treuen Freundes ... Master Elias hat sich das zweifellos so ausgemalt. Aber er hat nicht mit mir, Eustace Chapuys, gerechnet.«

»Schon gut, ich habe verstanden«, unterbrach ihn Adrian von Löwenstein schroff. »Ihr habt mir einen Gefallen getan. Aber erlaubt mir, dass ich mir meine Dankbarkeit aufspare, bis Ihr mich hier endlich herausgeholt habt.«

»Ssscht. Nicht so laut«, warnte Chapuys mit Blick auf den Yeoman Warder, der im blauroten Waffenrock und mit aufgepflanzter Hellebarde vor dem Eingang zu den Turmkammern des Grafen auf Posten stand.

»Die Zeit ist noch nicht reif, und hier seid Ihr einstweilen viel wertvoller für mich. Cromwell geht auf Zehenspitzen, wenn er mich sieht. Er fürchtet meinen Zorn.« Selbstgefällig zwirbelte der Spanier sein Bärtchen.

Adrian von Löwenstein senkte voll Widerwillen die Stimme. »Tut Ihr überhaupt etwas, um mich von den lächerlichen Anschuldigungen zu befreien? Die Briefe stammten nicht von mir.«

»*No!* Es waren Cromwells Abschriften meiner Geheimpläne.«

»Dann solltet Ihr hier einsitzen!«

Chapuys winkte ab. »Wegen solcher Lappalien verhaftet man nicht den ständigen Botschafter des Kaisers. Man wollte *Euch* schaden. Und nun beruhigt Euch, ich stelle Nachforschungen an. So wie Ihr es gewünscht habt. Und ich darf sagen, sie waren ausgesprochen erfolgreich. Und sogar den spanischen Interessen nützlich, *conde*. Cromwell ... «

»Mich interessiert Cromwell nicht. Ich muss hier heraus, Chapuys, bevor Aleander ...«

»Master Elias!«

»Wie auch immer er sich nennt, Aleander darf nicht nach Köln gelangen.«

Chapuys hob bedauernd die Brauen. »Er ist bereits dort.«

»Wie konntet Ihr das zulassen?«, schrie der Graf und krallte die Hände in die Mauerbrüstung, als wolle er den Stein zerbrechen. Der Yeoman löste sich drohend von seinem Posten beim Tor.

»Tut, als sei Euch schlecht. Nun macht schon«, zischte Chapuys. Löwenstein brachte einen würgenden Laut hervor.

»Ihm ist übel«, rief Chapuys in Richtung des Wächters. »Mach schon, hol Wasser, Mann.« Der Yeoman tauchte in den Gefängniskammern des Grafen ab.

Löwenstein drehte sich zu Chapuys um, sprach in verzweifelter Hast auf ihn ein.

»Tut etwas für meine Tochter ... Schickt Eure besten Spitzel aus, einen Trupp bewaffneter Männer.«

»Ich verfüge nicht über Soldaten, und meine Spitzel haben genug damit zu tun, Master Cromwells Spitzel von dem gröbsten Unfug abzuhalten, wie etwa weitere Anschuldigungen gegen Euch zu ersinnen. Das kostet eine Menge Geld, aber es ist gut angelegt.«

»Chapuys, ich flehe Euch an, tut etwas für Lunetta.«

»*Mi amigo*, immer mit der Ruhe. Wer meint, alle Früchte werden mit den Erdbeeren reif, der versteht nichts von Trauben.«

»Ihr widert mich an. Mein Kind ist in Lebensgefahr!«

»Hört endlich auf zu schreien«, erwiderte Chapuys und packte den Grafen beim Arm. »Die Zeit und sogar Master Elias arbeiten für uns. Er will Eure Tochter um jeden Preis nach England holen. Er hält das für eine brillante Idee. Und ich, Eustace Chapuys, ebenfalls – wenn auch aus anderen Gründen. In Köln kann ich nichts für das Mädchen tun. Hier in London hingegen habe ich Einfluss ...«

»Was gibt Euch die Gewissheit, dass er sie nicht tötet?«

»Ganz einfach. Er hat Euch am Leben gelassen.«

»Ich verstehe nicht.«

»Das merke ich, *compadre*, das merke ich. Als Soldat solltet Ihr wissen, dass man das Leben seines Feindes bisweilen schont, weil man ihn noch als Lockvogel braucht. Und genau das seid Ihr. Oder glaubt Ihr, Eure Tochter würde Aleander, dem Mörder ihrer Mutter, freiwillig folgen? Also genießt Euer Leben in diesem hübschen Käfig. *Comprende?*«

Graf Löwenstein atmete tief ein. »Gott gebe, dass Ihr recht habt, Chapuys, aber bitte, schickt Lunetta wenigstens eine Warnung!«

»Ich habe ihr etwas weit Hilfreicheres geschickt. Ein Buch, das ich unter Euren Sachen fand. Es heißt *Die Geheimnisse des Tarots*. Ihre Mutter schrieb es, nicht wahr?«

»Beim Blute Gottes! Das Buch könnte ihr Todesurteil sein. Es ist Ketzerei. Ich habe Lunetta verboten, das Tarot jemals wieder zu nutzen, und alles getan, um sie vor dem Schicksal ihrer Mutter zu beschützen, Ihr müsst von Sinnen sein.«

»Ketzerei? Verflucht, Löwenstein. Ihr seid Euch selbst der größte Feind, und es ist Ketzerei, dass Ihr Eure Tochter nicht für das liebt, was sie ist!«

»Wie könnt Ihr es wagen, meine Liebe für mein Kind anzuzweifeln?« Außer sich vor Wut wollte der Graf nach dem Wams des Botschafters greifen. Der wich ihm mit einem Sprung aus.

Die Hellebarde des Wächters sauste zwischen beiden nieder.

»Schluss damit!«, herrschte der Wachmann den Grafen von Löwenstein an.

»Danke.« Chapuys rückte sein Barett zurecht. »Ihr habt gerade meinem Wams das Leben gerettet.«

Misstrauisch zog der Yeoman die Brauen zusammen.

»Guter Mann«, winkte Chapuys ab. »Ich war nicht in Gefahr. Der Graf vergisst nur gelegentlich, dass ich sein Freund bin und unser Schicksal sicher in Gottes Hand liegt. ›*Solo Dios basta*‹, wie mein seliger Beichtvater Fadrique zu sagen pflegte. Gott allein genügt! Und ein paar Orangen, um die Gesundheit zu erhalten. Ihr mögt doch Orangen, *conde?* Ich werde Euch täglich welche schicken.«

Der Botschafter schob seinen Degen zur Seite und hüpfte die Treppe des Wehrgangs hinab. Munter wippte die Feder seines Baretts, während er eine Grünfläche überquerte und zwei der gezähmten schwarzen Raben verscheuchte, die sich hier wie die Hausherren gebärdeten.

»Der sieht aus wie ein Narr«, knurrte der Yeoman abfällig.

Fürwahr, dachte der Graf, während der Soldat ihn mit angelegter Hellebarde in sein Turmgefängnis zurückgeleitete. Chapuys sah aus wie ein Narr und verhielt sich auch so. Orangen! Und was hatte er damit gemeint, dass der verstorbene Padre Fadrique sein Beichtvater war?

Ein Jude als Vertrauter des zutiefst katholischen spanischen Botschafters – das war unmöglich. Niemals hätte sich Chapuys, der so auf seine Sicherheit bedacht war, auf solch ein Risiko eingelassen. Das hatten nur Ketzer und getaufte Juden ... Löwenstein blieb so plötzlich stehen, dass sich die Hellebarde des Soldaten in seinen Rücken bohrte. Bei Gott, der Narr war er und nicht Chapuys. Löwenstein sank auf die Knie.

»Was ist«, grunzte der Yeoman verächtlich, »wird Euch wieder schlecht?«

»Nein, ich will nur dem Herrn ein Dankgebet sprechen für einen treuen Freund.«

Für ein paar Orangen? Sein Wächter schüttelte den Kopf. Alle Spanier waren Narren und verdammt religiös. So wie die selige Katharina. Rasch schaute er sich um, so als fürchte er, man habe eben seine Gedanken belauscht. Ach was, er fühlte wie die meisten Untertanen Heinrichs.

Katharina von Aragón war zwar keine Engländerin, aber eine gute und fromme Königin gewesen. Bei weitem besser als diese Hure Anne.

»Amen«, sagte der Graf.

»Amen«, stimmte sein Wächter mit ein.

3.

Köln, später am selben Tag

Das dumpfe Klopfen von Zimmermannshämmern empfing Sidonia und Lunetta, als sie gegen Mittag wieder in den Torweg zum van Berck'schen Gehöft einbogen. Verblüfft sahen sie Handwerker, die vor den Lagerräumen des Rüstungshändlers eifrig ein Schaugerüst zusammenbauten. Der alte van Berck dirigierte sie mit Feuereifer.

»Schneller, Männer, geht das nicht schneller?«

Zwei Knechte schleppten einen riesigen Baum an ihnen vorbei, dessen totes Geäst mit seidenen Blättern beklebt war. Ein anderer bewegte ächzend ein Gebirge, das aus silberbeschlagener Pappe bestand und auf Rollen montiert war.

Während sich die Kulisse zwischen van Bercks Rücken und die beiden jungen Frauen schob, sprang Tringin aus dem Schatten des Torwegs auf sie zu.

»Schnell, schnell, gebt mir die groben Mäntel, jetzt kann er Euch nicht sehen«, flüsterte sie verschwörerisch und riss erst Lunetta und dann Sidonia die Wollumhänge von den Schultern. »Ich habe ihm gesagt, Ihr seid in Sankt Kolumba, um Euch die Beichte abnehmen zu lassen.«

Der Berg war bei der Bühne angelangt, über der eben eine glutrote Sonne aufging. Van Berck selbst zog die schwankende Kugel mit sichtlichem Vergnügen über ein Seilgewinde in die Höhe.

»Was, zum Himmel, tut Vater da?«, fragte Sidonia mit vor Staunen geweiteten Augen.

»Er lässt eine Tribüne für sein Karnevalsfest bauen. Für irgendwas Französisches, dass er Tabo oder so nennt.«

»Du meinst ein Tableau«, erklärte Lunetta müde. »Bei Hof sind diese lebenden Bilder an hohen Festen und bei Maskenspielen beliebt. Eine italienische Mode. Man sagt, sie gehe auf Roms Cäsaren zurück.«

Sidonia schüttelte den Kopf. »Cäsaren! Seine Eitelkeit kennt wirklich keine Grenzen. Er macht sich zum Gespött.« Sie raffte die Röcke und wollte zu ihrem Vater hinüberstürmen.

Tringin hielt sie beim Arm zurück. »Ach lasst ihn doch, solange es ihn glücklich macht und von seinem Husten kuriert. Er hatte am Morgen einen grässlichen Anfall.« Besorgt schüttelte die Magd den Kopf. »Und nun kommt ins Haus, bevor Ihr Euch in dieser Kälte den Tod holt. Lunetta, Ihr seid ganz blass.«

»Es ist nichts«, winkte das Mädchen ab. »Ich möchte nur auf meine Kammer und ein wenig ausruhen.«

Tringin schlug sich die Hand gegen die Stirn. »Da hab ich über unser Geschwätz ganz vergessen, dass heute ein Päckchen für Euch abgegeben wurde. Sogar von einem kaiserlichen Boten. Aus London …«

Erfreut beobachtete Sidonia, wie sich Lunettas Wangen mit einem Mal röteten und Freude ihre erschöpften Züge belebte. Das Päckchen kam zur rechten Zeit und würde sie von den trüben Gedanken ablenken, die sie auf dem gesamten Rückweg begleitet zu haben schienen.

»Aus London!«, rief Lunetta tatsächlich erfreut. »Ist es von meinem Vater?«

Tringin zuckte mit den Achseln. »Das weiß ich nicht, ich kann nicht lesen.« Aufrichtiges Bedauern schwang in ihrer Stimme mit. »Aber es trägt ein mächtiges Siegel!«

»Wo ist es?«, fragte Lunetta aufgeregt.

Die Magd fasste sie bei der Hand und zog sie über den Hof. »Es liegt auf der Truhe in der großen Diele. Ich helfe Euch gern, es zu öffnen.«

»Tringin!«, rief Sidonia ihr warnend nach.

Beim Klang ihrer Stimme wirbelte Claas van Berck herum. »Oh, mein Kätzchen, mein Kätzchen, komm und schau dir an, was ich mir als Überraschung für unsere Gäste ausgedacht habe. Das wird selbst Kölns vornehmsten Patriziern den Atem nehmen!«

Mit einem Seufzer schlenderte seine Tochter auf ihn zu, während ein Lehrbube zwei große Körbe mit farbigen Papierrosen vor dem Kaufmann abstellte. Van Berck griff sich eine und zupfte prüfend an den künstlichen Blättern.

»Was meinst du«, fragte er, »ob Lunetta die gefallen? Gelb würde ihre dunklen Haare sicher vorzüglich schmücken – oder besser Rot? Ja, die Farbe der Liebe!«

Sidonias Brauen zogen sich zu einem wütenden Strich zusammen. »Was hat Lunetta mit diesem Mummenschanz zu tun?«

»Na, sie wird natürlich der Mittelpunkt unseres lebenden Bildes sein. Und zwar als ... Warte, der Pfarrer von Sankt Kolumba hat es mir notiert«, er griff in eine Innentasche seiner Schaube und kramte nach einem Zettel.

»Der Pfarrer?«

»Ja, er sagte, an Karneval dürfe man ruhig auf die heidnischen Märchen zurückgreifen. Schließlich kann man heitere Liebesszenen schlecht mit biblischen Figuren gestalten. Das wäre zu ernst und selbst an Karneval nicht gottgefällig.«

»Welche Liebesszenen?«

»Ah, hier ist es!«, rief Claas van Berck erfreut. »Wir stellen Amor und eine gewisse Psyche dar. Komischer Name. Nun ja, heidnisch eben. Aber diese Psyche war so wunderschön, dass Venus sie beneidete. Eine Art Prinzessin und reich dazu. Genau die richtige Rolle für Lunetta. Du solltest das Gewand sehen, das ich für sie schneidern ließ, blutroter Brokat und ein goldener Saum, besetzt mit Halbedelsteinen. Das lenkt von ihrer etwas zu dunklen Haut ab.«

Sidonia riss dem Vater zornig den Zettel aus der Hand. »Lunetta ist kein Schauobjekt deiner Prunksucht.« Sie überflog das Gekritzel des Pfarrers. »Und wer überhaupt soll Amor spielen?«

»Lambert natürlich«, sagte der Vater ungeduldig. »Ich hoffe nur, dass seine Flügel noch rechtzeitig eintreffen. Zwei Schwäne habe ich dafür rupfen lassen. Statt Pfeil und Bogen werde ich ihn selbstverständlich mit einer unserer schönen neuen Armbrüste ausrüsten, die bald nach England gehen. Man darf nie die Werbung für das eigene Geschäft vergessen. Was meinst du, ob ich auch eine Feldschlange oder einen Strauß Schwerter in dem Bild unterbringen kann?«

Sidonia stemmte wutentbrannt die Arme in die Hüften: »Nie und nimmer wird Lambert sich an so einem albernen Spektakel beteiligen.«

Claas van Berck lächelte breit und gemütvoll. »Oh doch, das wird er. Ich hatte am Morgen einen schrecklichen Hustenanfall.« Zum Beweis zwang er ein Hüsteln aus seiner Kehle und presste kurz eine Faust gegen den Mund. »Danach zeigte er eine gewisse Bereitschaft, als Lunettas Amor auf die Bühne zu gehen. Sie werden prachtvoll anzusehen sein. Ganz prachtvoll! So jung, so schön, und wie füreinander geschaffen. Ist das Leben nicht herrlich?«

4.

Sanft sank die Stimme von der Galerie in das feuchte Dunkel des Schankraums herab. Der Weihrauchduft, der der Kleidung des Predigers entstieg, belebte seine Zuhörerinnen und tröstete sie über den Geruch nach vergorenem Bier und saurem Wein hinweg. Obwohl müde nach arbeitsreicher Nacht, saßen die Frauen vom Berlichhaus aufrecht auf dreibeinigen Schemeln und Bänken längs der schmutzigweißen Wände.

Sie hatten ihre roten Schleier abgelegt, die Hände im Schoß gefaltet und lauschten mit zurückgelegten Köpfen und leicht geöffneten Mündern. Gelegentlich entschlüpften ihnen Seufzer reinen Entzückens. Der Zauber des Friedens verschönte ihre groben oder verhärmten Gesichter.

»... ihr seid gesegnet und umfangen von der immerwährenden Liebe des Herrn«, strömten die Worte auf sie herab. Es war, als umhülle der Mann sie mit seinem Talar aus weich gewebtem, grauem Chamelot.

»Glaubt nicht denen, die euch verfluchen, euch benutzen und behaupten, dass ihr die Sünde seid oder die Versuchung. Es war Maria Magdalena, die das Schändlichste mit dem Heiligsten verband. So wie ihr.«

Die Tür zum Schankraum wurde aufgestoßen. Trübes Licht drang vom Hof herein, in den die Mittagssonne nie ihren Weg fand. Einige Frauen drehten die Köpfe, wisperten sich Warnungen zu, doch der Prediger brachte sie zum Verstummen, indem er unbeirrt fortfuhr.

»Ein jeder, der in Versuchung gerät, wird von seinen eigenen

Begierden gereizt und gelockt, sagt Jakobus. Und wenn die Begierde empfangen hat, gebiert *sie* die Sünde, die Sünde aber gebiert den Tod. Als Jesus am Kreuz das Werk der Erlösung vollbrachte, sagte er über seine Peiniger: ›Sie wissen nicht, was sie tun.‹ Und auch ich sage: Wer euch flucht und richtet, weiß nicht, was er tut. Er verkennt die Schönheit und Güte Gottes, die sich in euch offenbart, denn er hat euch gezeichnet und gesegnet vor allen anderen.«

Begleitet vom Grunzen der sich draußen suhlenden Schweine betrat der Scharfrichter das städtische Hurenhaus, auf dem die kölnische Dreikronenflagge flatterte, und verharrte auf der Schwelle.

Der Prediger hob kaum merklich die Stimme, gab ihr eine noch verlockendere Melodie. »Ihr alle steht nicht unter, sondern über der Moral dieser verdorbenen Welt. Ihr, die Elenden dieser Erde, seid in Wahrheit berufen, Gott zu sehen, wie er ist. Erhaben, allmächtig und bereit, euch – die ihr das Leid kennt, wie sein eingeborener Sohn es kannte – in Liebe anzunehmen. Spürt seine Liebe, gebt euch seiner Liebe hin, und ihr werdet unverwundbar sein und ewig wie sein Licht. Amen.«

»Amen«, antworteten voll seufzender Hingabe die Huren, während der Prediger segnend die Hände hob. Die Huren fielen von ihren Schemeln und Bänken in die Knie. Mit einer Freude und – ja – Wollust, die ihnen in jeder Kirche tadelnde Blicke eingebracht hätte. Das schmutzige Bodenstroh raschelte, Getreidespelzen wirbelten auf.

Der Scharfrichter schloss die Tür mit einem harten Tritt. Niemand beachtete ihn. Außer dem Hurenwirt, der träge hinter einem aufgebockten Schanktisch hockte, Läuse von seinem Schädel kratzte und zwischen Daumen und Zeigefinger zerrieb. Jetzt sprang er auf die Füße und riss den roten Stuhl vom Haken, der stets für den Blutvogt reserviert war. Er klappte ihn auf, platzierte ihn vorm Schanktisch und machte eine einladende Geste in Richtung des Henkers.

Der Mann im roten Wams legte herrisch den Kopf in den Nacken und schritt den Weg bis zum Schanktisch stolz wie ein Gebieter ab, der er über diese Einrichtung tatsächlich war. Neben den Kloakenreinigern, Hundeschlägern und Kadaversammlern beaufsichtigte er auch Kölns Huren. Schwerfällig nahm der massige Mann auf dem roten Stuhl Platz und fixierte mit zusammengekniffenen Augen den Prediger, der oben auf der Galerie mit dem Dunkel verschmolz.

Eilig setzte der Hurenwirt einen schäumenden Humpen vor dem Henker ab und schob wortlos einige Münzen über den Brettertisch. Der Scharfrichter fegte sie wie beiläufig in seine Hand und ließ sie in eine Tasche seines Wamses gleiten.

Ärgerlich darüber, dass der Henker nicht nachzählte, bemerkte der Hurenwirt: »War wieder eine besonders lohnende Nacht gestern.«

Der Henker nahm einen Schluck Bier und wischte sich den Mund. »Ist er immer noch hier?« Er nickte in Richtung des Predigers.

Der Hurenwirt bückte sich unter der Frage. Seine Augen flitzten zu dem Mann in Grau, dann zurück zum Schergen. »Master Elias zahlt eine fürstliche Miete für das kleine Haus im Hof. Hier.« Rasch schob der Wirt eine silberne Münze nach. Der Henker nahm sie, biss hinein.

»Nein, das ist kein Schwarzgeld«, triumphierte der Wirt, der sich oft über seine Kunden ärgerte, die sein Bier und die Dienste der Huren mit weichen Kupfermünzen zahlten. Diesem schäbigen Notgeld für Bettler und Tagelöhner, das sich innerhalb weniger Wochen, manchmal sogar Tagen dunkel verfärbte und damit seinen Wert verlor. Der Henker betrachtete die Münze genauer. »Englisch, hm?«

Der Hurenwirt nickte. »Unser Gast kam vor einer Woche aus London.«

»Und predigt in deutscher Zunge. Das hat man in Köln nicht gern.«

»Er ist vieler Sprachen mächtig«, beeilte sich der Wirt zu versichern. »Für sich selbst betet er lateinisch, und man versteht kein Wort, wie es sich gehört. Er ist ein großer Gelehrter.«

»Und ein Winkelprediger.«

»Er reizt weder die Gemüter meiner Gäste noch die der Dirnen. Im Gegenteil, er besänftigt sie und sorgt dafür, dass sie ihren Pflichten mit mehr Freude nachkommen.« Der Wirt kicherte. »Er weckt ihre heilige Inbrunst. Und das gefällt wiederum den Gästen. Dafür müssten eigentlich wir diesem Prediger einen Lohn zahlen.«

Den Henker ärgerte das Lob. »Du weißt, dass Pfaffen der Besuch dieses Hauses verboten ist. Ich müsste ihn dem Rat anzeigen und mit Ruten aus der Stadt prügeln. Deinen Dirnen ist es erlaubt, ihn jederzeit zu plündern, dann hätten wir sein Silber auf einen Schlag.«

Der Hurenwirt ging hinter seinem Tisch in Deckung. »Die Weiber verehren ihn. Und sein elfter Finger scheint ihn nicht zu jucken. Er hat nie nach einer von ihnen verlangt.«

»Was will er dann hier? Für sein Geld könnte er sich in den vornehmsten Gasthäusern am Heumarkt einquartieren. Warum zieht er die Gesellschaft von Huren und Gesindel vor?«

»Möchtest du das wirklich wissen?«, fragte eine sanfte Stimme im Rücken des Henkers. Der Scharfrichter wirbelte erschrocken herum. Jesus Maria! Es gab nicht viel, was ihn in Furcht versetzen konnte, doch diese Stimme tat es. Vor ihm stand der Prediger. Aufrecht, schön von Gestalt und erhaben. Der Scharfrichter glaubte, der rote Stuhl unter ihm habe Feuer gefangen, und wollte sich erheben.

»Bitte, bleib sitzen«, sagte der Prediger sanft und fing ihn mit einem Blick aus grauen Augen ein, die heller leuchteten als jede Münze. »Ich bin deinetwegen hier, mein Sohn, und es wird nicht zu deinem Schaden sein.« Und dann tat er das Unglaubliche: Er legte seine Hand auf die hart gespannte Schulter des Henkers, der doch als unberührbar galt.

Gewöhnlich wich ein jeder dem Todesschergen aus, beim Bäcker war sein Brot mit einem Kreuz gekennzeichnet, damit kein anderer es versehentlich kaufen konnte, er hatte sein Wasser aus einem gesonderten Brunnen zu schöpfen und ehelichen durfte er nur die Tochter eines anderen Henkers. Er kannte keine freundlichen Blicke und Gesten, ging gleichsam unsichtbar durchs Leben. Mit gutem Grund. Ihm eine Freundlichkeit zu erweisen konnte den Tod nach sich ziehen. Im vergangenen Herbst hatte der Henker einen Mann mit dem Schwert gerichtet, der Schlag war zu heftig ausgefallen und der Kopf des Übeltäters in einer Blutfontäne vom Schafott gesprungen. Ein hilfsbereiter Zuschauer hatte das abgetrennte Haupt aufgelesen und nach oben gereicht. Was für ein Narr! Er hatte sich eingemischt in das Handwerk des Henkers und war – wie es das Gesetz verlangte – am Ende selbst gerichtet worden. Nein, keiner der bei Sinnen war, pflegte Umgang mit dem Scharfrichter. Sein Beruf war sein Fluch, der sich vererbte auf alle seine Nachkommen. Niemand, der bei Sinnen war, suchte die Freundschaft mit ihm, und nun das! Der Mann in Grau drückte ihm fest und voll Anerkennung die Schulter.

Eine angenehme Kühle durchflutete den Scharfrichter, löschte das Feuer in und unter ihm. »Weißt du, mit wem du sprichst?«, brachte er mit trockener Kehle hervor.

Der Prediger nickte. »Ich weiß es wohl. Ich spreche mit dem Meister der letzten Dinge.«

»Zum Teufel, du sprichst mit dem Henker!«

»Den unsere Ahnen als heiligen Mann verehrten und zu den hohen Priestern rechneten. Wusstest du das?«

Der Scharfrichter öffnete verblüfft den Mund, dann schüttelte er die Hand des Mannes wütend ab.

»Mich fängst du nicht mit solchen schönen Lügen ein«, blaffte er, sprang von seinem Stuhl auf und riss den städtischen Dolch hervor, der ihm zu tragen erlaubt war. »Ich bin Henker, wie mein Vater es war und dessen Vater und wie meine Söhne es sein werden. Für immer. Und ich bin ein fixer Mann.«

Ungerührt betrachtete der Prediger das Messer. »Ich bin sicher, dein Verstand ist weit schärfer als dein Messer.«

Er ging einen Schritt auf den Henker zu, der drohend die Klinge auf ihn richtete. Eine der Dirnen drängte sich dazwischen. Zornig funkelte sie den Blutvogt an.

»Wage es nicht!«, schrie sie und schlug ihm mit wütender Kraft das Messer aus der Hand.

Andere Frauen schlossen sich ihr an. Der Scharfrichter sah in wilde Gesichter. Zernarbte, geschlitzte, gebrandmarkte Opfer seines Handwerks. Er drehte sich nach dem Hurenwirt um, der unter den Schanktisch abgetaucht war. Der Henker hob die Fäuste und wollte ausholen. Eine der Dirnen riss sein verlorenes Messer hoch, richtete es entschlossen gegen ihn.

»Ihr guten Weiber, lasst von ihm ab«, mischte sich der Prediger ein. »Er kann mir nichts tun. Geht. Geht auf eure Kammern.« Die Frauen zogen sich murrend und schimpfend zurück.

»Du schürst Aufruhr«, keuchte der Henker, als die Schankstube leer war.

Der Prediger lächelte und schüttelte den Kopf. »Nicht ich, sondern du hast die Gemüter erregt und dafür gesorgt, dass sich dein eigenes Messer gegen dich richtete.« Er beugte sich vor und brachte seinen Mund nah an das Ohr seines Gegenübers. »Es ist besser, sich mit dem zu verbünden, das sich nicht beherrschen lässt.«

»Ich kann dich jederzeit an die Obrigkeit ausliefern und vernichten.«

»Mag sein, aber ich spreche nicht von mir.«

»Von wem dann?«

»Dem sogenannten Bösen«, hauchte der Prediger.

Der Henker fuhr zurück. Nie hatte er eine solche Frechheit gehört, eine so dreiste Lästerei. Und doch schien der Mann vor ihm ganz in sich zu ruhen, unerschütterlich und frei von jeder Angst und jedem religiösen Eifer.

»Glaube mir, es ist einfacher, die Verdammten mit ihrem Los zu versöhnen und in den eigenen Dienst zu nehmen, um die wahren und großen Sünder zu vernichten«, fuhr der Mann in Grau schmeichelnd fort. Er zog einen Samtbeutel unter seinem Talar hervor. »Und es lohnt sich.« Er drückte dem Scharfrichter den prall gefüllten Beutel in die Hand.

»Das ist Bestechung. Ich muss dich beim Gewaltrichter anzeigen.«

Der Prediger schüttelte den Kopf. »Du verstehst noch immer nicht. Ich verlange nicht, dass du deine Pflichten vernachlässigst. Im Gegenteil. Ich will, dass du ihnen gründlich nachkommst.«

Gier glitzerte in den Augen des Scharfrichters. »Woher hast du das?«

»Aus der privaten Schatulle eines mächtigen Königs. Schau dir die Münzen an, sie tragen die Rose von Henry Tudor.«

»Henry wer?«

»Der englische König, mein Freund.«

Misstrauisch zog der Scharfrichter eine Münze aus dem Beutel, biss hinein und betrachtete dann die Krone des Monarchen. »Du bist also ein Dieb?«

Der Prediger schüttelte bedauernd den Kopf. »Du hältst mich für sehr dumm. Ich bin Master Elias, und der erste Minister des Königs, Thomas Cromwell, zahlt mich.«

»Thom... wer? Ach, egal. Wofür?«

»Unter anderem dafür, einen gefährlichen Aufwiegler zu vernichten, der aus London nach Köln kam.«

»Was gehen uns die Feinde Englands an?«

»Nichts. Aber die Feinde Kölns sollten dich interessieren. Sagt dir der Name Lambert van Berck etwas?«

Die Augen des Henkers verengten sich zu Schlitzen. »Gegen dieses feine Bürgersöhnchen lässt sich nichts ausrichten. Sein Vater hat ihn schon einmal vom Scheiterhaufen freigekauft, dabei hat man ihn im Dom bei ketzerischen Reden erwischt. Im Dom!«

Aleander nickte seufzend. »Ja, bei Gott, es ist eine Schande, dass jeder arme Wollweber, der im Suff ein Heiligenkreuz schief anschaut, brennen muss, aber ein ausgemachter Lutheraner davonkommt, wenn er nur genug Geld besitzt. Und beherbergt van Berck nicht auch einen Spanier von zweifelhaftem Leumund? Einen Gabriel Zimenes?«

Der Scharfrichter nickte. »Ja. Der macht mir meine Huren wirr, indem er sie behandelt, als seien sie ehrbare Patientinnen. Zimenes pfuscht mir sogar ins Handwerk. Schreitet ein, wenn ich sie durchprügeln muss, weil sie aufmüpfig werden. Aber so ist die Welt beschaffen, wer Geld hat, kann sich alles erlauben.«

Der Prediger nickte verständnisvoll. »Nun, auf wiederholte Ketzerei steht auch in Köln unwiederbringlich der Tod! Und mit etwas Zeit und Geduld lassen sich gewiss Nachweise erbringen, dass das Haus van Berck ein Pfuhl der Sünde ist. Ich werde dir dabei helfen.«

»Und was muss ich tun, um dir zu helfen?«, fragte der Scharfrichter und ließ den Geldbeutel in seinem Wams verschwinden.«

»Um genau zu sein: nichts.«

»Was soll das heißen?«

»Warte einfach ab. Der Untergang des Hauses van Berck ist nur noch eine Sache von Tagen, aber er wird vollkommen sein, und dann können du und der Tod reiche Ernte halten.«

5.

Endlich ein heißer Burgunder! Goswin führte den Mund an den Rand des glühheißen Bechers und nahm genüsslich einen Schluck. Ah, Zimt! Und Nelken! Ein Hauch von Orangen. In Spanien setzte man sie im Sommer den kalten Weinen zu, weil sie den Kopfschmerz vertrieben. Aber was war kalter Wein im Sommer gegen die wärmende Kraft dieses Würzweins! Und was der ermüdende Blick auf Pferdehintern gegen die Ansicht von Tringins üppig geschwungenen Hüften! Die rheinischen Frauen ... Ah! Goswin lehnte sich tiefer in den Lehnstuhl und lächelte verzückt.

Die Magd der van Bercks kniete vor einem der drei riesigen Küchenkamine und schrubbte keuchend Ruß und eingebranntes Fett von den Bodenziegeln. Auf dem Herd brodelte es auf vielen Flammen, würziger Kräuterduft kräuselte sich über einem Topf und stieg bis unter die hohe Decke des beachtlichen Küchentrakts.

Gegen so einen Abend in der Küche konnte ihm jeder geputzte Festsaal gestohlen bleiben. Und seinen Kappes mit Speck zog er den süß glasierten Kapaunen, die oben im Speiseraum der van Bercks aufgetragen wurden, in jedem Fall vor.

Goswin schmeckte dem Hauch von Wacholder und der Säure des Kohlgerichts auf seiner Zunge nach. Gegen diese Aromen kam der strenge Geruch der Hammeltalglichter und blakenden Wandfackeln, die den Raum mäßig erhellten, nicht an.

»Du bist eine Zauberin, Tringin!«

»Was?« Empört fuhr die Magd herum.

Goswin lachte über ihr erschrockenes Gesicht. »Ich meine beim Umgang mit Spezereien. Dieser Wein lässt mich alle Schmerzen und meine drei gebrochenen Rippen vergessen.«

»Das liegt nicht an den Gewürzen, sondern am Wein«, brummte die Magd abfällig. »Ich warne dich, er ist sehr stark.«

»Nicht so bescheiden! Was duftet denn da so köstlich auf dem Herd?«

»Das sind Gerichte der französischen Leihköche, die van Berck für das morgige Fest geholt hat«, sagte sie grimmig. »Ruhen sich jetzt aus, diese pieksauberen Löffelkünstler. Während ich ihren Dreck wegputzen und auf ihre Töpfe Acht geben muss.«

Die Magd erhob sich ächzend, zerbröselte einige Kräuter über einem kleinen Kupferkessel und rührte um.

Goswin schnupperte anerkennend. »Aber was du da zubereitest, riecht besonders gut«, sagte er galant. »Es kann sich sicher mit all den französischen Köstlichkeiten messen. Was ist es?«

Tringin schnaubte. »Catlyns Medizin für Sidonia. Als ob ich nicht genug zu tun hätte. Alles muss glänzen und blinken, sogar hier! Damit die Herrschaft in der Küche morgen für einige Augenblicke das Gesinde und verkehrte Welt spielen kann. Freilich, ohne dabei ihre kostbaren Kostüme und Larven zu beschmutzen.«

Goswin lachte. »Ach komm, Tringin, dafür darf das Gesinde später oben im Festsaal mittafeln und tanzen.«

»Den ich drei Tage mit fünf Mägden geschrubbt habe. So weit geht die Scherzlust van Bercks nicht, dass er eine Wurzelbürste und den Eimer in die Hand nimmt. Und dann die Kocherei morgen. Vierzig Schnepfen, ein Ochse, der gefüllte Schwan. Ich hoffe nur, dass der Schlachter seine Spießdreher früh genug schickt und unsere Knechte nicht länger für die Bühne gebraucht werden.«

»Wenn ich könnte, würde ich dir gern helfen«, beteuerte Goswin mit treuherzigem Blick.

Tringin stemmte die Hände in die Hüften. »Was glaubst du, von wie vielen nutzlosen Kerlen ich diesen Satz schon gehört habe? Pah!«

Goswin wollte sich protestierend aufrichten, aber ein stechender Schmerz im Brustkorb drückte ihn zurück in den Stuhl. »Wirklich, Tringin, meine Rippen ...«

Weiter kam er nicht. Die Tür zwischen Wohnhaus und Küchentrakt wurde aufgerissen, und Sidonia stürmte herein. »Ist der Sud fertig?«

Tringin nickte, legte ein Leintuch über einen Becher und seihte mit der Schöpfkelle etwas von dem Gebräu ab.

»Geht es Lunetta wieder besser?«, fragte sie und griff nach einer Kanne, um den Sud mit kaltem Brunnenwasser zu verdünnen.

»Ja, das Paket aus England tut Wunder.«

»Was war denn drin?«, fragte Tringin so beiläufig wie eben möglich.

Sidonia griff sich den Becher und lächelte spitzbübisch. »Ein Buch, Tringin. Nur ein Buch. Sie hat sich in ihr Zimmer zurückgezogen, um es zu lesen.«

Sie trank, verzog den Mund und schüttelte sich.

»Iiiih. Und davon soll ich eine ganze Kanne trinken?«

»Muss am Salbei liegen«, murmelte Tringin mit einem Hauch von Schadenfreude. »In diesen Mengen schmeckt er wie Seife. Ich hoffe, Catlyn weiß, was sie tut.«

Sidonia hielt sich die Nase zu und trank den Rest in einem Zug. Nach Luft schnappend, hielt sie der Magd den Becher zum Nachfüllen hin. »Hat sie dich etwa nicht von deinem lästigen Gliederreißen befreit? Das Mädchen weiß mehr über Kräuter als die ganze Universität zu Köln.«

»Tatsächlich?« Gabriels Stimme ließ sie herumfahren. Er stand im Hintereingang, der zum Hof führte. Hastig trat er seine lehmverkrusteten Schuhe am Stiefeleisen ab und eilte wortlos zum Herd. Er griff nach dem Kräuterstrauß, den Tringin bei der Zubereitung des Tranks verwendet hatte, teilte ihn und untersuchte die Blätter und Nadeln.

»Salbei, Rosmarin und Beifuß, nicht sonderlich originell.«

»Damit stopfe ich gewöhnlich Gänse«, bestätigte Tringin. »Schwanger ist mir keine davon geworden. Ich würde es ja mit dem Wachsbild einer Kröte versuchen, macht schneller fruchtbar, als ein Karnickel blinzeln kann.«

»Tringin«, entfuhr es Sidonia mit Blick auf Goswin wütend.

Die Magd riss unschuldig die Augen auf. »Was denn? Der Pfarrer von Sankt Kolumba sagt, dass viele Weiber der Himmelskönigin ein Krötenbild verehren, um ...«

»Tringin!«

»Hast du wenigstens die Zutat mitgekocht, die ich dir heute Morgen gab?«, fragte Gabriel Zimenes.

Tringin nickte zögernd, während sie ihm die Schaube von den Schultern nahm und beiseitelegte.

Tringin nickte und nahm eine Hand voll Körner aus einem Mörser.

Sidonia runzelte die Stirn. »Was ist das?«

»Mönchspfeffer«, sagte ihr Mann.

Sidonia ließ entsetzt ihren Tonbecher fallen. Er zersprang auf den Fliesen. »Nehmen das nicht gewöhnlich die Klosterbrüder, um ihre Lust zu dämpfen ...?« Mit Blick auf Goswins peinlich berührte Miene brach sie ab.

Zimenes beugte sich hinunter und las die Becherscherben auf. »Ich bin mir recht sicher, dass Mönchspfeffer dir hilfreich sein könnte, Sidonia.«

Seine Frau errötete bis unter die Haarspitzen. Wie konnte

Gabriel sie nur so vor anderen beleidigen und auf ihre abfälligen Bemerkungen über die Lust anspielen, die sie vor einigen Tagen in der Vertrautheit des Schlafzimmers gemacht hatte? Hatten sie seither nicht längst wieder zueinander gefunden? Zärtlich, ohne Zweifel – allerdings auch ohne viel Worte darüber.

Zimenes schien ihre Verwirrung nicht einmal zu registrieren. Im nüchternen Ton des Gelehrten fuhr er fort. »Ich habe oft beobachtet, dass das, was bei einem Mann die eine Wirkung hat, beim Weib die gegenteilige erzeugt.«

Sidonia riss die Augen auf und sah, dass Gabriel meinte, was er sagte. Mehr noch, er schien ihr den Streit endlich ganz und gar vergeben zu haben. Oder vergessen. Mit abwesender Miene strich er ihr über das Haar und drückte einen flüchtigen Kuss auf ihre Wange.

»Tringin, hast du irgendetwas zu essen für mich? Ich meine natürlich nichts von den Speisen für die Gäste morgen.«

Sofort kam Leben in die Köchin. »Aber gewiss. Ich habe einen Kessel Kraut und Speck im Kamin warm gehalten.«

»Das Kraut ist sehr zu empfehlen«, bemerkte Goswin, froh über den Themenwechsel, und machte eine einladende Geste in Richtung des Tisches.

Müde ließ Gabriel Zimenes sich auf einen Hocker sinken und nickte. Sidonia setzte sich neben ihn und griff nach seiner Hand. »Du glaubst wirklich, der Mönchspfeffer hilft?«

Goswin verzog den Mund. Sein Blick kreuzte Tringins, die Magd zuckte mit den Achseln und stellte einen gut gefüllten Teller vor Zimenes hin. Hastig schlang der Arzt einige Bissen hinunter, bevor er sich wieder seiner Frau zuwendete.

»Der Mönchspfeffer unterdrückt erfolgreich gewisse männliche Körpersäfte. Vielleicht ist das im Leib eines Weibes von Nutzen.«

»Catlyn gab mir noch etwas, vielleicht kannst du mir sagen, was das ist.« Sidonia eilte durch die Küche und kehrte mit dem Leinenbeutel zurück, den die Begine ihr heute mit Kräutern gefüllt hatte. Gabriel nahm den Beutel und roch daran. Seine Stirn verzog sich. Rasch öffnete er das Beutelchen, schüttelte einige Blätter hervor und griff sich eines davon. »Das gab sie dir?«

»Was ist damit?«

Er erhob sich von seinem Hocker und steckte den Beutel in eine Hosentasche. »Etwas, das du in keinem Fall nehmen wirst! Es ist das giftige Kraut des Sadestrauches beigemischt.«

»Herrje, der Jungfernbaum.« Tringin bekreuzigte sich. »Damit töten Huren die Leibesfrucht.«

»Das … das ist sicher ein Irrtum«, sagte Sidonia verwirrt. »Warum sollte ich Sadebaum nehmen?«

»Meinen Umhang, Tringin«, verlangte Gabriel und ging zur Tür.

Sidonia eilte hinter ihm her. »Musst du noch einmal weg? Es ist nach neun. Die Nachtwächter haben längst die Gassenketten vorgelegt.«

»Ich habe nicht vor, mit einem berittenen Sturmtrupp durch Köln zu sprengen und die Nachtruhe zu stören.«

»Bitte bleib.«

Gabriel hüllte sich in seine Schaube und öffnete die Tür. »Krankheit und Tod richten sich nicht nach dem Glockenschlag«, sagte er laut in den Raum hinein und machte Sidonia ein heimliches Zeichen. Beide traten in die Nacht hinaus. Die Bohlentür schwang kreischend ins Schloss.

6.

Ein sich rundender Mond überglänzte das Pflaster des Innenhofs und tauchte die leere Schaubühne in unwirkliches Licht. Die klare Nacht verhieß neuen Frost. Lunetta stand am offenen Fenster ihres abgedunkelten Schlafzimmers, sog gierig die frische Luft ein und freute sich am Funkeln der Sterne. So hell, so rein, so silbern. So kalt im Glanz wie die Augen Lamberts. Lunetta fröstelte. Warum stahl sich der junge van Berck immer und immer wieder in ihre Gedanken?

Er war verlobt... Schluss! Sie würde sich von ihm fernhalten.

Das Geräusch von Schritten riss ihren Blick nach unten. Sie entdeckte Gabriel und Sidonia. Wenn sie nur eine Liebe wie die ihre finden dürfte! So unverbrüchlich, so glücklich.

Ihre Blicke folgten dem Paar. Wortlos begleitete Sidonia ihren Mann, bis sie weit genug vom Küchentrakt entfernt waren. Unter Lunettas Fenster blieb sie stehen und stemmte die Hände in die Hüften.

»Willst du wieder zu deinen Huren?«

»Beim Blute Christi, ich habe dir schon gesagt, es ist nicht so, wie du denkst!«

»Welcher Ehemann würde das nicht behaupten!«

»Wie kannst du an mir zweifeln?«

»Weil ich dich liebe, Gabriel!«

»*Mi ángel!* Wenn du mich liebst, vertraue mir endlich.«

Ihre Stimmen waren nur ein Zischen, aber deutlich genug, um zu dem Mädchen am Fenster zu dringen. Lunetta sah, dass Zimenes seine Frau an sich zog, schloss behutsam das Fenster, zog den Vorhang aus schwerem Brokat vor und tastete sich zu ihrem Bett. Warum war Privatheit im Haus van Berck trotz massiver Wände, unzähliger Kammern und verschwiegener Nischen so schwer zu finden?

Zitternd schlüpfte Lunetta unter die Decke aus knisterndem Leinen und das mit Eiderdaunen gefüllte Überbett. Warum brütete dieses behagliche Haus so viele Geheimnisse aus? Und warum weigerte sich etwas in ihr, in der Sicherheit eines eigenen Zimmers, das luxuriöser kaum sein konnte, ihre Gefühle und Ahnungen zu enträtseln? Gott hatte ihr doch das Buch zurückgegeben, durch ihren eigenen Vater.

Entschlossen schlug sie die Decke zurück und griff nach dem Kerzenhalter. Sie entzündete das Wachslicht in einem Kohlebecken, das am Fuß des Bettes stand. Kurz streifte ihr Blick die schwarze Madonna auf dem Nachtkasten.

Lunetta drehte die lächelnde Figur mit dem Gesicht zur Wand. Dann holte sie das kostbar gebundene Buch unter ihrem Kopfkissen hervor.

Unten schlang Sidonia die Arme um Gabriels Hals, zog sein Gesicht zu sich hinab. »Bleib heute Nacht bei mir.« Ihr Mann grub seufzend das Gesicht in ihr Haar, sog ihren Duft ein. Erleichtert lehnte Sidonia sich an ihn. Grölendes Gelächter später Zecher fing sich im Gassennetz und verhallte. Nirgends wurde die Fastnacht so früh begonnen und so anhaltend gefeiert wie in Köln. Irgendwo wurde eine Trommel geschlagen. In der Küche erstarb zugleich mit dem Licht das Gespräch zwischen Goswin und Tringin. Ein Hund schlug an.

Das Paar schwieg, bis sein Bellen verstummte.

»Es tut mir leid, was ich vor wenigen Tagen gesagt habe. Alles«, flüsterte Sidonia, »auch das mit den Huren.«

»Ich weiß, *querida*.« Ihre Münder fanden sich in einem schmelzenden Kuss. Sidonia löste sich mit halb zaghaftem, halb schelmischem Lächeln von ihm. »Vor allem bereue ich, was ich über die Lust sagte!«

Ein Abglanz seines gewohnten Spotts schimmerte in Gabriels dunklen Augen. »Vielleicht wirkt der Mönchspfeffer!« Sein Blick glitt prüfend zum samtschwarzen Himmel. »Oder liegt es am Vollmond?«

»Gabriel!« Sidonia versetzte ihm einen kurzen Stoß vor die Brust. »Du ahnst nicht, wie elend es mir die ganzen Tage wegen unseres Streites war.«

»Laste das deinem Vater an. Er gab dir die Verdächtigungen gegen mich ein, nicht wahr?«

»Er fürchtet um den Ruf seines Hauses!«

»Genau deshalb besuche ich gewisse Häuser bei Dunkelheit!«

»So wie alle Verehrer der verbotenen Venus«, erwiderte Sidonia spitz.

»*Mi corazón*, was mich verletzt hat, war dein Misstrauen, nicht das deines Vaters.«

»Verzeih mir.« Betroffen schaute Sidonia zu Boden. Gabriel zog sie wieder an sich.

»Warum nehmen wir kein eigenes Haus, um der Beobachtung zu entgehen?«

»Er ist ein kranker Mann«, sagte Sidonia traurig. »Ich muss das Geschäft führen.«

»Er kann einen seiner Faktoren zum Partner machen. Manche sind seit zehn Jahren im Haus.«

»Vater vertraut niemandem außer seiner Familie.«

Gabriel lachte hell auf. »Du nennst es Vertrauen, dass er dir Lügen über mich und die Huren erzählt?«

Sidonia zuckte die Achseln. »Er hat sich vom kleinen

Schmiedeknecht zu Kölns größtem Waffenhändler hochgearbeitet. Das Geschäft ist sein Lebenswerk. Es für die Familie zu erhalten ist seine Form der Liebe. Er kennt keine andere.«

»Ein trauriger Mann, der von seinem Besitz nichts hat als die Furcht, ihn zu verlieren.«

Sidonia nickte. »Und vielleicht ein Sterbender. Sein Husten quält ihn täglich mehr. Er treibt seine Scherze mit der Krankheit, aber sie ist ernst, und ich will nicht, dass er sein Haus zerfallen sieht, ohne Hoffnung, ohne Erben ...«

Gabriel legte die Hand unter ihr Kinn. »Du quälst dich so sehr mit all diesen Sorgen und Schuldvorwürfen. *Non curator, qui curat.* Wer Sorgen hat, wird nicht geheilt. Lass Lambert jetzt die Bücher führen und deinen Vater in Zaum halten.«

»Er hat anderes zu tun und geht sicher bald zurück nach London, um im hansischen Stalhof wieder die Firma zu vertreten.«

»Aber *jetzt* ist er hier! Und du hast Lunetta. Wolltest du sie nicht unterrichten?«

»Lambert wird ihr Lehrherr sein.«

Wut zerpflügte Zimenes' Stirn wie ein Blitz. »Ausgerechnet Lambert?«

»Weshalb nicht?«

»Mir missfällt seine Geheimniskrämerei. Warum schleicht er sich wie ein Nachtgespenst in Köln ein? Wir kümmern uns um Lunetta! Sie ist wie eine Tochter für uns.«

Wenn es nur so wäre, dachte Sidonia bitter. Das Mädchen hatte so viele Geheimnisse, die es nicht mehr mit ihr teilen wollte. »Sie ist eine junge Frau, deren Herz bald nach etwas anderem als elterlicher Fürsorge dürsten wird.«

»Dann ist Lambert wohl kaum der richtige Umgang für sie. Der Geruch des Abenteurers, mit dem er sich umgibt, und sein undurchschaubares Temperament sind dazu angetan, gefährliche Leidenschaften in unerfahrenen Mädchen zu wecken.«

»So wie du in mir, als ich achtzehn war«, neckte Sidonia.

Zu ihrem Erstaunen überging Zimenes den Scherz und steigerte sich in kalten Zorn. »Lambert scheint mir einer von diesen Jünglingen, die voller Gleichgültigkeit die Weiberherzen entflammen, ohne an die Folgen zu denken. Lunetta wäre eine leichte Beute.«

Sidonia trat stolpernd einige Schritte zurück, stieß gegen die Balken der Schaubühne. Nein, das konnte unmöglich Lamberts Absicht sein. *Aber die deines Vaters! Denk an Amor und Psyche!*

Abwehrend hob sie die Hände. »Du weißt nichts über Lamberts wahre Gefühle. Du kennst ihn kaum.«

»Ich habe ihn als jungen Taugenichts und Heißsporn erlebt, den wir aus dem Gefängnis holen mussten«, stieß Zimenes hervor.

»Das hatte doch nichts mit Frauen zu tun. Er hatte sich in religiöse Schwärmerei verrannt. Ein Strohfeuer. Seiner Leidenschaft fehlte ein Ziel. So wie mir, bevor ich dich kennenlernte.«

»Und wenn er seine vergängliche Leidenschaft nun auf Lunetta lenkt? Ihr Herz ist leicht zu brechen, darin ähnelt sie meiner Schwester Mariflores.«

»Das kann und wird er nicht tun«, sagte Sidonia fest. Rasch blickte sie zu den bleiverglasten Kreuzstockfenstern im ersten Stock hoch. Im Speisesaal brannte noch Licht. Die bemalten Butzenscheiben brachen es in bunt funkelnde Blitze. Sidonia stellte sich auf die Zehenspitzen und raunte. »Er hat sich bereits gebunden. Catlyn ist seine Verlobte.«

Gabriels Zorn wich Staunen und Betroffenheit. »Eine entlaufene Nonne? Ist das wahr?«

Sidonia nickte.

Gabriel seufzte. »Ihr seid wirklich der Inbegriff der trauten Familie. Jeder hat Geheimnisse vor dem anderen!«

»Nur vor meinem Vater«, protestierte Sidonia.

Gabriel lachte trocken. »Lass uns nicht weiter streiten, mein Herz. Ein Leuchtmann wartet beim Tor, wahrscheinlich ist er bereits festgefroren.«

»Wohin gehst du?«

Gabriel musterte sie zögernd, sah den Widerstreit von Schmerz und Furcht in ihren Augen. »Auf den Berlich.«

»Schon wieder in das städtische Hurenhaus?« Sidonia unterdrückte mühsam ein aufsteigendes Gefühl von Übelkeit.

»Dort gibt es mehr als genug Frauen, die meine Hilfe brauchen«, erwiderte Gabriel. »Sidonia, glaub mir endlich, die Frauen sind nur meine Patientinnen.«

»Patientinnen?«, brauste seine Frau gegen ihren Willen auf. Eine Welle des Zorns spülte alle Reue fort. »Du sprichst von Pfennigshuren, als handele es sich um ehrsame Frauen!«

»Ehre ist ein dehnbarer Begriff. Man trifft dort auch Kölns Pfaffen und erste Bürger.«

»Und dich!«

»Ich gehe dorthin, um zu lernen.«

Sidonia glaubte ihren Ohren nicht zu trauen. »Was? Das Alphabet des Lasters, das sie mit ihren Leibern buchstabieren?«

Gabriel schüttelte resigniert den Kopf. »Huren wissen mehr als viele Ärzte und Hebammen über Empfängnis und das Entstehen einer Schwangerschaft. Darum besuche ich sie!«

»Huren mögen viel über die Verhütung oder die Vernichtung der Leibesfrucht wissen, aber nichts über das heilige Geheimnis des Lebens! Warum gehst du nicht zu den Beginen? Oder sprichst mit Catlyn?«

Gabriel unterbrach sie abrupt. »Über den Sadebaum? Ich schwöre dir, am liebsten würde ich sie dafür aus ihrem Bett prügeln.«

»Sie hat es gewiss nicht absichtlich getan. Sie ist eine fromme Frau.«

»Ich dachte, sie sei Lamberts Verlobte?«

»Zuvor war sie Nonne. Ihr Schicksal hat meinen Bruder gerührt, weil er selber ein Glaubensverfolgter und mit dem Tod bedroht war!«

»Lass uns nicht streiten, ich muss gehen. Ich erhielt Nachricht, dass eine der Huren schwere Schmerzen auf der Brust hat.«

»Kannst du nicht morgen gehen?«

»Sidonia, ich bin diesen Frauen mehr als Dank und gute Worte schuldig.«

»Wofür?«

Gabriel seufzte. Er senkte die Stimme und beugte sich zu seiner Frau hinab. »Dafür, dass sie mir nach ihrem Tod ihren Leib zur Verfügung stellen. Es ist ein bitteres Geschäft, aber die einzige Möglichkeit, mehr über die Funktionsweise der Empfängnisorgane zu erfahren.«

»Gabriel!« Sidonia hielt sich die Hand vor den Mund, um einen Würgereiz zu unterdrücken. Die Bilder, die in ihr hochstiegen, waren mehr, als sie verkraften konnte. Blutige Klingen, aufgeschlitzte Bauchdecken, sorgsam zerteilte Leiber, denen Gabriel mit Messern das Mysterium der Schöpfung entreißen wollte.

Ihr Mann fasste sie bei der Schulter. »Ich sagte dir, es ist besser, du weißt nicht alles. Mit dem, was ich tue, riskiere ich mehr als unsere Liebe.«

»Dein Leben«, flüsterte Sidonia. »In Köln steht auf Leichenschneiderei die Todesstrafe.«

»Nicht nur in Köln«, erwiderte Gabriel abfällig. »Die ganze christliche Welt würde mich deswegen hinrichten. Darum glaubt die christliche Welt auch immer noch, der Bauch der Frau sei in sieben Kammern aufgeteilt, in denen hübsch getrennt Knaben und Mädchen wachsen, oder dass die Frau keine Unterhosen tragen darf, damit der Wind sie von sündigen und fruchttötenden Ausdünstungen befreit! Die antike, die arabische und die jüdische Medizin weiß mehr über die Funktionen unseres Leibes als jeder christliche Arzt, der den forschenden Verstand, den Gott ihm gab, nicht gebrauchen darf.«

»Ich flehe dich an. Bleibe hier. Ich will nicht, dass du dich in solche Gefahr begibst. Dich zu verlieren wäre auch mein Tod!«

Gabriel küsste sie. Nicht schmelzend wie vorhin, sondern zum Abschied. »*Querida*, ich gehe doch nur zu einer kranken Frau.«

»Hoffst du, dass sie stirbt?«, fragte Sidonia entsetzt.

»Ich bitte dich! Mein Eid verpflichtet mich, alles zu tun, um Leben zu retten. Vertrau mir. Und schließe das Tor hinter mir, wenn ich fort bin.« Er machte dem Leuchtmann ein Zeichen und entfernte sich mit schnellen, festen Schritten.

»Der Herr beschütze dich«, murmelte Sidonia mit gesenktem Blick und übersah den huschenden Schatten, der sich in den Hof stahl, nachdem Zimenes und der Leuchtmann in der Nacht verschwunden waren. Das Mondlicht malte ihn als Schemen auf die Innenmauer des Hofes. Der Schatten trug einen Krempenhut und tauchte blitzschnell unter der Schaubühne ab, als Sidonia den Hof querte, um die Torflügel zu schließen.

Vierter Teil

Der Tod

Fürchte den schwarzen Reiter nicht.
Er trägt das Banner der weissen Rose
und lenkt sein Pferd dem Morgen entgegen.
Der Herr der letzten Dinge
trägt den Keim allen Anfangs in sich.

Mariflores Zimenes, »Die Geheimnisse des Tarots«

1.

Köln, in der Nacht vom 17. auf den 18. Januar 1536

»Hört, ihr Leut', und lasst euch sagen,
Unsre Glock' hat zwölf geschlagen.
Zwölf, das ist das Ziel der Zeit,
Mensch, denk an die Ewigkeit.«

Der Gesang des Nachtwächters verhallte in der Gasse, als Sidonia mit müden Schritten die Treppe zum ersten Stockwerk hinaufstieg. Es hatte keinen Sinn mehr, auf Gabriel zu warten. Manchmal blieb er die ganze Nacht über fort, und das morgige Fest bedeutete einen langen, anstrengenden Tag.

In der Hand trug sie einen flackernden Kienspan. Alle Türen waren verschlossen, alle Läden zugeklappt, die Feuer gelöscht. Das Haus schlief. Sie passierte die Kapelle und wollte eben die Tür zu ihrem Schlafzimmer öffnen, als sie unter der Tür von Lunettas Gemach einen Lichtschein wahrnahm.

Zögernd klopfte sie an.

Lunetta schreckte hoch und klappte das Buch zu.

»Was ist?«

»Darf ich hineinkommen?«

Lunetta lief zur Tür und öffnete sie. Als sie das erschöpfte, sorgenvolle Gesicht ihrer Freundin sah, zog sie sie wortlos über die Schwelle. Sidonia steckte den brennenden Kienspan in den

Schlund eines tönernen Maulaffen, wo er gefahrlos weiterbrennen konnte. Dann setzte sie sich zu Lunetta auf das Pfostenbett und ergriff deren Hand. Ihr Blick fand das Buch auf dem Nachtkasten. Sein Einband war mit schweren Deckplatten aus Silber und grünen Nephritsteinen verschönt, von denen es hieß, sie schützten vor bösen Geistern. Bewundernd betrachtete Sidonia das Buch.

»Dein Vater hat das Buch neu binden lassen. Welch ein Schmuckstück es ist.«

»Ja«, sagte Lunetta. »Vielleicht wollte er so das Andenken an Mutter ehren, auch wenn er sie sonst kaum erwähnt.«

»Ach, Lunetta, er liebte sie so sehr, er kann es nicht ertragen, an sie erinnert zu werden und an seine vermeintliche Schuld ...«

»Ich weiß«, sagte Lunetta und senkte traurig den Blick. »Manchmal dachte ich, dass er mich dafür verabscheut, dass ich die Kunst meiner Mutter übernommen habe.«

»Das tut er gewiss nicht! Der schöne Bucheinband beweist es! Er weiß um deine besondere Begabung und ehrt sie. So wie ich.« Sidonia holte tief Luft. »Lunetta, ich habe eine Bitte. Befrage das Tarot für mich, nur ein einziges Mal. Du kannst doch mit dem Buch orakeln. Man schließt die Augen, blättert eine Seite auf, fährt mit dem linken Finger darüber und liest die Stelle, bei der das Herz schneller schlägt. Bitte.«

Lunetta runzelte die Stirn. »Es ist besser, gewisse Geheimnisse im Dunkeln zu belassen.«

Etwa, dass sie vorhin wie durch Zufall die Seite des Teufels aufgeschlagen hatte. Zufall? Es musste eine Warnung vor dem Tarot sein. Es musste ... denn der Gedanke, dass mit dem Höllenfürsten Lambert van Berck gemeint sein könnte, war zu widerwärtig.

Und doch: Das Bild des Gehörnten, an dessen Thron ein

nacktes Liebespaar gekettet war, spiegelte vieles von ihrer Angst vor Verführung und blinder Leidenschaft für einen Teufel wider, der das Antlitz eines Engels trug – Lambert.

Zu Lunettas Entsetzen griff Sidonia sich das Buch und schlug es auf. Nicht beim Teufel. Im Schein des Kienspans erkannte Lunetta die Karte. Es war keine der zweiundzwanzig Trumpfkarten, wie der Teufel, die schicksalhafte Geheimnisse anzeigten, sondern nur eine Hinweiskarte auf die Seelenlage des Fragenden, die zu den vierzehn Bildern der Schwerter gehörte. Schwerter wiesen immer auf Zweifel, Streit und Konflikte hin. Lunetta spürte, dass die Karte viel über Sidonia verriet, schwieg jedoch.

Sidonia starrte ratlos auf das Bild einer Frau im weißen Büßergewand. Ihre Augen waren verbunden, vor der Brust hielt sie zwei gekreuzte Schwerter in die Höhe. Sie thronte wie erstarrt auf einer steinernen Bank, mit dem Rücken zum Meer, das von Inseln durchsetzt war. In der Ferne leuchtete ein abnehmender Mond. Murmelnd las Sidonia die Notizen von Mariflores Zimenes:

»Zweifel, Abwehr, Blindheit. Ein verschlossenes Herz ist unempfänglich für das Fluten der Liebe. Öffne deine Seele, nimm alles an, was in dir ist, auch deine Schatten. Nur dann wirst du das Leben empfangen.«

Das Leben empfangen! Entsetzt ließ sie das Buch sinken. »Aber das ist nicht wahr! Das kann nicht mich meinen.«

Lunetta wandte den Blick ab.

»Ich liebe Gabriel von ganzem Herzen.«

»Hattest du nie Zweifel daran?«, fragte das Mädchen vorsichtig und dachte an den Wortwechsel vorhin im Hof.

»Nie.« Sidonia schüttelte energisch den Kopf. »Mein Gott, das Tarot lügt! Ich liebe ihn mehr als mein Leben.« Sie schleuderte das Buch zu Boden und schluchzte zu Lunettas Entsetzen laut auf.

Sidonia weinte! Nie hatte sie ihre einstige Retterin so hilflos gesehen. Zaghaft legte sie den Arm um die weinende Frau.

»Welche Frage hast du gestellt?«, wollte Lunetta wissen.

»Sag mir erst, was dieses Bild bedeutet!«

»Die Schwerter stehen für deinen Verstand, das Meer und der Mond für deine Seele und deine Gefühle. Die Frau auf dem Bild hat sich von beidem abgewandt.«

»Es ist ein trostloses Bild, so grau, so hoffnungslos.«

»Grau ist die Farbe des Zweifels.« Leise fügte Lunetta hinzu: »Zweifelst du an Gabriels Gefühlen für *dich?*«

Sidonia schüttelte heftig den Kopf. »Nicht mehr«, sagte sie tonlos. »Du weißt nicht, was er wagt, um mich glücklich zu sehen. Nein, es muss an mir liegen. Warum sind die Augen der Frau verbunden? Warum ist sie so reglos, so starr?«

Lunetta zögerte weiterzusprechen. Jedes Wort könnte Sidonia an eine schmerzliche Erkenntnis heranführen.

»Die Frau auf dem Bild will etwas Wesentliches nicht wahrhaben, darum kreuzt sie die Schwerter so abwehrend vor der Brust und ihrem Herzen. Sie verschließt sich vor Bildern ihrer Seele und tiefen Gefühlen.«

Zornig schüttelte Sidonia Lunettas Arm ab und wischte sich die Tränen fort. »Gott weiß, wie sehr ich Gabriel liebe und begehre! Das kann nicht der Grund dafür sein, dass ich nicht schwanger werde ...« Sie brach ab. »Bitte hilf mir. Finde heraus, ob ich je ein Kind von Gabriel empfangen kann.«

»Das Tarot kennt kein Ja oder Nein. Es ist ein Spiegel deiner Seele. Nur sie kennt die Antwort.«

Mit blitzenden Katzenaugen fuhr Sidonia auf. »Wenn ich die Antwort wüsste, würde ich nicht solche albernen Bilderrätsel betreiben, die tausend Fragen aufwerfen, anstatt eine zu beantworten.«

»Die Rätsel des Tarots sind weise, Sidonia. Welche Frage

stellt *dir* diese Karte? Welche Gefühle verbirgst du vor dir und Gabriel, obwohl du ihn so sehr liebst? Oder vielleicht *weil* du ihn liebst!«

Betroffen sah Sidonia auf. »Können wir nicht eine neue Karte wählen, die klarer ist? Schlag du eine Seite auf. Dir gab Gott die Gabe, die tiefsten Geheimnisse zu verstehen. Was verhindert, dass ich schwanger werde?« Sie hob das Buch vom Boden auf und wollte es Lunetta reichen.

»Nein.« Das Mädchen sprang vom Bett auf, hob abwehrend die Hände. »Nein, verlange das nicht von mir.« Sie lief zur Tür und riss sie auf. »Bitte geh. Ich spüre einen dunklen Schatten auf meiner Seele. Ich bin mir selber fremd und könnte meine Fragen mit deinen vermischen.«

Sidonia atmete tief ein und schlug blitzschnell das Buch auf.

»Satan«, entfuhr es ihr. »Satan!«

Lunetta erstarrte im Türrahmen.

Sidonia glitt vom Bett auf die Knie. »O Gott, wie blind ich tatsächlich all diese Jahre war. Der Herr bestraft mich für meine größte Sünde mit der Unfruchtbarkeit! Vergib mir. Vergib mir, Gabriel.«

»Was soll das heißen?«, stieß Lunetta entsetzt hervor. »Wovon redest du?«

»Verstehst du es nicht?«, schluchzte Sidonia. »Es ist Aleander. Immer noch Aleander. Dieser Teufel in Menschengestalt. All die Jahre war er der Dämon meiner Seele. Darum fürchtete ich die Lust! Darum hatte ich Zweifel an Gabriels und meiner Liebe. Es liegt an ihm ...«

Weiter kam sie nicht. Die verzweifelten Schreie einer Frau drangen durch das Treppenhaus zu ihnen herauf. »Hilfe! Zu Hilfe! Gabriel Zimenes! Er ... Macht auf.«

Jemand hämmerte und schlug wild gegen die Eingangstür des Hauses.

Mit einem Satz war Sidonia auf den Füßen, riss die Wandfackel aus der Halterung und jagte hinter Lunetta her über den Flur. Sie überholte sie auf der Treppe, nahm die letzten Stufen in einem Satz und riss einen der Türflügel auf. Der Frost fuhr ihr scharf wie ein Messer in den Mund. Ihr Herz schlug wie eine kleine eiserne Faust gegen ihre Rippen, als wolle es den Käfig ihrer Brust zersprengen.

Vor ihr stand Catlyn, ein Rinnsal von Blut strömte über ihren weißen Hals. Lunetta sah es und schlug die Hand vor den Mund. Blut. Blut! Sie hatte es am Morgen im Konventsgarten gesehen. Warum hatte sie die Begine nicht gewarnt? Ihre Abscheu für Catlyn hatte sie ungerecht und blind gemacht.

»Was ist mit Gabriel?«, schrie Sidonia. »Rede schon!«

Die hübsche Begine sank ohnmächtig zu ihren Füßen nieder.

2.

Köln, 18. Januar 1536

Überall herrschte aufgeregtes Plappern. Van Bercks Hof hallte wieder vom staunenden Wispern und Raunen seiner Gäste über die tausend Wunder, die der Rüstungshändler an diesem Abend zur Schau stellte. Im unwirklichen Licht blau schimmernder Laternen bewegten sich Kölns erste Bürger wie fantastische Schatten einer anderen Welt.

Gaukler ließen Glasperlen, Papierrosen und kandierte Veilchen in die Menge regnen. Narren schlugen Salti, tanzten hoch über den Köpfen der Gäste auf dem Seil. Andere jonglierten mit den mühsam herbeigeschafften venezianischen Parfümkugeln und ließen sie absichtlich zerplatzen, sodass sich der Geruch von gebratenem Fleisch mit dem betörenden Duft von Rosen und Jasmin mischte. Farbiger Rauch und balsamische Hölzer verdampften in Kupferkesseln, und glühende Kohlebecken erwärmten die raue Winternacht. Feuerschlucker tauchten ihre Fackeln hinein, um sie sich vor ihrem jubelnden Publikum in den Rachen zu schieben, wo sie zischend verlöschten.

Die Gäste waren in ihren Kostümen von den bezahlten Narren kaum zu unterscheiden. Längst aus der Mode gekommene Hauben mit hohen Hörnern krönten Teufelsfratzen, Bischofsmützen wurden zu Bocksfüßen getragen, einige Damen wagten sich in orientalischen Schleiergewändern in die Menge, und damit keiner den anderen zu erkennen wusste, hatte van Berck am

Tor Messingschalen aufgestellt, denen man seidene Larven entnehmen konnte.

Musik von Tamburinen, Trommeln, Flöten und Hörnern untermalte alle Lustbarkeiten. Van Berck überschritt einmal mehr alle Prunkverbote des Rates über die Zahl von Spielleuten und Instrumenten, die bei privaten Feiern zulässig waren. Seinem Motto SPERO IMVIDIAM – »Ich hoffe, beneidet zu werden« –, das in goldenen Lettern über seinem Hausportal prangte, wurde der Kaufmann in vollem Umfang gerecht.

Vor dem Tor drängte sich Volk aus Kölns ärmeren Gassen, um einen Blick auf das Fest zu erhaschen, das seit Tagen das Gossengeschwätz beflügelte. Van Berck verstand es zu feiern wie ein Fürst und vergaß auch die Gaffer – ob Beinschnitzer, Hundeschläger oder Kloakenfeger – nicht. Aus einem Zauberbrunnen, der über eine geheimnisvolle Pumpmechanik verfügte und mit seinem Weinkeller unter dem Hof verbunden war, floss unaufhörlich roter Burgunder und verwandelte die Gasse vorm Haus zu einem weiteren Festplatz.

Ein Fanfarenschall kündigte einen neuen Höhepunkt an. Van Bercks Knechte, denen Affenschwänze aus den Hosen ragten, flitzten durch den Hof und löschten die Laternen. Zischend schlugen silbersprühende Flammen neben der Schaubühne empor. Es erklang die sanfteste und süßeste Harfenmusik, die je gehört wurde. Sie ließ an Ekstase und Ewigkeit denken.

Mit wohligem Schaudern suchten sich die vornehmen Gäste einen Platz auf einer Tribüne, die gegenüber der Schaubühne aufgebaut war.

Unter Rufen des Staunens beobachteten sie, wie der Vorhang, der die Bühne bisher verhüllt hatte, langsam zur Seite gezogen wurde. Goldenes Licht ergoss sich über den Rand des Brettergerüstes.

Amor kniete in einer Landschaft aus Silber anbetend neben

Psyche, deren schwarzes Haar von Rosen durchflochten war und bis auf ihre Hüften hinabfloss. Am Saum ihres granatroten Gewandes blitzten Edelsteine in allen Farben. Der Gott der Liebe trug schwanenweiße Flügel und eine Toga über silbernen Beinlingen. Seine Armbrust war auf Psyches Herz gerichtet.

Verzückt klatschten einige Zuschauer in die Hände.

»In wenigen Augenblicken sind wir von diesem albernen Spektakel erlöst«, knurrte Amor in Psyches Richtung. »Ich hätte nie geglaubt, dass Vater so dreist sein könnte, uns der ganzen Welt als Liebespaar zu verkaufen. Neben seinen Waffen.« Angewidert betrachtete er die aufgepflanzten Schwerter um sie herum.

Lunetta blickte unbewegt nach vorn.

»Wirklich. Es tut mir leid, dass mein Vater dir diese Rolle aufgezwungen hat«, murmelte Lambert wie um Verzeihung bittend.

Lunetta blinzelte kurz. »Wie kommst du darauf, dass dein Vater mich zu irgendetwas zwingen kann? Ich stehe freiwillig hier.«

Lambert verzog spöttisch den Mund. »Sag nur nicht, du bist einem Gecken in Röckchen und Engelsflügeln verfallen? Du hast einen besseren Geschmack und mehr Stolz. Also, warum spielst du meine Psyche?«

»Du würdest es mir doch nicht glauben.«

»Einen Versuch ist es wert.«

Lunettas Gesicht gefror zur Maske. »Ich bin hier, um dich zu beschützen«, sagte sie leise.

»Um mich zu beschützen?« Der bittere Schatten eines Lächelns flog über Lamberts Gesicht. »Was geht dir nur jetzt wieder durch diesen Kindskopf, kleine Gräfin? Deine Fürsorge ist reizend, aber an mich verschwendet.«

Lunetta wandte kaum merklich den Kopf und blickte ihn an. »Gestern Nacht hatte ich einen Traum. Eine … Eingebung.« Sie stockte, dann fuhr sie beherzt fort. »Catlyn ist gefährlich. Frag mich nicht, warum, aber ich weiß es jetzt.«

Sie sah, wie Amor vollkommen erstarrte, dann lachte er hart.

»Glaubst du, das wüsste ich nicht?«

Verblüfft erkannte Lunetta tiefe Verbitterung in seiner Stimme. »Sie ist das durchtriebenste Miststück, das mir je begegnet ist. Seit ich sie kenne, hasse ich die Frauen«, stieß er heftig hervor.

Eine Falltür brach im Bühnenboden auf. Mit lautem Kreischen entstiegen ihm schwarze Wesen, krochen umher wie Insekten. Ganze Schwärme von Gespenstern, Moorgeistern, Grabwürmern und Leichen sprangen von der Bühne ins Publikum. Geschrei und Gelächter waren die Folge, als die Zuschauer die bezahlten Narren erkannten, die sich hinter der Bühne von Faxenmachern in ungeheuerliches Getier verwandelt hatten.

Auf der Tribüne sprangen einige Zuschauer von den Bänken.

»Dein Bruder ist ein sehr zorniger Gott der Liebe. Diesem Sauertopf könnte sogar Tringin widerstehen«, wisperte Gabriel Sidonia neben sich zu, die – gegen ihren Willen von dem schönen Bild ergriffen – nach seiner Hand getastet hatte.

Jetzt schlug sie danach. »Bring mich nicht zum Lachen.«

»Aber dafür ist euer Karneval doch gemacht«, raunte Gabriel.

Sidonia biss sich auf die Lippen. »Lambert steht vor allem da oben, um Vater zu besänftigen.«

Sie drehte sich kurz zu Claas van Berck um, der mit steinerner Miene nach vorn starrte. »Nie zuvor habe ich ihn so toben hören wie gestern Nacht, als er erfuhr, dass Catlyn Lamberts Braut ist. Er hat gedroht, sie zu töten und Lambert zu enterben. Das Gesinde hat den Auftritt sehr genossen.«

»Er scheint sich gefasst zu haben.«

»Er sinnt angestrengt darüber nach, wie sich die Verlobung wieder lösen lässt.«

»Was ich ihm nicht verdenken kann, *ma vida*. Diese Catlyn gefällt mir immer weniger.« Suchend blickte er sich im Hof um, wo sich die Menge vor der Bühne drängte und mit den Höllengeburten kämpfte. Er entdeckte Catlyn im Kostüm der Jagdgöttin Diana. Die Begine hatte ihre silberne Maske über die kurzen blonden Locken zurückgestreift und rang mit einem Dämon. »Sie hat die Beginentracht mit Wonne abgestreift und sich erstaunlich schnell von dem Angriff auf der Gasse erholt«, knurrte Gabriel.

»Du bist eben ein guter Arzt«, entgegnete Sidonia.

»Für den Schnitt hätte es nicht mal einen Bader gebraucht. Vermutlich hat sie ihn sich selbst zugefügt, um ihrem Bräutigam auf die Sprünge zu helfen. Ihre ganze Geschichte von einer angeblichen Totenwache am Alten Markt war sehr dünn ...«, er pausierte kurz, »und bei der Untersuchung stellte ich fest, dass sie schwanger ist.«

Zu seiner Verblüffung blieb seine Frau ruhig und gefasst, lächelte sogar. »Schwanger! Die Glückliche.«

Ihre Hand stahl sich unter seine Pelzschaube und drückte seine Rechte. »Ach, Gabriel, als sie an der Tür so verzweifelt deinen Namen schrie, befürchtete ich das Schlimmste für dich!«

»Das Schlimmste war, dass mich auf dem Berlich statt einer Hure mit gesegnetem Leib nur ein paar Spitzbuben erwarteten, die mir meinen Mantel raubten«, seufzte Gabriel. »Ich habe ihn sehr gemocht.«

»Das kommt davon, dass du nicht auf mich gehört hast«, neckte ihn Sidonia. »Aber was zählt der Verlust eines Mantels. Du kannst nicht ahnen, wie glücklich ich war, als du gestern Nacht endlich zurückkamst.«

Gabriel rutschte dichter an sie heran und tauchte seinen Mund liebkosend in ihr Haar. »Du hast es mir in unserem Bett eindrucksvoll bewiesen, *mi corazón.* Ein Hoch auf den Mönchspfeffer. Selten warst du leidenschaftlicher. Ich sehne mich nach einer Wiederholung.«

»Mit Freuden«, murmelte Sidonia unter züchtig niedergeschlagenen Lidern, während sich spitzbübische Grübchen in ihre Wangen malten. Sie hob den Blick voll Zärtlichkeit. »Aber am Mönchspfeffer liegt es nicht. Gabriel, ich weiß nun, warum ich all die Jahre kein Kind empfangen konnte. Mir hockte ein lastender Alb auf der Brust, doch nun ist er gebannt.«

Ihr Mann zog verblüfft den Kopf zurück. »Was meinst du?« Der schrille Misston von Sackpfeifen unterbrach sie. Der Teufel selbst entstieg der Falltür auf der Bühne und verneigte sich tief vor dem Publikum.

»Ssscht!« Sidonia legte einen Zeigefinger an die Lippen. »Später. Jetzt gleich kommt der Angriff auf Amor.«

Gabriel riss die Augenbrauen hoch. »Ein Angriff auf den Gott der Liebe? Wer hat sich das ausgedacht?«

»Der Pfarrer von Sankt Kolumba. Er meinte, man müsse unbedingt das Böse darstellen, das der Leidenschaft zwischen Verliebten innewohnt.«

»Pfaffen«, schnaubte Gabriel und zog seine Frau enger an sich.

Auf der Bühne ließ Amor seufzend die Armbrust sinken, die er bislang auf Psyches Herz gerichtet hatte. »So, nun noch mein

Ringkampf mit Satan, und der Spuk ist vorbei. Dann bist du von mir erlöst.«

Lunetta senkte den Blick.

»Was ist dir? Schau nicht so bestürzt«, raunte Lambert. Seinem Spott war abwehrender Tadel beigemischt. »Meine Geschäfte in Köln sind erledigt, die Waffenlieferungen auf dem Weg nach England, so wie auch ich schon bald. Du wirst mich weder länger ertragen noch beschützen müssen.«

Amor sprang auf die Füße, seine Flügel wippten, er stieß sie mit den Ellbogen ärgerlich nach hinten und trat nah an sie heran. »Nun? Willst du mir nicht wenigstens Lebewohl sagen? Nur ein Abschiedsgruß unter Freunden.«

»Ich glaube nicht, dass du Wert darauf legst«, murmelte Lunetta abweisend.

»Auch wenn ich es einmal bereuen werde, kleine Gräfin: Ich lege mehr Wert auf deine gute Meinung, als mir lieb ist.«

Lunetta blickte ihm ungläubig ins Gesicht. Um sie herum veranstalteten die Dämonen ihr Höllenspektakel. Bocksfüßige spielten auf Instrumenten, die aus Knochen geschnitzt waren, schlugen Hundegerippe wie Lauten und stießen schaurige, dissonante Schreie aus.

»Ich dachte, du verabscheust mich und hasst alle Frauen«, brachte Lunetta leise hervor.

Amor schüttelte widerwillig den Kopf. »Ich hasse dich nicht. Nicht einen Herzschlag lang habe ich dich gehasst.« Einer Eingebung folgend, beugte er sich zu ihr hinab. »Es scheint, dass du tatsächlich über Hexenkünste verfügst.«

Dicht war sein Gesicht nun an dem ihren. Lunetta bewegte den Kopf ganz sacht. Seine eisblauen Augen fingen die ihren ein, mühelos wie an jenem Morgen, als er sie vor Tändeleien mit dem Heiligsten gewarnt hatte. »Du hast dir bewahrt, was ich lange verloren habe, kleine Gräfin: ein rebellisches Herz.«

Sie sahen einander an. Lunetta bemerkte, wie nackt sein Gesicht für einen Augenblick war. Sie legte zaghaft die Hand an seine Wange. Eine Berührung, die so zart war, dass Lambert entsetzt zurückschrak. »Nicht, Lunetta … Verschwende kein Mitgefühl an mich.«

»Ich … ich habe kein Mitgefühl mit dir«, sagte Lunetta. Allen Mut zusammennehmend, legte sie die Hand in seinen Nacken, zog ihn zu sich heran und fand seinen Mund. Die Armbrust entglitt Amor und polterte auf die Bühnenbretter. Er riss Psyche an sich und erwiderte ihren scheuen Kuss voll wütender Leidenschaft.

Vor der Bühne seufzten einige Damen. »Wie wundervoll. Der Triumph der Liebe inmitten der Hölle!«, riefen sie sich über die Köpfe und den Lärm der Dämonen hinweg zu. Auf der Tribüne legte Claas van Berck befriedigt die Hände über seinen Bauch. Was für ein Teufelskerl von einem Verführer Lambert doch war! Und endlich ein gehorsamer Sohn. Herrlich, einfach herrlich.

Gabriel sprang auf die Füße. »*Madre de Dios!* Was fällt diesem Nichtsnutz ein!«

»Beruhige dich. Es ist doch nur Theater«, flüsterte Sidonia. »Da vorn kommt der Teufel!«

»Warum willst du Catlyn heiraten, wenn du sie nicht liebst?«, stieß Lunetta hervor, als Lambert sich so plötzlich von ihr löste, wie er sie zuvor umfangen hatte.

»Das will ich nicht«, zischte Amor und nahm mit eleganter Verneigung die Beifallsbekundungen der Damen entgegen. »Und jetzt verbeuge dich, sonst kommen die Zuschauer auf so dumme Gedanken wie mein Vater.«

Lunetta kämpfte mit den Tränen. Ein einziger Kuss hatte sie mit beiden Seiten der Liebe zugleich vertraut gemacht: bedingungslose Sehnsucht und verzehrender Schmerz.

Amor trat vom Bühnenrand zurück und beobachtete das nachlassende Gewimmel der Dämonen im Publikum. »Wo bleibt nur der Teufel, wenn man ihn braucht?«

Psyche fasste ihn flehend beim Arm. »Heirate Catlyn nicht!«

»Ist das ein Befehl oder ein Angebot, Gräfin von Löwenstein?«, scherzte Lambert und verneigte sich wieder zum Publikum hin.

»Du weißt es! Du hast mich eben geküsst.«

Die Miene des Kaufmannssohnes verschloss sich, er legte Lunetta die Hand auf den Rücken und zwang sie zu einer Verbeugung. »Ein Kuss bedeutet nichts im Karneval. Schon gar nicht von mir«, flüsterte er.

»Du lügst!« Lunetta schnellte hoch und ballte ihre Rechte zur Faust, schloss ihren ganzen Zorn darin ein.

Keiner von beiden beachtete den Teufel, der auf die Bühne kletterte. Er stahl sich an die Streitenden heran, griff sich unter dem Jauchzen der Menge Amors Armbrust und schlich sich an den linken Bühnenrand. Johlen und Feixen übertönte das Schrappen von Metall, das beim Öffnen der Schlossklappe entstand.

»Wie kannst du so abscheulich sein«, fauchte Lunetta.

»Ich muss leider so abscheulich sein, denn ich bin dummerweise bereits mit Catlyn verheiratet.«

Ungläubig öffnete Lunetta den Mund. »Aber das ist unmöglich! Warum?«

»Weil ich einmal ein Herz hatte wie du.« Amor spuckte die Worte aus. »Ein eitles, schwärmerisches Jünglingsherz. Ich gefiel mir als Held, der schöne, schutzlose Mädchen rettet.«

»Dann hast du sie also einmal geliebt«, stellte Lunetta sehr leise fest.

»Nein«, sagte Lambert schroff. »Ich verwechselte nur Mitgefühl mit Leidenschaft. Eine Heirat war die einzige Möglichkeit, eine verurteilte Hure vor dem Tod am Galgen zu bewahren.«

»Ich dachte, sie sei eine Nonne«, stammelte Lunetta verwirrt.

»Catlyn war beides, und ich hielt mich für ihren Erlöser. Dir scheint es mit mir nicht anders zu ergehen.«

»Das ist nicht wahr«, protestierte Lunetta und riss den Kopf hoch. Ihre Blicke trafen sich, als prüften zwei Duellanten gegenseitig ihre Verwegenheit. »Ich lie…«

»Sag es nicht! Die Liebe ist nichts weiter als Selbstbetrug und kaum von Dauer.«

»Du irrst!«

»Nun ja, vielleicht könnte dein Vermögen den ein oder anderen vom Gegenteil überzeugen.«

Satan legte einen Pfeil in die Führungsschiene der Armbrust ein, zog die Sehne mit dem Spannhaken an. Jetzt trat der Höllenfürst mit dem Fuß den Steigbügel der Waffe herunter, sodass die Sehne in die Nuss rutschte. Der Teufel führte die Waffe zur Schulter, legte an. Schweigen sank über die Menge. Das Bogenholz knarrte.

Auf der Tribüne sprang Claas van Berck von seinem Sitz auf. »Was macht der Teufel mit der Armbrust? Ich wollte doch nur einen Ringkampf …«, rief er in hellem Entsetzen.

Lunetta riss den Kopf herum.

»Pass auf!«, schrie sie, stieß Lambert beiseite und sprang auf den Teufel zu. Sein Pfeil löste sich singend aus der gespannten Waffe, schoss auf sie zu. Mit vibrierendem Schaft traf er Lunettas Brust, genau dort, wo ihr Herz saß, und riss das Mädchen zu Boden.

3.

Sidonia schrie auf. Mit einem Satz übersprang Gabriel Zimenes die Brüstung der Tribüne, drängte sich durch die wogende, applaudierende Menge, die immer noch glaubte, einem Theaterstück beizuwohnen.

»Platz da! *Maldito*, macht sofort Platz, ihr Dummköpfe!«, schrie Zimenes.

Auf der Bühne riss Amor sich ein Schwert aus dem Holzboden, stürmte auf den Teufel zu, der in blankem Entsetzen auf das Mädchen am Boden starrte. Als er Amor auf sich zurennen sah, riss er sich von dem Bild des Mädchens im blutroten Kleid los, machte einen Satz und sprang ins Publikum. Die Zuschauer bildeten eine Gasse, durch die Amor ihm hinterherhechtete.

»Ah, jetzt übertreiben sie«, mäkelte ein Mann vor der Bühne.

»Ich finde es sehr lebensecht«, entgegnete eine Dame mit Vogelmaske begeistert.

»Aber van Bercks Schwiegersohn, der Spanier, spielt schlecht«, erwiderte der Mann abfällig und mit Blick auf die Bühne. »Er wirkt wie ein echter Arzt. Schau nur, jetzt zieht er den Pfeil aus Psyches Brust und verdirbt das schöne Bild.«

»Aber dieser Amor«, seufzte die Frau und reckte suchend den Kopf nach ihm.

Der Gott der Liebe stürmte mit erhobenem Schwert in die Gasse vor van Bercks Haus. Applaus brandete auch bei den armseligen Zaungästen auf. Nie hatten sie etwas Wundervolleres gesehen als den Teufel auf der Flucht vor einem rächenden

Engel, dessen Schwanenflügel ihn umwehten wie einen Königsmantel.

Sie haschten nach den glänzenden Federn. Im Laufen versuchte Lambert die lästigen Schwingen abzustreifen.

»Haltet den Teufel auf!« Gellend fing sich seine Stimme im Trichter der Gasse und mischte sich mit den Anfeuerungsrufen und dem Gelächter der Gaffer. Ein Mutiger riss dem fliehenden Satan die Hörner herunter, aber Amors Flügel waren verlockender, ein jeder wollte sie berühren. Sie drangen so zahlreich auf Lambert ein, dass der Teufel in Richtung der Glockengasse entkommen konnte.

»Verflucht!«, schrie Lambert, riss sich die Flügel von den Schultern, wehrte die Gaffer ab und drehte sich um. Lunetta, er musste zu Lunetta. Bei Gott, was hatte er dem Mädchen angetan. Mit seinen Worten, mit seinem Spott, mit seiner ganzen verdammten Kälte. Er jagte die Gasse zurück zum Gehöft seines Vaters. Der wilde Lauf sandte reißende Schmerzen durch seinen Körper bis hinein in sein Herz, das er lange nicht so deutlich gespürt hatte.

Im Hof empfing ihn brausender Applaus – ganz wie er einem Gott gebührte. Doch diesmal galt der Beifall allein Psyche.

Fünfter Teil

Auferstehung

Die Nacht ist vorbei.
Die Finsternis begrenzt.
Die Schatten des Todes haben
ihre Macht verloren.

Die Bibel

1.

Köln, 18. Januar 1536, abends

»Hört, ihr Herrn, und lasst euch sagen,
Unsre Glock' hat zehn geschlagen!
Zehn Gebote setzt Gott ein;
Gib, dass wir gehorsam sein!«

Nur mühsam unterdrückte der Schmied sein Keuchen. Fest kniff er den Mund zusammen und duckte sich tief in die offene Kellerluke, in die er hineingesprungen war, als der Nachtwächter nahte. Angespannt wartete er, bis der Lichtschein der Laterne über ihn hinweggeglitten und der Gesang des Büttels zwischen den Häuserwänden verhallt war. Japsend schnappte er nach Luft, wartete, bis die Glocke das nächste Stundenviertel anschlug. Dann streifte er zitternd den schwarzroten Seidenmantel ab, der ihm als Verkleidung gedient hatte.

Er tastete nach dem Dolch, mit dem er sich selbst richten sollte. Catlyn hatte ihm diese Waffe gestern zugesteckt, nachdem sie sich damit ihre Verletzung zugefügt hatte.

Der Schmied befühlte die Klinge mit dem schillernden Wellenschliff. Es hieß, dass solch eine Sarazenerklinge ein Seidentuch in der Luft zerteilen könne. Er setzte sie an seine Kehle und schloss die Augen. Nur ein rascher, entschlossener Schnitt, und er wäre erlöst, würde eingehen in das Reich des Lichts.

Seine Hand zitterte, als er das Anschwellen seiner Halsgeschwüre verspürte, die ewigen Mahnmale der verfluchten Lust. Er umfasste den Dolch fester und wollte sich Gott empfehlen.

»Herr, empfange mich im ewigen Glanz«, murmelte er, doch da blitzte das Bild der am Boden liegenden Lunetta wieder in ihm auf. Schuld, so schwarz wie der Höllenschlund, drohte ihn zu überwältigen und herabzuziehen.

Du hast die Erwählte des Meisters getötet. Ewige Verdammnis und Finsternis sind dein Los.

Nein, schrie es in ihm, nein, daran waren allein Catlyn und ihr Plan schuld! Alle Weiber bestanden aus nichts anderem als Schmutz, Sünde und Ansteckung. Sie hatte ihn zu diesem unsinnigen Wagnis verführt. In ihr wohnte Satan. Nicht in ihm.

Wenn er doch nur seinem Hammer vertraut hätte, seinem geweihten Hammer statt dieser vermaledeiten Armbrust. Wie einfach und befreiend, wie schlicht und schön es gewesen wäre, sich bei Nacht lautlos an Lambert heranzuschleichen, auszuholen und mit voller Wucht seinen Schädel zu spalten, dass er wie eine Baumnuss zerknackte und das Blut pulsierend aufspritzte. Es konnte immer noch geschehen!

Der Master würde alles verstehen. Er musste, hatte er doch nie einen treueren Jünger gehabt. Und was zählte schon ein totes Mädchen! Die Frauen liefen dem Propheten in Scharen zu.

Der Schmied richtete sich auf, wischte sich Ruß und Färberröte aus dem Gesicht, mit dem es geschminkt war, und stemmte sich mit seinen kräftigen Armen aus der Kellerluke. Vorsichtig blickte er sich um.

Die zierlichen Glocken, die an Tragbalken vor den Häusern angebracht waren, klingelten zart und glänzten im Mondlicht. Sie warben für das Handwerk, das hier betrieben wurde, und gaben der Gasse ihren Namen: Klockergass. Die Glockengießer waren nicht ganz so vornehm wie van Berck, aber auch ihr Gewerbe brachte Wohlstand.

Angewidert betrachtete er die mit schmiedeeisernen Beschlägen versehenen und reich bemalten Fensterläden. Dahinter wohnen die zu ewiger Finsternis Verdammten, dachte er grimmig. Herrje, vor einigen Gießereien brannten sogar Hängelaternen. Die Nacht zum Tage machen, das passte zu den reichen Prahlhänsen. Sein Vermögen an die Beleuchtung einer Straße zu verschwenden! Immer verdorbener wurde die Welt in ihrer Gier nach Geld und gottloser Prachtentfaltung.

Mit schlürfendem Geräusch zog er Rotz hoch und spuckte unter einer der Laternen aus. Dann tastete er sich weiter an den Hauswänden entlang, übersprang offene Kellerlöcher, bahnte sich einen Weg zwischen Abfallhaufen, überfrierenden Tümpeln und Eispfützen.

Das gedämpfte Lärmen später Zecher wies ihm den Weg zum Hurenhaus auf dem Berlich, wo Master Elias abgestiegen war, um zu missionieren. Vielleicht, so dachte der Schmied, könnte er im Hurenhaus sogar ein Ritual der vorläufigen Reinigung vollziehen, das Fieber in einem Weib von sich abstreifen. Jede Dirne war weniger verkommen als Catlyn.

Schmeichelnd mischte sich die Stimme des Meisters in seine Gedanken: »Lebe das Laster, bis es dich nicht mehr lockt und quält. Der Leib ist das Grab der Seele. Er muss überwunden werden. Nur die gereinigte Seele ist offen für Gott.«

Grölender Gesang mischte sich in die heiligen Betrachtungen des Schmieds.

Isabella von Kastilien
Hatte Schenkel weiß wie Lilien
In der Mitte wie zum Trotze
Eine rabenschwarze –
Rumdarassa! Rumdarassa!

Studentengesänge. Hier war er richtig. Die Bursen der mittellosen Scholaren lagen in unmittelbarer Nähe zum Berlich – zum Ärger der Stadtväter und zur Freude der Studenten. Jetzt, so kurz vor Karneval, war es angenehm, nur einen Steinwurf von Kölns verrufensten Spelunken und Winkelschenken entfernt zu wohnen.

Ach das Leben lebt sich lyrisch
Notabene, wenn man jung is'.
Und es duftet so verführ'risch,
Notabene, wenn's kein Dung ist!
Drum lache, saufe, hure, trabe,
Notabene bis zum Grabe.

»Bis zum Grabe«, stimmte der Schmied übermütig ein und bog in den Hof des Dirnenhauses ein. Springend durchquerte er den Morast, den die Schweine des Wirts täglich aufwühlten, und schlug mit harter Faust gegen die Tür, hinter der sein Prophet wohnte.

»Master«, rief er leise, »macht auf! Ich flehe Euch an.«

Die Tür wurde aufgerissen. »Du elender Lausewanz, was willst du noch hier«, herrschte ihn eine Stimme an … die Stimme einer Frau im Beginengewand. Es war Catlyn. Unter ihrem grauen Mieder blitzte das Kostüm der Jagdgöttin Diana hervor. Verflucht. Unberechenbar und flink wie Quecksilber war sie ihm zuvorgekommen. Angst ließ dem Schmied die Knie einknicken. Was hatte sie Elias erzählt?

»Lass gut sein, Catlyn, bitte ihn herein«, meldete sich hinter der Begine der Prophet zu Wort.

Die Stimme des Meisters war voll Güte! Der Schmied stieß Catlyn zur Seite und eilte in den niedrigen Raum. Dort sank er vor dem Mann im grauen Talar in die Knie.

»Herr, ich wusste, Ihr versteht mich. Nie wollte ich Euch enttäuschen. Catlyn verführte mich zu dem dummen Spiel.«

»Es war in der Tat dumm«, sagte der Meister, »ohne meine und Gottes Führung zu handeln. Aber der Herr erhörte meine Gebete und wies mir einen Weg, wie alles zu einem guten Ende kommen kann.«

Der Schmied nickte eifrig. »Ihr vergebt mir?«

»Ich vergebe euch beiden. ›Denn sind eure Sünden auch scharlachrot, sie werden weiß wie Schnee‹«, zitierte er das Alte Testament. »Durch mich.«

»Amen«, seufzte der Schmied voll Inbrunst und warf sich dem Propheten zu Füßen.

»Gleichwohl hat er weniger Verstand, als in eine Nussschale passt, und ist zu grob«, zürnte Catlyn. »Zweimal hat dieser Schlagetot nun schon versagt!«

Der Prophet des Lichts drehte sich langsam zu ihr um. »Es war dein Plan, Catlyn. Danke dem Allmächtigen, dass Lunetta den Angriff überlebt hat!«

Der Schmied stieß einen Laut der Verblüffung aus. »Sie ist nicht tot?«

Ein seliges Lächeln entspannte die Züge des Meisters. »Nein, mein Sohn. Lunettas Gabe scheint weit größer, als ich ahnte. Gepaart mit meinem Wissen, werden sie und ich die großen Mysterien der Schöpfung lösen. Sie ist der verlorene Zwilling meiner Seele, den Gott mir geschickt hat, um mich über die ganze Welt zu erhöhen. Sie ist ein Engel der Prophezeiung wie ich.« Seine grauen Augen schimmerten verzückt und ließen ahnen, wie schön Aleander von Löwenstein in seiner Jugend gewesen sein musste.

Misstrauisch verzog Catlyn die helle Stirn. »Begehrst du dieses Zauberkind wie ein Weib?«

Der Schmied wollte auf die Füße springen. »Dreckige Metze!

Wie redest du mit dem Propheten!« Sein Meister zwang ihn mit einer raschen Geste zurück auf die Knie.

»Lasst euren Zank«, sagte Aleander. Zu Catlyn gewandt, fuhr er fort. »Ich lebe seit Jahren enthaltsam, um mich auf die letzte Vereinigung vorzubereiten. Die mystische Hochzeit ist die heiligste aller Zeremonien, kein roher Akt der Sinnlichkeit!«

Catlyn griff nach seiner rechten Hand, fuhr zärtlich mit ihren Fingern darüber. »Du hast sie *mir* versprochen! *Mir allein.* Ich werde bereit sein und dir paradiesische Freuden schenken«, gurrte sie lockend.

Er schüttelte ihre Hand ab. Der Schmied registrierte es mit Befriedigung.

»Du wirst deinen Lohn empfangen, wenn Lunetta mir sicher ist.«

»Lohn?«, rief Catlyn schrill. »Ich will deine Liebe! Für dich habe ich mein Keuschheitsgelübde gebrochen, mich an deine lüsternen Jünger verschwendet und den Lockvogel für verdorbene Mönche gespielt.«

Ein verächtliches Lächeln stahl sich in die Züge des knienden Schmieds. Und dieses Miststück hatte es gewagt, ihm zu predigen. Dabei war es kein heiliger Zorn, der sie entflammte, sondern der dumme Zorn eines beleidigten Weiberherzen. Dieses wollüstige Stück Schmutz hatte sich in den Messfeiern des Masters Dutzenden hingegeben. Ohne den heiligen Gedanken der Reinigung, die doch ihre einzige Hoffnung auf Erlösung wäre. In ihrer Fantasie hatte sie es jedes Mal mit dem Leib des Höchsten getrieben. Wie widerlich.

»Warum sprichst du von dir wie von einer Hure?«, erwiderte Aleander jetzt tadelnd und faltete fromm die Hände. »Du hast mit deinem Leib dem Höchsten gedient, Catlyn. Du bist eine wahre Braut Christi.« Noch immer malten sich Zweifel auf dem Gesicht der Begine ab. Aleander ließ die Augen liebkosend über ihren Leib fahren, sein Lächeln war eine Umarmung. »Dafür verspreche ich dir noch heute Nacht die vollkommene Seligkeit.«

Er machte eine kurze Pause und bekreuzigte sich. »Und nun lasst uns das Werk vollenden. Hast du deine Kräuter dabei?«

Catlyn nickte widerwillig.

»Dann geh und frage im Schankhaus nach der Hure, die seit Tagen ein misslicher Husten quält. Sage, dass Zimenes dich geschickt hat.« Er eilte zu seinem Bett und griff nach einem dunklen Mantel, reichte ihn der Begine. »Vergiss nicht, den hier auf ihre Kammer zu legen.«

Catlyn zögerte.

»Sei eine gehorsame Tochter.« Sanft strich er über ihre Wange. Die Begine griff nach einem Tonkrug, zog einen Beutel mit Kräutern aus ihrem Gewand hervor und leerte ihn hinein.

»Du weißt, dass ich dich liebe, Elias ...«

»Darum habe ich dich zu meiner ersten Gefährtin erwählt.« Die Begine verschwand im Hof. Der Schmied knurrte unwillig.

Aleander legte eine Hand auf seinen Kopf. »Willst du mir beweisen, wie viel größer deine Liebe ist? Erhebe dich und folge mir.«

Zitternd vor Glück stand der Schmied auf. Sein Meister griff sich eine Laterne und trat in den Hof. Mit langen Schritten eilte er auf eine kleine Pforte zu, die in den Garten des Hurenhofes führte, wo der Wirt seine Obstbäume und seinen Winterkohl zog. Der Schmied stolperte hinter ihm her. Wie geisterhafte Jungfern standen die gestutzten Bäume in Reih und Glied. Der Mond war wie aufgequollen und verbreitete graues Licht. Elias strebte auf den hinteren Teil des Gartens zu, ein abgegrenztes Areal aus lehmigschwarzer Erde. Modernde Holzkreuze steckten tief im kalten Schlamm.

Der Schmied fuhr entsetzt zurück. Der Hurenfriedhof! Eine ungeweihte Stätte, wo die Sünderinnen ihre letzte Ruhe fanden – ohne Segen.

»Was ... was soll ich hier?«, fragte er krächzend.

Aleander hielt bei einem Grabkreuz inne und wirbelte herum; in der einen Hand hielt er immer noch die Laterne, in der anderen einen Spaten.

»Graben!«

Dem Schmied wurde der Mund trocken. »Für wen?«

»Für mich«, sagte der falsche Prophet.

»Aber warum soll ich ...«

»Frage nicht, gehorche.«

Zögernd griff der Schmied nach dem Spaten, stach ihn in die Erde. Die Krume war starr vom Frost, doch in seiner Verzweiflung trieb der Schmied den Spaten tief in den Boden, grub wie ein Besessener. Die Glocken des benachbarten Klarissenklosters schlugen dumpf die elfte Stunde an, als das Blatt seines Spatens auf etwas Weiches traf. Entsetzt sprang der Schmied zurück. Eiswasser sickerte aus den lehmigen Wänden der Grube.

»Es ist nicht leer«, stieß er hervor und stemmte sich hastig aus dem Loch.

»Natürlich nicht.« Aleander hielt die Laterne über die Grube. »Von Erde bist du genommen, zu Erde wirst du werden. Amen. Hast du das Messer noch, das Catlyn dir gab?«

Der Schmied wich entsetzt zurück.

»Meister, bitte, tötet mich nicht! Nicht hier und ohne jede Hoffnung.«

Aleander schüttelte tief betrübt den Kopf. »Mein Sohn! Der Prophet des Lichtes ist nicht dazu berufen, seine Hände mit Blut zu besudeln. Und nun spring zurück in die Grube.«

Widerwillig gehorchte sein Jünger.

»Öffne den Sack, in den die bedauernswerte Frau eingenäht ist.«

Der Schmied riss den Sarazenerdolch aus seinen Beinlingen und schlitzte das faulende Tuch auf. Er hielt sich die Hand vor den Mund, als ihm der süße, stechende Geruch von Verwesung entgegenschlug, und erbrach sich.

Sein Meister nestelte nach dem Riechapfel unter seinem Gewand, drückte ihn sich gegen die Nase und wanderte – die Laterne in der anderen Hand – am Rand des Grabes entlang. Interessiert studierte er die nackte Tote. Ein kunstvolles Muster sauber vernähter Schnitte kreuzte sich auf ihrem Unterleib. »Zimenes arbeitet mit eleganter Nadel«, sagte er kalt.

»Wer ist die Tote?«

»Zimenes' Untergang«, erwiderte sein Prophet. »Und nun zeig mir den Dolch, den Catlyn dir gegeben hat«, sagte er. Der Schmied reichte ihn seinem Meister. Der betrachtete ihn kurz im Licht der Laterne. »Eine schöne Waffe und so hübsch mit dem Wappen Lambert van Bercks verziert ... Ganz wie du gesagt hast, Catlyn.«

Der Schmied fuhr zusammen, als die Begine sich aus dem Schatten zwischen den Obstbäumen löste. Mondlicht ließ ihre Locken glänzen. Sie trat neben den Propheten an die Grube.

»Lambert schenkte mir das Messer zur Verlobung, damit ich mich vor meinen Verfolgern schützen könne.« Catlyn kicherte. Eitles, albernes Weib, dachte der Schmied abfällig.

»Hast du getan, was ich dir auftrug?«

Catlyn nickte eifrig. »Ich habe der Hure den Trank mit freundlichen Grüßen von Zimenes eingeflößt. Sie war so dankbar!« Erneutes Kichern kollerte in ihr hoch. »Zimenes' gestohlener Mantel liegt auf ihrer Kammer, und die Taschen sind mit trockenen Sadeblättern, Arnika, Rainfarn und gestoßenem Mutterkorn gefüllt. Jeder halbwegs kundige Arzt weiß, wozu diese Kräuter dienen, wenn Frauen sie in großer Menge einnehmen.«

»Welch eine hübsche Idee. Du zierst Gottes Pläne mit deinen Einfällen.«

»Nicht nur Lunetta besitzt große Gaben«, hauchte Catlyn.

»Und was soll mit diesem Lambert geschehen?«, mischte sich der Schmied voll eifersüchtiger Wut ein.

Aleander reichte ihm die Hand und half ihm, der Grube zu entsteigen. Dann gab er ihm den Dolch. »Seine eigene Waffe wird ihn richten.«

Ein Funkeln stieg in die Augen des Schmieds. »Diesmal werde ich nicht versagen. Er ist so gut wie tot!«

»Besser als das«, sagte Aleander.

»Was soll das heißen?«, fragte Catlyn überrascht.

»Du wirst ihm die Qualen vergeblicher Liebe bereiten.«

Die Begine lachte kalt. »Das habe ich längst getan.«

»Bist du dir sicher?«

»Dieser Narr hat mich nie berührt.«

»Wie bedauerlich für ihn, ich hielt ihn für einen leidenschaftlicheren Narren. Nun, heute Nacht wirst du dein Meisterstück vollbringen.«

2.

Huschende Schatten ließen Goswin hochschrecken. Kurz rieb er sich die Augen. Verdammt, war er etwa eingenickt? Schande über ihn. Er löste sich von der getäfelten Wand des Flures und nahm Haltung an. Links von ihm klappte die Tür der Hauskapelle. Goswin legte energisch die Hand an sein Kurzschwert und löste den Griff wieder, als er Lambert van Berck in den Gang treten sah. Sein Geckenkostüm hatte er längst gegen schwarze Beinkleider und ein ebenso strenges Wams getauscht. Mit eilenden Schritten kam er auf Goswin zu.

»Wie geht es ihr jetzt?«, fragte er flüsternd.

Goswin verzog unschlüssig den Mund. Gabriel Zimenes war voller Zorn für den jungen Mann und hatte ihn vor Stunden aus Lunettas Zimmer geworfen. Lamberts verzweifeltes Flehen, das Mädchen zu sehen, hatte ihr Onkel entschieden abgelehnt.

Lambert packte Goswin beim Hemd und schüttelte ihn. »Verdammt, Kerl, sag mir, wie es Lunetta geht!«

»Besser«, knurrte der Soldat endlich. »Sidonia ist nun bei ihr.«

»Und Zimenes?«

»Kümmert sich um Euren Vater. Ihm geht es schlecht«, ergänzte Goswin tadelnd, »sehr schlecht. Ihr werdet ihm einiges erklären müssen. Wie konntet Ihr es nur wagen, diesen schmutzigen Mörder auf sein Haus zu ziehen? Das kommt davon, wenn man Nonnen freit! Solche Sünden bestraft der Herr sofort.«

Lambert van Berck schloss wie unter Schmerzen die Augen und fuhr sich mit der Hand durch das Flammenhaar. »Bei Gott, ich wünschte, dieser Kerl hätte mich getötet«, stieß er hervor.

Oder noch besser diese vermaledeite englische Nonne, um die sich all die Aufregung zu drehen schien, dachte Goswin erbost. Scheinheiliges Frauenzimmer, das verriet doch schon ihre Lust an heidnischen Kostümierungen.

»Ich werde es wiedergutmachen«, schwor Lambert mit schlecht verhaltenem Zorn und mehr zu sich selbst als zu Goswin.

Die Tür zu Lunettas Kammer wurde aufgerissen. Sidonia steckte den Kopf durch den Türspalt. »Was soll diese Unruhe … Lambert!«

»Bitte, lass mich zu ihr«, flüsterte ihr Bruder drängend.

»Sie schläft.«

»Ich muss sie sehen!«

Sidonia zögerte kurz, dann zog sie Lambert über die Schwelle.

Der sanfte Schein einer Kerze leuchtete neben dem Bett des Mädchens. Lunetta lag entspannt in den Kissen, ihr schwarzes Haar war wie ein Fächer um ihr Gesicht ausgebreitet. Ihre Brust hob und senkte sich unter den gleichmäßigen Atemzügen eines tiefen Schlafes.

»Mein Gott, sie ist so jung«, seufzte Lambert, »so schön und so verletzlich. Zu denken, dass sie hätte sterben können …« Er brach ab.

Sidonia sah aufrichtigen Schmerz in seinen Augen und legte ihm tröstend die Hand auf die Schulter.

»Sie wird schon bald wieder gesund sein.«

»Lass mich einen Moment mit ihr allein«, bat Lambert heiser und schüttelte die Hand seiner Schwester ab.

»Wozu?«, fragte Sidonia flüsternd. Tadelnd setzte sie hinzu:

»Du wirst sie doch nicht noch einmal küssen wollen? Wie konntest du dich auf der Bühne nur so vergessen! Und das vor den Augen deiner Verlobten. Das Ganze wirkte täuschend echt.«

»Ich weiß, und ich muss Lunetta um Verzeihung bitten.«

»Sie wird dich nicht hören.«

Lambert wandte seiner Schwester langsam das Gesicht zu. »Das ist nicht wichtig. Ich muss ihr etwas sagen, wozu ich später vielleicht keine Gelegenheit mehr haben werde.«

Sidonia hob spöttisch die Brauen. »Oder keinen Mut? Uns beiden liegt das Streiten mehr als die Reue.«

Die Miene ihres Bruders verschloss sich. »Bitte, Sidonia, quäle mich nicht.«

Erstaunt zog seine Schwester sich zurück, trat auf den Gang und schloss leise die Tür.

»Was will er von Lunetta«, fragte Goswin grimmig flüsternd.

Sidonia schüttelte langsam den Kopf. »Ich weiß es nicht.«

»Ich dachte, sie schläft?«

»Tief und fest. Gabriel hat ihr einen besänftigenden Trank gegeben.«

»Hat sie große Schmerzen?«

»Nein. Der Aufprall war hart und wird scheußliche blaue Flecken hinterlassen, aber sie war gut geschützt, die Pfeilspitze konnte nicht einmal bis auf die Haut vordringen.«

»Ich danke dem Herrn für dieses Wunder«, murmelte Goswin und schlug ein Kreuz.

»In gewissem Sinne war es das auch. Die meisten Gäste hielten es – dem Himmel sei Dank – für einen Theatertrick, aber einige sprechen leider von Zauberei«, sagte Sidonia müde. »Es ist, als läge ein Fluch über diesem Haus. Immer wieder holt uns der Verdacht von Ketzerei ein, dieser ganze Sauerteig aus Bosheit und Lüge.«

»Unsinn«, schnaubte Goswin entrüstet. »Unsinn! Wer das behauptet, wird mich kennenlernen. Es war nur das Buch, nur das Buch ihrer Mutter. Keine Hexenkunst war dabei und schon gar keine Ketzerei. Man kann dem Kind nichts anhängen. Am besten, wir verbrennen das Buch! Verfluchtes Tarot.«

Sidonia runzelte verärgert die Stirn. »Immerhin war es ihr Lebensretter. Hier, schau.« Sie zog das mit schweren Silberplatten und Juwelen besetzte Buch von Mariflores Zimenes unter ihrer Schürze hervor. Goswin betrachtete entsetzt das scheußliche Loch, dass der Pfeil in das Silber gebohrt hatte.

»Mein Gott«, stieß er hervor.

»Keine Angst, das Loch reicht nicht tiefer. Sie trug das Buch unter ihren Gewändern, direkt über dem Herzen. Es diente als Panzer«, Sidonia bekreuzigte sich. »Der Herr muss ihr diese Eingebung geschenkt haben.«

»Wer sonst«, knurrte Goswin widerwillig und bekreuzigte sich ebenfalls. »Wer sonst!«

Die Tür zu Lunettas Kammer öffnete sich. Lambert trat hinaus.

Sidonia schaute ihn fragend an. Ihr Bruder sah kurz hoch, seine Augen waren dunkel und schienen ein schmerzliches Geheimnis zu verbergen.

»Niemand wird der kleinen Gräfin je wieder ein Leid antun!«

Sidonia griff nach seinem Arm. »Lambert, was hast du vor?«

»Ich werde der Sache ein Ende bereiten«, stieß er hervor. »Koste es, was es wolle.« Abrupt drehte er sich um, lief mit energischen Schritten den Flur entlang und nahm die Treppen zu den Dachkammern in wilden Sprüngen.

»Ha!«, triumphierte Goswin. »Nehme an, jetzt wird er die Verlobung mit der vermaledeiten Nonne lösen. Halleluja. Ich wette, das kuriert auch Euren Vater.«

»Du weißt nicht, was du redest. Lambert ist ein Mann von Ehre und Catlyn schwanger.«

3.

Köln, am Morgen des 19. Januars

Sie wurde geliebt. Sie spürte es deutlich, während sie an seiner Seite ritt, getrennt von ihm, doch verbunden im süßen Schweben ihrer Lust. Es ging durch leuchtendes Frühlingsgrün. Wind wisperte in den Bäumen, strich liebkosend über ihre Wangen. Lunetta lächelte. Auf ihren Lippen schmeckte sie Küsse, warm und köstlich süß wie Zimt. Der Mann, den sie liebte, rief ihren Namen. Halb klang es wie eine Warnung, halb wie ein Abschied. Seine Stimme war eine zärtliche Umarmung. Er spornte seinen Fuchs zum Galopp an, verschwand hinter den sanften Wellen eines Hügelkamms. Spurlos.

Lunetta setzte ihm lachend nach. Er war schneller als gedacht. Sie erreichte einen steinigen Bach. Beherzt nahm ihr Pferd Anlauf zum kraftvollen Sprung, die Hinterbeine streckten sich, es zog die Vorderbeine an, flog über das Hindernis. Lunetta fühlte im Schlaf, wie alle Schwere von ihr abfiel.

Das Geräusch hart aufprallender Hufe, die sich in jähem Ritt entfernten, zerriss das schöne Bild. Sie glitt nahtlos zurück in das traumlose Dunkel ihres Betäubungsschlafes. Der Morgen war noch fern.

Nur wenige Türen weiter lagen Sidonia und Gabriel beieinander. Zimenes schlief, seine Frau war wach. Das Geräusch klappernder Hufe hatte sie hochschrecken lassen. Sie war zum

Fenster geschlichen und hatte in den unbelebten Hof hinabgesehen. Die Papierrosen der Gaukler ertranken in eisigen Pfützen, die Schaubühne stand verlassen da. Sie hatte keinen Reiter entdeckt, vielleicht hatte sie nur geträumt. Rasch war sie wieder unter die wärmenden Decken geschlüpft.

Zärtlich betrachtete sie nun ihren Mann im Licht des untergehenden Mondes, legte ihm die Hand sanft auf den Nacken, spürte die Anspannung seiner Muskeln und strich sanft seine Haut.

Aller Aufregung zum Trotz war sie glücklich. *Furcht ist nicht in der Liebe, denn die völlige Liebe treibt die Furcht aus.* Nie hatte sie diesen biblischen Satz so vollkommen verstanden wie jetzt. Sie setzte sich im Bett auf und betrachtete den Mond vor dem Fenster. Sein abnehmendes Licht verriet, dass die Schwelle nahte, an der Finsternis und Licht einander begegneten und auf kurze Frist den Himmel gemeinsam regierten.

Leise schlug sie die Decke zurück und schlich über die kalten Dielen zum Kamin. Sie entfernte die schützenden Moossoden von der schlummernden Glut und entfachte das Feuer neu.

Lächelnd griff sie nach den Apfelscheiten neben dem Kamin, freute sich auf den süßen Duft, den sie bald verbreiten würden. So wie an jenem Morgen nach Lunettas Ankunft, als ein Streit sie an Gabriels Liebe hatte zweifeln lassen und ihn an der ihren. Vorbei. Bald würde das Frühjahr einsetzen, alles Leben neu beginnen. Kurz legte sie die Hand auf ihren Unterleib, murmelte lächelnd die ersten Zeilen des Angelusgebetes, von dem Tringin behauptete, es fördere die Fruchtbarkeit. Es war der Stolz aller Mägde, dass auch die Himmelskönigin eine einfache Frau gewesen war.

»Der Engel des Herrn brachte Maria die Botschaft, und sie empfing vom Heiligen Geist. Ave Maria!«

Dann schichtete sie geschickt Zunder und Scheite zu einem

lockeren Turm. Flämmchen züngelten hoch, leckten am Holz, jagten knisternde Funken in die Höhe.

»Du bist wach?«

Sidonia wandte den Kopf zum Bett. Zimenes drehte sich seufzend auf den Rücken. »Was für eine Nacht!«

»Sie ist bald vorbei«, sagte seine Frau, »und wir sollten den Schlaf des Hauses nutzen.«

Sie schlüpfte zu ihm zurück ins Bett. Ihre Körper fanden sich, sie liebten einander stumm und ohne Hast, lösten sich voneinander und hielten sich zugleich mit den Blicken fest.

Gabriel strich Sidonia eine Strähne aus dem Gesicht. Der Anblick ihres rotgoldenen Haares riss ihn zurück in den gestrigen Abend. Lamberts Gesicht tauchte vor ihm auf.

»Dein Bruder Feuerkopf wird uns einiges erklären müssen! Dieser dreiste Kuss ...«

»Er bereut ihn längst und wird sich entschuldigen«, beschwichtigte ihn seine Frau.

»Und wer war sein schmutziger Verfolger? Warum wollte er Lambert ermorden?«

»Ssscht«, machte Sidonia und legte den Zeigefinger auf seinen Mund. »Später.«

»Der Pfeil hätte Lunetta töten können«, murmelte Gabriel.

»Lambert auch«, gab Sidonia ruhig zurück. »Glaub mir, er ist nicht weniger betroffen über das, was geschah, als wir! Hättest du nur gestern Nacht seine Verzweiflung gesehen. Man wird diesen verdammten Mann fassen. Die Gasse war voller Menschen, die ihn gesehen haben. Er würde nie einen weiteren Angriff auf unser Haus wagen.«

»Ich werde ihn jagen, da kannst du sicher sein«, gab Gabriel wütend zurück.

»Überlass das dem Gewaltrichter.«

Gabriel schnaubte verächtlich. »Was soll der ausrichten? Köln hat vierzigtausend Menschen und er nur acht Büttel, die genug damit zu tun haben, die Kleiderordnung zu überwachen, die Ratsverordnungen gegen herumlaufende Schweine anzuwenden und Münzschaber aufzuspüren, die Goldmünzen befeilen oder falsche Bleigewichte gießen.«

Sidonia zuckte die Achseln. »Vielleicht hat der Mann die Stadt längst verlassen. Was mir mehr Kummer macht, ist das Geschwätz, das bald anheben wird. Vom Wunder im Hause van Berck oder der Zauberin im roten Kleid, an der ein Pfeil abprallte ... Lunetta ist so gut wie unversehrt. Jeder wird meinen, dass so etwas nicht mit rechten Dingen zugehen kann. Vom Gerücht zum Gericht ist es in religiösen Fragen ein kurzer Weg, vor allem weil Lambert bereits einmal als Lutheraner angeklagt war.«

Gabriel legte den Arm um sie. »Selbst abergläubische Gemüter müssen zugeben, dass Lunetta dem Angriff eines Teufels entkam, und das ganze Stück war von einem hochverehrten Pfarrer und Kanoniker geschrieben. Daraus lässt sich schlecht Hexenwerk ableiten. Keine Angst, Sidonia, diesmal ist das Glück auf der Seite der van Bercks. Und sogar die Kirche, die Wunder sehr gut brauchen kann in Zeiten wie diesen.«

»Gott gebe, dass du recht hast«, seufzte seine Frau.

Gabriel küsste sanft ihre Stirn. »Und nun erzähle mir, was du mir gestern über den Alb sagen wolltest, der dir jahrelang die Brust schwer gemacht und unsere Liebe vergiftet hat.«

Sidonia senkte die Augen. »Kannst du es dir nicht denken? Es gab nur einen Dämon in meinem Leben. In unserem ...«

Gabriel richtete sich jäh auf. »Aleander!« Zorn überflutete sein Gesicht. »Was hat er noch mit uns zu tun?«

»Nichts, aber er war der Schatten meiner Seele. Ich habe –

ohne es zu wissen – all die Jahre geglaubt, dass Gott mich für meine Sünde mit Unfruchtbarkeit strafte. Ich sah es in Lunettas Tarot.«

Gabriel legte behutsam die Hand unter ihr Kinn und hob ihr Gesicht.

»Welche Sünde, *querida?*«

Sidonia rückte ein Stück von ihm ab.

»Du weißt, dass der erste und einzige Mann, dem ich mich vor dir hingab, Aleander war«, sagte sie tonlos.

Gabriel ließ ihr Kinn los. »Aleander hat dich vergewaltigt! Wie kannst du von *deiner* Sünde sprechen? Ich wäre nie auf diesen Gedanken gekommen!«

Sidonia schloss kurz die Augen. Nein, es half nichts. Sie musste die Wahrheit ganz aussprechen.

»Gabriel«, begann sie leise. »Als er sich mir näherte, vor acht Jahren hier in diesem Haus, empfand ich im ersten Moment …« Sie zögerte, dann spie sie das Wort aus. »Lust!«

Gabriel räusperte sich trocken. »Du warst Jungfrau und unerfahren. Aleander hat seine Verführungskunst spielen lassen, und vor allem gab er sich als sein Bruder aus. Für deinen Verlobten Adrian von Löwenstein, der angeblich gekommen war, um seine Braut und ihre beträchtliche Mitgift zu holen!«

»Selbst dann hätte ich mich vor der Heirat nicht hingeben dürfen! Ich gab seinem Drängen nach … und dann … Es war schrecklich zu erkennen, was für ein Teufel er war.«

Gabriel zog sie näher an sich. »Dich trifft keine Schuld. Das Böse ist nicht immer auf den ersten Blick hässlich, am stärksten ist es, wenn es sich als Engel des Lichts verkleidet.«

»Du vergibst mir?«

»*Mi corazón*, ich habe dir nichts zu vergeben«, sagte Gabriel und wollte seine Frau küssen. Ein hoher, lang gezogener Pfeifton ließ beide hochschrecken. Sie schauten zum Fenster und lachten erleichtert auf.

»Wie hübsch! Tringin würde das ein Zeichen Gottes nennen«, sagte Sidonia und sprang munter aus dem Bett.

»Und ich nenne es ein Zeichen, um endlich aufzustehen. Die Vögel sind munter, es wird hell, und es gibt viel zu tun!«

4.

Lunetta schnellte hoch, spürte einen dumpfen Schmerz auf der Brust, rieb sich die Augen und schob den Bettvorhang zur Seite. Ihr Blick glitt zu den hohen Fenstern ihres Schlafgemachs. Davor tanzte auf dem Sims ein Rotkehlchen mit zuckenden Flügeln. Der Vogel wiederholte sein warnendes Pfeifen und verfiel dann in seinen flötenden Gesang, als habe er nur auf Publikum gewartet. Eine lange, laute Strophe mit glasklaren Tönen, rieselnd wie ein Bach und voll launischer Tempowechsel.

»Früh dran in diesem Jahr«, bemerkte Tringin munter und schob den Vorhang auf der anderen Seite des Bettes fort. »Ein gutes Zeichen. Rotkehlchen sind die Vögel des Herrn.«

Lunetta nickte beruhigt. Auch in Spanien kannte man die Legende von der kleinen Drossel, die dem sterbenden Jesus am Kreuz einen Dorn aus der Krone zog, um sein Leiden zu lindern, und deren Brust sich rot färbte von einem Blutstropfen Christi, der den Vogel auf immer segnete und zum Verkünder allen Neubeginns machte.

»Hoffe nur, er hat auch schon vor Sidonias Zimmer gesungen«, schwätzte Tringin munter weiter. »Rotkehlchen sorgen für Nachwuchs im Haus. Und wie geht es Euch heute Morgen? Wie war die Nacht?«

»Wundervoll«, erwiderte Lunetta seufzend. Tringin riss erstaunt die Augen auf.

»Natürlich schmerzt die Brust noch ein wenig«, setzte Lunetta eilig hinzu und schlug die Decke zurück. »Was hat die Glocke geschlagen?«

Energisch deckte Tringin das Mädchen wieder zu. »Die neunte Stunde, und Ihr bleibt gefälligst liegen! Hier.« Sie griff nach einem Tonbecher, den sie auf dem Nachtkasten abgestellt hatte, und gab ihn Lunetta. Das Mädchen schnupperte daran. »Kampfer, Honig und ein paar belebende Kräuter von Eurem Onkel.«

Lunetta trank gehorsam das schmelzende Gebräu, das ihren Brustkorb mit lindernder Wärme erfüllte.

»Das tut gut. Und nun will ich aufstehen«, sagte sie fest.

»Nein!«

»Doch. Ich muss mit Lambert sprechen.«

»Mit Lambert?« Tringin schüttelte den Kopf und stemmte die Arme in die Seiten. »Worüber?«

Lunetta sprang zappelnd aus dem Bett und nestelte an den Halsbändern ihres Schlafhemdes. »Er hat den Angreifer verfolgt, sagt mein Onkel.«

»Und ihn nicht erwischt.«

»Aber sicher erkannt! Ist Lambert schon im Kontor?«

Tringin zuckte die Achseln. »Nicht, dass ich wüsste. In seinem Zimmer ist er allerdings auch nicht. Eben wollte ich ihm den Morgenbrei bringen, aber sein Bett war unberührt.« Sie räusperte sich. »Na ja, wo nun seine Verlobte im Hause ist ...«

Nicht seine Verlobte. Seine Frau, dachte Lunetta bitter und fühlte, wie die Erschöpfung zurückkehrte.

»Der Winter ist wie geschaffen für eine junge Liebe, sie hält die Leiber wärmer als das heißeste Feuer«, plapperte Tringin munter weiter. Lunetta zerrte an ihrem Nachthemd und errötete bis unter die Haarspitzen. Lambert in wollüstiger Umarmung mit Catlyn? Das konnte und wollte sie sich nicht vorstellen.

Tringin eilte herbei und löste den Knoten. »Gar keine Sünde is' auch 'ne Sünde. Bald sind sie ja Eheleute. Das Haus van

Berck braucht einen Stammhalter, und Lambert ist gut gerüstet für die Pflicht.« Sie kicherte. »Hab seinen Hosenteufel selber schon gesehen ... als Amme. Nur als Amme!«

Lunetta kämpfte sich aus dem Nachthemd. Tringin schlenderte zum Feuer und legte wohlriechende Kiefernzapfen und dunkle Harzstücke in einen kleinen Kupferkessel über den Flammen. Süßer, tröstlicher Duft kräuselte sich über dem Kessel, warm wie Zimt.

»Du verbrennst kostbaren Styrax für mich?«

»Er hat's befohlen, Euer Wohl geht ihm über alles. Gerade nach gestern Abend«, sagte die Magd.

»Lambert?«, entschlüpfte es Lunetta gegen ihren Willen. Ein Schauer durchfuhr sie. Ein Kälteschauer, beruhigte sie sich. Eisblumen übermalten die Bleiglasscheiben, und das Feuer hatte noch nicht angezogen.

Tringins Augen wurden rund vor Staunen. »Lambert? Nein, der Alte. Claas van Berck natürlich. Lasst den bloß nicht hören, dass Ihr Lambert für den Herrn im Hause haltet! Will ihn immer noch enterben wegen der Verlobung, schreit Zeter und Mordio ... ›Hätte dieser dumme Mensch im Teufelskostüm doch nur auf Catlyn gezielt‹, hat er gesagt. Das ganze Haus hat's gehört. Aber ich kenne Lambert. Der ist ein Ehrenmann und stur wie ein Esel, der wird an der Verlobung festhalten.«

Kopfschüttelnd ging die Magd zu dem Dreibein mit der Waschschüssel. Sie zog das Schaffell darüber fort.

»Was ein Glück, das Wasser ist nicht überfroren.« Mit Schwung leerte sie eine Zinnkanne dampfenden Wassers hinein. »So ist's mollig. Obwohl ich nicht versteh, dass man sich jeden Morgen wie ein Frosch aufs Wasser stürzen muss. Mitten im Winter, brrr.«

»Ich springe nicht hinein, ich wasche mich nur«, entgegnete Lunetta und flitzte zum Waschstand.

Tringin war einem erfrischenden Zank am Morgen nicht abgeneigt. »Ich finde, Eure Bäder mit Rosenöl am Samstag genügen. Elf Schaff Wasser muss ich dafür kochen«, maulte sie. »Nehme an, das sind Sitten aus Eurer spanischen Heimat.«

»Maurische, um ganz genau zu sein«, erwiderte Lunetta, froh darüber, dass das Thema Lambert endgültig beendet schien. »Etwas haben die iberischen Christen von den Arabern gelernt: den Genuss eines parfümierten Bades.«

»Pah, Heidenunsinn. Warme Wasserbäder sind was fürs Hurenhaus und kalte für eine Hexenprobe.«

Tringin reichte dem frierenden Mädchen mit spitzen Fingern ein zotteliges Gebilde, das aus Spaniens finsteren Meeren stammte. »Ein Waschschwamm, hat man so was je gehört? Satansspielzeug.«

Lunetta tauchte ihn ins dampfende Wasser und strich sich genüsslich damit um den Hals. »Bäder helfen gegen Ungeziefer.«

»Ein kleiner Flohpelz unterm Gewand tut bessere Dienste. Ich muss mich mit einem Rattenfell begnügen, aber darin wimmelt's oft gehörig. Noch wilder sollen die Biester auf Eichhörnchenhaare sein.«

»Und auf schmutzige Haut, sagt mein Onkel. Du kannst ihn auch nach seiner Wermuttinktur fragen, die das Blut bitter macht, damit die Flöhe nicht beißen.«

»Larifari. Der Herr hat die Flöhe sicher nicht umsonst geschaffen. Sie machen demütig, sagt der Pfarrer.«

Tringin hielt einen Kienspan ins Feuer und entzündete die Wandfackeln. Dann half sie Lunetta, das Weidenbastpflaster von der Mitte ihrer Brust zu entfernen.

»Buh, dass nenn ich einen blauen Fleck«, sagte sie, nahm Lunetta den Schwamm aus den Händen und strich sanft über die Prellungen. »Tut es sehr weh?«

»Nein.« Lunetta schüttelte den Kopf. »Und darum kannst du mir ruhig ein Kleid heraussuchen. Ich werde nach unten gehen. Vielleicht kann ich heute mit meiner Kaufmannslehre beginnen.« Und in der Stadt mit Lambert nach dem Schmied Ausschau halten, dachte sie insgeheim.

Es war ein Gebot der Vernunft, dass sie gemeinsam nach dem Mann forschten, der erst sie und dann ihn hatte töten wollen. Die Vernunft erforderte ihre Zusammenarbeit zum Schutze des Hauses van Berck. Sonst nichts. *Basta*, setzte sie auf Spanisch hinzu.

Tringin griff nach einem Leinentuch und begann Lunettas Rücken abzureiben. Kaufmannslehre, pah! Noch dazu im Rüstungshandel. Die Tochter eines Ritters von Löwenstein musste doch wohl etwas Besseres zu tun haben! Oder noch besser – gar nichts.

»Au«, protestierte Lunetta, als die Magd immer härter über ihren Rücken rieb.

»Ha, da seht Ihr mal, wie schädlich diese Wascherei ist. Mich wundert's, dass überhaupt noch Haut auf den Knochen bleibt, wo Ihr so schmal seid. Ganz wie ein Knabe ... ich meine Kind«, korrigierte Tringin sich schnell, als sie Lunettas verletzten Blick auffing.

Tringin biss sich auf die Lippen. Aber es stimmte nun mal: Das Mädchen war schmal, die Brüste erinnerten an kleine Äpfelchen, die Gliedmaßen an die eines hochbeinigen Fohlens.

Kind! Lunetta schlug die Augen nieder. Ob Lambert ähnlich empfand? Catlyn war selbst nicht viel älter als einundzwanzig – und doch so lockend weich, so weiblich. Lunetta entwand Tringin das Leintuch und zog es vor ihr Gesicht, als könne sie so die Bilder verhüllen, die in ihrem Kopf Gestalt annahmen. Bilder der üppigen Catlyn, die lockend auf einem Bett lag und die milchweißen Arme nach einem Mann ausstreckte, der nackt vor ihr stand. Ein Mann mit flammend rotem Haar, dessen Zorn sich mit einem Mal in Leidenschaft verwandelte.

Lust weitete Lamberts eisblau umkränzte Pupillen, sie blühten auf wie zwei schwarze Rosen, so wie gestern auf der Bühne. Wie köstlich es gewesen war, seinen Mund zu schmecken, der hell und rot wie Trauben war.

Mein Gott, was sie da dachte, war Sünde. So durfte sie nicht denken, nicht einmal träumen, und hatte es in der Nacht doch getan. Mehr noch, sie hatte seine liebkosenden Hände auf ihren Wangen gespürt, flüchtig, als habe sich ein Schmetterling daraufgesetzt. Eine Berührung, weit zärtlicher als der Kuss …

Mit Blick auf ihre fröstelnde Herrin versuchte Tringin, ihren Schnitzer von eben wiedergutzumachen. »Nun ja, vielleicht ist Waschen wirklich nicht so schädlich. Eure Haut ist glatt wie Seide«, lenkte sie ein. Lunetta zuckte zusammen.

»Ganz weiß wird sie aber wohl nie«, seufzte Tringin. »Wir könnten es mal mit Bleiweißpulver versuchen. Oder Hühnermist. Die Magd vom Haus Birklin hat mir verraten, dass ihre Herrin sich damit die Haare bleicht, bis sie weizenblond sind.« Wieder ein Schnitzer. Lunettas schwarze Mähne würde jeder aufhellenden Kur trotzen.

»Na ja, was hilft es, blond zu sein, wenn man die Haare der Birklin an zehn Fingern abzählen kann.«

Lunetta ließ das Leinentuch fallen. »Hühnermist? Pfui Teufel!«

Tringin grinste breit, Lunetta erwiderte es mit einem schiefen Lächeln. »Wasser und Seife sind Luxus genug für eine angehende Kaufmannsgehilfin.« Und die würde sie werden, dem Schmied nachspüren und auch Lambert seine letzten Geheimnisse entlocken! Sie würde den Teufel bannen, gleich in welcher Gestalt er sie heimsuchen wollte.

»Gib mir ein Kleid.«

Tringin schlenderte aufreizend langsam zur Kleidertruhe. »Eurem Onkel wird das nicht recht sein.«

»Ich bin kein Kind mehr«, erwiderte Lunetta energisch.

Tringin seufzte. »Wollt Ihr das grüne Samtkleid mit den geschlitzten Ärmeln oder den Überrock aus rotem Brokat tragen?«

»Keins von beiden. Vielleicht muss Lambert heute zum Plattner und den Schwertfegern, um die Prunkrüstungen und Turnierdegen für England zu begutachten.«

»Was hat das mit Eurer Kleiderwahl zu tun?«

»Ganz einfach, ich begleite ihn.«

Tringin wirbelte herum. »Nie und nimmer! Wer hat das verlangt?«

»Ich verlange es! Na, und Schmiedezinther, Pech und Salmiak machen grässliche Flecken in feine Stoffe oder brennen Löcher hinein. Das dunkelgraue Kleid, ein Untergewand aus Leinen und der schwarze Wollumhang, den Sidonia mir geschenkt hat, sind richtig für Werkstattbesuche. Nun mach schon, ich friere.«

Tringin richtete sich empört auf. »Der Umhang? Im Leben nicht. Und ein dunkles Wollkleid für eine Grafentochter! Wie ein Totenvogel werdet Ihr aussehen. Wo Ihr alle Farben tragen dürft, Seide aus Damaskus, Schleppärmel bis auf den Boden, tiefe Ausschnitte, Brüsseler Spitze ...«

»In einer Waffenschmiede? Das sähe reichlich komisch aus und äußerst eitel, findest du nicht?«

Tringin runzelte die Stirn.

»Heute will ich Wolle und Leinen.« Lunetta glitt zur Truhe

und kramte nach dem Unterkleid, rieb ihre Wange am steifen Gewebe.

»Herrlich, wie der Stoff auf der Haut knistert.«

»Und kratzt! Soll Nonnen von sündigen Gedanken abhalten«, maulte Tringin. Sie nahm Lunetta das Untergewand ab und legte es über ein Trockenreck beim Kamin. »So wird es wenigstens warm.«

»Ach, Tringin. Als ich noch ein Gauklerkind war, wären mir die Kleider köstlicher erschienen als all dieser Prunk.« Versonnen drehte sie sich in dem Zimmer mit seiner glänzenden Holzvertäfelung, den geschnitzten Möbeln und Wandteppichen.

Verflixt, dachte Tringin, sie sieht tatsächlich aus wie eine Seiltänzerin und hat Freude daran.

Das musste unterbunden werden, erst recht nach dem Affentheater des gestrigen Abends. Mit einem heimlichen Fußtritt rückte sie das Trockenreck mit dem groben Unterkleid näher ans Feuer.

»Gott hat jeden an seinen Platz gestellt, und Ihr gehört nicht aufs Seil oder in eine Schmiede, sondern oben auf die Stufenleiter dieser Welt. Sonst gäbe es kein Duftharz über dem Feuer oder warmes Waschwasser.«

Verstohlen linste sie zum Kamin. Ein blaues Flämmchen leckte am Gitter und züngelte sich gierig zum Saum des Untergewands. Lunetta hatte sich wieder in das Leinentuch gehüllt und saß mit gerunzelter Stirn auf dem Bett.

»Auch ich glaube, dass jeder Mensch ein vorbestimmtes Schicksal hat«, sagte sie, »aber es ist nicht unabänderlich. Manchmal muss man sich dagegen auflehnen und kämpfen. Sonst wäre ich nicht hier.«

»Weshalb solltet Ihr Euch gegen ein Leben in Samt und Seide

auflehnen?«, schnaubte Tringin. »Ihr klingt wie unser Herr Lambert in seiner wilden Jugend, als er sein Herz ans Gassengelichter hängte. Wollte Bettler zu freien Christenmenschen machen. Verrückt.«

»Die Gabe des Mitgefühls macht den guten Christen, sagen auch Gabriel und Sidonia«, warf Lunetta hitzig ein.

»Der Lambert wäre dafür fast als Papstleugner verbrannt worden«, murmelte Tringin und registrierte befriedigt den aufsteigenden Geruch verbrannten Leinens. Das scheußliche Gewand begann zu qualmen.

»Ich wünschte, ich würde einmal genau so eine Liebe finden wie Sidonia und Gabriel«, sagte Lunetta gedankenverloren. Sehnsüchtig suchten ihre Augen das wärmende Feuer. Schreiend fuhr sie vom Bett hoch.

»Tringin! Es brennt!« Mit entsetzensweiten Augen starrte sie auf das qualmende Unterkleid.

»Ach herrje, also so ein dummes Unglück«, sagte Tringin und betrachtete mit Unschuldsmiene den brennenden Stoff.

Lunetta taumelte. Rot schlugen die Flammen hoch. Rot wie Lamberts Haar. Verdammtes Ketzergerede.

Sie ließ das Leinentuch fallen, hob schützend die Arme vors Gesicht und fiel auf die Knie. »Lösch das Feuer«, flehte sie. »Lösch es aus. Bitte!«

Gemächlich schlurfte Tringin zum Kamin. Nur nichts übereilen. In wenigen Augenblicken würde das hässliche Hemd untragbar sein und alle unziemlichen Schmiedebesuche der kleinen Gräfin vereiteln.

»Zur Hölle, was ist hier los?« Eine Stimme, schneidend wie ein Messer, fuhr in den Raum. Tringin zuckte zusammen, eine Hand stieß sie beiseite, riss das brennende Gewand vom Reck.

5.

Sidonia löschte mit kräftigen Tritten die letzten Flämmchen aus, warf Tringin aus dem Schlafgemach und eilte zu Lunetta, die noch immer am Boden kauerte.

»Ruhig Lunetta, es ist alles gut.« Sidonia umschlang sie mit den Armen und wiegte sie. »Es ist nichts passiert.«

Doch, dachte Lunetta. Es ist etwas passiert. Ich habe an die Liebe gedacht, und Gott hat mir ein Zeichen gesandt. Gerade noch rechtzeitig. Die Liebe war ihrer Mutter zum tödlichen Verhängnis geworden. Aus Liebe war die Kartenleserin Mariflores in den Tod gegangen. Eine Tarotspielerin und ein Ritter gehörten nicht zusammen auf dieser Welt, ebenso wenig wie eine törichte Jungfrau und ein Mann mit eisblauen Augen, der einer anderen gehörte.

Oh ja, sie wusste genug von Leidenschaft und ihrer Zerstörungskraft – mehr als ein Kind. Schluss mit allen schwärmerischen Träumen von Lambert. Sie schmiegte sich kurz an Sidonias Brust, sog den Lavendelgeruch ihres Kleides ein. Ihr Atem beruhigte sich.

»Schsch, alles ist gut. Hier, sogar das Unterkleid habe ich gerettet, nur der Saum ist jetzt schwarz.« Sidonia hielt es hoch. »Tringin ist ein Trampel.«

»Aber ein Trampel mit gewitztem Verstand«, murmelte Lunetta und griff nach dem Gewand. »Sie will nicht, dass ich als Kaufmannsgehilfin durch Köln streife. Schon gar nicht in schlichter Kleidung.«

Sidonia lachte hell auf. »Ach darum das kleine Feuer. Ja, mich hat sie früher auch immer gequält. Und ich sie! Ich bin sogar in Beinkleidern auf die Gassen gelaufen.«

Entschlossen richtete Lunetta sich auf. »Könntest du mir welche leihen? Ich muss hinaus. Allein.«

»Warum?«

»Ich will den Mann finden, der den Pfeil auf mich abschoss.«

»Er galt Lambert! Und glaube mir, mein Bruder und dein Onkel werden alles tun, um ihn zu finden. Wenigstens in ihrem Zorn auf den Angreifer sind die beiden sich einig. Gabriel ist bereits unterwegs, er wird alle Torwächter nach dem Unbekannten befragen.«

Lunetta schwieg. Sie wusste, dass der Schmied im Kostüm des Teufels gesteckt hatte, genau wie Lambert.

Sidonia lächelte. »Wir können später noch einmal in die Gassen entweichen. Aber was die Beinkleider angeht ... Ich trug stets welche von Lambert. Er würde toben, wenn du da hineinstiegest.«

Flammende Röte überzog Lunettas Gesicht. Schnell schlüpfte sie in das versengte Untergewand. »Er würde es nicht einmal bemerken«, murmelte sie. »Ich bin ja nur ein Kind.«

Sidonias gelbgrüne Katzenaugen wurden noch schmaler. »Ein Kind? Komm her.«

Lunetta hatte sich das Wollkleid übergezogen, Sidonia half ihr bei der seitlichen Schnürung und zog den Stoff über der Taille glatt. »Du bist auf dem besten Wege, eine gefährlich anziehende Frau zu werden, und wirst bei uns noch genug albernen Söhnen aus Kölns besten Häusern begegnen, denen du den Kopf verdrehen kannst.«

»Mit Rechenkünsten? Oder meinen Kenntnissen der englischen und spanischen Sprache? Oder mit Geschichten über mein ehemaliges Leben als Gauklerkind? Gib zu, das erregt bei den meisten Männern Widerwillen.«

»Der Grafentitel deines Vaters wird sie mit deinem gefährlichen Verstand versöhnen«, sagte Sidonia mit gespielter Strenge.

»Was für ein Trost«, seufzte Lunetta.

Sidonia gab ihr einen Nasenstüber. »Wenn deine Brust nicht mehr schmerzt, wirst du diese tumben Kerle mit deinem spanischen Tanz und Temperament betören! Keine setzt die Füße so flink wie du, keine springt so hübsche Volten und ist so biegsam.«

»Und so dünn.«

Sidonia griff nach einer Bürste und begann Lunettas Haar zu glätten. »Auch ich galt immer als zweifelhafte Schönheit mit meinen Katzenaugen und dem roten Haar. Doch das hindert Männer nicht, sich in eine Frau zu vergucken. Sogar Lambert sagte gestern, du seiest schön.«

»Lambert?« Verwundert drehte Lunetta sich zu ihr um. Dann schüttelte sie unwillig den Kopf. Schluss damit.

»Ach, schau mich nicht so garstig an«, bat Sidonia. »Ich ließ ihn nachts kurz in deine Kammer, er schien aufrichtig besorgt um dich und wollte sich für den Kuss entschuldigen. Ihr beiden solltet euch nicht länger wie Kampfhähne betragen und Freunde werden.«

Lunetta wandte sich rasch ab und wechselte das Thema. »Hast denn du deine Streitigkeiten mit Gabriel beigelegt?«

Sidonia lächelte verträumt. »Vorerst ja.« Mit zärtlichen Strichen bürstete sie Lunettas Haar. »Aber keine Angst, wir werden uns schon wieder verzanken. Beständiger Friede und Harmonie sind auf Dauer langweilig. Ein wenig Aufregung tut der Liebe gut und ...«

Energisches Klopfen hallte vom Hausportal zu ihnen herauf. Eisen wurde hart gegen Holz geschlagen.

»Im Namen des ehrsamen Rates zu Köln, öffnet die Tür. Sofort!«, schrie ein Mann.

Lunetta und Sidonia erstarrten.

6.

Der ganze Haushalt schien in der Diele des Kontors versammelt, war ein einziges Wispern und Tuscheln. Sidonia beugte sich über das Treppengeländer im ersten Stock und ließ den Blick suchend über die Köpfe schweifen. Sie erkannte zwei Gewaltrichterboten in ihren rotweiß gewürfelten Stadtuniformen. Rasch wandte sie sich zu Lunetta um.

»Warte hier«, wisperte sie.

»Warum?«, wollte Lunetta wissen.

»Bitte tu, was ich dir sage, zeige dich nicht und verhalte dich ruhig.« Dann holte sie tief Luft, lief die Treppe hinab und drängte sich durch die Faktoren, Mägde und Knechte zu den beiden Bütteln vor. Die Mienen der Männer waren grimmig und ihre Augen schmal wie Schießscharten. Mit ihren Spießen hielten sie das Gesinde auf Abstand.

»Was fällt Euch ein, die Ruhe unseres ehrbaren Hauses zu stören?«, fragte Sidonia scharf.

»Wir sind gekommen, um es einer gründlichen Untersuchung zu unterziehen.«

Sidonias Herz setzte kurz aus, doch sie fand rasch zu ihrer gewohnten Keckheit zurück. »Mit welcher Begründung?«

»Wir sind nicht verpflichtet, Euch Auskunft zu geben. Der Gewaltrichter ist im Kontor bei Eurem Vater, um die verschiedenen Anklagen zu verlesen. Das ist nichts für Weiber.«

»*Anklagen?* Was, um Himmels willen, hat man uns vorzuwerfen? Ich werde sofort nach den Bürgermeistern schicken, erst gestern waren sie Gast in unserem Haus.«

»Sie wissen bereits, dass wir hier sind, Weib.« Die Soldaten mischten ihrem Blick eisige Verachtung und eine Prise triumphierender Schadenfreude bei.

Sidonia ließ sie stehen und drängte zur Tür des Kontors. Goswin stand davor und hob hilflos die Hände, sie zitterten.

»Es … es tut mir leid. Ich konnte nichts tun! Sie haben mich sofort entwaffnet.«

»Wo ist Gabriel?«

Goswin schluckte hart. »Es scheint, man hat ihn auf der Gasse verhaftet und zum Frankenturm gebracht. Wegen irgendeiner Sache im Hurenhaus auf dem Berlich. Es heißt, er geht dort regelmäßig hin.« Goswin senkte betroffen den Blick.

Sidonia schlug die Hand vor den Mund und unterdrückte einen Schrei, schob ihn beiseite und wollte die Tür öffnen. Goswin versuchte sie zurückzuhalten. »Bitte, geht nicht hinein. Was jetzt zählt, ist Besonnenheit.«

Ein Laut unendlicher Qual drang durch das Holz zu ihnen.

»Vater!« Sidonia riss die Tür auf und stürmte ins Kontor. Sie nahm nichts wahr außer dem Gesicht ihres Vaters, aus dem alle Farbe entwichen war. Er saß zusammengesunken in seinem Lehnstuhl beim Kamin, ein gefällter Riese.

»Alles Lügen, alles Lügen«, krächzte er. »Hol Lambert! Ich bin zu schwach. Hol Lambert!«

Wieder verwandelte sich sein Gesicht, wurde starr und wächsern, als probiere der Tod wie ein unzufriedener Künstler eine neue Maske an ihm aus.

Sidonia stürzte zu ihm hin, griff seine Hand und schrie: »Wasser, verdammt, er braucht Wasser. Und Riechessig, Kampfer, einen Bisamapfel. Ruft Tringin!« Als sei dies das Zeichen der Erlösung, stob das Gesinde in der Diele auseinander.

Lunetta eilte derweil auf nackten Sohlen zur Tür von Lamberts Zimmer. Riss die Tür auf und fand sein Bett unberührt. So wie Tringin es gesagt hatte. Mit klopfendem Herzen rannte sie zur Treppenflucht zurück, nahm die steilen Stufen zum Dachgeschoss in wenigen Sprüngen. Zögernd sah sie sich im dunklen Gang um; ein Lichtstreif, der durch eine halb geöffnete Tür fiel, zog ihren Blick an. Ein Zittern fuhr durch ihren Körper. Im Licht sah sie rote Flämmchen tanzen.

Langsam wie unter Wasser bewegte sie sich auf den Strahl zu und spürte, wie sich lähmende Kälte um ihr Herz legte. Endlich erreichte sie die Kammer.

»Lambert?«

Sie drückte die linke Hand an ihre Brust und stieß mit der rechten gegen das Türblatt. Knarrend schwang es in den Raum. Schräg einfallendes Licht umhüllte Lunetta und ließ sie blinzeln. Geblendet trat sie über die Schwelle und stieß gegen das Fußende eines Bettes. Vorhänge verhüllten das Lager. Mit zitternden Händen teilte sie den Stoff.

Es war genau, wie sie es sich vorgestellt hatte. Ein Gemälde aus Sinnlichkeit und Hingabe, fließend und voll erregender Farben. Catlyn war nackt und wunderschön. Ihre Haut wie Sahne, die Waden lockend gerundet, eine Hand hing wie in träger Wollust und einladend weich über der Kante des Bettes. Lunettas Blick tastete sich nach oben, über die Hügel ihrer vollendet schönen Brüste. Lunettas Atem setzte zugleich mit ihrem Herzschlag aus.

Golden hob sich das gelockte Haar der Frau von den blutgetränkten Kissen ab und silbern der Wappendolch Lambert van Bercks. Catlyns Hals war glatt durchtrennt. Der Schnitt war scharf und ohne Zögern geführt. Ihre weit aufgerissenen blauen Augen verrieten Erstaunen, aber nichts von Schmerzen oder einem qualvollen Todeskampf.

Der harte Aufprall von Hufen hallte in Lunettas Kopf wider. So wie letzte Nacht.

Vielleicht könntest du mich dazu verführen, an die Liebe zu glauben. Oder dein Vermögen. Falls dir das ein Trost ist …

Ein schreckliches Bild stieg in ihr hoch – Lambert, der mit wehenden Haaren über den Hof zum Tor hinaussprengte. Mit blutigen Händen hielt er die Zügel umfasst und hieb seinem Pferd die Reitstiefel in die Flanken. Das Bild verlosch.

Was sie in Wahrheit hörte, war nicht der Aufprall von Hufen, sondern die schweren Tritte bewaffneter Männer, die die Stufen der Holztreppe erbeben ließen.

Sechster Teil

Drei Schwerter

Schwierige, aber notwendige
Entscheidungen stehen an. Bedenke:
Oft ist das, von dem wir geheilt werden wollen,
auch das, was uns heilt.

Mariflores Zimenes, »Die Geheimnisse des Tarots«

1.

LONDON, 20. JANUAR, EIN FELD BEI HAMPTON COURT

Wie schwarze Steine des Todes stürzten die beiden Jagdfalken vom Himmel. Die Schwingen dicht an den Leib gedrückt, schossen sie senkrecht auf einen Krähenschwarm herab, packten ihre Opfer beim Genick. Ein mächtiger Schlag hallte über das Feld. Die Krähen stürzten gen Boden, die Raubvögel stießen erneut auf sie nieder, fingen sie im Fallen, brachen lässig ihr Genick. Ein träger Wirbel von schwarzen Federn umtanzte sie.

»Gut gemacht. Die beiden sind ein unschlagbares Paar. Das Weibchen reißt sogar Hasen«, schwärmte Englands erster Minister Cromwell. »Dafür liebt das Männchen das Spiel mit der Beute. Ein herrliches Schauspiel. Kommt, Chapuys, wir müssen den Falken die Krähen wegnehmen, sonst fressen sie sich satt, und dann ist die Jagd für heute zu Ende.«

»Ich ziehe die Taubenzucht vor«, bemerkte sein Jagdgast trocken.

»Weil sie Euch schmecken, nehme ich an.« Cromwells Stimme troff vor Verachtung.

Chapuys legte träumerisch den Kopf in den Nacken. »Ihr sanftmütiger Gesang ist tröstlich, und sie sind uns so viel nützlicher.«

»Wozu sollten Tauben uns nützlich sein?«

»Vergesst nicht, dass sie die Boten Gottes sind und den Frieden symbolisieren. Das, was jeder gute Christenmensch sich wünscht. Und natürlich wir Diplomaten.«

Cromwells Stirn runzelte sich kurz, dann imitierte er ein Lachen. »Ah, ich verstehe. Es war nur ein Scherz, Chapuys.«

Chapuys gab sich beleidigt. »Ein Scherz? Habt Ihr mich etwa nicht zur Jagd geladen, um mir ein Angebot zu machen, das unsere Nationen endlich wieder versöhnen könnte?«

Thomas Cromwell gab seinem Pferd die Sporen und galoppierte auf die Stelle zu, an der die Krähen zu Boden gegangen waren.

Der Spanier folgte ihm mit angewidertem Blick. *Madre de Dios*, seine Falken waren die einzigen Lebewesen, für die der Minister aufrichtige Zuneigung empfand. Wahrscheinlich erfüllte es diesen Sohn eines Hufschmieds mit Stolz, dass er sie halten durfte, obwohl man dem Gesetz nach mindestens einen Grafentitel besitzen musste, um mit Wanderfalken auf Jagd zu gehen.

Chapuys ließ seinen Hengst in gemächlichen Trab fallen. Eine Schneedecke dämpfte das Geräusch der Hufe. Der lichte Januaranfang war ein trügerisches Zwischenspiel gewesen. Nur kurz hatte sich das Jahr vom dunklen Grund des Winters erhoben. Nun war die Sonne wieder klein wie ein geschrumpelter Apfel. Nirgends regte sich etwas auf den Feldern nahe Hampton Court, und das war der Grund, warum die beiden Politiker auf Falkenjagd waren. Es gab keinen besseren Vorwand, aufs Land hinauszureiten und die Spione und Lauscher des Palastes hinter sich zu lassen, um über Krieg und Frieden zu diskutieren.

Der stämmige Cromwell stieg schwerfällig vom Pferd. Mit feierlichen Schritten ging er übers Feld und ließ ein Federspiel kreisen, um seine Falken von den toten Krähen wegzulocken, deren warmes Blut im Schnee versickerte. Chapuys glitt mit der mühelosen Eleganz des spanischen Reiters aus dem silberbeschlagenen Sattel. Bekümmert betrachtete er seine aus gelbem

Leder gearbeiteten Reitstiefel, die sich im Schnee sofort dunkel verfärbten.

»Barbarisch«, murmelte er, »einfach barbarisch, diese Engländer. Seine Kleidung für ein paar tote Vögel zu ruinieren.« Er las eine Krähe auf und stopfte sie achtlos in die Satteltasche.

Als würde an Heinrichs Tafeln nicht genug Fleisch serviert! Eintausend Ochsen, achttausend Schafe, siebenhundert Kälber und ungezähltes Geflügel verschwanden jedes Jahr im hungrigen Bauch des Hofes. Allein zweitausend Stück Rotwild steuerten die Jäger – als Erster unter ihnen Heinrich selbst – noch hinzu.

Immerhin hatte Chapuys in letzter Zeit mit Genugtuung registriert, dass Heinrich, der einst als schönster Recke unter Europas Königen gefeiert wurde, langsam Fett ansetzte. Er kaschierte seinen sich wölbenden Bauch mit immer breiteren Schulterpolstern und ließ sich die Waden – seinen ganzen Stolz – eng umwickeln, um jugendliche Festigkeit vorzutäuschen. Ah, er wurde mit seinen vierundvierzig Jahren schwerfällig, dieser König. Und da es auch um die Kraft seiner Lenden schwach bestellt schien, bestand Hoffnung, dass Katharinas Tochter Maria eines Tages vielleicht doch Thronerbin würde, mangels anderer Konkurrenz. Von Heinrichs beiden Töchtern war sie die Ältere und stammte – anders als Anne Boleyns Tochter Elizabeth – von großen Königen ab. Nein, Spaniens Sache war noch nicht verloren, und England blieb – dem Essen und dem Wetter zum Trotz – eine reizvolle Insel. Sie besaß so viele interessante Seehäfen und eine so günstige Position, um Frankreich, den Erzfeind des Kaisers, von Norden her anzugreifen.

»Es geht ihm heute Morgen schon viel besser«, riss Cromwell den Spanier aus seinen Betrachtungen und streifte einem seiner Falken zärtlich die Haube über den Kopf.

»Ging es dem Vogel denn schlecht?«, fragte Chapuys, bemüht, seine Stimme besorgt klingen zu lassen.

Der Minister bedachte ihn mit einem ärgerlichen Blick und reichte ihm das Tier. »Lasst jetzt endlich Eure Scherze, Chapuys.« Widerwillig nahm der Spanier den Falken entgegen und ließ ihn auf seiner behandschuhten Faust Platz nehmen.

»Ihr wisst genau, ich spreche von Seiner Majestät dem König«, sagte Cromwell verächtlich.

»Ah ... *sí, el rey!* Verzeiht, ich war ganz bei der Jagd!« Mit teilnahmsvoller Miene fuhr er fort. »Ja, man musste nach dem gestrigen Turnier bei Gott das Schlimmste befürchten, nicht wahr?«

Cromwell winkte ab. »Er ist schon zuvor bei einem Tjost aus dem Sattel gehoben worden.«

»Aber sein Ross fiel auf ihn, und er war drei Stunden ohne Bewusstsein. Zu denken, dass der König hätte sterben können, ohne die Thronfolge geklärt zu wissen! Es sei denn, Maria ...«

»Ihr kennt das Gesetz. Elizabeth ist Thronerbin«, unterbrach Cromwell ihn mit gut gespielter Empörung. »Und wenn seine Königin im Sommer mit einem Sohn niederkommt, ist ohnehin alles geklärt.«

»Das wird Heinrich sicher beruhigen. Es heißt, dass ihm auch seit längerem ein böses Geschwür am Bein zu schaffen macht, das nicht heilen will.«

Cromwells Augen blieben ausdruckslos. »Eure Informanten übertreiben wie stets.«

Chapuys lächelte fein. »Nun, hoffen wir, dass die Salbe aus Pfauenschmalz und gemahlenen Perlen, die Heinrich für sein Leiden erfunden hat, bald helfen wird.«

»Der König lebt, allein das zählt«, antwortete Cromwell schroff. »Und er hofft weiterhin auf einen Sohn – wie ganz England.«

Chapuys nickte freundlich und dachte an die Wandteppiche im großen Bankettsaal von Hampton Court. Dort, wo die Höflinge speisten, hatte Heinrich der Achte die Wände mit vier leuchtend bunten Gobelins verhängen lassen. Jeder einzelne hatte den Gegenwert eines voll ausgerüsteten Schlachtschiffs. Die Stickereien stellten die Geschichte von Israels Stammvater Abraham dar, der noch im Greisenalter einen Sohn zeugte. Mit einer jungen Magd, die Gott ihm sandte, statt mit seiner neunzig Jahre alten Ehefrau.

Aber war Anne noch immer die dazu Auserkorene?

Chapuys betrachtete nachdenklich den behelmten Falken. Blind war er so zahm wie nutzlos. »Man redet bei Hof darüber, dass die besondere Gunst Heinrichs einer anderen als seiner derzeitigen Königin gehört, Cromwell. Und wir beide wissen, dass Heinrich die bedauerliche Neigung hat, seine Mätressen zu Königinnen zu machen.«

»Chapuys, wie könnt Ihr es wagen!«

»Es ist kalt, und wir sollten endlich zum Thema kommen. Wir sind auf der Jagd, *compadre*, und nicht bei Hof, wo wir eine Lüge mit der anderen tanzen lassen müssen.«

Der Spanier hob das Handgelenk und befreite den Falken von der Haube. Das Tier schüttelte den Kopf. Chapuys ließ es aufflattern. Ein weiterer Schwarm unglückseliger Krähen kreiste am Himmel. Cromwell schwieg abwartend.

»Ich kämpfe für die Interessen von Katharinas Tochter Maria und Ihr gegen Anne – nicht wahr? Sie hasst Euch und Euren Einfluss auf Heinrich. Hat sie nicht sogar schon darüber gescherzt, Euren Kopf rollen zu lassen? Eine sanftmütigere Königin wäre Euch sicher mehr als willkommen. Also, was wollt Ihr von mir?«

Cromwell starrte mit schwarzen Knopfaugen dem Falken nach. »Es spielt keine Rolle, ob Anne mich hasst. Entscheidend ist, dass die Zuneigung des Königs zu ihr tatsächlich verblasst.«

Chapuys bemühte sich nicht, Erstaunen zu heucheln. »Nur leider ist sie schwanger.«

»Sie hatte schon eine Totgeburt nach Elizabeth und ist mit sechsunddreißig in dem gefährlichen Alter, in dem Frauen mit ihren Reizen auch die Fruchtbarkeit verlieren«, sagte Cromwell schlicht und befreite auch seinen Vogel von der Haube. Pfeilschnell stieg er in den Himmel hinauf.

»Tja, dann bestünden natürlich Hoffnung und die Notwendigkeit, sie zu ersetzen«, seufzte Chapuys. »Wie hilfreich es für Euch wäre, ein wenig in die Zukunft zu schauen, um sinnvoll zu planen.« Er warf Cromwell einen lauernden Blick zu.

Dessen Miene blieb ausdruckslos. »Der König macht Englands Zukunft!«

Chapuys verneigte sich galant in Richtung des Ministers. »Und Ihr, Master Cromwell, und Ihr! Keine leichte Aufgabe, denn die Wünsche des Königs sind so ... schwer zu berechnen, und wenn Anne ihm nun doch einen Sohn schenken würde, wäre sie unantastbar.«

Cromwell strich sein schlichtes, dunkles Jagdgewand glatt. Seine äußerliche Bescheidenheit war eine besonders widerwärtige Form von Eitelkeit, befand der spanische Botschafter bei sich. Der Minister drehte sich zu ihm um. »Wenn es dem Herrn allerdings nicht gefallen sollte ...«

»Müsst Ihr – ganz im Sinne des Königs – rasch Vorkehrungen treffen. Ich verstehe. Die Annullierung einer weiteren Ehe wäre allerdings, nun ja, etwas peinlich.«

Cromwell nickte kalt. »Das würde der Durchschnittstölpel hinter der Schubkarre nicht verstehen.«

»Vor allem, nachdem jeder Untertan unter Todesandrohung

darauf schwören musste, dass Anne Heinrichs erste und einzig rechtmäßige Gattin ist.«

»Diesen Eindruck gilt es zu verwischen. Der König möchte von seinem Volk geliebt werden. Es ist notwendig, dass er eine – mögliche dritte Eh... also Verbindung ... als *Junggeselle* eingehen könnte.«

Chapuys unterdrückte mit Mühe ein Lachen und presste sich die behandschuhte Faust gegen den Mund. »Nun«, sagte er schließlich gedehnt. »Ich bedaure Eure Not aufrichtig. Was kann ich tun, um Euch zu helfen?«

»Überzeugt Euren Kaiser, dass er nicht weiter auf der Rechtmäßigkeit von Katharinas Ehe mit Heinrich beharrt. Sie war ungültig. Dieses lästige Kapitel muss endlich abgeschlossen und die Würde Heinrichs wiederhergestellt werden.«

»Warum sollte Karl das tun?«

»Weil England im Gegenzug nicht mehr auf der Rechtmäßigkeit von Heinrichs Ehe mit Königin Anne beharren wird, falls sie keinen Thronerben gebiert. Das verspreche ich Euch.«

Erneut hallte der Himmel wider von dem verzweifelten Flügelschlag sterbender Krähen.

»Annes Vernichtung ist also Euer Friedensangebot an Spanien«, folgerte Chapuys.

Cromwell nickte grimmig. »Ganz so, wie Euer Kaiser es immer wünschte. Damit wäre Katharinas Ehre wiederhergestellt.«

Chapuys richtete den Blick zum Horizont. Von Westen wehte stechender, nasser Schnee heran. »Das ist zu wenig. Ich verlange, dass Maria nicht länger als Bastard, sondern als Prinzessin und Thronprätendentin bezeichnet wird.«

Cromwell machte eine wegwerfende Handbewegung und erklomm sein Pferd. »Gewährt. Sie wird statt oder neben Elizabeth als mögliche Thronerbin eingesetzt, bis ein legitimer Sohn geboren ist.«

»Ein mageres Angebot.«

»Hört auf zu feilschen wie ein Haschisch kauender Ungläubiger. Kein vernünftiger Mensch will ein Weib auf einem Thron. Bedenkt, dass Annes Untergang Marias Leben erleichtern und schützen würde. Die Königin war es, die Maria zur Kammerzofe ihrer Tochter Elizabeth machte.«

Chapuys verzog vor Abscheu den Mund. In der Tat, dies war einer der vielen perfiden Nadelstiche Annes gewesen, und dass Maria seit ihrer Unterbringung im Haushalt der zweijährigen Elizabeth beständig unter mysteriösen Brechanfällen litt, war mehr als besorgniserregend. Man musste Maria und damit Spaniens Hoffnungen schützen.

»Und was, wenn Anne Boleyn England nun doch einen Thronerben schenkt?«, fragte er endlich.

Der Minister blickte geradeaus. »Dann hat dieses Gespräch nie stattgefunden.«

Chapuys nickte. »In der Tat, denn es würde Euch dann den Kopf kosten.« Er griff in die Zügel von Cromwells Pferd. »Noch eine Bitte, Master Cromwell. Einer meiner Männer, ein Graf von Löwenstein, wurde wegen falscher Anschuldigungen in den Tower geschickt.«

Das Gesicht Cromwells wandelte sich zur vollkommenen Maske, sein Blick glitt erneut zum Horizont. »Seht nur, mein Falke hat dem Euren die Beute entrissen, ich muss sie trennen.«

Cromwell entwand dem Spanier die Zügel und jagte davon. Chapuys schaute ihm hinterher. *Maldito*, diesem Mann war nicht zu trauen. Wie hilfreich es wäre, selber ein wenig in die Zukunft zu schauen, und das möglichst bald!

Nun, mochte Cromwell auf Falken setzen. Er hoffte weiterhin auf die Weisheit seiner Tauben. Gebe Gott, dass seine Spitzel in Dover oder Gravesend ihm bald eine Taube mit erfreulichen Nachrichten senden würden.

2.

Köln, am Mittag

»Schon wieder eine Begine?« Missmutig kratzte sich der Hurenwirt den Schädel. Beinerne Würfel kollerten über die Tische seiner Schankstube; einige Latrinenfeger vertrieben sich die Mittagszeit bei Spiel und angebranntem Gerstenbrei. Die Dirnen ruhten in ihren Kammern, bis auf eine junge Magd, die lustlos sauren Wein in Krügen servierte und geschickt den kneifenden Fingern der Würfelspieler auswich.

Hin und wieder riskierte einer einen neugierigen Blick zum Wirt und der Frau im mausgrauen Gewand beim Schanktisch. Sicher war das eine von diesen schweifenden Beginen, die unter dem Deckmantel der Frömmigkeit als Winkelhure Unterschlupf suchten. Wer weiß, vielleicht verbarg sich etwas Appetitliches unter dem groben Kittel.

»Bist du nicht ein wenig jung, um bei diesen nutzlosen Grauweibern dein Leben zu vergeuden?«, fragte der Wirt ebenso anzüglich und spuckte ins faulige Bodenstroh. Eine Kakerlake wimmelte hervor. Er wollte sie mit festem Tritt zermalmen.

»Es ist besser, du lässt das«, sagte die Begine. »Wenn du ein Weibchen zertrittst, verteilst du nur die Eier, die sie am Bauch trägt, über den gesamten Raum und züchtest die Plage erneut.«

Der Wirt verzog verächtlich die Stirn. »Sieh an, ein klügelndes Weib, und belehren willst du mich auch noch? Wie wäre es, wenn ich dir etwas beibringe, das du dein Leben nicht vergisst?«

Roh griff er nach dem Schleier, der in schweren Falten das Gesicht der jungen Frau umrahmte.

»Ja«, jubelte einer der Würfelspieler, »entsiegele das Brünnlein.« Seine Kumpane grölten.

Die Frau sprang flink wie eine Katze nach hinten und schlug wütend die Hand des Hurenwirts fort.

»Lass das, du Schmutzfink! Ich stehe unter dem Schutz der Kirche und bin hier, um die kranke Frau zu besuchen, die vor einigen Nächten einen Arzt brauchte.«

Der Wirt schnaubte. »Bleib mir fort mit diesen Ärzten! Und euch graue Frauen lass ich auch nie wieder an meine Pferdchen ran. Die letzte hat mir die beste Stute krank gemacht mit ihrer Medizin.«

Die Begine biss sich auf die Lippen, um einen Laut der Verblüffung zu unterdrücken. »Ich dachte, dieser Gabriel Zimenes hätte ihr das Mittel gebracht.«

»Unfug. Ach, was weiß ich. Eine wie dich hat er vorgeschickt, so war's«, knurrte der Wirt. »Und jetzt verschwinde.«

Die Frau griff unter die Schürze ihres Gewandes und zog aus einer Gürteltasche eine Münze hervor. Rasch schob sie sie auf den Schanktisch und blinzelte dem Wirt verschwörerisch zu. »Erst, wenn ich die Frau gesehen habe.«

Der Wirt zog erstaunt den Kopf ein wie eine Echse, schielte nach dem Geldstück und lauerte zu den Würfelspielern hinüber. »Was glotzt ihr so blöde«, herrschte er sie an. »Es ist noch nicht Abend! Zügelt euer geiles Temperament, oder ich berichte eurem Meister, dem Scharfrichter, von der unzeitigen Pause, die ihr hier einlegt!«

Die Abtrittfeger zogen maulend die Köpfe ein.

»Meiner Seel'«, raunte der Wirt in Richtung der Begine. »Zahlt ihr jetzt schon dafür, Sterbebesuche zu machen? Ich dachte, ihr lebt vom Bettel.«

»Nicht alle von uns«, erwiderte die Begine mit gedämpfter Stimme. »Und nun sag mir, wo ihre Kammer ist. Es lohnt sich, mir zu helfen, wie du siehst.«

Der Wirt bekämpfte heldenmutig die Zweifel, die sich auf seinem Gesicht abzeichneten. »He«, rief er die Schankmagd herbei. »Bring die Begine zur Mertgin, nun mach schon.«

Die Magd schaute die Frau abweisend an und deutete dann mit dem Kopf zu einer Treppe im hinteren Teil des Schankraums.

Die Begine raffte das Gewand und erklomm hinter der Magd die wackligen Stiegen. Sie tauchten in das Dunkel eines verwinkelten Flures ein, in dem die Hurenkammern lagen.

»Viel wirst du nicht mehr ausrichten können«, flüsterte das Mädchen giftig. »Deine Mitschwester hat ganze Arbeit geleistet. Der Engel des Todes wird Mertgins letzter Gast sein.«

Rasch zog die Begine ihren Schleier vom Kopf. Ein Schwall schwarzer Haare ergoss sich über ihre Schultern. »Ich bin keine Siechenfrau. Vertrau mir. Ich bin die Nichte von Gabriel Zimenes!«

Das Gesicht der Magd hellte sich mit einem Schlag auf. »Zimenes ist Euer Onkel? Sagt ihm Dank für die Salbe. Schaut«, sie hielt Lunetta ihren linken Daumen unter die Nase und bewegte ihn rasch auf und ab. »Er ist wieder heil, dabei wollte der Barbier ihn abnehmen, weil er meinte, das Fleisch sei brandig. Ich hatte die Wunde mit Speckscheiben umwickelt, aber Zimenes …«

»Ist ein hervorragender Arzt, ich weiß, und er würde nie einem Menschen etwas zuleide tun! Warst du in der Nacht hier, als die Mertgin nach dem Arzt rufen ließ?«

Der müde Schatten eines Lächelns glitt über das Gesicht des Mädchens. »Wo sollte ich wohl sonst gewesen sein?« Ihre

Augen flitzten durch das Dunkel des Gangs, dann sagte sie: »Die Mertgin rief keinen Arzt und schon gar nicht Zimenes. Ich weiß, dass er nichts mit ihrem Elend zu schaffen hat.«

»Bist du dir sicher?«

»Mertgin hatte einen Goldhengst auf der Stube, bevor die Begine kam, und ihr Husten, ach je, darum hätte sie nicht in der Nacht nach Eurem Onkel geschickt. Ich denke es war dieser Master Elias. Ich traue ihm nicht, egal, wie die anderen ihn umschwärmen.«

»Master Elias? Wer ist das?«

Das Mädchen schwieg.

Lunetta griff erneut unter die Schürze von Catlyns ehemaligem Gewand und zog weitere Münzen hervor. »Wärest du bereit, dem Gewaltrichter zu erzählen, dass Mertgin den Arzt niemals rief?«

Das Mädchen fuhr erschrocken zurück. »Ich? Nein, das könnt Ihr nicht verlangen. Unsereins will mit dem Gericht nichts zu schaffen haben! Und dann dieses offene Grab, das der Scharfrichter am Morgen fand ... Nein.«

»Welches Grab?«

»Ich sage nichts mehr, nichts!«

Lunetta nahm die Hand des Mädchens und drückte die Münzen hinein. »Überlege es dir. Bitte, man hat meinen Onkel des Mordes angeklagt!«

Das Mädchen erbleichte und schlug sich die Hand vor den Mund. Doch dann schüttelte sie leise den Kopf. »Fragt Mertgin, sie hat nichts mehr zu verlieren«, sagte sie und stieß eine Brettertür auf. Dann hastete sie zurück in die Schankstube.

Hinter der Tür fand Lunetta eine kümmerliche Kammer, schmal wie ein Schrank, in der es nach Schweiß und Todesfurcht roch. Sie trat an das Krankenlager, einen rohen Holzrahmen mit geflochtenen Stricken. Fiebernd wand sich die Hure auf einer klumpigen Matratze aus Stroh. Neben dem Lager stand ein lederner Eimer, in den sich die bedauernswerte Frau über Tage erbrochen zu haben schien.

Angewidert hob Lunetta ihn an, stieß eine kleine Fensterluke auf und entleerte ihn in den Garten. In tiefen Zügen atmete sie die feuchte Luft ein, die nun in die Kammer strömte, und beugte sich zu der Kranken hinab, die sich stöhnend aufzurichten versuchte. Schweiß benetzte ihr Gesicht, auf das der Tod schon sein Siegel gedrückt hatte. Gründlich war der Gevatter vorgegangen, hatte die arme Hure mit Fieber und Darmkoliken geschüttelt und ihren Leib ausgemergelt.

»Bitte, gebt mir Wasser«, flehte die Frau.

Lunetta griff nach einem angeschlagenen Tonkrug, roch kurz daran, das Wasser war leidlich frisch. Sie hielt Mertgin den Krug an die Lippen. Die Frau versuchte ihre Hände zum Krug zu führen, doch sie schienen gelähmt. Lunetta sah, dass sich ihre Finger blauschwarz verfärbt hatten.

»Ein Feuer verbrennt mich, ein höllisches Feuer«, krächzte die Frau heiser. »Und Teufel umflattern mich, ein ganzes Heer, sie spielen Flöte auf Totengebeinen. Seht Ihr den mit den drei Augen? Da, der Bocksfüßige fliegt auf mich zu, er reißt den Schlund auf ... Oh, helft mir.«

Lunetta legte ihr sanft eine Hand auf die Stirn.

»Wie kühl, wie herrlich kühl«, murmelte die Frau und schloss die Augen. Ihr Atem besänftigte sich allmählich.

»Es sind keine Teufel, die dich heimsuchen. Du hast das Antoniusfeuer«, sagte Lunetta. »Man hat dich mit schwarzem Roggen vergiftet! Hörst du? Vergiftet.«

»Die graue Frau war es!«, schrie die Hure und riss die Augen auf. Sie wollte sich aufrichten, doch die Lähmung schien ihren ganzen Körper in eisernem Griff zu halten. »Teufel, alles Teufel, der Himmel stürzt, Herr, sende deine Engel aus!« Die Hure sank zurück in ihre Fieberträume.

Lunetta kniete sich neben das Bett und strich ihr erneut über die Stirn. »Du wirst leben, du musst«, flüsterte sie verzweifelt. Wenigstens ihren Onkel musste sie retten. Eine bleierne Stille lastete seit seiner Verhaftung und Lamberts Flucht auf dem Hause van Berck. Die ganze Familie war bedroht, Sidonia verzweifelt, ihr Vater krank vor Sorge, sein Vermögen beschlagnahmt. Die Fakturisten und Buchhalter hockten tatenlos in ihren Kammern unter dem Dach und klatschten über das Verhängnis, das über den Rüstungshändler hereingebrochen war. Einzig Tringin war ganz Tatkraft. In tiefes Schwarz gehüllt, kommandierte sie das Gesinde herum, ließ alles wienern und putzen, um die Sünde aus allen Ritzen zu scheuern und sich von dem schrecklichen Gedanken abzulenken, dass Lambert – ihr Liebling schon immer – ein Mörder war.

Niemand wusste, dass Lunetta sich auf den Weg zum Berlich gemacht hatte, aber sie wollte etwas tun und nicht einfach abwarten, bis Goswin mit einer Antwort auf ihren eilends geschriebenen Bittbrief an ihren Vater aus London zurückkehren würde.

Sie wusch rasch die kranke Mertgin, so gut es ging, klopfte die Strohmatratze glatt und legte ihr kühlende Tücher auf die Stirn. Als das getan war, beugte sie sich zu der Frau hinab. »Ich werde jetzt zu den Antonitern gehen, sie kennen Salben, lindernde Tränke, hörst du?«

Eine Hand legte sich leicht auf ihre Schulter. »Du kennst dich erstaunlich gut aus«, sagte eine sanfte Stimme hinter ihr. »Hast du das von Zimenes gelernt, oder vertraust du deinen Eingebungen?«

Lunetta erstarrte in kaltem Entsetzen. Wie so oft kam das Böse auf Taubenfüßen daher, und in den stillsten Worten lag die größte Grausamkeit.

Nein, sie musste sich nicht umdrehen, sie wusste, wem diese Stimme gehörte. Unter Tausenden würde sie sie wiedererkennen. Jederzeit.

»Du also«, sagte sie schlicht. Schlicht, wie die Warnungen des Tarots die ganze Zeit über gewesen waren. Warum hatte sie ihr rettendes, ihr schützendes Buch ausgerechnet vor dem Besuch auf dem Berlich nicht befragt!

3.

London, 24. Januar 1536

Der König genas diskret von seinem Turnierunfall bei Greenwich. Sechs Tage zog er sich in die relative Stille seines Schlafgemachs zurück, zu dem nur sechs Edelleute und – über eine heimliche Treppe – sein Arzt Dr. Butts und ein Apotheker Zutritt hatten. Die leichte Breikost, die Pagen in den Küchen für den Monarchen bestellten und die Anlass zu düsteren Spekulationen gab, wurde als Fastenspeise bezeichnet. Heinrichs Verzicht auf Tanz, Jagd und Staatsgeschäfte entschuldigte man ebenfalls mit religiöser Einkehr. Niemand sollte den Verdacht hegen, er sei geschwächt.

Am siebten Tag gab der König Befehl, den Hof nach Hampton Court bei Richmond zu übersiedeln. Ein unauffälliger Schachzug, denn der gewaltige Hofstaat musste regelmäßig zwischen den Palästen hin und her ziehen, sobald ein Landstrich leergefressen, alles Wild gejagt und das Binsenstroh auf den Böden der Mannschaftssäle mit stinkenden Überresten der Mahlzeiten und den Karkassen toter Tiere verseucht war.

Die vorübergehende Auflösung der Hofgesellschaft und die Vorbereitungen gewährten Heinrich eine weitere Atempause, bevor er sich seinen achthundert Höflingen, den Lords, Baronen, Beamten, Politikern und Gästen wieder unbesiegbar und unverwundbar wie der rote Wappenlöwe der Tudors präsentieren würde.

Im ersten Zwielicht eines grauen Wintermorgens brach

zunächst ein Tross aus achtzig Wagen auf, um über zweihundert Diener vom Zimmermann, Maler, Bratentrimmer, Puddingkoch, Laufpagen, Uhrensteller bis hinab zu den Feuerholzschlägern nach Hampton Court zu schaffen. Unter dem Kommando des Haushofmeisters waren ein halbes Dorf und entsprechende Ausrüstung unterwegs. Heinrichs Fanfarenbläser und Gardisten in roten Uniformen begleiteten den Zug. Sie hielten Ausschau nach Vagabunden und Lumpenvolk, das es aus der Umgebung von Richmond zu entfernen galt, bevor der Monarch und die Edelleute sich auf ihren Prunkbarken einschiffen würden, um den bequemeren Weg über die Themse zu nutzen.

In riesigen Truhen und Kisten wurden Bettlinnen, Vorhänge, Tapesterien, Teppiche und Kissen mitgeführt. Die Musikanten dösten über ihren Instrumenten, die Köche polierten ihre Pfannen, die jugendlichen Pagen entrollten ihre Strohmatten und schliefen neben Kerzenkisten und Kohlesäcken.

Der kunstvoll gefederte Wagen des Gewandmeisters war für Heinrichs Garderobe reserviert. Staatsroben waren sorgfältig in Leinenbeutel eingenäht und auf Stangen gehängt. Die beachtliche und regenbogenbunte Sammlung königlicher Hutfedern ruhte in seidengefütterten Kisten.

In bequemen Samtschatullen reisten seine »Babys« mit – kleine Wachspüppchen, denen winzige Kopien der Staatsroben auf den Leib geschneidert waren, sodass der König abends leichter entscheiden konnte, wie er sich am nächsten Tag präsentieren wollte: in strahlendem Goldbrokat, Hermelin und Juwelen, um ausländische Diplomaten und Kreditgeber von seinem Reichtum zu überzeugen, oder in Purpurtaft, um Bischöfen seine unmittelbare Nähe zu Gott zu demonstrieren.

Schwarz verhängt reiste auch sein heimlicher Thron mit, den er selbst entworfen hatte: ein Lehnstuhl, dessen Sitzring über dem Kammertopf mit Daunenfedern gepolstert und mit goldenen Troddeln behangen war.

Der Edelmann Henry Norris ritt mit gezücktem Paradedegen neben dem Transportwagen her. Als *groom of the stool* war er der am meisten beneidete Kammerdiener Seiner Majestät. Norris hatte das einzigartige Privileg, Heinrich morgens als Erster und allein bei den Geschäften beizustehen, zu der die Natur den Menschen zwingt. Mit Wasserschüssel und Monogrammtüchern hatte er bereitzustehen, um das »niedere Ende« des Monarchen abzuwaschen.

Norris war somit Zeuge möglicher Leibesschwächen und in der Lage, die Wünsche und Schmeicheleien gewisser Höflinge eindringlich vorzutragen, ohne dass diese sich im Audienzsaal gegen den Schwarm der Bittsteller durchsetzen mussten.

Auf der Höhe der London Bridge schlossen sich dem Tross Lieferanten an, die teure Nordseekohle aus Schottland, Tonnen erlesener Fische und orientalische Spezereien aus Londons Häfen mitführten. Auch die Dienerschaft geladener Gäste fädelte sich hier in den Zug ein. Unter ihnen waren in den schwarzgelben Livreen des Kaisers auch Chapuys' Barbier, seine Pagen und sein Hofnarr, ein Zwerg und Spaßvogel, der sich mit Eifer an die niedrigsten Dienstboten des Königs hielt, die ein dankbares Publikum waren. Auf seinem Buckel turnte ein vorwitziges Äffchen in pinkfarbenem Seidenjäckchen.

Besonders schien es dem Zwerg die rosige Puddingköchin angetan zu haben, die auf einem Esel den Schluss des Küchenkonvois bildete. Kein Wunder, dachten die Mitreisenden, Nell Twinkerton war eine der wenigen Frauen, die im Dienst des Königs standen. Weibliche Arbeitskraft war zu billig, um den Reichtum eines Königs zu demonstrieren. Heinrich konnte sich die fünfmal so teure Männerarbeit leisten und tat es auch.

»Ah, wie fröhlich deine Puddingformen klimpern«, krähte der Zwerg, lupfte seine dreifarbige Kappe und lenkte seinen Maulesel an Nells Seite. »Das sind die Melodien, die dem wahren Mann zu Herzen gehen.«

Die dralle Köchin kicherte. Der Zwerg begann zu deklamieren.

»Verführ den guten Henry nicht
Mit süßen Treueschwüren.
Annes Minne hat er längst schon satt,
Doch du kannst ihn verführen.
Setz Milch auf und beginn zu rühren.
Füg Mehl, Rosinen, Eier bei,
Nimm Rindertalg
Oder die Nieren vom Kalb,
Würz ab mit Pfefferkörnern oder Zimt,
Hauptsache, die Mischung stimmt.
Dein Pudding ist das Allerbeste,
Ist Heinrichs Krönung aller Feste.
Salzig oder süß, doch nimmer angebrannt.
Nell Twinkerton wird nicht vom Hof verbannt,
Denn sie ist Henrys Königin im Puddingland.«

Er verneigte sich im Sattel. Die Köchin schlug spielerisch nach ihm aus. »Hast du das eben gedichtet?«

»Aus dem Stegreif und nur für dich«, sagte der Zwerg galant. Er beugte sich vertraulich zu ihr hinüber. »Mein Herr weiß deine Künste sehr zu schätzen und bat mich, dir das hier zu geben.«

Er reichte Nell Twinkerton verstohlen einen kleinen Beutel. Die Köchin befühlte ihn ebenso verstohlen. »Das ist viel mehr als sonst«, wisperte sie erstaunt.

»Nun, diesmal möchte er einen ganz besonderen Gefallen, der mit deiner Kochkunst zu tun hat.«

Nell Twinkerton erbleichte. Sie senkte die Stimme zu einem scharfen Wispern. »In meine Puddings kommen nur die üblichen Zutaten und Gewürze. Sag ihm das. Ich bin keine Närrin!«

Sie hieb ihrem Esel energisch die Fersen in die Flanken.

Der Zwerg schloss rasch wieder zu ihr auf. »Verehrte Nell, du hast mich gründlich missverstanden! Glaubst du, wir wollen dich wie einen deiner köstlichen Puddings kochen sehen?«

Nell erschauderte. König Heinrich selbst – wie immer stolz auf seine Erfindungsgabe – hatte diese neue Form der Hinrichtung in einem Kessel ersonnen. Ganz London hatte vor zwei Jahren dem Siedetot von John Fishers Koch beigewohnt, der wegen einer Kritik an seinem Essen ein Brechmittel unter die Speisen des Bischofs gemischt und eher versehentlich drei seiner Tafelgäste getötet hatte.

Der Zwerg legte die Rechte auf sein Herz. »Ich schwöre dir, was ich will, ist völlig harmlos. Mein Herr wünscht, dass du auf deiner Kammer über der Puddingküche ein Gastlager einrichtest.«

Nells Augenbrauen zogen sich zusammen. »Für wen?«

»Sagen wir, für einen jungen Gehilfen.«

»Das darf ich nicht.«

»Ich bitte dich! Der Königin vom Puddingland wird der Küchenmeister keine Bitte abschlagen, und du hast genug zu tun, um eine Hilfe einzustellen.«

»Warum soll der Bursche bei mir schlafen? Er kann seine Matte wie alle Küchenjungen bei den Herdfeuern ausrollen.«

Der Zwerg schüttelte bedauernd den Kopf. »Das kann er nicht.«

»Ich werde weiterhin für Chapuys die Ohren spitzen«, zischte Nell, »aber ich beherberge keine fremden Spitzel.«

»Es handelt sich nicht um einen Spitzel, Nell. Und der Junge ist kein Junge, sondern ein Mädchen.«

»Ein Mädchen?«

Der Zwerg nickte. »Du kennst die strengen Hofgesetze. Nur Ehefrauen von Nobelmännern und die Damen der Königinnen haben Zutritt. Aber ein Mann wie Master Chapuys hat gewisse Bedürfnisse, will sich ab und an entspannen. Das Problem dürfte auch im Küchentrakt bekannt sein.«

Nell musste wider Willen kichern. »Ja, wie Mönche leben die Spießdreher und Pastetenbäcker nicht. Die eine oder andere Hure aus der Nachbarschaft schmuggeln sie mit den Binsenstrohlieferungen ein. Aber ich weiß mich zu wehren, meine schweren Puddingformen sind allseits gefürchtet, und zu Bett gehe ich stets mit der Feuerzange.«

Der Zwerg verzog amüsiert den Mund. »Oh, du grausame Nell. Man sagt, das mancher liebestolle Küchenknecht aus Verzweiflung sogar in Soldatenmanier nach Erleichterung bei den Knaben sucht.«

Nell schüttelte sich angewidert. »Ich hasse die Diener der verkehrten Venus! Das ist wider Gottes Gesetz.«

»Der Hof ist voll von ihnen«, bemerkte der Zwerg nüchtern. »Nun, um die neue Freundin meines Herrn vor allen möglichen Übergriffen geiler Küchenknechte zu schützen, muss sie bei dir und deinen Puddingformen schlafen.«

»Wann wird sie kommen?«

»Vielleicht morgen, vielleicht erst in einigen Wochen. Sie weilt noch fern von hier.«

»Ein spanisches Liebchen?«

»Gewiss.«

»Kann sie wenigstens kochen?«

»Wir Spanier sind berühmt für unser vorzügliches Essen«, erwiderte der Zwerg stolz.

»Das behaupten alle«, gab Nell verächtlich zurück.

Der Zwerg zuckte die Achseln. »Nun, zum Wasserschöpfen sollte es bei dem Mädchen reichen, und vergiss nicht, ihr eine zweite Feuerzange zu besorgen. Chapuys mag es nicht, wenn man ihr zu nahe kommt. Sie ist noch unberührt und soll es bleiben.«

4.

Antwerpen, am selben Morgen

Eisiger Ostwind strich durch Taue und Segel. Steif von Salz und Frost knatterten die Schiffswimpel. Heiseres Möwengeschrei mischte sich mit dem Klirren von Ankerketten. Ein klarer Morgen im Hafen von Antwerpen rötete die Gesichter der Ruderknechte, Schiffskommandanten, Karrenschieber, Zollschreiber und Kaufleute. Das bleifarbene Wasser der Schelde kräuselte sich in auslaufenden Wellenbewegungen. Unverkennbar setzte der Sog der Ebbe ein.

Zeit zum Aufbruch für die wenigen Schiffe, die die Kraft des Tidenwechsels nutzen wollten und stark genug für eine Überquerung des Kanals via England im Winter waren. Schon ertönten Kommandos zum Auslaufmanöver, legten sich Schleppboote längsseits zu einer prachtvollen Galeone, die unter niederländischer und hansischer Flagge segelte. Der Bug des Großschiffes war mit einer Drachenfigur bewehrt, deren Stahlkrallen weit ins Wasser ragten, um treibende Eisschollen zu verdrängen.

An Deck stand Lunetta, noch immer in Catlyns Beginentracht, und verfolgte in stummer Verzweiflung das Treiben am Kai. Karrenschieber trugen, rollten und schoben letzte Waren an Bord.

Dralle Krämerinnen boten aus glühheißen Kannen Würzwein feil, und nicht weit von ihr schwitzten Knechte im riesigen Laufrad eines Tretkrans, über den mehrere Schock Eibenholz in den Bauch der Galeone verfrachtet wurden. Holz für die berühmten englischen Langbögen, das jeder hanseatische Fernhändler neben seinem üblichen Handelsgut – ob Pelze, Stockfisch, Korn oder Seide – zuzuladen hatte.

Lunetta erkannte auf einer der Kisten das kölnische Dreikronenwappen, sah auch Schwertfässer und lange Hellebardenfrachtkästen, die mit rheinischen Siegeln verschlossen waren. In verzweifelter Suche ließ sie den Blick über die bunte Menge schweifen. Kannte sie jemanden? Würde vielleicht doch noch, in letzter Minute, ein rettendes Gesicht auftauchen? Man musste sie doch vermissen! Ihre Freunde würden sie gewiss suchen. Sidonia war bestimmt krank vor Sorge, Claas van Berck würde alles aufbieten, was ihm noch möglich war, um Hilfe zu senden, vielleicht war Goswin noch nicht nach England übergesetzt oder Lam...

Ihre Hoffnung sank in sich zusammen wie ein Flämmchen auf feuchtem Zunder. Was redete sie sich da ein! Es gab keine Rettung. Sie war auf sich gestellt, wenn sie das Leben ihres Vaters sichern wollte und damit auch das Haus van Berck, das auf die Fürsprache und den Beistand des Grafen von Löwenstein angewiesen war. Darum war sie hier.

»Das Schiff legt gleich ab«, drang von links die schmeichelnde Stimme Aleanders an ihr Ohr. »Der Schmied hat uns eine Kabuse unter Deck gesichert. Komm.«

Er streckte ihr die Hand entgegen. Lunetta wich zurück. Der Wind blähte ihren Schleier, das Gebende löste sich und gab einige Strähnen ihres Haares frei.

Aleander haschte danach und schob sie sorgsam, beinahe zärtlich unter den Schleier zurück. Lunetta ließ es mit einem Ausdruck des Ekels geschehen. »Ich habe dir auch neue Kleider besorgt.«

»Wenn Gabriel erst aus dem Turm freikommt, wird er mich suchen«, fauchte das Mädchen und wischte sich die Wange, als wolle sie Aleanders Berührung auslöschen.

Ihr Gegenüber betrachtete sie gelassen. »Er wird die Stadt nicht verlassen dürfen. Auf dem Haus van Berck lasten zu viele Verdächtigungen. Zimenes ein möglicher Leichenfledderer, der Sohn des Hauses ein ehemaliger Ketzer und nun Mörder. Selbst der Vater hat Drohungen gegen die bedauernswerte Catlyn ausgesprochen. Der Gewaltrichter wird alles sehr genau prüfen.«

Lunetta schüttelte seine Hand ab, sah direkt in das strahlende Grau seiner Augen. Wer hatte je behauptet, dass schwefliges Gelb die Farbe Satans war?

»Du Teufel hast meinem Onkel und Lambert diese Fallen gestellt«, zischte sie.

Bedauernd zog Aleander die Brauen zusammen. »Teufel? Begreife endlich, dass ich dein wahrer Freund bin, der dir helfen kann, deinen Vater aus dem Tower zu holen! Ich allein habe den sicheren Tod von Zimenes und den Untergang der van Bercks verhindert.«

»Das sind Lügen!«

»Es sind Tatsachen, Lunetta. Gabriel hat Huren seziert und Lambert seine schwangere Frau abgekehlt, um sich statt ihrer die Tochter des Grafen von Löwenstein zu sichern, und dein Vater … nun, er hat sich auf gefährliche Diplomatenintrigen eingelassen. Sie alle erlagen ihren eigenen Versuchungen. Zimenes dem Hochmut des Wissenschaftlers, dein Vater seiner politischen Eitelkeit und Lambert der Wollust.« Seufzend setzte er hinzu: »Für ihn weiß ich leider keine Rettung. Sein Verbrechen ist zu abscheulich.«

Verzweifelt schüttelte Lunetta den Kopf. »Lambert hatte überhaupt keinen Grund zu morden. Er wollte mich nie heiraten.« Sie schluckte. »Er liebt mich nicht.«

»Mag sein«, erwiderte Aleander nüchtern, »aber Claas van Berck gab ihm entsprechende Anweisungen, um nicht zu sagen Befehle. Das Laster des Alten ist sein maßloser Ehrgeiz.«

»Nie und nimmer hat Lambert getötet, um den Ehrgeiz seines Vaters zu befriedigen. Er kann es nicht gewesen sein. Er ...« Sie brach ab und griff Halt suchend nach der Reling. Sie umklammerte das glatte Holz so heftig, dass ihre Fingerknöchel wie tönerne Murmeln hervorragten. Hinter ihrer Stirn rasten Gedanken in wilder Jagd, an ihre Spitze setzte sich das Bild von Lambert auf einem nachts davongaloppierenden Pferd. Es gab kein anderes Bild, keine erlösende Vision, die es korrigierte. Wenn sie doch nur ihre Karten oder das Buch hätte! Irgendein Mittel, um die Wahrheit zu ergründen.

Aleander trat dichter an sie heran, seine Stimme nahm einen vertraulichen, schmelzenden Klang an, der Lunetta erschreckte. »Der Herr hat deine Schritte nicht umsonst auf mich zugelenkt. Er will, dass sich die Essenzen unserer Seelen mischen. Wir beide sind für eine große Aufgabe erwählt, Lunetta. Alles, was ich tat, geschah zu deinem Besten. Ich habe dir die Sündhaftigkeit der Menschen enthüllt, an die du dein Herz gehängt hast. Du musst rein wie eine Jungfrau bleiben und darfst dich nicht in die bedauerlichen Laster dieser Welt verstricken. Sie beeinträchtigen deine Gabe. Spürst du es nicht selbst?«

Lunetta wich vor ihm zurück. Das Katz- und Mausspiel, das Aleander seit Tagen mit ihr trieb, war so widerwärtig wie erschöpfend. Es entzog ihr alle Kraft, mit diesem Teufel zu streiten, der sich selbst für Gott nahm. »Ich bin dir gefolgt, wie du verlangt hast«, fauchte sie. »Sage mir endlich, was ich tun muss, um meine Freiheit wiederzuerlangen.«

Aleander setzte die Miene eines zu Unrecht Gekränkten auf. »So rasch möchtest du von mir scheiden? Nachdem ich dafür gesorgt habe, dass die sterbende Hure beim Scharfrichter die Unschuld von Zimenes beschwor und ich ihm ein Vermögen zahlte, damit er die sezierten Weiber vergisst?« Er griff nach Lunettas Arm. »Du bist undankbar.«

»Und du bist Catlyns Mörder«, zischte Lunetta.

»Glaubst du das wirklich?«

Aleander richtete sich gelassen auf und sah ihr gerade ins Gesicht. Lunetta schrak nicht vor dem Grau seiner Augen zurück, sondern vor dem Grau ihrer Zweifel.

»Lamberts feige Flucht ist doch ein deutliches Geständnis, oder nicht? Begreife es endlich, jeder Mensch hat wie der Mond eine dunkle Seite, die er zu verbergen sucht. Satan existiert nicht an einem Ort namens Hölle, sondern in unseren Seelen. Willst du dich mit ihm verbrüdern? Oder mit dem Licht Gottes?«

»Du musst Lambert verleitet haben«, begehrte Lunetta auf.

»War es nicht vielmehr dein ungestümer Kuss?«

»Woher weißt du davon?«, stammelte Lunetta entsetzt.

Aleanders Mund verzog sich zu einem Lächeln, das seine Augen nicht erreichte. »Ganz Köln weiß es. Aber beruhige dich, du hast keine Schuld an Lamberts Verbrechen. Er wurde das Opfer seiner eigenen, verfehlten Leidenschaft. Die bedauernswerte Catlyn liebte mich und nicht Lambert, der sie unbedingt vor mir und dem Galgen retten wollte. Leider war sie als Eheweib dann unzugänglich und spröde. Eine heilige Agnes, die auf ihrer Jungfräulichkeit bestand. Und doch wurde sie schwanger.«

»Von dir?«, fragte Lunetta schwach. Seine Worte schmerzten wie Messerstiche, seine Erklärungen waren widerwärtig, und doch wollte sie alles hören.

»Ich habe der Fleischeslust lange entsagt, um mit dir die spirituelle Hochzeit unserer Seelen zu feiern.« Aleander nickte mit der stillen Würde eines Priesters. »Und – falls du es wissen willst – auch Lambert war nicht der Vater ihres Kindes. Catlyn war und blieb eine Hure. An so etwas kann ein liebender Mann irre gehen … sich in einen Hass hineinsteigern, der vor Mord nicht zurückschreckt.«

Der schrille Ton einer Schiffspfeife unterbrach ihn. Die Laufplanke wurde vom Kai auf die Galeone gezogen. Leichtfüßig erklomm der Schiffspatron das Vorderkastell mit seiner reich geschnitzten Balustrade, setzte einen Schalltrichter an den Mund und brüllte Kommandos.

Aleander umfasste Lunettas Handgelenk und zog sie hinter sich her zu einem Niedergang. Das Mädchen warf einen letzten verzweifelten Blick an Land.

Die Männer in den Schleppbooten legten sich zum monotonen Schlag von Trommeln in die Riemen. Träge löste sich die Galeone vom Kai, die Segel wurden herabgelassen, mit einem Knallen fuhr der Wind hinein und blähte sie wie weiße Jungfernhemden.

Lunetta wand sich unter Aleanders Griff, ein Schluchzen stieg in ihre Kehle. Sie fühlte, was Lambert gefühlt haben musste, als er erkannte, dass Catlyn ihn nicht liebte und nie lieben würde, gleichgültig, welche Opfer er ihr gebracht hatte. Daher sein Zorn, sein gekränktes Herz ... Aber hatte es ihn wirklich zum Mörder gemacht? In ihren Gedanken blitzte ein Messer auf. Deutlich sah sie noch einmal den juwelenbesetzten Griff mit seinem Wappen und gab ihren Widerstand auf.

Aleander zog sie ohne Mühe die Stufen zum Unterdeck herab. Der scharfe Geruch von Teer und gesalzenem Fisch schlug ihnen entgegen. Dunkel glommen Schiffslaternen und sorgten für unsicheres Zwielicht. Das Schiff nahm die rollenden Bewegungen des Wassers auf, begann mit knirschendem Rumpf seinen wiegenden Tanz. Der Schmied erwartete sie in einem schmalen Gang und stieß eine Brettertür auf. Aleander betrachtete angewidert die schmale, schmutzige Kabuse mit den Schlafnetzen.

»Bei Gott, ich habe Besseres verdient«, rief er auf Spanisch und nestelte nach seinem Bisamapfel. Dann eilte er mit raschen Schritten zu einer Luke und riss den Klappladen auf.

Lunetta verharrte auf der Schwelle. »Warum tötest du mich nicht einfach, dann ist der Reichtum der Löwensteins dir endlich sicher und die Rache an all deinen Feinden vollendet!«

Erfrischt vom Duft des Pomanders und der Salzluft, drehte Aleander sich zu ihr um.

»Du vergisst deinen Vater!«

»Gewiss hast du auch für ihn einen Plan ersonnen, der ihn ins Verderben stürzt.«

»Du verkennst mich noch immer, Lunetta. Die Bibel lehrt uns, unsere Feinde zu lieben. Und genau das wirst auch du von mir lernen.«

»Es kann nicht Gottes Wille sein, den Mörder der eigenen Mutter zu lieben«, spie das Mädchen aus.

Aleander drehte sich langsam zu ihr um. »Du weißt, dass das nur die halbe Wahrheit ist, nicht wahr? Ja, ich habe sie der Ketzerei angeklagt, anklagen müssen. Doch Mariflores kam freiwillig nach Santiago de Compostela und stellte sich. Wie leicht hätte sie sich verbergen können, aber sie wollte sterben, weil dein Vater als tot und verschollen galt. Ihre Liebe zu ihm war ihr wichtiger als die Liebe zu dir. Entsage solchen Leidenschaften, Lunetta, sie bringen nichts als Zerstörung und Tod. An meiner Seite erwartet dich Größeres.«

Siebter Teil

Der Magier

Das Gewicht der Seele ist die Liebe.

Ignatius von Loyola

1.

London, 26. Januar 1536

Im Stalhof bei der Themse herrschte das rege Treiben eines üblichen Handelsmorgens. Englische Kaufleute drängten sich im Hof des Hansekontors, um frisch eingetroffene Importwaren zu begutachten. Pelze und Kornproben aus dem Baltischen, die Lübecker Kaufleute nach London verschifft hatten, Dörrfische aus dem fernen Skandinavien, auf die sich die Hamburger spezialisierten, dazu Seiden, Wein, Stahl und Waffen, die aus Köln kamen. Es wurde gefeilscht, gestritten und gerechnet. So auch im Schreibzimmer der Hansehofleitung, die in einem prachtvollen Gildehaus untergebracht war.

Der erste Sekretär des Stalhofleiters – ein Kölner wie die meisten hochgestellten Kontoristen – ließ eifrig die Feder über die bräunlichen Seiten der Rechnungsbücher fahren. Um ihn hockten seine Gehilfen, die die Kugeln ihrer Rechenbretter über die Stäbe sausen ließen und Zahlenreihen vor sich hin murmelten. Metallische Gerüche von Münzen und Tinte erfüllten die Luft, hin und wieder stach einem der Duft von erhitztem Siegellack in die Nase, wenn Urkunden verschlossen wurden.

»Gernot?«

Der Sekretär blickte auf und erkannte neben seinem Stehpult einen Mann in schmutzbespritzter Reisekleidung, dessen Stiefel mit Lehm verkrustet waren. Sein bleiches, übermüdetes Gesicht verriet, dass er Tage und Nächte im Sattel verbracht haben musste.

»Lambert! Du bist also zurück.« Er runzelte die Stirn. »Aber deine Waren ...« Er blätterte im Rechnungsbuch und schüttelte den Kopf. »Nein, eure Rüstungen, Armbrüste und Schwerter sind noch nicht eingetroffen.«

»Sie werden in den nächsten Tagen mit einer Galeone aus Antwerpen kommen. Ich gab unserem dortigen Vertreter entsprechende Anweisungen«, sagte der junge Mann müde.

Gernot schüttete fassungslos den Kopf. »Du bist ohne deine Waren gereist?« Ein seltsames, geradezu frevlerisches Verhalten für einen Fernhändler, der um nichts in der Welt seinen wertvollsten Besitz im Stich lassen sollte. An der Ware hing sein Leben, seine ganze Zukunft.

Lambert nickte nur. »Ich hatte es eilig und habe eine Koef bei Calais genommen, die in nur fünf Stunden den Kanal querte.«

»Wozu die Eile?«

»Gernot, ich brauche einen Kredit von dir. Sofort.«

Der Sekretär ließ die Feder sinken und sah sich rasch im Raum um. Seine Gehilfen schienen ganz in Zahlen vertieft.

»Komm«, sagte er und wies mit dem Kopf zum Flur vor dem Büro. »Lass uns ins Weinhaus hinabgehen. Ich spendiere dir einen Willkommenstrunk.« Er klappte sein Buch zu, rief noch einige Anweisungen in den Raum und verließ dann mit dem jungen van Berck den Saal.

Sie durchquerten einen dunkel getäfelten Flur, der mit Bildern der Ursulalegende geschmückt war, jener Geschichte um eine englische Prinzessin und ihre elftausend Jungfrauen, die in längst vergessener Zeit ins Heilige Land reisten und auf ihrem Rückweg bei Köln von den Barbaren ermordet wurden. Die heilige Ursula stand für die lange Verbindung zwischen London und der Domstadt. Seit mehr als vierhundert Jahren betrieb man nun schon Handel zwischen diesen Städten. Kölner waren es gewesen, die den Stalhof gegründet und gebaut hatten.

Zu einer Kaufmannsfestung angewachsen, umschlossen seine Mauern inzwischen über neunzig Wohnhäuschen, dazu Schreibzimmer, einen Festsaal, Speicherräume und das in Londons besten Kreisen beliebte rheinische Weinhaus, in dem nur edelste Tropfen verzapft wurden, um Werbung für die deutsche Ware zu machen.

Die beiden Männer erreichten über eine Stiege eine Hintertür, die nur den Hanseaten zugänglich war. Es ging bereits lebhaft zu in der hallengroßen Wirtsstube. Sie war mit Bretterwänden in Nischen unterteilt, damit Kaufleute sich zu diskreteren Verhandlungen um einen Tisch setzen konnten. Die Tatsache, dass man sich so den Blicken anderer Zecher entziehen konnte, reizte auch Londons bessere Dirnen, das Weinhaus für Vertragsverhandlungen zu nutzen.

Gernot erkannte eine von ihnen in der ersten Tischnische beim Hintereingang und zog Lambert zu einer anderen.

»Hier«, sagte er und drückte den Rüstungshändler auf eine Bank, winkte nach einem Schankknecht und nahm zwei Becher Wein von dessen Tragbrett.

Lambert nahm sich keine Zeit zum Trinken. »Hör zu, Gernot, ich brauche Geld und Passierscheine für Italien, Frankreich oder Spanien. Gleichgültig wohin, ich muss nur so rasch und so weit wie möglich fort von hier.«

Der Sekretär verschluckte sich an seinem Wein und hustete. Nach Luft ringend, fragte er: »Welcher Teufel reitet dich denn? Weshalb bettelt der Sohn des mächtigen van Berck um Geld?«

»Ich bettle nicht. Die Ware, die bald eintrifft, ist ein Vielfaches von dem wert, was ich brauche. Ich werde dir eine Urkunde ausstellen, die dich berechtigt, das geliehene Geld von der Summe abzuziehen, die noch dafür zu zahlen ist«, stieß Lambert zornig hervor. »Ich will lediglich genug für eine anständige Rüstung und ein Schlachtross.«

Gernot wunderte sich immer mehr. »Dein Vater hat die besten Rüstungen, die nur zu haben sind, und reichlich Geld!«

»Ich kann nicht nach Köln zurück und will auch nicht warten, bis unsere Lieferung in London eintrifft.«

»Was ist los, Lambert? Was ...«

»Frag nicht«, schnitt der Kaufmannssohn ihm das Wort ab.

»Wenn ich dir Geld und Passierscheine besorgen soll, dann sag mir wenigstens, was du damit vorhast. Das Kontor darf nicht in dunkle Geschäfte verstrickt werden.«

»Es hat nichts mit dem Kontor zu tun. Ich will nur in den Heeresdienst eintreten. Ganz gleich wo.«

»Du ein Söldner? Das ist doch Unsinn! Wieso sollte ein reicher Sohn wie du sich als Landsknecht verdingen? Das ist was für Habenichtse und verarmte Ritter. Es stirbt sich schnell im Feld.«

Lambert griff nach seinem Becher und stürzte ihn in einem Zug hinab, wischte sich entschlossen den Mund.

»Umso besser. Ich suche einen raschen, halbwegs ehrenvollen Tod, mein Freund. Was ich fürchte, ist das Leben. Mehr musst du nicht wissen.«

»Du machst mir Angst, Lambert«, sagte Gernot und rutschte von ihm ab.

»Wirst du mir helfen?«

»Gib mir Zeit, darüber nachzudenken«, antwortete der Sekretär im nüchternen Ton des Geschäftsmannes.

»Überlege nicht zu lange. Denk daran, dass Barmherzigkeit die Pflicht aller Christen ist«, sagte Lambert und erhob sich von der Bank. »Das gilt auch für uns Lutheraner«, fügte er zischend hinzu. »Bruder!«

Gernot erbleichte.

2.

London, 28. Januar 1536

Munter trappelten vier Maultiere durch den aufgeweichten Schlamm am südlichen Themseufer. Drei von ihnen trugen Reiter, das vierte schwankte unter einem Lastsattel, an dem zwei Reisekisten festgezurrt waren. Bei Gravesend, einem meernahen Hafen in der Flussmündung, waren Aleander, Lunetta und der Schmied von Bord der Galeone gegangen und hatten die Tiere gemietet.

Drei Tage dauerte ihr Ritt bereits. Der Narrenmonat Februar kündigte sich an und trieb seinen Spott mit dem Wetter. Seine Vorboten waren heftige Hagelschauer gewesen, die die ersten Samenbeete der Gemüsebauern zerschlagen hatten. Nun schmolz Sonne letzte Schneeinseln, ließ die Eisnasen an Dachtraufen und kahlen Bäumen tauen, sodass in allen Zweigen funkelnde Tropfen hingen.

Am gegenüberliegenden Ufer lag im feuchten Glanz des Morgens die City of London-verheißungsvoll, aber träge wie eine erschöpfte Kurtisane am Vormittag.

Lunetta ritt zwischen Aleander und dem grimmig schweigenden Schmied. Ihr schwarzes Haar war unter einer Pelzkappe zum Zopf geflochten, die dunkle Reittracht einer Kaufmannsfrau reichte bis zu ihren Schenkeln herab. Ihr schmales Gesicht war vom Wind gerötet, die Wintersonne ließ ihre nussfarbenen Augen wie Bernstein schimmern.

Sie war erleichtert, der dunklen Kabine und Aleanders

selbstherrlichen Predigten und verwirrenden Lügen entkommen zu sein. Die Bewegungen ihres Maultiers, die lebendige Wärme seines Rückens und seine in gleichmäßigem Rhythmus schwellenden Muskeln spendeten ihr Trost. Zudem spürte sie die wachsende Anspannung Aleanders. Jenseits der beklemmend engen Welt des Schiffes verlor er seine zwingende Macht.

Vor den Reitern tauchten erste Katen, Flusshäuser und die trutzige Kathedrale von Southwark auf. Wie zum Gebet gefaltete Hände ragten ihre mit Maßwerk gefüllten Bogenfenster in die Höhe. Aleander verlangsamte das Tempo seines Maultiers und bekreuzigte sich demonstrativ. Sie fädelten sich in den wachsenden Strom der Krämerinnen, Händler, Priester und Bauersleute ein, die auf die London Bridge zustrebten.

Der einzige Übergang in die City überspannte auf 300 Yards die Themse und war dicht an dicht mit Wohn- und Geschäftshäusern besetzt. Zwischen buntem Fachwerk und vorkragenden Giebeln und Häusern, die über schwebende Bogengänge verbunden waren, herrschte buntes, lärmendes Gewimmel.

Lunetta sah es mit klopfendem Herzen. Eine unbestimmte Hoffnung erfasste sie. Sie wollte ihrem Maulesel aufmunternd die Fersen in die Flanken drücken, um den gepflasterten Brückenaufgang zu nehmen, als Aleander das Zeichen zum Anhalten gab. Widerwillig zügelte sie ihr Reittier.

Aleander schob die Kapuze seines Reiseumhangs zurück. Seine grauen Augen waren hart wie polierte Steine. Er drehte sich im Sattel zu dem Mädchen um.

»Zeit für den geziemenden Seitsitz, Lunetta«, befahl er im Ton einer schmeichelnden Bitte. »Nur Bauersfrauen reiten mit gespreizten Beinen.«

Lunetta zog die Stirn in Falten. Wie töricht waren alle Gedanken an Freiheit. Ihr Blick glitt zu den steinernen Brückenbögen, durch die sich die Themse ihren Weg zur Meeresmündung erzwang. Zwischen den Pfeilern zerteilte sich der träge Fluss in reißende Sturzfluten, die pfeilschnell und verwirbelt von tödlichen Strudeln wieder hervorschossen, um dem Meer zuzufließen. Wenn sie nur selbst einen Weg fände, ihrem widerlichen Entführer zu entkommen!

Der Schmied sprang von seinem Reittier und bot ihr mit lächerlicher Ehrfurcht die Hand, damit sie ihre Röcke schürzen und absteigen konnte. Lunetta verschmähte seine Hilfe, glitt geschmeidig vom Rücken ihres Maulesels herab, stieg sogleich wieder in den Steigbügel und setzte in höfischer Manier auf.

»Besser so?«, fragte sie Aleander kalt. »Ich befürchte allerdings, dass ein Maultier den zierlichen Passschritt nicht beherrscht. Ein Bastard wird nie ein Rassepferd sein.«

Ihr Peiniger lächelte wölfisch. »Und das sind wir beide, Lunetta, nicht wahr? Immerhin merkt man, dass in deinen Adern das Blut der Löwensteins fließt. Du wirst in London großen Eindruck machen, wenn ich dir erst deine Gauklermanieren abgewöhnt habe. Und das werde ich. Wir müssen uns in den höchsten Kreisen bewegen.«

»Ich kenne sie weit besser als du«, parierte Lunetta zornig.

»Nicht in London. Und als Tochter eines Towerhäftlings bist du nicht eben willkommen! Niemand gerät gern in den Dunstkreis eines möglichen Hochverräters. Also halte dich an meine Empfehlungen.«

Mit einem Schnalzen trieb er seinen Maulesel an. Sie unterquerten das Fallgatter der Torburg. Menschen drängten sich zu beiden Seiten der Reiter durch das steinerne Nadelöhr auf die Brücke. Gänse schnatterten in Weidenkäfigen, silbern glänzten frische Flussfische in Kiepen und Körben. Der Werbegesang von Pastetenbäckern und Ale-Verkäufern scholl ihnen entgegen. Unter den Bogengängen, die einige Häuser im ersten Stockwerk verbanden, lauerten Taschendiebe auf Beute. Ein einträgliches Geschäft, denn das Gewimmel war dicht auf der nur zwei Dutzend Ellen breiten Brückengasse.

Aleander ritt jetzt neben Lunetta, den Kopf arrogant erhoben, so wie es seinem schönen Gesicht und seiner hochgewachsenen Gestalt entsprach. Zu ihrem Ärger bemerkte das Mädchen, dass einige Passanten ihm ehrfürchtig auswichen.

»Du siehst, was ein wenig Haltung zu bewirken vermag. Benimm dich wie ein Herrscher, und man hält dich dafür«, bemerkte Aleander und neigte das Haupt hoheitsvoll in Richtung eines Edelmannes mit goldenem Halskragen, der verwirrt zurückgrüßte.

Lunetta verzog den Mund voll Abscheu. »Ich sehe nur, dass du ein vollendeter Betrüger bist. Du täuschst sogar dich selbst! Aber ein Zwerg wird nicht größer, selbst wenn er sich auf einen Berg stellt.«

Aleander lachte geziert.

Im Schritttempo passierten die Maulesel die Untergeschosse der Fachwerkhäuser, in denen Tuch- und Juwelenhändler ihre Waren feilboten, Bader mit Schröpfkröpfen für ihr Handwerk warben und Metzger Schlachtstücke auf ausgeklappten Läden ausstellten. Bettler zwängten sich durch den Strom der Fußgänger auf die kleine Maultierkarawane zu und schlugen ihre Lumpenkittel hoch, um schwärende Wunden und zerschlagene Gliedmaßen vorzuzeigen.

»Aus dem Weg!«, schrie der Schmied und schlug mit den Zügeln nach ihnen aus. Maulend gaben die Bettler den Weg auf die Zugbrücke frei, die auf Höhe der Flussmitte lag und bei Bedarf die Durchfahrt bemasteter Segler ermöglichte. Obwohl sie herabgelassen war, geriet der Verkehr wie gewöhnlich ins Stocken. Bauern und Marktgänger legten beim Tordurchgang gaffend den Kopf in den Nacken. Nicht um das kunstvolle Seilzug- und Räderwerk zu bewundern, sondern um sich einen süßen Moment des Erschauerns zu gönnen. Kreuze wurden geschlagen, Gebete gemurmelt.

Lunettas Maultier scheute und begann einen nervösen Tanz. Das Stampfen seiner Hufe ließ die Holzbohlen vibrieren.

»Es wittert den Tod«, raunte Aleander im Ton eines Beschützers. »Schau lieber nicht nach oben. Was es dort zu sehen gibt, könnte dich an das mögliche Schicksal deines Vaters erinnern.«

Seine Worte waren eine weitere widerliche Parodie der Fürsorge und eine unnötige Warnung. Als Tochter eines kaiserlichen Diplomaten wusste Lunetta von der Attraktion, die Englands Bauern vor der Torburg verharren ließ.

Auf Stangen aufgespießt wurden auf dem Zugturm die Köpfe all jener ausgestellt, die es wagten, die Allmacht des Königs anzuzweifeln. In heißem Wasser gekocht und den Aasvögeln ausgesetzt, waren die Schädel in verschiedensten Stadien der Verwesung begriffen. Der Tod hatte reiche Ernte gehalten im zurückliegenden Sommer, als Heinrich jedem Untertan den Schwur abverlangt hatte, dass er in England Oberhaupt der Kirche und Anne Boleyn seine einzige Frau sei.

Von seinen drei Millionen Untertanen hatte es zwar nur eine Hand voll gewagt, den Eid zu verweigern, aber die Rache an ihnen war so umfassend gewesen wie die Begeisterung des Monarchen für sich selbst.

Die besten unter seinen Mönchen – Kartäuseräbte und barfüßige Franziskaner – hatten die schrecklichste aller Strafen durchlitten. Sie waren aufgehängt worden, bis sie das Bewusstsein verloren hatten, um sodann mit Essig wiedererweckt, bei lebendigem Leib ausgeweidet, entmannt und gevierteilt zu werden. Seinen ehemaligen Lordkanzler Sir Thomas More und den Bischof von Rochester hatte der König unter das Beil geschickt. Deren Köpfe allerdings hatte man abgenommen, als sie immer mehr Pilger angezogen hatten, die sich Fürbitte von diesen heiligmäßigen Männern versprachen.

Lunettas Maulesel riss nach links aus und streifte den Rücken eines jungen Mannes im zerschlissenen Gewand des fahrenden Scholaren. Er drehte sich nicht um, sondern spuckte aus. Lunetta bändigte den Esel und wollte um Verzeihung bitten, als sie erkannte, dass der Scholar nicht ihretwegen ausgespuckt hatte. Seine Verachtung galt der Ausstellung der Totenköpfe auf den Torzinnen. Rasch drängte er sich durch die gaffende Menge auf den Durchgang zu. Sein unverhohlener Zorn belebte ihr Herz und erfüllte sie jäh mit einer unmöglichen, fantastischen Hoffnung.

Sie stemmte sich in ihrem Sattel hoch, suchte in der Schar der Köpfe sein Barett. Doch plötzlich erfasste Unruhe die wogende Menge. Menschen sprangen fluchend zur Seite, suchten Schutz in Häusernischen, Händler klappten die Schauläden hoch, brachten ihre Waren in Sicherheit.

Das Donnern von hart beschlagenen Hufen ließ die Brücke auf der anderen Seite des Zugtores erbeben. Von der City kommend, sprengte eine Reiterkavalkade auf die Torburg zu. Schon passierten sie die Brückenkappelle des heiligen Thomas, die eben die zehnte Stunde läutete. Sonne fing sich auf ihren glänzenden Brustharnischen.

Der scharfe Ritt bauschte ihre schwarzgelben Prunkmäntel wie wollene Segel. Sie waren mit dem kaiserlichen Doppeladler verziert, dem Wahrzeichen spanischer Höflinge. Nichts hätte den Wappenspruch ihres Kaisers Karl majestätischer bebildern können als ihr rücksichtsloser Galopp über die Brücke: Plus Ultra – immer weiter!

Wie im Sturmangriff jagten sie auf das Zugtor in der Flussmitte zu. Vor ihnen teilte sich die Menge. Mütter rissen ihre Kinder aus dem Weg. Wer Glück hatte, fand eine Fußgängernische in der Brückenmauer. Die letzten Gaffer, die Aleander, den Schmied und Lunetta noch umringten, stoben auseinander.

»Weg hier«, schrie Aleander und griff in die Zügel von Lunettas Maultier. Der Schmied sprang von seinem Esel, eilte Aleander zu Hilfe. Doch Lunettas Tier besann sich mit einem Mal auf seinen wahren Charakter. Störrisch verharrte es in der Mitte der schmalen Brückengasse.

Schon tauchte der spanische Trupp ins Dunkel des Torganges ein, gleich würden die Pferde vor ihr auftauchen, sie niederreiten. Aleander ließ die Zügel ihres Esels fahren. »Reiß sie vom Sattel«, schrie er dem Schmied zu, während er sich bei der Brückenmauer in Sicherheit brachte.

Lunetta fühlte, wie sich die kraftvollen Arme des Schmieds um ihre Mitte schlangen. Sie wand sich in der eisernen Umarmung. Dröhnend näherte sich der Hufschlag der gewaltigen Streitrösser. Der Schmied riss sie aus dem Sattel und ließ sie mit einem Aufschrei los, fiel nieder und rollte jaulend zur Seite.

Lunetta schlug hart auf das steinerne Pflaster auf. Sie sah Blut, helles Blut. Es schoss als pulsierende Fontäne aus dem Hals des Schmieds hervor, ein Messer ragte aus der Wunde – ein Messer gleich dem auf Catlyns Kissen. Sie kannte das Wappen. Ihr schwindelte.

Jemand riss Lunetta in die Höhe. Bevor wirbelnde Schwärze sie verschlang, kreuzte sich ihr Blick mit dem des jungen Scholaren. Er hielt sie bei den Armen.

»Lunetta! Komm mit mir!«

Für die Dauer eines Wimpernschlags tauchte das Mädchen in das kühle, rettende Blau seiner Augen ein.

»Nein! Ich kann nicht, lass mich«, stöhnte sie verzweifelt. Brustharnische blitzten um sie herum auf. Dann schwanden alle Farben und Geräusche bis auf das von davonjagenden Hufen.

3.

Hampton Court Palace, um dieselbe Stunde

Cromwell runzelte die Stirn, als müsse er seine zerstreuten Gedanken wie eine Schafherde zusammentreiben. »Löwenstein?« Er schüttelte den Kopf. »Ich kenne keinen Mann mit diesem Namen.«

Chapuys gab verärgert auf. Weitere Nachfragen würden den Minister nur noch mehr von der Wichtigkeit des Gefangenen überzeugen.

Die beiden Männer standen seit sechs Uhr früh beim Kamin des Empfangssaales von Hampton Court. Matt stahl sich nun endlich das Sonnenlicht durch die Oberfenster des Saales und fing sich im Blattgold der Kassettendecke. In dem äußersten Gemach von Heinrichs endloser Zimmerflucht, die im ersten Stockwerk lag, mischten sich mehr und mehr tuschelnde Hofbeamte und ihre Frauen mit ausländischen Diplomaten, Ministern und reichen Bittstellern.

Kostbar aufgeputzt waren bald über hundert Menschen versammelt. Alle bemühten sich, elegante Zwanglosigkeit und Müßiggang zu demonstrieren, auch wenn Musik, Würfelspiel und andere Ablenkungen hier nicht gestattet waren. Seit Stunden – wie an jedem Tag – wartete man auf das mögliche Erscheinen des Königs. Es war eine Ehre, überhaupt warten zu dürfen.

Geräusche aus dem benachbarten Bankettsaal verrieten, dass dort Tafeln aufgebockt und Bänke herangerückt wurden, damit um zehn Uhr die ersten zweihundert Hofbeamten, Gardisten und weniger bedeutenden Gäste dort ihr kostenloses Mittagsmahl einnehmen konnten.

Chapuys löste sich vom Kamin, um sich auf den Weg zum Saal zu machen, doch Cromwell legte ihm die Hand auf den samtenen Arm seines Wamses, eine Geste der Auszeichnung vor den versammelten Höflingen. Köpfe drehten sich zu Chapuys. Der Spanier hatte die Gunst von Heinrichs erstem Sekretär gewonnen. Was konnte das heißen?

Cromwell hatte eine noch größere Ehre anzubieten.

»Wartet, Chapuys, Ihr müsst heute nicht vom Hammelbraten der gewöhnlichen Höflinge speisen. Ich habe Euren Namen auf die *Bouche of court*-Liste der Lords und Nobelmänner setzen lassen. Ihr habt das Mundrecht für den Staatsdienersaal.«

Dankbar neigte Chapuys das Haupt. Auch wenn der König selbst dort nie sein Mahl einnahm, bedeutete es doch, dass man ihm wesentliche Schritte näher kam und hoffen durfte, von ihm wahrgenommen zu werden, wenn er sich beispielsweise auf den Weg zur Hofkapelle begeben oder am Nachmittag Laune auf ein Würfelspiel verspüren würde.

Cromwell legte also nach wie vor Wert auf eine spanisch-englische Allianz. Eine weitere Stunde verstrich, bis die Soldaten von Heinrichs Leibgarde die Hellebarden aufrichteten, mit denen sie bislang die Tür zum nächsten Zimmer der Königsgemächer verschränkt hatten.

Ein Saaldiener des Hofmeisters postierte sich bei der freigegebenen Tür, entrollte ein Pergament und hob auffordernd den Kopf. Höflinge drängten nach vorn. Mit einem Nicken wurde ihnen beschieden, ob sie das Recht hatten, tiefer in die Welt Heinrichs vorzudringen oder nicht.

Cromwell wartete mit gut gespielter Geduld, bis der Saaldiener ihn und Chapuys heranwinkte. Der Mann ließ sie nach einem ausführlichen Studium des Pergaments passieren. Sie betraten den sich anschließenden Raum. Es war der Audienzsaal mit dem Thron und Staatsbaldachin Heinrichs. Auch hier waren inzwischen Tafeln eingedeckt. Den ersten Gästen wurden entsprechend ihrem Rang Plätze zugewiesen. Auf Anrichten längs des Saales dampften die verschiedenen Gerichte eines zweigängigen Mahles.

Der würzige Geruch von teurem Rindfleisch stieg Chapuys in die Nase. Cromwell durchquerte den Saal mit arroganter Achtlosigkeit und zog den Spanier in den kleineren, aber weit exklusiveren Raum der Staatsdiener.

In der Mitte stand eine einzelne Tafel, die mit weißem Linnen bedeckt war. Chapuys registrierte die feinen, alles entscheidenden Unterschiede des Geschirrs. Statt Zinntellern erwarteten die Gäste hier goldene und silberne Platten, sogar Besteck mit königlichem Monogramm. Eitle Lords verschmähten es freilich, um ihre eigenen Wappenmesser vorzuführen. Zur Krönung der Luxustafel gehörten geschmiedete Tafelaufsätze, die Jagdszenen zeigten, und eine Kutsche mit raffinierter Mechanik. Spannte man eine Feder im Inneren des goldenen Fuhrwerks, glitt sie über die Mitte der Tafel und versprengte Rosenwasser zur Reinigung der Hände. So nah beim König wurden auch die Binsen, die den Steinboden bedeckten, täglich gewechselt und aller Unrat, der sich darin sammelte, entfernt.

Rot livrierte Pagen schlossen Kabinettschränke auf und holten weitere Kostbarkeiten hervor, wie silberne Salzfässchen zur freien Bedienung und venezianische Gläser statt Zinnbechern. Sie zuckerten die bereitstehenden Weine reichlich und richteten das *manchet*, das weiße Brot aus der Privatküche des Königs, in Körben aus geflochtenem Gold an.

Cromwell grüßte in Richtung einiger Lords und Ladys, die mit betont verächtlicher Miene die Handgriffe der Weinbutler und Brotreicher beobachteten. Zwar handelte es sich bei diesen Dienern ausnahmslos um jugendliche Rittersöhne von Rang, aber sie – die Lords – standen noch über ihnen.

»Kommt zum Fenster«, sagte Cromwell leise. »Dort können wir den Blick auf den königlichen Privatgarten genießen, bis die Speisen aufgetragen werden.«

Und du kannst der Verachtung der Lords für gewöhnliche Politiker wie uns entgehen, dachte Chapuys amüsiert.

Die beiden Männer tauchten in die relative Abgeschiedenheit einer Fensternische ab. Unter ihnen lagen die Gärten Heinrichs, die einer Zimmerflucht unter freiem Himmel glichen. Ein jeder war mit einer Sonnenuhr und Springbrunnen bestückt, bunt bemalte Wappentiere drehten sich auf goldenen Stangen über schwarzen Winterbeeten. Nahe dem Königstrakt waren es Englands Wappenlöwen in den Tudorfarben grün und weiß. Auf dem Weg zum gegenüberliegenden Palastflügel paarten sie sich mit den weißen Falken Anne Boleyns.

Cromwell entriegelte einen Fensterflügel und stieß ihn auf. Der einsame Schrei eines Pfaus scholl ihnen entgegen, begleitet von munteren Melodien der Stockfiedel, dem Geräusch temperamentvoller Springtänze und perlendem Gelächter aus Königin Annes Gemächern.

»Sie tanzt noch immer«, murmelte Eustace Chapuys. »Entweder ist diese Königin bemerkenswert unbekümmert oder wahnsinnig. Ahnt sie wirklich nichts?«

Als hätten seine Worte die Königin gewarnt, setzte mit einem Mal die Musik aus. Ein dissonanter Akkord verschwebte über den Gärten. Irritiert flog Chapuys' Blick zu den Gemächern Annes.

Cromwell zuckte derweil die Achseln. »Sie ist noch immer guter Hoffnung.« Er senkte die Stimme. »Allerdings verzweifelt guter Hoffnung. Der König besucht sie nicht mehr und freundet sich zunehmend mit dem Gedanken an, dass sie eine Hexe ist und seinen Turnierunfall durch Zauberei bewirkt hat. Genau wie seine periodische Lendenschwäche und den Tod Katharinas.«

Chapuys lupfte die Brauen. »Was für eine überaus einleuchtende Erklärung für all seine Missgeschicke. Geradezu universell anwendbar! Nur, mit Verlaub, ein gesalbter König in den Fängen einer gewöhnlichen Hexe? Tststs. Das würde sein Ansehen unter Europas gekrönten Häuptern endgültig untergraben und Eure Reformation der Kirche in ein gefährliches Licht tauchen, nicht wahr?«

»Ich weiß«, knurrte Heinrichs Minister. »Spart Euch Eure Spaßvogeleien, Chapuys, Ihr seid Diplomat, kein Hofnarr.«

»Mitunter ist der Unterschied zwischen beiden nur haarfein, Cromwell, findet Ihr nicht?« Interessiert bemerkte er einen Mann im schwarzen Arzttalar, der jetzt eilig die Gartenflucht durchquerte.

Der Sekretär schien ihn nicht zu bemerken, seine Gedanken waren immer noch bei Hexerei und Teufelswerk. »Heinrich ist schwer von seinen Ideen abzubringen. Bedenkt, dass die Königin einen sechsten Finger hat und dieses scheußliche, erdbeerfarbene Mal an ihrem Hals.«

»Oh, das«, winkte der Spanier ab. »Bei Gott, ein jeder kennt dieses öffentliche Geheimnis seit Jahren, und Euer Hof hat es eifrig übersehen. Alle englischen Edelfrauen kopieren die überlangen Ärmel, mit denen Anne den zweiten Nagel am kleinen Finger ihrer linken Hand verbirgt. Genauso eifrig haben sie die eng anliegenden Schmuckbänder übernommen, mit denen die Königin ihren Hals bedeckt, und lassen ihr Haar – gleich Anne – wie Vorhänge unter französischen Käppchen hervorrieseln.«

»Nicht mehr hier, so nahe beim König«, murmelte Chapuys. »Seht selbst!«

Chapuys ließ den Blick diskret über die wartenden Ladys schweifen. Die Mode bei Hof glich einem empfindlichen nautischen Instrument, das jeden Kurswechsel registrierte. Die Damen im Staatsdienersaal waren in der Tat zu schmuckfreien Hälsen zurückgekehrt und trugen statt frivoler französischer Kappen wieder die wenig kleidsamen englischen Giebelhauben, die ihre Gesichter streng wie Kirchenfenster umrahmten.

»Tatsächlich«, erwiderte Chapuys wie beiläufig. »Ob es daran liegt, dass Heinrich sich nicht nur mit dem Gedanken an Hexerei, sondern auch eng mit einer Hofdame Annes angefreundet hat? Einer gewissen Jane Seymour?« Eine Königin der Giebelhaube, schafgesichtig, schweigsam und voll gerissener Demut. Das ganze Gegenteil der tanzenden, springenden, intriganten Anne, die als Geliebte von Heinrich die Uniformen ihrer Diener mit dem kecken Motto »Murrt wie ihr wollt, es wird doch geschehen« besticken ließ. Sie hatte nie gezögert, ihre Absichten auf Katharinas Thron vor aller Welt kundzutun. Ihr Erfolg hatte ein Beispiel gesetzt, das ihr nun selber zum Verhängnis werden konnte: Königinnen waren austauschbar.

Cromwell überging Chapuys' Erwähnung der Dame Seymour. »Falls der König uns heute begegnet, zeigt Euch demütig und hocherfreut. Wir müssen ihn von dieser Hexenidee abbringen, ihm zeigen, dass Europa und Euer Kaiser ihn nicht isolieren wollen ...«

»Ihr verlangt viel von mir. Warum sollte ich als Mann des Kaisers Eurem König so dienstbar sein?«

Cromwell straffte die Schultern. »Denkt an das Schicksal von Mary und – wenn Ihr wollt – an diesen Löwenstein.«

»Ah, Ihr erinnert Euch wieder an ihn?«

»Kann ich auf Euch zählen?«

Eine Page unterbrach das vertrauliche Flüstern. Er verneigte sich knapp vor Chapuys. »Sire, einer Eurer Diener verlangt im Empfangssaal nach Euch.«

»Sagt ihm, sein Herr kann jetzt nicht gestört werden«, knurrte Cromwell unwillig. »Wir speisen mit den Lords! Eben werden der Hirschbraten und die Schnepfen aufgetragen.« Er trat aus der Nische und wollte Chapuys mit sich ziehen.

Der Spanier entwand sich seinem Griff. »Ich werde sofort kommen«, beschied er dem Pagen mit großer Munterkeit.

Eine Zornesfalte zerteilte Cromwells Stirn. »Wie könnt Ihr es wagen! Ich lade Euch zu des Königs eigenen Schnepfen ein!«

»Ah, mit Schnepfen geht es mir wie mit Falken, mein Freund. Ich ziehe Tauben vor.«

4.

Mit gemessenen Schritten durchquerte Chapuys die Königsgemächer. Zurück im großen Empfangssaal, beschleunigte er seine Schritte und steuerte auf die Vorhalle zu, die zum Bankettsaal führte. Einer der Gardisten warf ihm einen prüfenden Blick zu.

»Solltet Ihr nicht im Staatsdienersaal sein, Sire?«

Chapuys lächelte verbindlich. »Ich muss Geschäfte erledigen, zu denen die Natur mich zwingt, und möchte nicht so unhöflich sein, mein Wasser in einer dunklen Nische abzuschlagen. Ich sah, dass Euer weiser König überall an den Palastwänden heilige Kreuze hat aufmalen lassen, um seine Gäste von solcher Ungezogenheit abzuhalten.«

Die Miene des Wachsoldaten entspannte sich. Er stieß die Tür für Chapuys auf. Im Vorraum herrschte Gedränge; lautes Klappern von Tabletten, Befehle und Flüche durchschwirrten die Luft. Schwitzende Speisenträger eilten über eine breite Holztreppe aus dem Erdgeschoss herauf, um Lauchsuppe, Braten und Bier für die Speisung der nächsten zweihundert Höflinge herbeizuschaffen, die eben im Saal Platz genommen hatten. Niemand hatte Zeit oder Muße, von dem Spanier Notiz zu nehmen, der, statt die heimlichen Gemächer mit den gemauerten Urinalen aufzusuchen, die Dienstbotentreppe zum Küchentrakt hinabsprang.

Ein dunkles Labyrinth aus steinernen Gängen empfing ihn. Chapuys mischte sich in den beständigen Strom aus Küchenjungen, Lieferanten und Pagen, bis er einen schmalen Torbogen fand, der ins Freie führte. Er hastete durch ein Gewimmel aus dunklen, kühlen Zwischenhöfen, wo die Waschhäuser, Vorratskammern, Dutzende Garhäuser und Braustuben lagen, schoss über eine weitere Dienstbotentreppe nach oben in den Höflingstrakt, erreichte sein Gastzimmer und stürmte hinein. Sein Narr erwartete ihn bereits.

»Und?«

»Es scheint, dass die Königin vor der Zeit zu Bett gebracht worden ist«, erklärte der Zwerg listig und kraulte seinem Äffchen den Nacken.

»Bist du sicher?«

»Ich saß eben beim Apotheker, als man wegen Goldlack nach ihm schickte, um das Bettzeug der Königin damit zu tränken. Man nutzt die Tinktur, um Wehen zu lindern, wie Ihr wisst. Außerdem nahm er krampflösenden Hopfen, Baldrian und Liebfrauenstroh mit.«

Chapuys nickte. »Das passt zu meinen Beobachtungen. Ich sah Doktor Butts durch die Gärten zu den Gemächern der Königin eilen. Kurz vorher hatte die Musik ausgesetzt. Sie tanzt also nicht mehr.«

Der Zwerg griff nach einem verschrumpelten Klarapfel und reichte ihn seinem Äffchen. Das Tier nahm ihn zwischen die zierlichen Pfoten und begann ihn eifrig zu benagen. »Sie wird kämpfen wie eine Löwin, um das Kind bei sich zu behalten.«

»Sie kämpft nicht um das Kind, sondern um ihr Leben«, sagte Chapuys voll widerwilligem Respekt. »Gibt es auch Neuigkeiten aus Nell Twinkertons Reich?«

Der Zwerg verdrehte genüsslich die Augen. »Sie hat einen neuen Pudding mit Rosenwasser und Marzipan kreiert, der gleich in die Münder der Lords wandern wird. Ihr verpasst eine Sensation, mein Herr.«

Der Diplomat schnaubte. »Nicht in Gesellschaft dieser Tischgenossen.«

»Wenn es Euch um die spezielle Lieferung geht, die Ihr für Nell erwartet, so ist bislang noch nichts eingetroffen«, fuhr der Zwerg fort und setzte sich das Äffchen auf den Buckel.

»Geh und treib weiter deine Scherze mit dem Küchenpersonal«, sagte Chapuys, »und komme wieder, wenn du etwas Neues erfährst.«

Der Hofnarr nickte und verschwand.

Chapuys lehnte sich seufzend in seinem Lehnstuhl zurück und schloss die Augen. »Du hast einen merkwürdigen Sinn für Gerechtigkeit, Herr«, murmelte er. Morgen würde der Sarg Katharinas in der Abtei von Petersborough in die Gruft hinabgesenkt werden. Ausgerechnet an ihrem letzten Tag auf Erden setzten bei Anne Frühwehen ein.

Der Botschafter öffnete den Kragen seines Wamses, suchte eine noch bequemere Haltung und richtete sich auf eine weitere Zeit des Wartens ein, die erste und langweiligste Pflicht aller Diplomaten.

5.

London, am frühen Abend

Die Dämmerung hatte gegen vier Uhr am Nachmittag eingesetzt. Im Schein von Fackeln löschten die Schauerleute des Stalhofs nahe der London Bridge die Ladung der Antwerpener Galeone, die vor wenigen Stunden am Anleger des Hansekontors festgemacht hatte. Warenballen schwebten über dem gepflasterten Kai, Fässer mit rheinischem Steinzeug und bemalten Glasfenstern wurden aufgestemmt. Faktoren überprüften, ob ordnungsgemäß alles in Butter lag, um Bruch zu verhindern. Englische Zollschreiber notierten auf Wachstafeln die Liefermengen, um später die Abgaben für die importierten Güter zu errechnen. Heringstonnen wurden gewogen und mit Brandstempeln versehen, Weinfässer für Stichproben angezapft, jedes Schwertkreuz, alle Klingenkörbe und Harnische auf Risse überprüft, bevor sie in die verschiedenen Speicherhäuser geschafft wurden.

Lambert van Berck rieb sich in seinem Versteck fröstelnd die Hände. Seit Stunden harrte er nun schon in einer Mauernische bei dem bewachten Tor aus, das die deutsche Kaufmannsfestung gegen die City of London abschottete. Hin und wieder wagte er einen Blick durch das Tor zum Kai. Hinter ihm schwappte die Themse saugend und schmatzend gegen die Uferböschung.

In der Verwirrung, die auf der Brücke nach dem Auftauchen der spanischen Reiter geherrscht hatte, war ihm die Flucht gelungen. Doch nun war er das, wofür man ihn in Köln bereits hielt:

ein Mörder. Der Schmied hatte keine Chance gegen sein Messer gehabt. Lambert bedauerte den Mann nicht, tiefer schmerzte ihn die Erinnerung an Lunettas entsetzensweite Augen, an ihre Weigerung, mit ihm zu kommen. Er musste sie wiederfinden, aber zunächst brauchte er Geld.

In regelmäßigen Abständen hallten die Tritte der Mauerwächter auf den Holzbohlen des Wehrganges über ihn hinweg. Die Kniestücke ihrer Rüstungen und die Sporen an den Stiefeln klirrten leise. Wenn zwei sich begegneten, tauschten sie derbe Scherzworte und verfluchten die kalten Nebelschwaden, die vom Fluss aufstiegen.

»He, wie wäre es mit einem Pintgen im Weinhaus«, rief jetzt eine fröhliche Stimme. Lambert riss den Kopf hoch. Die Mauerwächter brummelten etwas von Nachtdienst. Der Mann mit der fröhlichen Stimme sprang pfeifend eine Treppe zum Kai hinab. Als er das Tor des Stalhofs passierte, um seine Zechtour in einer der Hafenschenken zu beginnen, sprang Lambert aus seiner Nische und vertrat ihm den Weg.

»Weg da, Bettelstudent«, herrschte ihn der Mann auf Englisch an. »Wir geben nichts. Bei St. Paul's kannst du dein Glück als bezahlter Briefschreiber versuchen!«

»So geizig, Gernot?«, zischte Lambert in deutscher Zunge und riss sich das Barett aus der Stirn.

»Himmel, du wieder?«

Lambert nickte. »Ich hätte Zeit für ein weiteres Pintgen im Weinhaus. Lädst du mich ein?«

Sein Freund Gernot zerkaute sich kurz die Lippen, dann sah er sich rasch um und zog Lambert aus dem Lichtschein der Blendlaterne im Torbogen fort. Schweigend tauchten beide in eine unbelebte Gasse ein, die zur City hinaufführte. Eine offene Abwassergrube in der Mitte des Sträßchens sorgte dafür, dass man sie mied. Beide Männer sprachen nicht, bis sie eine Lücke in dem Gestaffel aus Wohn-, Lager- und Speicherhäusern gefunden hatten, in dem der Abfall des Stalhofs angehäuft wurde. Gernot zog sich den Saum seines knielangen Umhangs vor den Mund, um sich gegen die Ausdünstungen des Unflats zu schützen.

»Einfach teuflisch, dieser Gestank«, schimpfte er flüsternd.

Lambert schien ihn nicht zu registrieren. »Ich brauche jetzt deine Hilfe«, begann er ohne Umschweife. »Bring mich unbemerkt auf das Kontorgelände.«

»Ich würde es an deiner Stelle meiden«, flüsterte Gernot warnend. »Man hat eben eure Waffenlieferungen für den Hof beschlagnahmt.«

»Verflucht! So rasch?« Der junge van Berck verzog ärgerlich die Stirn. Mit der Galeone waren also bereits Briefe des Kölner Rates oder eines Geschäftskonkurrenten gereist, die die Verdächtigungen gegen das Rüstungshaus van Berck verbreiteten. Einem mutmaßlichen Mörder wie ihm war jeder Handel untersagt.

»Sag mir endlich, was los ist, Lambert. Habt ihr in Köln Gläubiger? Sind euch Wechsel geplatzt?«

Der junge Rüstungshändler schüttelte unwillig den Kopf. »Ich kann es dir nicht erklären, aber ich muss sofort ins Kontor! Ich brauche meine Waffen.«

Gernot schnaubte durch den Stoff, den er sich vor die Nase hielt. »Was denkst du dir? Das wäre Diebstahl.«

»Es wäre das Geringste unter den Verbrechen, die man mir anlastet. Ich brauche nur eine einzige Ausrüstung und ein Schwert.«

»Ich habe noch keine Passierscheine für dich.«

»Das ist nicht länger wichtig. Um unserer Freundschaft willen, hilf mir, Gernot. Es geht um Leben und Tod.«

Gernot kramte rasch nach seinem Geldbeutel, drückte ihn

Lambert vor die Brust. »Hier, das ist ein ordentliches Sümmchen, es sollte reichen, um dich aus dem Staub zu machen. Mehr kann ich für dein Leben beim besten Willen nicht tun.« Er drehte sich um und wollte die Gasse in Richtung der Kirche All Hallows hinauflaufen.

Lambert riss ihn jäh beim Arm zurück und drückte die Börse in seine Hand. »Es geht nicht um mein Leben! Das ist ohnehin verwirkt.«

Gernot wich entsetzt zurück, als habe ihn eben der Atem des Henkers gestreift.

»Ich verlange von dir nicht mehr, als dass du zurückgehst und mir eine der Gartenpforten zum Kontor öffnest. Nimm diese dort.« Er wies hinter sich in die Gasse. »Die Wachen überprüfen sie selten wegen der infernalischen Gerüche hier.« Leise setzte er hinzu: »Tu es um unseres Glaubens an die neue Lehre willen.«

Gernot hob abwehrend die Hände. »Den hast du verraten, als du diese entlaufene katholische Nonne geheiratet hast!«

»Luther tat nichts anderes.«

»Lambert! Diese Frau war zur Hure herabgesunken, sie bot sich in ihren geistlichen Gewändern im Hafen jedem an.«

»Was sie mir umso bedauernswerter erscheinen ließ! Erst recht, als die Leitung des Stalhofs sie anzeigte.«

»Weil sie ein Schmutzkessel, eine Hinde, eine ganz und gar widerwärtige Sündenspalte war.«

»Spar dir die Heuchelei. Nenn mir die wenigen Kaufleute, die fern von ihren Eheweibern nicht gelegentlich die Cocklane aufsuchen, um sich gegen drei Pence zu erleichtern, weil sie das Hansegesetz zwingt, im Kontor das Zölibat zu halten. Selbst im Weinhaus suchen sie nach diesen Frauen.«

Gernot spuckte aus. »Aber sie heiraten diese Weiber nicht.«

»Es gibt in dieser verworrenen Welt nur noch wenige Gesetze, an die ich mich zu halten pflege, Gernot. Eines davon ist, Menschen in Bedrängnis zu helfen. Ich habe erlebt, was es heißt, verfolgt zu werden und keine Hoffnung auf Beistand zu haben! Was zählt dagegen das Gezänk um Messbuch oder Lutherbibel? Gott ist nicht katholisch oder evangelisch.«

Gernot schwieg eine Weile. »Du bist und bleibst ein Schwärmer.«

Lambert lachte. »Du sprichst mit einem Mörder, mein Freund, einem Mann, der nichts mehr zu verlieren hat. Du bist der Schwärmer, einer, der meint, es reicht, an etwas zu glauben, um es zu bewirken.«

»Lass mich gehen. Ich bin nicht zum Märtyrer geboren«, sagte Gernot wütend.

»Mein Freund, ich sage es ungern, aber ich könnte dich dazu machen. Ein Brief, eine kleine Notiz an die Leitung unseres Kontors wegen der Psalmenübersetzungen, die ich regelmäßig am Boden meiner Warenfässer für dich einschmuggle ...«

»Das würdest du nicht tun!«

Lambert fasste ihn beim Kragen seines Umhangs und zog ihn dicht an sich heran. »Ich sagte bereits, ich bin ein Mann, der nichts zu verlieren und anscheinend keine Freunde hat.«

»Erpressung ist gottlos.«

»Und manchmal notwendig. Gott kann hier auf Erden nur durch uns wirken. Und das will ich tun, bis zum letzten Atemzug.«

Gernot wand sich unter Lamberts Griff. »Das ist mir zu hoch.«

»Selbst ein Tintenkleckser wie du kann gewiss ein Gartentor öffnen. Man muss lediglich einen Riegel verschieben.«

Er lockerte seinen Griff um Gernots Schaube so plötzlich, dass dieser stolpernd nach hinten in den Abfall fiel. Rasch rappelte er sich wieder hoch, klopfte sich kurz die Kleider aus und rannte los. Die Kirchenglocken von All Hallows schwangen sich zum Abendgeläut empor.

Als es verklang, vernahm Lambert das Schrappen von Metall. Rasch eilte er zu einer eisernen Pforte im Mauerwerk. Gernot zog sie nach innen auf und ließ Lambert passieren. »Du kommst zu spät«, zischte er voll gehässiger Genugtuung. »Deine Waffen sind bereits im Zeughaus unter Verschluss. Schon morgen werden sie zu Beschussproben an den Hof zu Hampton geliefert.«

»An den Hof?« Lambert zögerte kurz, dann packte er Gernot jäh bei den Schultern, zog ihn an sich heran und küsste dem verblüfften Kaufmann beide Wangen. »Du magst kein Märtyrer sein, aber du bist ein Sendbote Gottes! Verzeih, was ich dir eben angedroht habe. Ich hätte dich nie verraten.«

Gernot wischte sich die Backen. »Hurensohn«, blaffte er und tauchte in die Dunkelheit der Gasse ab.

Lambert durchquerte rasch die Gärten und erreichte die Mauer zum Haupthof mit dem Gildehaus, den Wohnkammern der Kaufleute und dem streng bewachten Zeughaus, das alle Blank-, Schutz- und Stabwaffen beherbergte, die zur Verteidigung des Stalhofs dienten oder als Warengut ausgeliefert werden sollten.

Er verbarg sich im Durchgang zwischen Hof und Garten, passte einen Moment ab, in dem sich ein Kutschwagen zwischen die Wachen und ihn schob, und stahl sich zu einem Stapel leerer Warenfässer im Hof. Er zog einen in Wachstuch geschlagenen Beutel und einige Schnüre unter seinem Talar hervor und blickte prüfend nach oben. Es versprach eine klare Nacht zu werden. Kalt blinkten die Sterne im mondlosen Himmel, der bereits tintenschwarz war. Nun, bald würde es hier im Hof hell werden, sehr hell. Mit geübten Fingern machte Lambert sich an die Arbeit.

6.

Hampton Court, am Abend

Missmutig klapperte ein gähnender Küchenjunge auf seinen Holzpantinen durch den kaum mannsbreiten, bitterkalten Fischhof. Hierher drang nie ein Sonnenstrahl, nur Schnee, Regen oder Tau konnten ungehindert auf das Kopfsteinpflaster des schmalen Korridors herabsinken. Die Sandsteinmauern blieben das ganze Jahr lang feucht und strahlten eisige Kälte in die Lagerkammern für die Seefische ab.

Die Vorräte mussten stets reichlich bemessen sein, da drei Fastentage pro Woche die Regel waren, nicht zu vergessen die vierzigtägige Fastenzeit vor Ostern. Allein mit Schwänen und Bibern, die am Königshof großzügig zu den fastentauglichen Wassertieren gerechnet wurden, ließ sich das Gebot der Fleischlosigkeit kaum einhalten.

Frierend versuchte der Page seine Hände abwechselnd am Flämmchen des Kienspans zu wärmen, mit dem er den Weg zur Pasteten- und Puddingküche an der Stirnseite des Ganges ausleuchtete. Im Obergeschoss des Häuschens flackerte noch Licht hinter den Butzenscheiben. Er betrat die Siedeküche im Erdgeschoss und stolperte über einen Koch, der sich bereits auf seiner Strohmatte neben den kupfernen Kesseln zum Schlaf eingerollt hatte.

»Lausewanz, kannst du nicht aufpassen«, schnauzte er und trat nach ihm. »Was willst du überhaupt hier? Is' nach acht, die Feuer sind gelöscht.«

»Ich hab was für Nell Twinkerton«, gab der Küchenjunge zurück und nahm mit einer gewissen Verächtlichkeit den schwachen Geruch von Lorbeerblatt und gesottenem Rindfleisch wahr, während er eine Steintreppe nach oben stapfte. Pah, was die hier zubereiteten, landete im besten Fall in Gardistenmäulern.

Er hingegen arbeitete in den Röstküchen, wo die wirklich wertvollen Fleischstücke für die Lords und den König höchstselbst bereitet wurden. Geröstet, nicht gekocht. Kochen und Sieden oder in der Pfanne etwas braten, das war billig, jeder Bauer konnte es sich leisten, aber Ochsen über Stunden am Spieß zu drehen, über mannshohen Haufen aus brennendem Eichenholz, das kostete Kraft und mindestens zwei Spießdreher pro Ochsen. Und natürlich eine Küche mit schwindelnd hohem Gewölbe.

Sehnsüchtig dachte der Küchenjunge an die Wärme, die sich dort jetzt ausbreitete, ein angenehmer Nachklang der Höllenhitze, die es am Tag in den Röstküchen zu ertragen galt. Rasch klopfte er an die Tür von Nell Twinkertons Reich.

Die Brettertür wurde einen Spalt breit geöffnet. »Wer schickt dich her?«

Der Küchenjunge riss ein kleines Päckchen aus seinem losen Hemd. »Das soll ich bei dir abgeben. Mit Grüßen vom spanischen Zwerg.« Er kicherte. »Dass du an so einer winzigen Portion Gefallen findest! Ich wette, mein Luntenputzer ist länger als der ganze Kerl. Willst du es nicht mal mit mir versuchen?«

Die Tür wurde ganz aufgerissen. Nell Twinkerton hielt eine ihrer gefürchteten Puddingformen umklammert. Der Küchenjunge warf ihr rasch das Päckchen vor die Füße und flitzte die Treppe hinunter. Über ihm fiel krachend die Tür ins Schloss und wurde rasch verriegelt.

»*Madre de Dios*, man scheint dich hier wirklich zu fürchten, Nell Twinkerton«, lachte Eustace Chapuys.

Die Puddingköchin las brummelnd das Päckchen auf. »Als ob ich es mit Zwergen treibe! Wirklich, Sire, mein Ruf leidet großen Schaden wegen Eurer Geheimnisse.«

»Und dein Geldbeutel füllt sich.« Der Diplomat stellte einen Zinnteller ab, von dem er eben einen Steakpudding gegessen hatte, und wischte sich Mund und Hände mit einem Tuch. »Gib mir das Päckchen.«

»Eine Liebesgabe für Eure Freundin?«

»Geh und wecke sie.«

»Wollt Ihr das nicht selbst tun?«

Chapuys schüttelte den Kopf. »Du musst ihr beim Ankleiden helfen, sie ist eine Dame.«

Wohl nicht mehr lange, dachte Nell und wunderte sich über das Zartgefühl des Diplomaten. Seltsame Liebesgewohnheiten hatten die Herrschaften. Sie durchquerte ihre Küche mit den drei Herdstellen und trat in ein Gelass, das ihr Schlafplatz war.

Auf dem Boden lagen zwei Strohmatten und herrliche Kissen, die natürlich nicht Nell, sondern Chapuys gehörten. Er hatte sie wie das bewusstlose Mädchen in Warenkisten einschmuggeln lassen, zusammen mit Kerzenleuchtern, echten Wachslichtern, Kleidung und anderem Tand.

Tja, die Sünde liebt es bequem, dachte die Köchin bei sich und kniete sich neben das Lager, auf dem Lunetta lag.

Das Mädchen schien noch immer bewusstlos, aber die Wunde an der Stirn war gut versorgt. Nell hatte sie mit einer Salbe aus Ei, bestem Öl und Ringelblumen bestrichen. Die half gegen alles, von der Brandblase bis zum Abszess. Im Schein der duftenden Wachslichter sah sie, wie Lunettas Lider flatterten. Nachdenklich betrachtete sie das Mädchen. Dunkel war es und recht jung. Ob sie ganz freiwillig hier war?

»Lambert?«

»Wie? Oh, Ihr seid wach«, stellte Nell in englischer Zunge fest.

Lunetta verstand sie zwar, aber begriff sonst nichts. Verwundert schaute sie sich in dem dunklen Mauergeviert um, das merkwürdig karg schien bis auf die Kissen und die kostbaren Kerzen. »Wo ... wo bin ich hier?«

»Kein Grund zur Sorge, Ihr seid bei Eurem Freund!«

Lunetta richtete sich verwundert in den Kissen auf. »Wo ist er?«

»Gleich nebenan. Ich soll Euch beim Ankleiden helfen.«

Lunetta sah an sich herab. Sie trug nichts außer einem leinenen Hemd. »Was ist mit meinen Kleidern passiert, was soll das?«, fragte sie zunehmend entrüstet.

»Er wird Euch alles erklären. Habt keine Angst, es tut nicht so weh, wie behauptet wird, und später macht es sogar Freude. Und er ist ein so vornehmer, großzügiger Mann. Er will Euch nicht einfach so überfallen.«

Lunetta schüttelte vollends verwirrt den Kopf. »Wovon redet Ihr, verflucht noch mal?«

»Hier, Ihr sollt das anziehen«, sagte Nell, die sich in der Rolle der Kupplerin zunehmend unwohl fühlte. Das Mädchen sah so zornig aus, als zöge es eine Puddingform dem Besuch des Spaniers vor.

Lunetta erhob sich von der Strohmatte, taumelte und fasste sich an den Kopf. »Wer hat mich hierhergebracht?«

»Euer Freund, wer sonst? Und jetzt zieht Euch an. Er wird erst eintreten, wenn Ihr bekleidet seid«, befahl Nell. Energisch hielt sie Lunetta wollene Beinkleider und einen groben Kittel hin.

»Was sind das für Gewänder?«

»Die eines jeden Küchenjungen.«

»Aber das bin ich nicht«, schnappte Lunetta.

Herrje, dachte Nell, was für ein zänkisches Liebchen hatte sich der Diplomat da nur ausgesucht. Zimperlich wie eine Jungfrau und bissig wie ein Frettchen. Immerhin stieg sie jetzt in die Beinlinge, nestelte sie zu und ließ sich mit Nells Hilfe den Leinenkittel überstreifen.

»Hm«, sagte die Puddingköchin endlich. »Ich frage mich nur, was wir mit deinen Haaren machen.«

»Ich will jetzt endlich wissen, wo ich bin!«

»In Hampton Court, *condessa* Löwenstein.«

Chapuys verneigte sich in dem kleinen Mauerbogen, der die Küche von dem Schlafplatz trennte. »Ich bin Eustace Chapuys, der Botschafter des Kaisers und ein Freund Eures Vaters. Ihr seid in Sicherheit.«

»Erklärt mir, wie ich hierhergekommen bin – und warum«, forderte Lunetta misstrauisch.

»Eines nach dem anderen, *condessa.* Euch aus den Händen Aleanders zu befreien – nun, das ist eine Geschichte, die ich Euch in aller Ruhe in der Wärme eines Kamins erzählen sollte, sobald wir auch Euren Vater in Sicherheit wissen. Ich bedauere zutiefst, dass ich Euch vorerst nur dieses Loch als Unterschlupf anbieten kann ...«

»Loch?« Nell Twinkerton stemmte empört die Arme in die Hüften. »Ich fege hier täglich aus, und Ratten haben bei mir kein langes Leben.«

Chapuys lächelte. »Gewiss nicht, Nell, und nun hole der Gräfin etwas von deinem Steakpudding und von dem Wein, den ich mitgebracht habe.«

Maulend verzog sich Nell in die Küche.

»Und bringe uns auch das Päckchen mit, das der Küchenjunge eben übergab«, rief Chapuys ihr hinterher.

Nell stellte rasch das verlangte Speisetablett zusammen und

griff nach dem Päckchen. Sie konnte nicht widerstehen und schob das grobe Papier, in das es eingeschlagen war, sacht auseinander. Enttäuscht runzelte sie die Stirn. Und damit wollte Chapuys die Gunst der jungen Schönen erwerben? Was für ein seltsamer Liebhaber.

Mit einem Kartenspiel hatte noch keiner versucht, sie zu verführen!

7.

London, spätabends

Es war so weit. Zwei Nachtwächter hatten die üblichen sechs Torposten beim Zeughaus abgelöst. Die letzten Zecher hatten das Weinhaus verlassen, die Zugänge zum Stalhof waren verriegelt und verrammelt. In den Wohnhäuschen der Kontoristen wurden die Lichter gelöscht. Im Hof blakten nur noch die Laternen über den Speicherhäusern und das ewige Licht zu Füßen des heiligen Nikolaus, des Schutzpatrons aller Seefahrer und Kaufleute.

Lambert kam auf leisen Sohlen hinter dem Berg aus Fässern hervor und glitt geduckt zu dem ewigen Licht hinüber, das nicht mehr als ein kleines Flämmchen war und langsam im eigenen Talg ertrank. Mehr brauchte es nicht. Lambert hielt das Ende einer Lunte darüber, die er hinter sich entrollt hatte. Er musste ein Weilchen warten, dann endlich sprühten Funken auf.

Rasch ließ er die Lunte los und verbarg sich im Schatten des Nikolausschreins. Ein blaues Flämmchen fraß sich durch den mit Salpeter und Bleizucker gebeizten Hanfstrick, näherte sich zischend und kriechend den Fässern.

»He, ist da jemand!«, schrie einer der Wächter und zog seinen stolzen Zweihänder. Ein ohrenbetäubender Knall und das Geräusch von zerberstendem Holz waren die Antwort. Flammen schossen in die Luft, Fassringe flogen durch dichte Rauchwolken gen Himmel, ein Regen aus brennendem Holz prasselte auf das Pflaster herab, fliegende Funken fraßen sich gierig in Heuballen, die zur Fütterung von Kutschpferden bereitlagen.

Schon wurde die Brandglocke im Turm des Gildehauses geläutet, Türen aufgerissen. Ein Rennen nach den ledernen Wassereimern und Sand setzte ein.

»Schützt das Pulverlager!«, schrie einer der Zeughauswächter.

Lambert wusste, dass die Verwirrung nur kurz andauern würde. Jeder Kaufmann war darin geschult, ein Feuer zu löschen, die Brunnen und Zisternen des Stalhofs waren gut gefüllt und die Themse nah. Jeder hatte einen festen Platz, wenn es darum ging, einen Brand zu bekämpfen. Schon bildeten die verschlafenen Kontoristen erste Löschketten.

Rasch riss er sich den Talar von den Schultern. Sein bloßes Hemd war wenig verräterisch, da die meisten im Nachtgewand umherliefen. Er löste sich aus dem Schatten des Heiligenschreins und lief direkt zum Zeughaus hinüber.

»Wo willst du hin?«, rief ihm ein wendischer Kaufmann hinterher, wartete aber nicht auf Antwort, da nun ein Stützbalken beim Gildehaus Feuer fing.

Lambert erreichte das Tor zum Zeughaus. Man hatte es entriegelt. Vorsichtig betrat er die mit Wandfackeln beleuchtete Vorhalle. Sie war leer. In den Kammern rechts von ihm wurden mit reißendem Geräusch Säcke aufgeschlitzt. Lambert wusste, dass Sand ausgeleert wurde, um Flammenbarrieren anzuhäufen. Das Plätschern von Wasser verriet, dass auch die steinernen Rinnen geflutet wurden, die das Pulverarsenal umgaben.

Er huschte an den Gängen zum Arsenal vorbei auf die Rüstkammer zu, zerrte am Riegel. Verflucht, sie war verschlossen! Rasch blickte er sich um, entdeckte das abgelegte Schwert eines Wachsoldaten, griff es sich und holte aus.

Mit voller Wucht hieb er auf die Schnappriegel ein, bis sie zersprangen, rammte mit einem Tritt die Tür auf und tauchte in den Waffensaal ein. Durch das Dunkel tastete er sich zu den Gestellen vor, in denen die Schwerter verwahrt wurden. Mit den Händen fuhr er über verschiedene Klingen, bis ihm sein gut geschultes Fingerspitzengefühl eine Meisterwaffe verriet. Ein leichter Degen mit kunstvollem Klingenkorb. Vielleicht aus dem Hause van Berck? Gleichgültig. Gewiss war er zierlich anzuschauen, aber die Stahlklinge war ein tödliches Instrument und Lambert ein besserer Degenfechter als Schwertkämpfer.

Er hastete weiter zu den Rüstungsständern, befühlte Harnische, Knie- und Schulterstücke. Schnallte sich Teile um, die leicht anzulegen waren und eher zur Jagd als zum Kampf taugten. Ihm blieb wenig Zeit. Jeden Augenblick konnte ein herumeilender Knecht die offene Tür zur Rüstkammer entdecken. Rasch stülpte er sich einen Helm über den Kopf, wählte einen Brustharnisch von geringem Gewicht und tastete sich durch das Dunkel zurück zur Vorhalle.

Im Hof herrschte nach wie vor Geschrei, aber es bestand inzwischen aus gezielten Kommandos und geordneten Befehlen. Das Feuer schien unter Kontrolle, doch der Hof war nach wie vor von Flammen beleuchtet. Unmöglich konnte er sich dort zeigen. Denk nach, befahl er sich fieberhaft, denk nach! Schweiß benetzte seine Stirn. Es musste einen Weg hinaus geben, es ...

Ein gewaltiger Hieb traf seine Schulterblätter, nahm ihm den Atem, ließ ihn kurz taumeln, doch Lambert fing sich und wirbelte mit gezücktem Degen herum. Vor ihm stand Gernot in der Uniform eines Wachsoldaten. Mit zitternden Händen hielt er den Bihänder umfasst, den Lambert eben zum Öffnen der Waffenkammer benutzt hatte. Man sah deutlich, dass er zwar die Feder, aber keine Waffe zu führen wusste.

»Ich habe mich gegen den Wein und für eine freiwillige Wache entschieden«, knurrte der Sekretär.

8.

Das Geräusch der Explosion hatte die City bis hinauf zur St. Paul's Cathedral geweckt. In vielen Pfarrkirchen schlugen die Küster die Sturmglocken an. Verschlafene Menschen sammelten sich in den kalten Gassen, Gerüchte sprangen von Haus zu Haus, doch zum Glück keine Flammen. Die Bewohner nahe dem Stalhof sahen den Feuerschein und begannen mechanisch ihre wichtigsten Habseligkeiten auf Karren zu packen. Esel wurden aus Ställen hervorgezerrt, Pferde gesattelt. Einige Menschen suchten direkt den Weg hinab zur rettenden Themse.

In einer Dachkammer nahe St. Paul's war auch Aleander von seiner Pritsche hochgefahren. Er schlug die Decken zurück und lief zu dem winzigen Fenster, das nach Süden ging, suchte den Horizont ab und sah in der Ferne flackerndes Licht. Nachdenklich runzelte er die Stirn. Ein Feuer am Themseufer?

Zum ersten Mal seit den Geschehnissen auf der Brücke am Morgen dachte er mit einer gewissen Wehmut an den toten Schmied. Wie nützlich er jetzt wäre, um durch die Gassen zu laufen und nachzuforschen, was geschehen war.

Ach was. Aleander zuckte die Achseln. Was ging ihn ein Feuer an? Er hatte andere Sorgen. Frierend hüllte er sich wieder in seine Decken. Das Sturmläuten verebbte. Die Stundenglocke von St. Paul's setzte sich dröhnend durch, um die zwölfte Stunde zu läuten. Mitternacht. Aleander sank zurück auf sein Lager.

In wenigen Stunden würde er nach Hampton Court aufbrechen. Er musste mit Cromwell reden. Zum Teufel, ausgerechnet jetzt musste der Minister bei Hof weilen! Es würde schwer sein, zu ihm vorzudringen, aber er musste ihn sprechen. Er brauchte die Hilfe des Ministers, um Lunetta zurückzugewinnen.

Mit der Hand ertastete er unter seinem groben Kissen das kostbare Pergament, das ihm in seiner Klostergefangenschaft in Spanien in die Hände gefallen war.

Wenn Lunetta erst bei ihm wäre, dann würde er es endgültig entschlüsseln. Seine wichtigsten Teile waren in verschlungenen Zeichen verfasst, die in nichts an das lateinische, griechische oder hebräische Alphabet erinnerten, die er allesamt beherrschte. Der Verfasser des Vorsatzes nannte die unbekannte Schrift die Sprache der Engel. Und er war kein Geringerer als Padre Fadrique gewesen. Ein Mann, der niemals leichtfertig von Gott und seinen Mysterien gesprochen hatte.

9.

Lambert ließ den Degen sinken und zog den Helm ab. Müde sah er Gernot an. »Zwing mich nicht, mit dir zu kämpfen«, sagte er matt. »Ich müsste dich töten.«

»Spar dir das für einen anderen auf. Der Hieb war nur eine Antwort auf deine abscheuliche Drohung, mich zu verraten.« Der Sekretär warf das Schwert weg und griff sich eine Wandfackel. »Und nun komm.« Er packte den verblüfften Lambert beim Arm und zerrte ihn zurück in den Rüstungssaal, zwängte sich in eine Nische und zog auch Lambert hinter sich her. Er drehte sich um.

»Da runter«, sagte er barsch und wies auf eine Wendeltreppe, die sich in die Kellergewölbe unter dem Zeughaus hinabwand. »Ich habe dir eine Luke zur Thamesstreet geöffnet. Die Straße wird voller Gaffer sein, du kannst leicht entkommen.«

»Warum tust du das?«, fragte Lambert.

»Weil auch ein Psalmenleser und Tintenkleckser seine Ehre hat! Vor wenigen Tagen hat man einen Spitzel im Stalhof entdeckt. Er hat gestanden, für einen Mann von Cromwell zu arbeiten.«

»Was hat das mit mir zu tun?«

»Wir fanden bei ihm Abschriften sämtlicher Briefe, die dein Vater in den vergangenen Monaten an dich gerichtet hat.«

Lambert schüttelte verwirrt den Kopf. »Aber wen könnte das interessieren?«

Gernot zuckte die Achseln. »Finde es selbst heraus. Jedenfalls scheinst du Feinde an höchster Stelle zu haben. Gnade dir

Gott! Hier.« Er reichte ihm einen Geldbeutel. Diesmal verschmähte Lambert ihn nicht. »Und nun verschwinde endlich.« Er gab Lambert die Fackel, der drückte seinem Freund zum Abschied die Schulter. Dann sprang er die Wendeltreppe hinab. Flink nahm er die letzte Treppenschnecke und leuchtete sich den Weg durchs Kellerlabyrinth in Richtung der Thamesstreet, die den Stalhof nach Norden hin begrenzte.

Er entdeckte die offene Kellerluke, löschte die Fackel mit kräftigen Tritten, setzte seinen Helm wieder auf und kletterte über den hölzernen Niedergang nach oben. Es war, wie Gernot vermutet hatte. Die Straße vor dem Hansekontor wimmelte von Menschen, die sich gegenseitig Mutmaßungen über die Ursache der Explosion zuriefen.

10.

Hampton Court, des Nachts

Aus der Küche drang seliges Schnarchen zu ihnen herüber. Nell Twinkertons Müdigkeit hatte endlich über ihre Neugier gesiegt, die sie ohnehin kaum befriedigen konnte, da Chapuys und Lunetta sich größtenteils in spanischer Zunge unterhielten.

Bedächtig nickend betrachtete Eustace Chapuys im Raum jetzt die Karte, die vor ihm auf einem goldenen Seidenkissen lag. »Ihr Schicksal scheint tatsächlich besiegelt«, murmelte er. Er reichte Lunetta das Bild des Gehängten zurück, der, an den Füßen gefesselt, kopfüber von einem Kreuz herabbaumelte.

»Von wem sprecht Ihr?«, fragte Lunetta leise. Der Diplomat hatte sie gebeten, eine Karte für ihn zu ziehen, und weder verraten, wie er in den Besitz des Tarots gelangt war, noch wie seine Frage lautete und wem sie galt.

»Von Königin Anne«, sagte er jetzt seufzend. »Aber dass sie im Tode so selig lächeln wird wie dieser aufgehängte Ketzer, kann ich kaum glauben. Sie liebt das Leben.«

Lunetta erschrak und steckte die Karte zurück in den Stapel. »Vergesst nicht, dass diese Karten vor allem unsere eigenen Seelenbilder widerspiegeln«, sagte sie abwehrend. »Vielleicht zeigt der Gehängte Euch nur, was Ihr Euch wünscht.«

Chapuys schüttelte den Kopf. »*No, condessa*. Ihr habt die Karte gezogen, und das, ohne zu wissen, worum es mir ging. Ich habe keinen Zweifel, dass Gott Euch die Gabe der Hellsichtigkeit geschenkt hat, genau wie es Aleander immer vermutete.«

Das Mädchen biss sich auf die Lippen. »Ich hasse diese Gabe! Sie bringt nichts als Unglück und Leid. Sie ist keine Hilfe, sondern ein einziger Fluch.« Und zudem in keiner Weise verlässlich, wenn es um ihre eigenen Fragen ging. Um Lambert, das Messer, die tote Catlyn, seinen flehenden, tröstenden, liebenden Blick auf der Brücke ... Sie verstand ihn noch immer so wenig wie ihr eigenes Herz, das bereit schien, ihm sogar einen Mord zu vergeben. Längst sehnte sie sich danach, ihm gegen alle Vernunft zu folgen, während ihr Verstand ihr sagte, dass allein der merkwürdige Don Chapuys der Retter ihres Vaters sein konnte.

Der Spanier legte ihr sacht die Hand auf den Arm. »Sprecht nicht so über Eure Gabe. Ihr seid ein ganz besonderes Geschöpf. Ich möchte Euch noch um eine weitere Legung bitten. Ein kleines Kreuz, das mir Auskunft über das Schicksal einer Person gibt, die ...«

Lunetta warf die Karten auf das Kissen. »Nein, Chapuys. Ich will nicht weiter über das Elend anderer orakeln. Ihr habt mir versprochen, die Befreiung meines Vaters zu erwirken, wenn ich Euch mithilfe der Karten eine wichtige Frage beantworte. Das habe ich getan.«

»Liebes Kind, das war nur eine Fingerübung. Anne Boleyn ist nicht mehr wichtig. Es geht mir um eine Angelegenheit von höchster politischer Bedeutung für Spanien, für Europa ... Bitte. Eine einzige Karte noch.«

Widerwillig zog Lunetta eine weitere Karte und warf sie Chapuys in den Schoß.

»Ah, eine Königin. Wie vortrefflich. Wie außerordentlich vortrefflich, und sie trägt ein Schwert. Das der Gerechtigkeit offensichtlich.« Verzückt wandte er die Augen zur niedrigen

Decke. »Maria wird England regieren! Nicht wahr? Das heißt es doch, oder?«

Lunetta fuhr ärgerlich hoch. »Mich interessiert Eure Politik nicht. Mein Vater ist bereits ihr Opfer geworden. Sorgt dafür, dass er aus dem Tower freikommt.«

Chapuys' Fuchsgesicht nahm einen melancholischen Ausdruck an. »Er ist im Tower sicher. Erst recht, seit ich Euch so geschickt aus den Händen Aleanders befreit habe. Nun braucht Aleander ihn weiter als Lockvogel. Also, mischt die Karten. Ich habe weitere Fragen.« Er griff nach dem Tarot.

»Ich will nicht länger in Eure Intrigen verstrickt werden. Tut etwas, um meinen Vater aus dem Tower zu holen, erst dann werde ich Euch noch einmal die Karten legen. Nur dann!«

»Ist das Euer Ernst?«

Lunetta nickte.

Seufzend ließ Chapuys das Tarot sinken. »Mein Kind, es ist noch nicht an der Zeit, der Vollmond muss sich erst runden und sein Zauberlicht verstrahlen.«

»Ich will sofort hier raus«, protestierte Lunetta.

»Habt Geduld. Euer Vater ist gut versorgt, ich schicke ihm täglich Orangen.«

»Orangen«, rief Lunetta fassungslos. In der Küche verstummte das Schnarchen.

»Orangen«, wiederholte Nell mit verschlafener Stimme. »Hab ich nicht hier. Herrje, können die beiden nicht einfach den Akt vollziehen, ohne weitere Zutaten und Geschwätz?«, murmelte sie kaum hörbar in sich hinein.

Lunetta betrachtete Chapuys mit zornfunkelnden Augen. »Sollen ihm Orangen vielleicht ein Trost sein?«

»Nein, weit mehr als das. Sie sind köstlich, nahrhaft und geradezu überlebenswichtig in seiner Lage«, gab Chapuys gelassen zurück. Seine Augen blitzten listig. »Besonders ihr Saft. Ich selbst verspüre gerade einen gesunden Appetit danach.«

»Ihr seid widerlich, Chapuys. Ich werde die Karten nicht mehr für Euch legen!«

Er erhob sich in einer einzigen eleganten Bewegung und verneigte sich knapp. »Ihr habt ein ebenso sturdeutsches Temperament wie Euer Vater. Und keine Geduld. Einfach keine Geduld!«

Seufzend drehte er sich um und verließ den engen Raum. Lunetta fegte die Karten vom Kissen, besann sich kurz, dann eilte sie ihm nach. In der Küche war niemand außer Nell Twinkerton, die gähnend eine Binsenmatte zurechtrückte.

»Wo ist er hin?«, fragte sie wütend.

»Da, wo er hergekommen ist«, sagte Nell und trat die Matte glatt. »Orangen mitten in der Nacht, pfff. Und nun legt Euch aufs Ohr. Mehr als vier Stunden bleiben uns nicht, dann muss ich die Feuer anzünden und den ersten Teig bereiten.«

»Ich werde nicht hierbleiben«, begehrte Lunetta auf und wollte zur Tür rennen. Nell Twinkerton vertrat ihr den Weg. »Herzchen, hier schnarchen zweihundert Köche und Knechte, rohe, ungehobelte Kerle, die sich an deinem appetitlichen Fleisch vergreifen würden, ohne lange zu fragen, wer du bist und woher du kommst! Im letzten Sommer hat man den Leichnam einer vorwitzigen Dorfhure aus dem Schlossgraben gefischt, die sich unter einer Ladung Feuerholz eingeschmuggelt hatte, um hier schnell zu Geld zu kommen.« Sie drehte sich um. »Leg dich hin und überlege dir, wie du deinen Galan wieder besänftigen kannst. Er ist dein einziger Schlüssel in die Freiheit und ...«

Weiter kam sie nicht. Ein gut gezielter Hieb traf sie am Kopf. Nicht zu hart, aber ausreichend stark, um sie niederzustrecken. Nell Twinkerton war Opfer ihrer eigenen Puddingformen geworden.

Achter Teil

Der Turm

Die Verwandlung vollendet,
spreizt der Schmetterling seine Flügel
und zerbricht sein Haus.

Mariflores Zimenes, »Die Geheimnisse des Tarots«

1.

Hampton Court, 29. Januar 1536, um die Mittagsstunde

Träge dümpelte die Barke des Königs am Landungssteg von Hampton Court. Die karmesinroten Segel waren gerefft, die Ruder hochgestellt. Um sie herum schaukelten weitere Barken vermögender Höflinge, flussabwärts schwammen Nachen und Mietboote, in denen Ruderknechte auf Kundschaft warteten. Sie waren in dicke Schafsfelle gehüllt und verfluchten die Kälte und den eisigen Wind. Hin und wieder legten sie sich in die Riemen, um sich warm zu halten.

Schlecht gelaunt beobachteten sie dabei den Prediger, der sich nun schon seit Stunden am Ufer beim Steg herumtrieb und sich nicht entschließen konnte, einen Kahn für die Rückfahrt nach London zu heuern. Überhaupt ein schlechtes Geschäft heute – und das bei so gutem Rückenwind und abflutender Strömung. Doch der Hof lag da wie tot. Durch das schmiedeeiserne Tor konnte man in die äußeren Gärten spähen. Vereinzelte Spaziergänger lustwandelten zwischen gestutzten Buchsbaumfiguren.

Hin und wieder wurde das Rasseln von Karrenrädern laut. Lieferanten näherten sich dem Seiteneingang des Palastes, Kies spritzte unter Pferdehufen auf, wenn Jäger von kurzen Ausflügen auf die umliegenden Felder zurückkehrten, wo sie Wildkaninchen und Dohlen nachgestellt hatten. Die Treiber des Königs waren nicht darunter, kein Hörnerklang und kein fröhliches Bellen seiner Hundemeute belebten den Vorhof.

Nein, an diesem trüben Tag schien der begeisterte Sportsmann Heinrich, der bis zu neun Pferde bei einer Pirsch müde ritt, auf seine übliche Wildschweinhatz zu verzichten. Ganz zu schweigen von einer anständigen Hirschjagd! Dabei neigte sich die Saison dem Ende zu.

Doch der Prediger schien noch auf etwas zu hoffen, das die Warterei lohnte. Immer wieder näherte er sich dem schwarzgoldenen Tor in der Außenmauer, soweit die Gardisten es zuließen, und spähte zum Palast hinüber. Endlich schien sein Warten belohnt zu werden, seine Schultern strafften sich, er sprang die Treppen zum Bootssteg hinab und bezog Posten, wie es alle Bettler und Bittsteller zu tun pflegten, wenn sich hochrangige Hofgäste näherten. Einsam stand er da, wie ein Totenvogel.

»Aye, Sire«, schrie ein Bootsmann zu ihm hinüber. »Soll's nach London gehen? Ich mach 'nen guten Preis!«

Der Prediger beachtete ihn nicht, sondern starrte gebannt wie ein Fuchshund, der Witterung aufnimmt, zum Tor. Die Bootsleute folgten seinem Blick und sahen auf der anderen Seite eine weitere schwarze Gestalt auftauchen. Mit langen Schritten näherte sich der Mann; auf seiner dunklen Amtsrobe prangte eine goldene Wappenkette. Cromwell. Auch kein Geschäft, der Minister hatte seine eigene Barke. Schon sprangen seine Ruderknechte von einem Boot, das nah beim Schiff des Königs vertäut lag, und schoben einen Laufsteg hinaus.

Die Torwachen öffneten das Schmiedetor und präsentierten die Hellebarden. Heinrichs erster Minister näherte sich mit gesenktem Haupt und wehendem Umhang. Der graue Prediger wippte nervös auf den Füßen. Als der Minister nur noch wenige Schritte von ihm entfernt war, trat er mit einer Verneigung an ihn heran.

»Master Cromwell!«

Der Minister schaute kurz hoch, seine Miene verfinsterte sich. »Was wollt Ihr hier?«

»Von meiner Reise auf den Kontinent berichten.«

»Ich habe keine Zeit«, sagte der Minister barsch und eilte weiter. Aleander ließ sich nicht abschütteln.

»Es geht um eine Dreistigkeit von Chapuys. Er hat meinen speziellen Gast entführt, das Mädchen ...«

»*Euren* Gast?«

»Nun, unseren Gast natürlich! Ein Verlust, Sire. Ein schmerzlicher Verlust.«

Der Minister raffte wortlos den Umhang und betrat den Laufsteg. Ein Ruderknecht salutierte, streckte ihm die Hand entgegen und half ihm an Deck. Dort drehte sich Cromwell um. »Steigt ein.«

Aleander überquerte die Planke hocherhobenen Hauptes und folgte ihm mit einem leisen Lächeln des Triumphes. Cromwell sah es nicht, er war bereits in der Kajüte verschwunden, die mit Annehmlichkeiten wie einem Kohlebecken und gepolsterten Bänken an den Längsseiten ausgestattet war. Die Kajütenfenster waren verglast und hielten die roheste Kälte ab.

»Er hat das Mädchen also entführt«, begann der Minister nahtlos und ohne Aleander einen Platz anzubieten.

Das Boot wurde vom Land abgestoßen. Sein Schwanken zwang Aleander zu einer Balanceübung, die er mit starrer Miene meisterte.

»Er will sich ihre Gabe sichern! Ich sagte es Euch bereits, Lunetta von Löwenstein ist von unschätzbarem Wert für einen Staatspolitiker, der vorausschauend planen muss.«

Cromwell schnaubte. »Nicht mehr für mich. Was mich interessiert hat, weiß ich bereits.«

»Aber ...«

»Vergesst die kleine Zauberin. Die Königin ist vernichtet. Sie hat heute Morgen ein totes Kind zur Welt gebracht. Einen Sohn und ein Monster! Mehr als achtzehn Stunden hat sie unter Qualen die Geburt zu unterdrücken versucht. Nun ist es vorbei.«

Er schwieg, seine Miene sprach nicht von Triumph. Ein Knall ertönte. Der Wind hatte die Segel ergriffen. Rauschend bewegte sich die Barke in die Flussmitte, die Mietboote lenkten beiseite, um ihr Platz zu machen.

Genug Zeit für Aleander, um sich zu fassen. »Eure Feindin ist besiegt, und doch scheint Ihr nicht zufrieden, Sire.«

Cromwell blickte kurz auf und musterte ihn kalt.

Aleander erwiderte seinen Blick von oben herab.

»Setzt Euch«, knurrte der Minister.

Aleander glitt auf eine Bank. »Ihr sagtet, sie habe ein Monster geboren?«

»Es war eine gallertartige Kreatur von etwa sechzehn Wochen. Ein Junge, das Genitale war erkennbar, aber dort, wo eine Nase hätte sitzen müssen, klaffte nichts als ein Loch, es besaß weder Augen noch Ohren. Es ...«

»... war ein Hexenkind«, schlug Aleander vor.

»Schweigt«, herrschte Cromwell ihn an. »Ich kann dieses Wort nicht mehr hören. Der König ist ganz versessen darauf, seine Frau nun der Zauberei anzuklagen. Er kann sich kaum fassen beim Aufzählen der erdrückenden Beweise. Sein Hass blendet ihn.«

Draußen tauchten die Ruder ins Wasser und hoben sich wieder. Eine glatte Fahrt.

»Eine Hexenanklage behagt Euch offenbar nicht«, warf Aleander sanft ein.

»Anne ist eine bekannte Vertreterin des neuen Glaubens. Wir können uns eine solche Anschuldigung nicht erlauben, ohne Englands Reformation zu gefährden«, stieß der Minister wütend hervor. »Dieses Weib schafft nichts als Probleme, sogar mit ihrem Untergang.«

Aleander nickte. »Nun, dann sollten wir eine andere Idee entwickeln. Eine, die das rasche Auffassungsvermögen und die lebhafte Fantasie des Königs ebenso befriedigt und nicht weniger endgültig in ihren Folgen ist.«

»Es darf kein Willkürakt sein. In England tötet man nach Gesetzen.« Cromwells Augen suchten den Fluss. Die Themse strömte mit bleiernem Glanz vorüber, der Palast entschwand langsam ihren Blicken.

Am Ufer tauchte ein Reiter auf, sein Harnisch leuchtete. Er zügelte sein Pferd und nahm den Helm ab. Für einen kurzen Moment sah man das Leuchten roter Locken durch das Kajütenfenster. Aleander wollte von der Bank aufspringen. »Verdammt!«

Cromwells Worte zwangen ihn innezuhalten.

»Welche Anklage können wir erheben? Heinrich kann nicht damit fortfahren, nach Belieben seine Gattinnen auszutauschen, wenn es ihre einzige Sünde ist, ihm keine Söhne zu schenken.«

»Oh, es gibt so viele Sünden, sicher sind Eure heimlichen Papiere voll von Vergehen der Königin«, sagte Aleander zerstreut.

Cromwell lachte trocken. »Bei Gott, ihre scharfe Zunge lieferte viel Material. Sie scherzte mit ihren Höflingen in letzter Zeit beständig über Heinrichs Schwächen. Nichts war sicher vor ihrem Spottmaul, sei es die zunehmende Größe seiner Unterwäsche oder die abnehmende Kraft seiner Manneszierde.«

»Weiß Heinrich davon?«

Cromwell schüttelte den Kopf und betrachtete ein Paar vorbeigleitender Schwäne. »Wozu sollte ich ihm die Details präsentieren? Er hasst Anne ohnehin unwiderruflich. Nein, diese

Informationen müssen erst zu einer Beweiskette verknüpft werden, die nur ein Verdikt zulässt: Hochverrat! Für dieses Vergehen haben wir heiligmäßige Mönche gerichtet. Wir haben den Lordkanzler More, den der König geradezu liebte, unters Beil geschickt und Bischöfe enthauptet, die ihn erzogen hatten.«

Aleander nickte anerkennend. »Könige, die auf Freunde verzichten können, sind unbesiegbar.«

Der Minister überging den Einwurf. »Das Volk würde jubeln, wenn wir zur Abwechslung eine Person aufs Schafott schickten, die es von Herzen hasst!«

»Anne Boleyn. Ihr Kopf für Katharinas Qualen.« Aleander nickte erneut. »Ja, das Volk liebt das Märchen von der ausgleichenden Gerechtigkeit. So wäre aus ihrem Tod Nutzen zu ziehen.«

»Bleibt immer noch die Frage, was Annes Verrat am König war.«

»Zählt es nicht als Hochverrat, wenn eine Königin sich Liebhaber nimmt?«

»Nur für die Liebhaber.«

»Die sie zum Verrat angestiftet und denen sie eine spätere Heirat im Falle von Heinrichs Tod in Aussicht gestellt hat ... Cromwell, es gibt genug Möglichkeiten. Und das Volk nennt Anne nicht nur eine Hexe, sondern auch die Großhure! Umgibt sie sich nicht vor allem mit Männern? Lässt sie sich nicht gern umschwärmen?«

Cromwell riss den Kopf herum. »Aber sie hat keine Liebhaber. Dazu ist sie zu gerissen.«

Aleander lächelte fein. »Gewiss, aber Beweise lassen sich immer beschaffen und Zeugen ... Herrje, Zeugen! Das Streckbrett produziert sie wie eine Schmeißfliege im Sommer die Eier. Vertraut mir, ich kenne mich aus. Und je unerwarteter und ungeheuerlicher eine Anklage ist, umso schwerer fällt es dem Angeklagten, sich zu verteidigen. Man müsste nur darauf achten, dass Anne vor ihrer Verhaftung nichts von der Art der Anschuldigungen erfährt.«

Cromwell strich sich über das bartlose Kinn, hinter seiner Stirn wimmelten die Gedanken wie Ratten umeinander. »Das bereitet mir wenig Sorge. Der König ist Meister in der Kunst der Täuschung und imstande, einen behaglichen Abend mit seiner Gemahlin zu verbringen, für die er eben den Haftbefehl unterschrieben hat.«

»Ein großer Herrscher.«

»Der beste! Nun, Ihr seid nicht dumm, Aleander von Löwenstein.«

»Es liegt an Euch. Ihr inspiriert mich, Sire«, gab sein Gegenüber das Kompliment zurück. »Wenn ich nun eine Bitte vortragen dürfte?«

»Sprecht!«

Eine Stromschnelle packte das Boot, ein gewaltiges Beben erfasste die Barke, pfeilschnell schoss sie dahin.

2.

Lunettas Mut sank. Sie schmiegte sich tiefer in eine Nische des wuchtigen Mauerbogens, der den Küchenflügel vom letzten Innenhof trennte. Nicht mehr als fünfzig Schritte lagen nun noch zwischen ihr und dem Weg in die Freiheit. Doch der letzte Hof der Gebäudeflucht war gesichert wie eine Festung und sein Torhaus so gut bewacht wie das Haupttor zum Palast.

Nell Twinkerton hatte recht gehabt, es war schwer, dem Gewinkel des Küchentrakts zu entkommen.

Es hatte sie Stunden gekostet, um sich unbemerkt durch die vielen Höfe und die über fünfzig Kochhäuser, Back- und Bratstuben, die Speicher und Vorratskammern bis zum Torhof vorzuarbeiten, durch den Lieferanten Zugang zum Palast hatten. Um bis hierherzugelangen, hatte sie sich in kalten Herdstellen verborgen gehalten, war in leere Fässer geschlüpft, immer in Erwartung eines Augenblicks, in dem die Aufmerksamkeit des Küchenpersonals abgelenkt war, um den jeweiligen Raum zu durchqueren. Sie hatte ihr Gesicht mit Ruß geschwärzt und die Haare unter einer wollenen Ballonkappe verborgen, die ein achtloser Spießdreher abgelegt hatte.

Erst gegen fünf Uhr, als die Garküchen lebendig wurden, war sie rascher vorangekommen. Wie Dutzende anderer Küchenjungen, die zwischen Salzhaus, Fleischlade und Rupfkammer hin- und herflitzten, um Zutaten für die eben ausgegebenen Tagesrezepte zu holen, war auch sie umhergeeilt, hatte sich zur Tarnung hier eine Schale gegriffen, dort eine Kanne. Und im Grau der Dämmerung endlich den letzten Hof erreicht, der von acht Gardisten bewacht wurde. Zu oft hatten sich in den frühen Tagen von Heinrichs Regierung Betrüger in halbwegs höfischer Tracht über den Lieferantenzugang eingeschmuggelt, um sich kostenlose Mahlzeiten in den Bankettsälen zu sichern oder frech zum König vorzudringen und ihm Bitten vorzutragen.

Damals war bekannt gewesen, dass der junge König ab und an Launen nachgab, zu einem Bankett gar Volk und Bettler einlud, sich unter sie mischte, damit sie ihm Juwelen und seine kostbaren Kleider buchstäblich vom Leib reißen konnten. Legenden, die ihn zu einem der beliebtesten Monarchen in der langen Geschichte englischer Könige gemacht hatten.

Die Legende lebte fort, wenn auch angeschlagen durch seine grausame Kirchenpolitik der letzten Jahre und seine Trennung von Katharina zugunsten der raffinierten Anne.

Inzwischen legte der König großen Wert auf seine Unantastbarkeit. Im Dunkel ihrer Nische beobachtete Lunetta mit wachsender Verzweiflung, wie Heinrichs Gardisten jede Warenlieferung genau inspizierten. Unterstützt von Schreibern und Küchenbeamten, die auf endlosen Pergamentrollen Warenmengen notierten und Bestellungen abhakten, drehten sie selbst Kohlköpfe um, bevor sie einen Wagen oder Karrenschieber in den Hof ließen, und hinaus kam nur, wer erkannt wurde.

Mit spitzer Hellebarde hielten die Soldaten nebenher die Bettler auf Abstand, die vor dem Torhaus um Küchenabfälle anstanden. Der Almosier ließ ihnen zu gewissen Morgenstunden einige Reste zukommen, die nicht mehr für Pasteten oder andere Weiterverarbeitung genügten; Fettfetzen, trockene Brotkanten, bekaute Äpfel oder sauer gewordene Pottage, jene Suppe aus Lauch, Zwiebeln, Knoblauch, Senf und Hafermehl, die wie Brot als Beigericht jede Mahlzeit begleitete.

Lunetta schmeckte den metallischen Geschmack von Blut

auf ihrer Zunge, während hinter ihr in der Fleischhauerei unter derben Gesängen und gezielten Beilhieben abgehangenes Reh zerteilt, Lämmer zerlegt und frische Rinderhälften gehäutet wurden. Ihr würde es nicht viel besser ergehen, wenn sie nicht bald einen Ausweg fand.

Ihr Blick suchte verzweifelt das Tor. Zwischen wartenden Karren und nervösen Packeseln drängte sich im Morgendunst eben eine bunte Truppe musizierend und singend nach vorn.

Ein Leuchten stahl sich in Lunettas Augen. Das war es! Es mochte keinen direkten Ausweg vom Hof geben, aber über einen Umweg würde sie ihre Freiheit zurückerlangen.

Hinter ihr wurden Schritte laut. Lunetta tauchte zwischen zwei Fleischfässern ab. Ein grün livrierter Küchenbeamter, dessen Goldkette ihn als Assistenten des Kämmerers auswies, eilte mit festen Tritten in den Hof.

»Sind das die bestellten Gaukler?«, rief er den Soldaten zu. Die Wachmänner nickten und fassten ihre Hellebarden fester.

»Lasst sie herein, ich will eine Kostprobe ihres Könnens sehen. Der König braucht Abwechslung. Sie können die Wartezeit bis zur Beschussprobe der neuen Rüstungen in den Gärten verkürzen!«

Mit grimmiger Miene ließen die Gardisten die fröhliche Schar von acht oder neun Musikanten, Akrobaten und Tänzern passieren. Sie führten ein stämmiges, walisisches Wildpferd mit sich, das ungestüm auf dem Pflaster tänzelte, die Mähne schüttelte und stieg.

»He, he, was soll der Gaul«, maulte ein Soldat und riss die Zügel an sich.

Einer der Musikanten setzte seine Flöte ab, auf der er eben ein Lied aus lauter tirilierenden Tönen gepfiffen hatte. In übertriebener Verneigung zog er seinen mit Hahnenfedern geschmückten Hut.

»Mit Verlaub, das ist Ariadne, eine feurige Stute, die niemand bislang zähmen konnte. Jeder Höfling ist eingeladen, seine Künste an ihr zu erproben, ein einmaliges Schauspiel. Passend für eine Waffenvorführung.«

Der grün Livrierte runzelte die Stirn. »Hm, ein bisschen mager. Was könnt ihr noch?«

»Zum Beispiel dies«, sagte der Flötenspieler, riss sich den Sack vom Rücken, nahm kurz Anlauf und wirbelte in drei Salti auf einen verdutzten Bauern zu, griff sich drei feste Kohlköpfe von seinem Karren und jonglierte sie wie federgefüllte Bälle durch die Luft. Geschmeidig bewegte er sich dabei auf den Kohlekeller zu. Hier riss er einen brennenden Kienspan von der Wand, gesellte ihn zu den Kohlköpfen und ließ alles in der Höhe tanzen.

Seine Kumpane musizierten dazu, schlugen Purzelbäume, ein Säbeltänzer wirbelte elegant Klingen um seinen Leib, hüpfte und sprang über die eigenen Degen und sang. Endlich fing der Jongleur die Kohlköpfe nacheinander auf und löschte zuletzt den Kienspan in seinem Mund.

Die Bettler vor dem Tor applaudierten. Der livrierte Beamte wog skeptisch das Haupt. Lunetta nutzte die laute Begeisterung der Bauern und Bettler, um zu der immer noch unruhigen Stute vorzudringen.

Ein Wachmann hielt sie mit eiserner Faust beim Zügel und zischte dem Tier Verwünschungen und Drohungen ins Ohr. Lunetta glitt zu ihm hin, zog sich die Ballonmütze vom Kopf und ließ ihr Haar frei. Der Soldat beobachtete die Verwandlung des Küchenjungen in ein Mädchen mit Verblüffung.

»Wer bist du?«, herrschte er Lunetta an.

»Eine Gauklerin, was sonst«, erwiderte sie lachend.

»Ich habe dich nicht hereinkommen sehen!«

»Oh, ich kann dir beweisen, dass ich dazugehöre«, erwiderte

Lunetta keck. Sie sah sich kurz um, lief zu einer Kiste, drehte sie um und platzierte sie als Aufstiegblock neben Ariadne. Das Pferd wandte den schweren Kopf, begann rückwärts zu tänzeln. Lunetta griff in seine Mähne, beugte sich zu seinen angelegten Ohren und flüsterte dem Tier etwas zu. Dann schwang sie sich in einer glatten, geschmeidigen Bewegung auf seinen Rücken.

Die Stute stellte die Ohren auf, wieherte protestierend, bäumte sich auf, schnaubte und stieg in wilder Bewegung. Lunetta saß mit geradem Rücken, wie es schien, völlig unbeeindruckt. Das Tier kam mit schweren Hufen wieder auf dem Pflaster auf, begann zu bocken und nach hinten auszuschlagen.

Lunetta krallte sich fester in seine Mähne, beugte sich wieder vor und flüsterte dem Tier besänftigende Worte ins Ohr, strich ihm über den Hals, und zur Verwunderung aller Umstehenden drehte sich Ariadne plötzlich in einer vollendeten Piaffe, schnaubte noch einmal und stand still.

Lunetta nahm dankend den Applaus entgegen, zog die Beine an, kniete sich auf den Rücken des Wildpferdes, setzte einen Fuß vor und erhob sich langsam, breitete die Arme aus.

»Du bist eine Närrin!«, schrie der Anführer des Gauklertrupps und raste auf das Pferd zu, griff in seine Zügel. Beifall übertönte seinen Warnschrei. Der Mann griff nach Lunettas rechtem Bein und zwang sie, in den Sitz zurückzugleiten, dann zog er sie vom Pferd.

»Was soll das, bist du irre?«

»Nein, aber eine Närrin, wie du vermutet hast. Ich kenne eure Tricks und Kniffe. Das Tier ist gut abgerichtet, nicht wahr? Nur wer die Befehle nicht kennt, bekommt seinen Unmut zu spüren.«

Der Gaukler legte den Zeigefinger an die Lippen. »Psst, nicht so laut.«

Lunetta lachte. »Früher habe ich vorgeblich wilde Bären bezähmt. Auf dem Seil kann ich ebenfalls laufen und Karten legen. Bitte, nimm mich mit in den Palast.«

»Du bist bereits drinnen!«

Lunetta zwinkerte. »Ja, aber ich möchte später auch gern wieder hinaus. Hilf mir, Bruder.«

Der Gaukler schüttelte kurz den Kopf. »Nun gut«, sagte er nach kurzer Überlegung. »Du könntest die Wildpferdwette bereichern. Höflinge, die gegen ein junges Mädchen antreten. Ja, das könnte Beifall finden ... Aber übertreibe es nicht mit deiner Reitkunst, die Eitelkeit der Männer könnte rasch gekränkt werden.«

Lunetta senkte verschwörerisch die Stimme. »Keine Angst, ich weiß, wie man im richtigen Moment hinunterfällt. Das ist immer die wichtigste Übung!«

»Aber erst ganz zum Schluss, der Wetteinsatz ist das Pferd, ich will es nicht verlieren.«

»Vertrau mir.«

Der Mann legte einen Daumen an Lunettas Wange und rieb den Ruß fort. »Hm, sogar hübsch bist du. Nun, du brauchst ein Kostüm. Mal sehen, was ich noch in meinem Sack finde.«

3.

Der Lärm in der Großen Halle war ohrenbetäubend. Ein Gewirr von zweihundert Stimmen, Gelächter, Geschrei, das Klappern von Zinntellern, Schmatzen und Rülpsen von zweihundert Höflingen durchsummten den Bankettsaal und hallten ungedämpft von der Stichbalkendecke wider.

Lambert van Berck saß vor seiner trockenen dunklen Brothälfte und betrachtete mit wachsender Nervosität die Männer um sich herum. Gewiss: Sein blinkender Harnisch, das neue seidenblaue Wams, das er sich hinzugekauft hatte, die Reitstiefel und der prachtvolle Helm, den er neben sich abgelegt hatte, gereichten ihm zur Ehre. Man hatte ihn – ausgerüstet mit den Passierscheinen vom Stalhof – zum Saal zugelassen. Doch die fragenden Blicke seiner Tischnachbarn und ihre gerunzelten Brauen erinnerten ihn daran, dass er unter falschem Vorwand hier war. Und ein Blick zu der Gewölbedecke erhöhte seine Unruhe.

In schwindelnder Höhe schwebte das Trägerwerk, war verschwenderisch vergoldet und geeignet, den Mut des tapfersten Ritters schrumpfen zu lassen. Es erinnerte an ein Kirchendach, denn Heinrich legte Wert darauf, für den Stellvertreter des Allmächtigen auf Erden gehalten zu werden. Bunte Zapfen schlossen hängende Spitzbögen ab und waren mit geschnitzten Figuren besetzt, die genau auf die Gäste hinabstarrten. Auffällig waren ihre übertrieben großen Ohren, ihr lauschender Gesichtsausdruck. Eine wenig dezente Warnung an alle Gäste – des Königs Spitzel hörten überall mit!

»Na, Kerl, fürchtet Ihr Heinrichs Lauscher?«, sprach ihn von links ein Mann in der Zunfttracht eines Kaufmanns aus der Stadt an und lenkte den Blick gleichfalls in die Höhe. Lambert schrak auf.

»Nein, ich bewundere nur die Kunstfertigkeit der englischen Schreiner.«

Der Kaufmann nickte. »Aye, guter Mann, unser großer Heinrich beschäftigt nur die besten. Und er ist ein großer Bauherr, entwirft vieles selbst. Aber Ihr solltet über das Staunen nicht Euer Essen vergessen. Was ist, soll ich Euch auftun?« Er griff nach einem Schöpflöffel und tauchte ihn in eine große Schüssel mit Fleischstücken, die in fetter Soße schwammen.

Lambert nickte rasch. Bei Gott, es war mehr als verdächtig, dass er hier die ganze Zeit vor einer trockenen Brothälfte hockte, während die Umsitzenden gar nicht genug Fleisch und Soße daraufschaufeln konnten.

Mit gut imitiertem Appetit langte er nun zu.

»Mehr Ale«, bot ihm ein vorbeieilender Schankknecht an.

Lambert schüttelte den Kopf und legte die rechte Hand über seinen Krug.

»Ah, nicht so bescheiden«, mischte sich jovial der Londoner Kaufmann ein. »Auch wenn wir nur am Katzentisch der Kaufleute sitzen, haben wir genau wie die Ritter das Recht auf vier Pint pro Mahl!« Er hob seinen Zinnkrug und prostete Lambert zu. Der nippte höflich an seinem Ale und erwiderte den Trinkspruch.

»Und, weshalb hat man Euch geladen und Tischrecht gewährt?«, fragte der Londoner merchant.

»Ich bin wegen der Beschussprobe hier.«

Der Blick des Londoner Kaufmanns glitt prüfend über Lamberts Harnisch. »Gute Ware. Ich bin selbst im Rüstungshandel tätig. Die Punzereien Eures Harnischs sind nach deutscher Art, wie ich sehe.«

Lambert neigte dankend den Kopf und räusperte sich. »Ihr habt recht. Ich komme aus Köln.«

»Und Euer Name?«

»Van Berck«, murmelte Lambert und widmete seine Aufmerksamkeit wieder dem Fleisch.

Der Londoner hielt es für Bescheidenheit und nickte aufmunternd. »Ja, den Namen kennt man in der City. Nun, es lohnt immer wieder, an den Hof geladen zu werden. Junger Mann, Ihr gefallt mir, und Eure Ware noch dazu. Ihr residiert gewiss im Stalhof. Ich werde in den nächsten Tagen dort vorsprechen. Bei einem Pintgen Wein könnten wir ins Geschäft kommen. Mich interessiert der Siegener Stahl. Habt Ihr Kaufrechte dafür?«

Lambert bejahte und unterdrückte einen Seufzer. Wie gelegen wäre ihm vor wenigen Monaten noch ein solches Gespräch gewesen. Sein englischer Kollege musste zu den reichsten und mächtigsten Vertretern seiner Zunft zählen.

Ein Servierknecht unterbrach die Unterhaltung, zog die Fleischschüsseln vom Tisch und machte Platz für süße Eier in Gelee, duftende Mandelpasteten, eingemachte Quitten und Konfekt, das zu zierlichen Waffen geformt war.

»Welch eine freundliche Geste. Schwerter aus Marzipan«, seufzte der Londoner Kaufmann anerkennend. »Man verwöhnt uns. Nun, hoffen wir, dass unsere Rüstungen und Waffen bei der Beschussprobe uns ebenfalls zur Ehre gereichen.«

4.

Eine bunte Stadt aus Zelten war auf den Wiesen und Weiden des Wildparks hinter dem Palastgelände entstanden. Wohlgeordnet gruppierten sich die bunten Stoffhäuschen um ein großzügiges Rasenrechteck, an dessen Stirnseite eine Tribüne für die Lords und Peers aufgezimmert war. Ein erhöhter hölzerner Thron unter einem Baldachin aus Goldbrokat bildete die Mitte und ließ darauf hoffen, dass der König sich endlich öffentlich zeigen würde. Auch die Anwesenheit seiner Fanfarenbläser und Trommler versprach sein Erscheinen.

Entsprechend früh und zahlreich versammelte sich eine Schar von Höflingen, die ihre besten Pelze, Gold und Edelsteine zur Schau trugen. Auf prachtvoll aufgezäumten Pferden oder zu Fuß tummelten sie sich rings um das Rasenrechteck, wärmten sich in Zelten bei heißem Wein auf oder beim Kegeln und Bogenschießen.

Aus den königlichen Reitställen wurden Schlachtrösser in bunten Schabracken herbeigeführt, auf denen die Waffenhändler und Schmiede des Königs aus Greenwich die neuen Rüstungen präsentieren und kurze Waffengänge mit Spießwaffen und Schwertern vorführen sollten.

Auf einem Podest bei der Tribüne machten sich verschiedene Schützen bereit. Der Londoner Zunftmeister der Rüstungsschmiede begutachtete in vollem Amtsornat die mitgebrachten Armbrüste, mit denen die Schützen seiner Gilde im Anschluss an die berittenen Vorführungen einige Rüstungen beschießen würden, um ihre Stärke zu beweisen. Mannsgroße hölzerne

Puppen standen bereit, um die Rüstungen für die Beschussprobe zu tragen.

Von einem Mannschaftszelt am Rand des Feldes beobachtete Lunetta ungeduldig die Vorbereitungen. Sie trug ein geschlitztes buntes Gewand zu zweifarbigen Strumpfhosen, dazu eine kurze Pluderhose und sehr altmodische Schnabelschuhe aus gelbem Ziegenleder. Der Gauklerführer betrachtete sie kritisch.

»Hm, ein wenig freizügig, meine Schöne, aber was soll's, wir Gaukler müssen keine Sünde scheuen.«

Er grinste, und Lunetta erwiderte sein Lächeln. Sie wusste, worauf ihr neuer Dienstherr anspielte: die Legende vom Gaukler in der Hölle. Satan, so ging die bei allen Spielleuten beliebte Geschichte, hatte einen Narren zum Wachdienst am Höllentor eingeteilt, um auf Seelenfang zu gehen. Petrus sah es vom Himmel aus und machte sich auf den Weg, den Gaukler zu überlisten. Mühelos überredete er den gelangweilten Spielmann zu einer Würfelpartie um die verlorenen Seelen, gewann eine nach der anderen aus der Hölle zurück und führte sie in den Himmel. Bei seiner Rückkehr verfluchte der Teufel den leichtsinnigen Gaukler, der vor der leeren Hölle stand, und schwor, dass er nie mehr ein Mitglied der Narrenzunft zu sich holen würde. Seither umgab Spaßmacher ein gewisser Nimbus von Heiligkeit, den sie freilich nicht allzu sehr strapazieren durften. Auch Narrenfreiheit hatte Grenzen.

»Bist du dir sicher, dass du dein Kunststück mit Ariadne wiederholen kannst?«, fragte der Jongleur, stülpte ihr eine gehörnte Narrenkappe über den Kopf und stopfte ihre Haare darunter.

Lunetta nickte und warf einen Blick zu der Stute, die friedlich neben dem Zelt graste.

»Ich fürchte das Tier nicht.« Im Gegenteil, Ariadne würde

ihre Rettung sein. Lunetta hatte den Platz genau studiert. Die Schranken, die ihn umringten, waren schenkelhoch und Ariadnes Sprungkraft gewaltig. Vielleicht hatte sie auch Glück und konnte das Geviert durch die Gatter verlassen. Eben wurden sie geöffnet. Die königlichen Jägermeister trieben eine Meute von Hunden aufs Grün.

Wie die Höflinge hatten auch die Hunde unter der mangelnden Abwechslung der letzten Tage gelitten, wirkten niedergeschlagen, weil sie allzu lange eingesperrt und untätig gehalten wurden.

»Ah, die Vorführungen beginnen«, sagte der Gauklermeister zufrieden. »Direkt nach den Hunden kommen wir.«

»Welche Ehre«, lachte Lunetta.

»In der Tat, die Biester leben wie Könige. Was die in einer Woche an Rindfleisch bekommen, sehen wir das ganze Jahr nicht!«

Die Windhunde wurden losgelassen und stürmten mit fliegenden Ohren über den Rasen, drehten – den Pfiffen ihrer Lehrer gehorchend – einige Runden und wurden mit Beifall bedacht. Jetzt wurde eine Gruppe kurzbeiniger, dunkler Hunde in die Mitte geführt. Ein Hundelehrer hielt ihnen verschiedene Stücke Stoff vor, die sie beschnupperten. Dann ertönten Jagdhörner, auf deren Klang die Tiere abgerichtet waren. Sie hetzten los. Die Hunde spritzten auseinander, jagten unter den Schranken her. Hofdamen stießen spitze Schreie aus, kreischendes Gelächter wurde laut. Die Hunde rannten nach allen Seiten, doch mit genauem Ziel.

»Das sind Heinrichs Lieblinge. Die Bluthunde«, sagte der Gaukler. Die Tiere tauchten in kleine Wäldchen ab, nach kurzer Zeit erschienen sie wieder und umtanzten kläffend ihre Wärter, die sich in verschieden duftende Gewänder gehüllt hatten und allesamt dem Geruch nach aufgespürt worden waren.

Die Vorführung von Fuchshunden und Harriers bei der Jagd auf einige panische Hasen beendete die Schau.

Der Gauklertrupp nahm Aufstellung beim Gatter und tobte – das Bellen der Hunde und die Jagdhörner auf Sackpfeifen imitierend – ungeordnet aufs Feld.

»Schaut nicht so gebannt nach den Gauklern«, ermahnte der englische Kaufmann Lambert van Berck, mit dem er eben auf den Schauplatz zuritt. »Wir müssen so tun, als bedeuteten uns derlei Lustbarkeiten wenig. Gelangweilte Mienen und der Ausdruck von Übersättigung vermitteln den Eindruck, dass wir uns all das selber leisten können und …«

Lambert hörte die Belehrungen seines Tischgenossen nur mit halbem Ohr. Zu groß war seine Verblüffung über den Anblick eines schreiend bunt gekleideten Knaben, der geschmeidig wie eine Weidenrute einen Wirbel von Radschlägen vollführte, in den Stand zurücksprang und sich eine Narrenkappe vom Kopf riss. Eine Welle schwarzen Haares flutete darunter hervor und erregte nicht nur seine Aufmerksamkeit.

5.

Ein dreimaliges Pochen war das verabredete Signal. Nell Twinkerton wischte sich die feuchten Hände an der Schürze ab, schob die Binsenmatte zur Seite und öffnete die Falltür, durch die normalerweise nur Säcke, Fässchen mit Mandeln oder Rosinen den Weg zu ihr fanden. Jetzt steckte Eustace Chapuys seinen Kopf durch die Öffnung im Boden. »Du bist allein?«

Nell nickte zögernd. Und wie allein! Rasch wandte sie sich wieder den Schafsdärmen zu, die sie vorsichtig abschabte und reinigte, um darin ihre berühmten Blutpuddings zu kochen. Sie arbeitete mit Inbrunst.

Der Diplomat kletterte eilig die hölzerne Leiter empor und sprang in die Küche. In der Hand hielt er eine duftende Orange. »Ah, die Gelegenheit ist günstig, der halbe Hof ist im Wildpark. Wo ist Lunetta? Ich muss mit ihr reden. Sie soll meine Pläne kennenlernen.« Er warf lächelnd die Frucht in die Luft und fing sie wieder auf.

Nell Twinkerton griff nach einem Mörser und begann eifrig Pfefferkörner und Zimtstangen zu zerstoßen. Ließ Nelken dazurieseln.

»Nun, äh«, sagte sie endlich.

»Was ist, schläft sie?«

Nell drehte sich um. »Sie ist nicht da.«

Der Diplomat runzelte ärgerlich die Brauen. »Du hast sie doch nicht etwa in die Küchen hinabgeschickt oder zu einem Botengang? Es ist noch zu früh, sie muss erst offiziell als dein Gehilfe registriert werden und –«

»Ich fürchte, daraus wird nichts«, unterbrach die Puddingköchin ihn. »Euer Liebchen ist verschwunden.«

Chapuys schüttelte den Kopf. »Was soll das heißen? Das ist unmöglich. Niemand weiß, dass sie hier ist. Wer sollte sie entdeckt haben?«

»Keiner! Sie ist einfach geflohen, ich meine, weggelaufen. Vielleicht wegen Eures Streits gestern Abend. Ach, was weiß ich. Sie hat mir jedenfalls die kräftigste Beule meines Lebens beschert. Hier, seht selbst.« Nell zog sich die Leinenhaube vom Kopf und drehte sich um.

Chapuys war nicht interessiert daran, die Blessuren der Köchin zu begutachten. Er stieß eine Reihe spanischer Verwünschungen aus, die Nell – obwohl sie sie nicht verstand – erröten ließen. Endlich wechselte der Spanier wieder zur englischen Zunge. »Dieses dumme, ungeduldige Mädchen«, fluchte er. »Was denkt sie sich, sie braucht meine Hilfe! Wo kann sie nur hin sein?«

»Nicht weit«, mutmaßte Nell in beschwichtigendem Ton. »Der Küchentrakt ist so sicher wie der Tower.«

Chapuys schnaubte. »Ich hoffe, er ist bei weitem sicherer. Ich muss den Zwerg ausschicken. Er wird nach ihr forschen. Hier.« Er drückte Nell die Orange in die Hand und tauchte wieder in die Öffnung im Boden ab.

»Sire«, hielt ihn Nell Twinkerton zurück. »Was soll denn nun mit meiner Schlafkammer geschehen?«

»Wie meinst du das?«

»Nun ja, die Kerzen, die Leuchter und vor allem die Kissen.«

»Du kannst deinen zerbeulten Schädel darauf ausruhen, bis ich das Mädchen wiederfinde. Ach was, behalte sie als Entschädigung.«

Nell Twinkerton lächelte verzückt. Seidenkissen! Wie großzügig. Echte Seidenkissen, für sie ganz allein. Verträumt betrachtete sie die Orange. Dann beschlich sie ein übler Verdacht.

»Aber für das, was Ihr mit dem Mädchen vorhattet, geb ich mich nicht her«, rief sie in das Loch hinab. »Auch nicht auf Seidenkissen, hört Ihr? Und schon gar nicht für irgendwelche Schweinereien mit Orangen!«

Die Antwort war ein beleidigend schnarrendes Gelächter. Ärgerlich ließ Nell die Orange fallen und warf die Falltür zu.

6.

Das Kunststück gelang. Ariadne gab eine Vorstellung ungezähmter Wildheit, bockte unter dem Gebell der abziehenden Hundemeute, schlug aus, schüttelte die Mähne und galoppierte in wildem Zickzack über den Rasen. Der Gauklerführer fing sie mit einem Seil ein, und immer mehr Höflinge beobachteten mit Interesse, wie ein Aufstiegblock herbeigeschafft wurde.

Lunetta erklomm die Stute. Wieder bemühte sich Ariadne mit allen Kräften und gefährlichen Volten, ihre junge Reiterin abzuwerfen. Lunetta besänftigte das Tier ein weiteres Mal, nicht ohne es diesmal mühevoller aussehen zu lassen, als es in Wahrheit war. Endlich ritt sie kniend und mit wehendem Haar über den Platz. Mit nur einer Hand krallte sie sich in der Mähne der Stute fest, hielt die andere elegant von sich gestreckt und wartete auf einen passenden Moment, ihre Vorstellung abzubrechen.

Leider drängten sich immer mehr Zuschauer bei den Schranken. Ein plötzliches Aufbrechen der Wolkendecke hatte auch die letzten Hofbewohner ins Freie gelockt. Das kalte Licht der Sonne spiegelte sich in den ausgestellten Rüstungen, brachte die Waffen zum Blitzen.

Lunetta passierte das Podest der Armbrustschützen, gedämpfte Beifallsrufe begleiteten sie, während sie nach einer Lücke zwischen den Zuschauern suchte. Der Applaus war zögerlicher und gezierter als vorhin im Küchenhof, aber der Beamte, der den Trupp gemietet hatte, nickte zufrieden. Die kleine Reiterin war eine ungewöhnliche Abwechslung. Lunetta bemerkte dies alles nicht. Sie hoffte, dass sich das Gatter am anderen Ende des Platzes wieder öffnen würde, um weitere Waffen hineinzutragen oder Schlachtrösser herbeizuführen.

Der Gauklerführer postierte sich nun vor der Tribüne, deren Sitzbänke sich allmählich füllten, und tat seinen Ausruf, wettete frech, dass kein noch so geübter Reiter es mit der Kunst seiner Akrobatin aufnehmen könne.

Er schrie und reizte die Herrschaften auf der Tribüne, wagte derbe Scherze in Richtung der Schmiede und Rüstungshändler, bemühte die bekannten Vergleiche von Stuten und Frauen. Endlich warf er sich als Troubadour in Positur und stimmte ein Lied an, das seine Kumpane mit Drehleier und Flöte begleiteten.

Wäre ich ein König,
Ich hätt' für meinen Sattel gern zwei Pferde.
Das eine sanft und brav bezähmt,
Gehorsam, fromm, ganz ohne Tadel,
Treu wie gold sein Leben lang,
Kurz, ein Tier von echtem Adel!
Doch wird durch so viel Tugend
Oft die Lust am schnellen Ritt gelähmt!
Drum geb ich zu – wenn auch beschämt:
Mich dürstet es nach einer zweiten Stute.
Ein ungebändigt' Tier,
Das sich gegen's Striegeln wehrt,
Das bockt und lockt, wär' nicht verkehrt,
Gefährlich und voll Feuer in den Nüstern.
Denn – ihr Herren, gebt es zu –
Erst Ungehorsam macht den rechten
Herrn und König wirklich lüstern.
Ach, am besten wäre eine ganze Herde,

So könnt' ich wechseln nach Herzenslust
Meine braven und meine wilden Pferde.

Amüsiert hoben sich die Brauen einiger Peers. Der Vergleich, der sich aufdrängte, war offensichtlich, doch der Gauklerführer beeilte sich, als Dichter des Liedes den vor Hunderten von Jahren verstorbenen Provencefürsten Wilhelm von Aquitanien zu nennen.

»Wie jeder weiß, der größte höfische Ritter seiner Zeit, ein Betrüger der Damen und kriegerischer Kämpfer, der nie mit seiner Liebe geizte. Nun, Ihr hohen Herren, wer wagt den Ritt auf Ariadne?«

Aus der Deckung heraus rief ein vorwitziger Schmiedeknecht, dass ihn als Preis nicht die Stute, sondern ihre Reiterin locken würde. Die Damen des Hofes sogen hörbar pikiert den Atem ein.

Verträumt lenkten einige Herren den Blick auf Lunetta, die eben mit wehendem Haar die Tribüne passierte. Sie war zurück auf den Rücken des Pferdes gerutscht und griff nun nach den Zügeln, hieb der Stute die Fersen in die Flanken.

»Wenn Ihr erlaubt, möchte ich gegen das Mädchen antreten«, meldete sich ein Mann in Harnisch und Helm. Der Gaukler riss verwirrt den Kopf herum. Die Stimme des Herausforderers kam nicht von der Tribüne, sondern von einem Mann hinter den Schranken.

»Und wer seid Ihr?«, fragte der Gaukler scharf. Es war eine Frechheit, den Vortritt vor den vornehmen Herren zu verlangen. Eine Frechheit, die ihn seine Narrenfreiheit kosten konnte.

Strahlende Fanfarenklänge ersparten Lambert van Berck weitere Erklärungen. Das Dröhnen von Landsknechtstrommeln hallte über den gesamten Platz.

»Der König«, schrie ein Schmied begeistert und aus voller Brust. Auf dem Kaufmannspodest wurden Mützen vom Kopf gerissen. »Vivat«-Rufe erschollen aus den Mündern der Knechte. Alle lenkten die Blicke zur gegenüberliegenden Seite des Feldes, die Mienen der Höflinge erstarrten zu vollendeten Masken der Freude.

7.

Der König trug Pelze und Purpur. Selbst die Schabracke seines Pferdes leuchtete in der uralten Farbe von Herrscherwürde und allem Heiligen. Mit Sorgfalt legte Heinrich es nach seinem Turnierunfall darauf an, zu überwältigen. Die Ärmel seines hermelingefütterten Kurzmantels waren aufwendig gebauscht und wattiert, um seine athletische Erscheinung zu erhöhen. Deutlich hob sich seine baumlange Gestalt von den Edelleuten ab, die mit ihm ritten.

Wie immer waren Heinrichs prachtvolle Roben sein erstes Mittel zur Untermauerung der Macht. Vielleicht, weil sein Urgroßvater höfischer Gewandschneider gewesen war. Erst Owen Tudors waghalsige, heimliche Hochzeit mit der damaligen Königswitwe hatte die Abkömmlinge walisischer Schafzüchter in schwindelnde royale Höhe erhoben.

Sein Urenkel hatte gelernt, in jedem Augenblick ganz König zu sein. Die Maske der Royalität hatte den gewöhnlichen Menschen in ihm vollständig durchdrungen wie Zuckersirup eine kandierte Kirsche. Dem staunenden Publikum seiner Auftritte blieb nichts als Ehrfurcht. Heinrich wollte, dass von ihm noch in Hunderten von Jahren die Rede gehen möge, er sei ein Titan unter allen königlichen Riesen gewesen, der Vertreter einer gottgewählten Rasse.

»Macht Platz für den König!«, schrien seine Leibgardisten und hieben mit Schwertern wahllos und ohne Rücksicht auf Rang und Namen auf Höflinge ein, die sich zu nah an die königliche Reiterkavalkade heranwagten.

Je näher Heinrich an den Waffenschauplatz heranritt, umso eindrucksvoller wurde er. Das goldene Geschmeide um seinen Hals glänzte, Diamanten in der Größe von Walnüssen funkelten, Edelsteine blitzten auf seinem gefiederten Samtbarett, die Finger waren eine Anhäufung von juwelenbesetzten Ringen.

Ein Soldat jagte über den Rasenplatz auf Lunetta zu, die immer verzweifelter nach einem Ausweg suchte und sich nicht wie die anderen Gaukler in die Zeltstadt zurücktreiben lassen wollte. Sie sah, dass das Gatter zum Waffenschauplatz geöffnet wurde, um den Einritt des Königs zu ermöglichen.

Der Soldat stürmte mit erhobenem Schwert auf sie zu, einem schweren Flammberg mit doppelt geschliffener Klinge. Ariadne scheute. Der Soldat erreichte Pferd und Reiterin, griff sich das Zaumzeug und herrschte sie an: »Steig ab, bevor dich der König niederreitet.«

Lunetta versuchte, ihm die Zügel zu entwinden. Dies war ein Akt der Majestätsbeleidigung, die der Soldat nicht dulden konnte. In seinem Rücken wurde schon das trabende Geräusch von Pferdehufen laut. Womöglich ein Edelmann Heinrichs, der die Sache für ihn beenden wollte. Eine solche Niederlage mochte der Soldat nicht einstecken. Er holte mit dem Schwert aus, als plötzlich der Hieb eines Degens auf seinen Rücken niederging.

Der Gardist wirbelte herum und sah einen leicht gerüsteten Ritter, dessen Gesicht von einem blinkenden Helm geschützt wurde.

»Wer seid Ihr, zum Teufel? Verschwindet, räumt das Feld!«, schrie der Soldat.

»Lasst das Mädchen frei«, herrschte ihn der Ritter an und glitt von seinem Pferd.

Lunetta erkannte die Stimme sofort.

Der Soldat verlor alle Geduld. Mit einem gewaltigen Hieb ließ er das harte Blatt seines Zweihänders auf die leichte Klinge des Degenträgers herabfahren. Lambert spürte den Schlag bis hinauf in die Schulterblätter, doch der geschmeidige Stahl seiner Waffe hielt der Anfechtung stand. Er parierte mit aller Kraft den Schlag.

Blitzend und klirrend kreuzten sich die ungleichen Klingen. Lamberts Vorteil war der flinke Gebrauch der Füße, die beim Degenfechten ebenso entscheidend für den Sieg waren wie die Kraft der Hände oder die Schwere einer Waffe. Sicher in der Kniebeuge ruhend, wagte er Ausfall nach Ausfall und parierte in schnellem Wechsel.

Zaghafter Applaus ertönte aus der Richtung der Tribüne. Nicht wenige Höflinge nahmen an, dass die Waffenschau nun im Gange sei.

Der Soldat kämpfte schwerfälliger, hatte größere Mühe, den Flammberger immer und immer wieder nach oben zu reißen. Doch endlich fing er einen Hieb Lamberts ab und glitt mit seiner schweren Klinge an dessen Degen entlang. Ein Schaben, die Klingen wurden wieder getrennt, der Soldat holte brüllend aus, hieb mit voller Wucht nach dem Fechtarm Lamberts und traf den Gitterkorb des Degens.

Lamberts Griff lockerte sich unter der Wucht des Hiebes, das Schwert des Soldaten bohrte sich zwei Zoll tief in seine Rechte und verfehlte um Haaresbreite die Pulsader.

Lunetta schrie auf.

»Reite los, verdammt, reite!«, schrie Lambert.

»Nicht ohne dich!«, schrie Lunetta zurück.

Lambert verbiss sich den Schmerz, umklammerte den Degengriff fester und beantwortete den letzten Angriff seines Gegners mit einer geschmeidigen Terz, die auf dessen Herz zielte. Seine Degenspitze traf auf das Prunkwams des Soldaten.

»Gib auf«, zischte Lambert. »Ich will dich nicht töten, du trägst keinen Harnisch.«

Lunetta trieb Ariadne zwischen die Kämpfer. Lambert zögerte nicht, er erklomm behände ihr Pferd. Lunetta gab Ariadne ein Zeichen mit den Fersen, sie stieg. Höher als zuvor ruderte sie mit den Vorderhufen in der Luft. Der Gardist riss seine mörderische Waffe heldenhaft nach oben, musste jedoch vor den tödlichen Hufen des Pferdes weichen.

Ariadne gewann wieder Boden, machte einen gewaltigen Satz nach vorn und galoppierte an; unter ihren jagenden Hufen flogen Rasenstücke auf. Lambert schlang von hinten den rechten Arm um Lunetta. Das Mädchen jagte über den Rasen direkt auf Heinrichs Kavalkade zu. Dessen Edelleute überlegten nicht lange, sie gaben ihren Pferden die Sporen.

Mit Jubelgeschrei stürmten sie auf das Wildpferd zu. Gewiss war dies eine der ritterlichen Inszenierungen, die ihr Gebieter so liebte: gespielte Zweikämpfe, nachgestellte Waffengänge, romantische Szenen aus den großen Sagen um König Artus, mit dem Heinrich sich so gern verglich.

Doch Lunetta verdarb ihnen die Freude am Spiel. Sie lenkte Ariadne quer übers Feld, zügelte es abrupt und suchte eine Lücke unter den Zuschauern.

»Was tust du?«, schrie Lambert. »Wir müssen fliehen!«

»Das habe ich vor. Sitz aufrecht und mach dich bereit für einen gewaltigen Sprung!«, rief Lunetta.

»Über die Schranken? Hast du so etwas je zuvor gemacht, kleine Akrobatin?«

»Nur im Traum.« Sie drehte sich rasch um und küsste seinen Mund. Dann ließ sie Ariadne einen Halbkreis traben, drückte ihr nachdrücklich die Fersen in die Flanken. Die Stute begriff, verfiel in einen flüssigen, raumgreifenden Galopp.

»Womit habe ich den Kuss verdient?«, schrie Lambert.

Schnell wie ein Windspiel jagte Ariadne direkt auf eine der schenkelhohen Schranken zu.

»Ich musste es tun, für den Fall, dass der Sprung schiefgeht! Und jetzt wirf dein Herz über das Hindernis und spring ihm hinterher!«

Ariadnes Rücken wölbte sich, Lambert spürte, wie sich die Muskulatur ihrer Hinterhand zusammenzog. Die Stute winkelte die Hinterläufe, drückte sich mit wilder Kraft ab, zog die Vorderläufe an – und sie flogen.

»Dieser deutsche Kaufmann riskiert viel«, murmelte beim Podest der Schmiede Lamberts Tischgenosse vom Mittag.

»Kennt Ihr ihn?«, fragte der Zunftmeister der Schmiede.

Der Londoner Rüstungshändler schüttelte seufzend den Kopf. »Nur flüchtig. Gebe Gott, dass es nicht zur Mode wird, Rüstungen und Waffen unter Einsatz des Lebens zu präsentieren.«

Am Abend der denkwürdigen Beschussprobe nahm der Gauklerführer vom Diener des Haushofmeisters eine stattliche Summe in Empfang.

»Dem König hat Eure Vorstellung gefallen. Aber sagt, welchen von Artus' Rittern habt Ihr darstellen wollen? Mir sind keine Geschichten bekannt, in denen die Frau ihren Ritter vom Hof entführt.«

»Nun«, begann der Gauklerführer gedehnt. »Es sollte ein Anklang an die Kammerzofe Lunete sein. Ihr wisst, dass sie dem Ritter Iwein aus mancher Klemme half.«

»Lunete? Hm. Wo ist die kleine Reiterin übrigens hin?«

Wenn ich es wüsste, würde ich ihr den Hintern versohlen, dachte der Gauklerführer. Seine Ariadne zu entführen!

8.

London, 31. Januar 1536

Einem Hagelschauer gleich, stieß ein Schwarm Tauben vom Dach der Themseschenke herab. Ihr prasselnder Flügelschlag weckte Lunetta. Sie lag in den Armen Lamberts und wusste nun, dass seine Lippen köstlicher als Trauben und Zimt schmeckten und die Lust zwischen Liebenden ein seltsames Fieber war, das sich erhöhte, je mehr man versuchte, sich davon zu befreien.

Nur spärlich drang das Licht eines neuen Tages durch die Ritzen der Fensterläden. Die unbestimmte Stunde, das Dämmerlicht und der Nachhall der sinnlichen Freuden der vergangenen Nacht riefen ein seltsam zeitloses Empfinden in ihr hervor. So musste es sich anfühlen, auf einer Insel der Glückseligkeit zu leben. Gelöst von Raum und Zeit.

Lunetta schloss die Augen, sog den herben Duft seiner Haut ein. Sie schmiegte die Wange in die warme Grube zwischen Lamberts Hals und seiner Schulter. Die Bewegung genügte, um ihren Liebhaber zu wecken. Er drehte den Kopf zu ihr hin und rutschte lächelnd von ihr ab, um sie zu betrachten.

»Guten Morgen, schöne Gauklerin«, wisperte er rau. Lunettas Herz zog sich unter dem Klang seiner Stimme zusammen in einer Mischung aus Freude und dem Wiedererwachen schmerzlichen Begehrens. Leid und Lust schienen Geschwisterkinder zu sein. Lamberts Augen waren ihr Himmel. Wie hatte sie je an Eis denken können unter diesem Blick? Wie grausam es wäre, je wieder von ihm getrennt zu sein.

Schweigend genossen beide das süße Schweben der Lust. Lambert zog die Hand unter der Decke hervor und strich ihr sanft eine Strähne aus dem Gesicht, fuhr mit dem Zeigefinger ihren Jochbogen entlang, erspürte die Kontur ihres Amorbogens, beugte sich endlich über sie, um sie zu küssen. Sacht, beinahe ehrfurchtsvoll.

Lunetta fühlte, wie sich ihr Leib unter seinen Liebkosungen erneut in fließendes Feuer zu verwandeln schien. Sie griff mit beiden Händen in sein Flammenhaar, zog ihn dichter an sich heran, schlang ein Bein um seine Hüften und spürte, wie auch seine Lust aus kurzem Erschöpfungsschlaf erwachte.

Lambert schob die Decken beiseite. Keiner von ihnen fror, obwohl die einfache Gasthausstube nur von einem schwachen Feuer beheizt und das Fachwerk der Wände von aufsteigenden Flussnebeln durchfeuchtet war.

Sie erforschten ihre Nacktheit mit den Händen, entdeckten immer neue Spielplätze der Sinnlichkeit. Lambert hielt inne, küsste Lunettas Gesicht, ihr Haar, ihren Hals, die festen jungen Brüste, spürte, wie sie erbebte, wie sein Verstand erstarb und statt seiner ein mächtiger Quell von Gefühlen aufwallte.

Sie empfing ihn mit Scheu und doch gegenwärtig, nicht passiv, sondern voll Hingabe. Nie hätte Lambert vermutet, dass der Genuss ihrer Unschuld so lustvoll sein würde. Für ihn und für sie. Ihre dunkle Schönheit war berauschend. Sie war sinnlich wie eine Tochter des Orients. Es war köstlich, ihre schlummernde Leidenschaft zu wecken.

Seufzend glitt er endlich von ihr herab, tastete nach ihrer Hand. Ihre Finger verschränkten sich ineinander, gemeinsam lauschten sie dem Rauschen des Flusses, vernahmen die Schreie der Möwen vor den Fenstern, das gedämpfte Geschrei von Flussschiffern.

»Bist du hungrig, Liebste?«

»Nein.«

Der Klang ihrer eigenen Stimme setzte die Zeit unbarmherzig wieder in Gang. Sie richtete sich auf der groben Matratze auf. »Wir müssen aufstehen.«

Lambert seufzte. »Bleib bei mir!«

Lunetta löste ihre Hand aus der seinen, erhob sich und wickelte sich in eine der groben Decken. Sie stahl sich zu den Fenstern und stieß die Läden auf. Graues Licht flutete in die Kammer, die nach Norden hinaus lag. Lunetta atmete tief ein und streckte den Rücken. Nicht mehr als die Breite einer Werft und ein Wassergraben trennten die Hafenschenke vom Tower of London. Aber wie, zum Teufel, sollte sie jemals dorthinein gelangen, um ihren Vater zu retten?

Sie drehte sich langsam zum Bett um. »Glaubst du, es wird möglich sein, die Wachen zu bestechen?«

»Davon leben sie. Erst recht bei Gefangenen wie deinem Vater. Allerdings kannst du ihnen ihre Beute nicht einfach abkaufen.«

»Wie viel Geld hast du noch?«

Lambert setzte sich im Bett auf.

»Genug, um dir zunächst andere Kleider zu besorgen. In Gauklergewändern wirst du an den Wächtern des Towers kaum vorbeikommen. Aber als Tochter des Grafen von Löwenstein bestünde Aussicht. Vielleicht kann ich dir im Stalhof Geleitscheine besorgen. Dein Vater ist zur Hälfte deutschen Blutes.«

Lunetta ließ resigniert die Schultern sinken. »Ich habe nichts, das mich als seine Tochter ausweisen könnte! Und selbst wenn ich ihn besuchen dürfte ... Wie, zum Teufel, könnten wir ihn da hinausbekommen?«

Lambert runzelte nachdenklich die Stirn. »Vielleicht war es ein Fehler, deinen Freund, den Spanier, zu verlassen. Du kannst vielleicht zu ihm zurück. Schreibe ihm einen Brief.«

Lunetta wirbelte herum. »Niemals! Der Mann ist nicht besser als Aleander. Ein Narr und Intrigant, der nichts als seine Eitelkeit und Spaniens Politik im Kopf hat. Wir müssen selbst einen Weg finden, Lambert. Und das rasch. Mein Vater allein vermag deine Familie zu retten, er hat Einfluss, besitzt Vermögen. Wir müssen ihn befreien und nach Köln bringen!«

»Köln.« Lambert erhob sich und trat zu ihr ans Fenster. »Ich weiß«, seufzte er traurig.

Lunetta sah erstaunt zu ihm auf. »Du klingst verzweifelter als ich. Fürchtest du, es gibt keine Möglichkeit zu seiner Rettung?«

»Mein Herz, wenn es eine gibt, werden wir sie finden. Vielleicht solltest du deine Karten befragen?«

»Verspotte mich nicht!«

»Es war mir ernst«, erwiderte Lambert. »Nie mehr werde ich Scherze über deine Hellsichtigkeit treiben. Ich verspreche es.«

Lunetta seufzte. »Es ist eine Gabe, die sich nicht herbeizwingen lässt. All die Zeit über habe ich mich gefragt, ob du der Mörder Catlyns sein könntest.« Betroffen senkte sie den Kopf. »Und ich fand keine Antwort.«

Lambert legte die Hand unter ihr Kinn. »Dein Herz kannte sie die ganze Zeit«, sagte er ernst. »Du hast mich gestern auf dem Pferd geküsst, bevor ich dir meine Unschuld beteuern konnte. Glaubst du mir nun?«

»Du bist unschuldig wie alle Opfer Aleanders! Er hat Catlyn auf dich angesetzt, um dich zu verführen und die Heiratspläne deines Vaters von Anfang an zu vereiteln. Er ist ein Intrigant aus der Hölle, nichts entgeht seiner Aufmerksamkeit.«

»Ich war ein Narr! Die selbstherrliche Pose des großen Retters wurde mir zum Verhängnis. Bei Gott, wie habe ich Catlyn in Wahrheit gehasst, wie sehr wünschte ich mir ihren Tod in jener Nacht, als der Pfeil des Schmieds dich traf! Die Versuchung war groß, aber sie war bereits tot, als ich ihr Zimmer aufsuchte.«

»Ich würde dich auch lieben, wenn du Catlyns Mörder wärst«, sagte Lunetta schlicht.

Sie fühlte nicht anders als ihre Mutter Mariflores, die für die Liebe sogar den eigenen Tod in Kauf genommen hatte. Die Leidenschaft hatte eine dunkle, vernichtende Seite. Nur wer diese in Kauf nahm, verspürte ihre ganze Macht und Süße.

»Es ist dir zuzutrauen«, sagte Lambert mit traurigem Lächeln.

»Verachtest du mich dafür?«

»Es ist für mich das schönste und schwerste Geschenk zugleich, Lunetta.«

»Wie meinst du das?«

Lambert schüttelte den Kopf, neigte sich zu ihr herab und küsste sie. Dann beugte er sich zu dem Gewühl aus Kleidungsstücken, das vor dem Bett lag, und suchte nach den Karten, die Chapuys Lunetta geschenkt hatte, hob sie auf und reichte sie ihr. »Hier, versuche einen Weg zu finden! Wir brauchen ein Wunder.«

Zögernd griff Lunetta nach dem Stapel. Glatt und kalt fühlten sich die Karten in ihrer Hand an, wie tot. Tot. Sie drehte sie, schob sie mechanisch auseinander, betrachtete einige Bilder. Dann schüttelte sie den Kopf. »Es hat keinen Sinn. Es ist vorbei.«

»Was?«

Sie sah ihm fest ins Gesicht.

»Dieser Teufel Aleander hatte in einem recht. Ich habe die Gabe der Hellsichtigkeit zugleich mit meiner Jungfernschaft verloren. Genau wie meine Mutter.«

Lambert öffnete betroffen den Mund. Lunetta verschloss ihn mit ihrer Hand.

»Nein, es gibt keinen Grund zum Bedauern«, sagte sie leise. »Du schenkst mir ein neues Leben. Die wirkliche Welt, frei von allen Visionen und auch Illusionen. Ich bin froh, diesen Fluch auf immer los zu sein und dafür dich gewonnen zu haben.«

»Lunetta, das ist zu viel ...«

»Du bist die Liebe meines Lebens.«

Lambert drehte sich abrupt von ihr weg.

»Was ist? Warum wendest du dich ab?«

Ein hartes Pochen unterbrach sie. »Öffnet die Tür! Im Namen Seiner Majestät ...«

9.

London, 5. Februar 1536

Regen peitschte auf die Themse herab. In Sturzfluten schoss er aus den Mündern der Wasserspeier und Fallrohre, prasselte auf das bleigedeckte Dach der spanischen Botschaft am Themseufer. Selbst durch die Kamine nieselte er in feinem Sprühregen, wo er in den Flammen zischend verdampfte.

Der Botschafter hustete, als weitere Rauchfäden in den Speisesaal drangen, und blickte mit gerunzelter Stirn zum Fenster. Der Nachmittag war lichtlos und grau, der Regen fiel hinab wie ein Vorhang, kaum ließ sich das gegenüberliegende Ufer ausmachen.

Sein Zwerg ließ den Affen das Gestänge erklimmen, von dem kostbare Gobelins herabhingen, die Spaniens Größe feierten: die Hochzeit Isabellas von Kastilien und Ferdinands von Aragón, ihre Feldzüge zur Einigung der Iberischen Halbinsel, ihre Schlachten gegen die Mauren. Das Äffchen tanzte auf den Messingstangen über ihren Köpfen, ein pinkfarben gewandeter Irrwisch, an dessen Schwanz eine feine, ellenlange Seidenschnur gebunden war.

»Heute Morgen habe ich ihn bis zum Dach hinaufgeschickt«, sagte der Zwerg stolz und haschte nach dem Ende der Schnur. »Er ist ein gelehriges Tierchen.«

»Gott gebe, dass er nur sein infernalisches Kreischen bei der morgigen Kletterpartie unterlässt«, sagte Chapuys.

»Oh, ich werde ihm einen ledernen Maulkorb umbinden«,

meinte der Zwerg. »Der Mond bereitet mir größere Sorgen. Ohne sein Licht können wir es unmöglich schaffen.«

Chapuys nickte. »Ja, wir müssen um eine regenfreie Nacht beten.« Er trat ans Fenster und spähte in den bleiernen Himmel. »Irgendwann müssen diese Wolken doch weiterziehen. Morgen rundet sich der Vollmond! Es muss morgen geschehen. Aleander hat die Erlaubnis erwirkt, den Grafen bald in eines von Cromwells heimlichen Gefängnissen überführen zu lassen.«

»Das wäre das Ende«, murmelte der Zwerg.

Die Tür zum Speisesaal wurde aufgestoßen, Diener in den schwarzgelben Livreen Spaniens strömten herein und deckten den Tisch mit wenigen erlesenen Speisen, darunter eine Schale mit Orangen. Chapuys schmunzelte. Die Diener zogen sich zurück, und zwei aufwendig gekleidete Damen betraten mit gesenkten Köpfen den Raum. Von ihren Ärmeln rieselte Brüsseler Spitze herab, ihre steifen Mieder waren nach spanischer Art so fest geschnürt, dass man ihre Brüste allenfalls erahnen konnte, die Ausschnitte hoch geschlossen. Schwere hölzerne Giebelhauben umrahmten ihre Gesichter und verbargen sie größtenteils.

Die Frauen waren von unterschiedlicher Größe und Statur, die eine biegsam und schmal, die andere kräftig, beinahe grob anzuschauen. Sie hielt sich einen maurischen Fächer vors Gesicht und runzelte ärgerlich die Brauen, als der Zwerg auf sie zutobte und ihr seinen angewinkelten Arm anbot – ungefähr auf der Höhe ihres Knies.

»Darf ich Euch, schöne Lady, zum Mahl begleiten?«

»Lass das, du Narr«, zischte die Dame mit rauer Stimme.

»Señor Lambert«, tadelte Chapuys und rückte einen Stuhl für Lunetta – die andere Dame – zurecht. »Ein wenig mehr Haltung bitte. Heute ist die letzte Gelegenheit, Euch in der Rolle eines schicklichen Hoffräuleins zu üben, das am besten zu allem schweigt! Eure Stimme ist nicht zu maskieren, denkt daran.«

Das Äffchen sprang von den Gobelinstangen hinab, flitzte durch den Raum, krallte sich in Lamberts ungewohnte Gewänder und erklomm seine Schulter. Er fluchte leise. »Ihr macht mich zum kompletten Narren!«

Der Zwerg grinste. »Das Tier liebt Euch. Eine große Ehre, es verschenkt seine Gunst nur selten.«

Lambert wollte das Äffchen von seiner Schulter heben, aber es sträubte sich und kreischte.

»Seine Zuneigung ist sehr besitzergreifend«, bemerkte der Zwerg.

Lunetta unterdrückte ein Lachen.

Sie nahmen an der Tafel Platz, doch niemand schien rechten Appetit auf gefüllten Kapaun, Mandelsuppe und Marzipantorte zu verspüren. Sie nahmen nur winzige Bissen. Chapuys griff nach einer Orange, schälte sie mit einem zierlichen Messer, legte das Fruchtfleisch beiseite und schnitzte aus der duftenden Schale kleine Kreuze.

Lunetta beobachtete ihn gespannt.

»Werdet Ihr uns nun endlich die überwältigende Bedeutung der Orangen erklären?«, fragte sie neugierig.

Chapuys nickte. »Gewiss, mein Kind. Als meine treuen Verbündeten habt Ihr ein Anrecht darauf. Es ist ein ganz simpler, aber wirkungsvoller Trick, den Cromwell anscheinend nicht bedacht hat.«

Er schnippte mit den Fingern nach dem Zwerg. Sein Narr öffnete ein hübsch geschnitztes Briefkästchen, das auf einer Anrichte stand, und eilte mit einem Schreiben herbei.

»Öffnet das«, sagte Chapuys und reichte das Papier an Lunetta weiter. Sie entfaltete es, und ein Rosenkranz aus Orangenschalen-Kreuzen fiel ihr in den Schoß.

»Euer Vater hat ihn gefertigt. Sein Yeoman hält ihn für einen der religiösesten Männer, die er je bewacht hat«, sagte Chapuys. »Und nun lest!«

Lunetta wendete das Papier hin und her und zuckte die Achseln. »Es enthält keine Botschaft.«

Chapuys lächelte. »Aber riecht es nicht köstlich? Eine parfümierte Botschaft der Liebe. Ah, ich genieße den Geruch von Orangen, es ist der Duft Spaniens.«

Lunetta verzog ärgerlich den Mund. »Chapuys, Eure Scherze sind wirklich strapaziös.«

»Geht zum Feuer und haltet das Papier ein wenig gegen die Flammen, nicht zu nah, sonst verbrennt Ihr den letzten Gruß Eures Vaters an Euch. Der Zwerg nahm ihn am Morgen aus den Händen des Grafen entgegen.«

Lunetta lief zum Feuer und tat wie geheißen. Es dauerte nur wenige Augenblicke, dann kamen auf dem leeren Papier bräunliche Buchstaben zum Vorschein. Verblüfft las sie die Nachricht, die eindeutig von der Hand ihres Vaters stammte.

»Mein liebes Kind. Vertraue Don Eustace. Er hat mich gelehrt, wieder an Wunder zu glauben, und ich weiß, dass du sie vollbringen kannst. Du hast es bereits getan, indem du mich über den Tod deiner Mutter hinweggetröstet hast. In dir lebt ihre Liebe fort. Mein Kind, wage nicht zu viel. Es wäre mein größter Kummer, wenn du Schaden nähmst. Ich bete für dich wie in jeder Nacht. Möge unser Plan gelingen. Gott segne und behüte dich.«

»Das ist erstaunlich«, sagte Lunetta und lief zu Lambert, der den Brief ebenfalls studierte.

Chapuys winkte lässig ab. »Ah, *no!* Es ist eine der einfachsten Geheimtinten. Geradezu lächerlich. Wer die Klassiker studiert, findet weitere Rezepte. Ovid empfahl Milch für heimliche Liebesbotschaften, aber der Geruch …« Er rümpfte die

Nase. »Versteht Ihr nun, warum ich Eurem Vater täglich Orangen übersandte? Wir konnten unseren Plan unsichtbar für jeden Gegner entwickeln.«

Lunetta senkte den Kopf. »Und ich hätte ihn fast zunichte gemacht durch meine Flucht aus Nell Twinkertons Küche.«

Lambert mischte sich ein. »Die Tinte war eine hübsche Idee, aber was Ihr für morgen Nacht geplant habt, Chapuys, ist gefährlicher. Ich wünschte immer noch, Lunetta käme nicht mit! Das ist eine Sache für Männer.«

Lunetta schüttelte ärgerlich den Kopf. »Eben nicht, Lambert! Warum sonst musst du wohl üben, Frauenkleider zu tragen?«

»Ich wünschte, ich müsste es nicht«, knurrte er und zerrte ein wenig an dem brettsteifen Vorsatz seines Kleides. »Jesus, was habt Ihr Weiber zu erdulden! Dieses Bruststück ist erstickend eng.«

Chapuys nickte. »*Sí*, aber die weiten Röcke eignen sich so viel besser als Versteck, und nicht einmal ein Yeoman darf es wagen, eine Dame von Stand einer Leibesvisitation zu unterziehen.«

Lamberts blaue Augen blitzten. »Es würde ihnen sehr schlecht bekommen, wenn sie es wagten.«

Chapuys klatschte begeistert in die Hände. »Oh, bewahrt Euch diesen Blick. Der ganze wilde Stolz einer echten Spanierin liegt darin. Ihr werdet mehr als überzeugend sein.«

»Die Spanierinnen haben wohl kaum blaue Augen«, erwiderte Lambert kühl.

Chapuys grinste. »Ihr kennt unsere Prinzessin Maria nicht, ihre Augen sind von sanftestem Taubengrau, mild und freundlich. Die Augen einer kommenden Königin von England.«

Lunetta schwieg; sie erinnerte sich an die Karte mit der Königin der Schwerter, die sie in der Küche von Hampton

Court gezogen hatte. Stählernes Grau war die vorherrschende Farbe. Auch wenn die Gabe der Vorausschau ihr genommen war, hatte sie ihre Zweifel daran, dass Maria als Herrscherin einer sanften Taube gleichen würde. Doch sie schwieg. Der merkwürdige Don Chapuys schien eine einzige, zutiefst sentimentale Schwäche zu haben, die keinen Spott vertrug. Sein Herz war erfüllt von leidenschaftlicher Liebe zum Haus der spanischen Habsburger.

»Und nun lasst uns darum beten, dass Bruder Mond uns morgen Nacht nicht im Stich lässt!«

»Bruder Mond?«, fragte Lunetta erstaunt. »Was soll das wieder?«

»So hat der heilige Franz von Assisi dieses wundervolle Nachtgestirn genannt«, erwiderte Chapuys verträumt. »Ja, ich denke, sein Sonnengesang ist das passende Gebet für das richtige Wetter. Eine unverzichtbare Zutat.« Er stand auf und verneigte sich vor einer Madonnenstatue, die in einem marmornen Schrein zwischen den Fenstern stand. Dann kniete er nieder, und sein Zwerg tat es ihm nach. Das Äffchen trennte sich von Lambert und nahm auf seiner Schulter Platz, schloss dösend die Augen. Draußen trommelte unablässig Regen gegen die Fenster. Chapuys' Gesichtsausdruck wandelte sich. Schlicht und ernst sprach er sein Gebet.

Gelobt seist Du, Herr
durch Bruder Mond und die Sterne
Durch Dich sie funkeln am Himmelsbogen
und leuchten köstlich und schön.

Gelobt seist Du, Herr,
durch Bruder Wind und Luft

und Wolke und Wetter,
die sanft oder streng, nach Deinem Willen,
die Wesen leiten, die durch Dich sind.

Gelobt seist Du, Herr,
durch Schwester Quelle:
Wie ist sie nütze in ihrer Demut,
wie köstlich und keusch!

Gelobt seist Du, Herr,
durch Bruder Feuer,
durch den Du zur Nacht uns leuchtest
Schön und freundlich ist er am wohligen Herde,
mächtig als lodernder Brand.

Gelobt seist Du, Herr,
durch unsere Schwester, die Mutter Erde,
die gütig und stark uns trägt
und mancherlei Frucht uns bietet
mit farbigen Blumen und Matte.

Gelobt seist Du, Herr,
durch die, so vergeben um Deiner Liebe willen
Pein und Trübsal geduldig tragen.
Selig, die's überwinden im Frieden:
Du, Höchster, wirst sie belohnen.

Gelobt seist Du, Herr,
durch unsern Bruder, den leiblichen Tod;
ihm kann kein lebender Mensch entrinnen.
Wehe denen, die sterben in schweren Sünden!

Selig, die er in Deinem heiligsten Willen findet!
Denn sie versehrt nicht der zweite Tod.
Lobet und preiset den Herrn!
Danket und dient ihm in großer Demut!

»Assisis Worte als Wetterzauber! Welch ein blasphemisches Trio da kniet«, murmelte Lambert neben Lunetta und ergriff ihre Hand. »Chapuys ist ein seltsamer Heide.«

»Stört es dich?«, fragte sie leise.

Lambert schüttelte den Kopf. »Nein. Im Gegenteil, er scheint mir einer der gottesfürchtigsten Männer, die mir je begegnet sind. Er erkennt den Höchsten in allem, was uns umgibt, und verachtet nicht die Freuden des Daseins.«

Chapuys erhob sich von den Knien, drehte sich um und kam mit federnden Schritten auf sie zu.

»Und nun wünsche ich Euch eine friedliche Nacht. Bedenkt, es könnte unsere letzte sein. Aleander ist noch nicht besiegt«, sagte er und fasste sie kurz bei den Händen, drückte die Lamberts mit großer Festigkeit. Der verkleidete Kaufmannssohn erwiderte den Druck und nickte still. Zwischen beiden herrschte ein stilles Einvernehmen, das Lunetta ausschloss.

Lambert wusste, dass er in der kommenden Nacht den gefährlichsten Part übernehmen musste. Sein Überleben hing davon ab, ob ihm unentdeckt eine waghalsige Kletterpartie über den Burggraben gelingen würde.

Chapuys wandte sich ab, um den Raum zu verlassen. In der Tür drehte er sich noch einmal um. Seine listigen Fuchsaugen funkelten gelblich und waren doch voll Zärtlichkeit. »Nutzt diese Nacht für das gottgefälligste aller Werke.«

Lambert und Lunetta sahen ihn fragend an.

»*Madre de Dios.* Die Liebe natürlich! Ich habe Euch die

Gastzimmer des Kaisers herrichten lassen. Er schlief zuletzt vor sechzehn Jahren darin. Das Bett ist gemacht für die Herrscher dieser Welt, breit wie ein Fluss, in den Kissen möchte man ertrinken. Warum solltet Ihr weiter getrennt schlafen? Wir Menschen sind Engel mit nur einem Flügel und müssen einander umarmen, um zu fliegen. *Buenas noches.*«

10.

London, 6. Februar, bei Nacht

Hinter ihnen rasselte das schwere Fallgitter des Lion Gates herunter. Ein Yeoman Warder mit grimmigem Gesicht führte die spanischen Damen und ihren geckenhaften Begleiter über die erste von drei Brücken, die den gewaltigen Wassergraben des Towers überspannten. Der Mond tat seine Pflicht. Die Mauern der Königsfeste, ihre Bastionen und neunzehn Türme glänzten bleich wie Knochen in seinem Silberlicht.

Vor der hochgezogenen Zugbrücke des Löwenturms musste die Gruppe erneut einen Halt einlegen. Nicht weniger als drei solcher Türme galt es zu passieren, um den äußeren Ring der sechshundert Jahre alten Zwingburg zu überwinden. Heiser schrie der Yeoman zu den Turmwächtern einen formelhaften Befehl hinauf. Wieder ertönten das Rasseln von Ketten, das Knirschen und Seufzen von Räderwerk.

»Wenn Ihr gleich die Bestien in den Käfigen seht, tut angemessen interessiert und sehr erschrocken«, zischte Chapuys den Damen zu.

Lambert nickte hinter seinem Fächer.

Endlich traf das Falltor auf die Kante der Steinbrücke. Der Yeoman gab ihnen einen Wink und überquerte mit polternden Schritten die Bohlen. Sie tauchten in einen Torbogen ein, wo ein weiterer Wächter im Schein von Fackeln die Passierscheine prüfte, die Chapuys ihm mit einer knappen Verneigung reichte.

Lambert studierte die schmalen Mauerschlitze in beiden Seiten des Torbogens, zwischen denen sie standen. Ohne Zweifel lauerten hinter den Schießscharten in engen Gelassen königliche Armbrustschützen mit gespannter Waffe, bereit, auf ein Zeichen des Wärters die tödlichen Pfeile ins Ziel zu lenken.

Der Turmwächter runzelte die Stirn und winkte einen zweiten Mann aus der Wachkammer zu sich. »Das sind hansische Siegel!«

»Aber der Mann ist Spaniens Botschafter, ich kenne ihn«, rätselte der andere und warf Chapuys einen halb respektvollen, halb misstrauischen Blick zu.

Don Eustace versank im Kratzfuß. »Ich bin auch Untertan des Kaisers des Heiligen Römischen Reiches *deutscher* Nation. Und diese hat mir und den Damen die Passierscheine ausgestellt. Meine Herren, Ihr wollt Euch gewiss nicht ernsthaft mit weiteren Ländern Europas anlegen, um einen Besuch der Tochter des Grafen von Löwenstein zu vereiteln!«

»Eure Namen stehen nicht auf unseren Listen. Für heute ist als Besucher des Grafen nur ein gewisser Master Elias angezeigt. Er müsste gleich eintreffen.«

Lunetta schrak zusammen. Lambert legte ihr eine Hand auf den Arm.

Chapuys tat erfreut. »Ah, der bekannte Prediger? Ganz London spricht von seiner enormen Begabung. Wie wundervoll! Geistlicher Beistand ist den Damen gewiss willkommen. Lunetta von Löwenstein und ihrer Zofe wird es ein Trost sein, dass der Graf seelsorgerisch so ausgezeichnet betreut wird.«

Lunetta sank auf die Knie. »Bitte, Ihr Herren, lasst mich meinen Vater sehen, ich muss wissen, wie es ihm geht!«

Aus den Augenwinkeln beobachtete Lambert, wie Chapuys einem der Torwächter eilig eine Münze zusteckte.

»Lasst sie durch«, knurrte er, nachdem er die Münze kurz

befühlt hatte. »Aber du«, wies er den Yeoman an, der sie bis hierher geführt hatte, »bleibst die ganze Zeit bei ihnen, verstanden?«

Der Yeoman nickte. Sie betraten den Löwenhof, und ihr Führer wählte einen Weg direkt an den Käfigen der königlichen Menagerie vorbei. Hier waren die lebendigen Geschenke untergebracht, die Potentaten aus aller Herren Länder dem König zu übersenden pflegten, darunter ein Elefant und exotisch gefleckte Tiere mit überlangen Hälsen.

Die Fackel des Yeoman ließ in einem der Käfige Löwen verärgert aufknurren. Lunetta tat wie geheißen einen erschrockenen kleinen Schrei. Der Yeoman nickte befriedigt.

»Ja, junge Lady, mit diesen Bestien ist nicht zu spaßen. Den Letzten erhielten wir als Geschenk Suleimans. Er ist jung und kräftig, hat uns schon zwei Mastiffs zerbissen.«

Lunetta musste sich nicht anstrengen, ängstlich zu zittern, sie dachte an Aleander, den Löwen des Glaubens, der noch in dieser Nacht erwartet wurde.

»Bitte bringt uns schnell zu meinem Vater«, flehte sie.

»Löwen, pah«, murmelte Chapuys. »Ihre Symbolik ist überstrapaziert, und die meisten verenden kläglich in diesem Nebelklima.« Sein Blick streifte eine riesige Schildkröte, die ihren Käfig mit drachenähnlichen Geschöpfen aus der Neuen Welt teilte, allesamt Geschenke seines Kaisers an Henry. Beharrlichkeit, dachte er mit Blick auf das zähe, gepanzerte Tier zufrieden, Beharrlichkeit war das wichtigste Talent eines Herrschers. Diese Schildkröte würde den Tudorkönig um Jahre überleben.

Sie folgten dem Weg, der eine Linkskurve beschrieb, durchquerten unter den scharfen Blicken weiterer Wächter den Middle Tower und endlich den Gate Tower. Der Wassergraben und der äußere Mauerring waren überwunden. Der Yeoman leuchtete ihnen den Weg in die Waterlane, eine steinerne Gasse, die parallel zur Themse verlief. Das Glucksen und Schwappen des Flusses war durch das gewaltige Gitter des St.-Thomas-Tores deutlich zu vernehmen. Im Volksmund wurde es Verrätertor genannt, weil durch diesen Wasserzugang die Mehrzahl der Gefangenen zu ihren Prozessen nach Westminster Hall geleitet wurde. Eine Ruderpartie über die Themse trennte sie vom Urteil über Leben oder Tod. Für die meisten war der Fluss auf dem Rückweg von Westminster ihr Hades und die Axt des Henkers der endgültige Ausweg in die Freiheit.

Lunetta lief mit angehaltenem Atem über das Kopfsteinpflaster, Lambert stolperte über seine schweren, steifen Röcke und fluchte leise. Chapuys warf ihm einen warnenden Blick zu und überspielte die Nervosität der beiden mit munterem Geplauder.

»Wie Ihr seht, werte Damen, ist der Tower alles andere als ein düsteres Gefängnisgemäuer.« Er deutete auf die Fachwerkbuden, Werkstätten und verklausterten Lädchen, die wie Schwalbennester an den Festungsmauern klebten. »Des Tags herrscht hier ein munteres Treiben, ganz wie in einem dieser reizenden englischen Marktstädtchen, die ich Euch beschrieb. Es wird gebacken, gebraut, gehandelt, und mehr als zweitausendfünfhundert Münzen werden am Tag geschlagen. Und ...«

»Nachts wird hier geschlafen«, brummte der Yeoman. »Zügelt Eure Stimme. Da drinnen ruht mein Weib mit den Kindern.« Er zeigte auf ein Fachwerktürmchen, das auf einen der Wachtürme aufgesetzt war, und bog durch den inneren Mauerring auf das Towergreen ein. Mit Absicht wählte er diesen kleinen Umweg über das Herzstück der Festung. Die Wucht des alles überragenden, frisch geweißten Königspalastes war ein beredtes Zeugnis englischer Stärke seit William dem Eroberer. Ausländern wurde er gern vorgeführt.

»Hier verwahrt der König all seine Waffen und Rüstungen,

darunter die zwölf Apostel. Ihr Wert allein liegt bei sechzehntausend Pfund. Sechzehntausend!«

Lambert beugte sich zu Lunetta hinab, die ungeduldig von einem Fuß auf den anderen trat. »Er meint die zwölf Kanonen, mit denen Heinrich die Stadtmauern von Tournai zerschoss. Gewaltige Bombarden. Ich wünschte, wir besäßen jetzt eine.«

»Was interessieren mich Kanonen. Wir müssen weiter«, flüsterte Lunetta ungehalten.

»Und hier seht Ihr den Jewel Tower, uneinnehmbar wie der ganze Palast. Niemand kann hinein oder heraus, wenn der König es nicht will.«

»Verzeiht«, unterbrach ihn Don Eustace. »Aber war es nicht eben dieser Turm, aus dem der Bischof Flamboyard im elften Jahrhundert unseres Herrn mittels eines Seiles entkam? Euer erster Towerhäftling war zugleich auch der erste Flüchtling, wenn ich mich recht entsinne. Und dann gab es noch ...«

»Es war nicht dieser Turm«, unterbrach ihn der Yeoman barsch. »Und jetzt weiter hier entlang. Ich bin nicht hier, um Euch mit alten Geschichten zu unterhalten.«

Sie stiegen eine Treppe zu einer hölzernen Galerie empor, die zurück zum äußeren Mauerring führte, betraten einen offenen Wehrgang und erreichten endlich das Viereck des Craddle Towers. Der Mond war gestiegen, hell glitzerte die Themse. Der Craddle Tower lag direkt beim Burggraben und diente dem König als Seiteneingang zum Tower.

Die Werft jenseits des Wassergrabens war für die königliche Barke durchbrochen worden. Es war die einzig halbwegs verwundbare Stelle der Festung, doch bislang hatte noch kein Gefangener den Sprung in die Tiefe gewagt, um dieses Schlupfloch in die Freiheit zu erreichen. Die Mauern waren hoch und der Wassergraben nicht tief genug, um den Aufprall eines Menschen abzufangen.

Der Yeoman klopfte gegen eine Tür und rief seinen Namen. Sie vernahmen das Klirren eines schweren Schlüssels im Schloss. Mit einem Kreischen öffnete sich die verzogene Tür zum ersten Stock des Gefängnisturmes.

»Besuch für den Grafen«, knurrte der Führer den Wachmann an, der die Tür geöffnet hatte. »Nicht mehr als eine halbe Stunde! Wenn die Glocke der Kapelle neun schlägt, müssen sie gehen. Ich halte hier draußen Wache, bleib du bei ihnen.«

Chapuys schob Lunetta und den maskierten Lambert an dem Yeoman vorbei in die Turmkammer.

»Vater!«, rief Lunetta und lief auf den Grafen von Löwenstein zu, der beim Kamin stand. Sie umarmten einander lange.

Chapuys wischte sich die Augenwinkel und winkte den Wächter herbei, der den Grafen die vergangenen Wochen betreut hatte.

»Guter Mann, Ihr kennt mich. Geht hinab zu Eurem Weib, sagt ihr, sie möchte uns etwas zu essen und zu trinken bereiten, denn wir haben ein Wiedersehen zu feiern.«

Der Wächter hob die Brauen. »Für eine halbe Stunde des Wiedersehens solch ein Aufwand?«

»Was später übrig bleibt, ist dein. Spar vor allem nicht am Wein.«

»Aber das kostet extra, Sire. Ihr bezahlt nur für zwei Mahlzeiten am Tag und das Brot am Morgen.«

»Aber gewiss, gewiss«, sagte Chapuys, griff in seinen Mantelbausch und zauberte zwei Silberlinge hervor. »Nehmt den Rest als Trinkgeld.«

»Beim Blute Christi, Eure Freude muss groß sein.« Der Yeoman lächelte entzückt und lief zu der Wendeltreppe, die in seine eigenen Kammern hinabführte. »Aber ich habe keine Orangen mehr, Sire«, rief er noch über die Schulter.

»Nicht nötig, Freund, nicht nötig. Was wir jetzt brauchen, ist Wein, guter Wein! Suche in deinem Keller nach dem besten

Tropfen. Schau dich ordentlich um. Es soll nicht zu deinem Schaden sein.«

Als der Mann endlich verschwunden war, streifte Lambert seine Frauenkleider ab. Mit ruhigen Bewegungen löste Lunetta die Bänder und Haken. Lunettas Vater stieg aus seinem Wams und den Hosen, stand im Untergewand da. Die Männer tauschten in schweigender Hast die Kleidung. Chapuys schlich auf leisen Sohlen die Treppe zum Dach des Turmes hinauf und entriegelte die Falltür. Mit einem Satz sprang er die Treppe wieder hinab.

»Alles ist bereit«, zischte er in Lamberts Richtung. »Habt Ihr die Seidenschnur?« Der Kaufmannssohn nickte.

»Junger Mann«, flüsterte der Graf heiser. »Was Ihr für mich tut, werde ich Euch nie vergessen! Ihr riskiert Euer Leben dabei. Euer Fluchtweg ist der gefahrvollste.«

»Das ist nicht wichtig.« Lambert holte tief Luft. »Mein Leben ist ohnehin verwirkt. Man sucht mich in Köln als Mörder.«

Lunetta stürzte zu ihm hin, zerrte an seinem Arm. »Was redest du da? Du bist kein Mörder, du ...«

Traurig sah Lambert sie an. »In Köln gelte ich dafür, Lunetta. Und das ist gut so, so kann mein Vater all das Unglück seines Hauses auf den missratenen Sohn schieben, und meine Familie ist gerettet.«

»Lambert, du musst mit uns kommen! Mein Vater wird seinen ganzen Einfluss geltend machen.«

»Begreife doch, ich kann nie mehr in meine Vaterstadt zurück. Kein Geld der Welt kann mich von dem Verdacht freikaufen. Ich war bereits einmal als Ketzer angeklagt. Es ist hoffnungslos.«

»Nein, Lambert«, protestierte Lunetta ungläubig. »Nein, es gibt einen Weg, es muss einen geben! Genau wie für meinen Vater!«

»Ssssscht«, machte Chapuys.

Auf der Treppe von unten her wurden die Schritte des Yeoman laut. Hart umklammerte der Gesandte Lunettas Hand und zerrte sie von Lambert fort. Ihr Vater riss sie in seine Arme und erstickte ihren Aufschrei.

»Ich fand einen Burgunder, Sire.« Der Kopf des Mannes tauchte über der Treppenlandung auf. Verblüfft starrte er in den Raum. »Was … was ist?«

Lunetta stand schluchzend beim Kamin, ihre Ehrendame wiegte sie in den Armen und tröstete sie. Der Graf – so schien es für den Wächter – kniete mit dem Rücken zu ihnen allen vor der kleinen Altarnische seiner Zelle und betete.

»Ah, mein Freund«, rief Chapuys dem Wächter zu. »Es ist die Aufregung, die Aufregung! Das Mädchen hat eben erfahren, dass der Graf bald in ein anderes Gefängnis verlegt werden soll. Sie ist ganz aus der Fassung.«

Lunetta schrie auf.

Die Tür zum Wehrgang wurde aufgestoßen. »Was soll das Gezeter«, herrschte der zweite Yeoman die Gruppe an. »Und warum trägst du Wein herbei, Kerl?« Drohend trat er an den Turmwächter heran. »Der Besuch ist beendet, sofort! Ich will hier keine Besäufnisse.« Wahrscheinlich dachte er an den ersten Flüchtling, den Chapuys vorhin erwähnt hatte. Der Bischof hatte mit Wein seine notorisch trinkfreudigen Wächter außer Gefecht gesetzt, bevor er sich aus seinem Turm abgeseilt hatte.

»Der Graf ist kein Trinker«, protestierte sein Wächter. »Er hat all die Wochen nur den Saft von Orangen und Wasser zu sich genommen.«

»Keine Widerrede. Die Gäste werden gehen.«

Chapuys runzelte bedauernd die Brauen. »Guter Mann, können wir nicht noch einen Moment …«

»Nichts da, ich geleite Euch sofort wieder nach draußen. Beim Tor wartet sicher schon der Prediger.«

»Ah, meine Damen, wir müssen gehorchen«, sagte Chapuys eilig. »Sonst verliert der Graf alle Vorzugsrechte und versäumt am Ende eine wundervolle Predigt!«

Die Hofdame führte die wild schluchzende Lunetta zur Tür, beugte sich dabei die ganze Zeit zu ihr hinab. Ein letztes Mal drehte Lunetta sich um und warf einen Blick voll verzweifeltem Schmerz zu dem Mann bei der Altarnische hinüber.

»Versprich mir, dass wir uns wiedersehen! So schnell wie möglich!«, rief sie. »Versprich es mir!«

»Stört den Mann nicht beim Gebet. Gottvertrauen ist seine letzte Zuflucht«, schnauzte ihr Führer und wandte sich noch einmal an den Turmwächter. »Und der Wein da ist beschlagnahmt! Ich hole ihn später ab. Hörst du?«

11.

Mit dumpfem Geräusch prallte der schmale Nachen gegen die Landungspfähle der Themsewerft. Die Bootsknechte stellten die Ruder hoch und seilten den Kahn an. Flink kletterte der Zwerg aus dem Boot, auf seiner Schulter thronte das Äffchen, diesmal in einer weißen Weste, die im Licht des Mondes leuchtete. Der Zwerg trug Schwarz. Die Bootsleute warfen eine schwere Taurolle und ein Kleiderbündel auf die Werft. Mit einem heiseren *mucha suerte!* wünschten sie dem Narren glückliches Gelingen.

Während die Bootsleute wieder abstießen, um flussaufwärts ihren Herrn, den Botschafter, und seine Damen an Bord zu nehmen, stahl sich der Zwerg zum Wassergraben, der die Werft vom Tower trennte. Rechts von ihm erscholl das heitere Geschrei junger Zecher aus den Hafenschenken beim Tower.

Er rümpfte die Nase. Der Graben war eine wichtige Verteidigungslinie, aber zugleich die Abfallgrube der Towerbewohner. Die Ebbe hatte den Wasserstand abgesenkt, und der Geruch von Verwesung und Zersetzung dampfte über dem schlammigen Graben.

Der Zwerg setzte sich das Äffchen auf den Kopf und machte sich an den Abstieg in die ekle Brühe. Er durchwatete sie voll Abscheu, das Brackwasser stieg ihm bis unter die Achseln, doch er erreichte sicher die andere Seite.

Das Äffchen sprang auf einen Vorsprung in der Festungsmauer, seine Augen flitzten über das unebene Quaderwerk, es fand einen Weg und turnte behände nach oben. Endlich erklomm es die zinnenbewehrte Mauer, blieb stehen, richtete sich auf den Hinterpfoten auf.

»Weiter, weiter«, murmelte sein Herr. Das Äffchen lief erneut los, erklomm das Dach des Craddle Towers. Dort nahm es auf einer Zinne Platz und begann sich zu putzen.

Sein Herr watete zurück zur Werft und kletterte wieder an Land. Frierend griff er nach dem Bündel und wechselte das feuchte Wams und die Beinlinge gegen trockene Kleider.

12.

Chapuys und seine Damen entkamen dem Tower auf dem unmöglichsten aller Wege: dem einfachsten.

Keinem der vielen Torwächter kam es in den Sinn, hinter den drei Personen, die die Festung verließen, andere zu vermuten als diejenigen, die den Tower vor weniger als einer Stunde betreten hatten. Der spanische Botschafter hatte nirgends mehr als die üblichen Bestechungsgelder für etwas Wein oder einen Ausflug in eine der Hurengassen beim Fischmarkt hinterlassen. Und schließlich – so wusste der Yeoman, der den Trupp begleitete – saß in der Zelle nach wie vor der Graf.

Nichts war geeignet, einen Verdacht zu erregen. Zudem bedauerten einige der jungen Soldaten das schöne schluchzende Mädchen, das bleich wie ein Geist alle Schranken und Tore passierte. Es war so verzweifelt, als sei es auf dem Weg zu der eigenen Hinrichtung.

Hingegen war den Wächtern der Prediger, der wenig später mit einem Schreiben Cromwells beim Löwentor vorsprach, weit unangenehmer. Denn dieser totengraue Mann im Talar gab nichts, schaute voll Hochmut auf sie herab und herrschte sie an, er habe keine Zeit für ihre albernen Kontrollen, denn er sei gekommen, um den Grafen zu holen, der noch in derselben Nacht in ein sichereres Gefängnis überführt werden solle. Ein sichereres Gefängnis als der Tower. Pah!

Der Yeoman, der Master Elias begleitete, ersparte sich den Umweg über den White Palace des Königs. Er war froh, den mürrischen Mann schnell loszuwerden, der zweifelsohne einer von Cromwells Spitzeln war. Kein Wunder, dass die Tochter des Grafen von Löwenstein so bitter geweint hatte. Wer in Cromwells Kellern verschwand, verschwand meist auf immer.

Als Insassen des Towers hingegen durften die vornehmen Gefangenen im Ernstfall mit einer würdigen Enthauptung rechnen. Ausgeführt von einem Meister seines Fachs, mit gut geschärfter Axt. Zuvor hatten sie Gelegenheit zu einer das Herz rührenden Ansprache, sofern sie gewillt waren, darin dem König für sein Urteil und seine Weisheit zu danken.

Eustace Chapuys, Lunetta und ihr Vater bestiegen beim Zollhaus jenseits des Towers das Ruderboot, das zuvor den Zwerg bei der Towerwerft abgesetzt hatte. Keiner der drei sprach ein Wort, bis die Bootsleute mit der Strömung in die Mitte des Flusses gerudert waren, weitab von jedem Lauscher oder Zeugen.

Erst jetzt riss sich der Graf die scheußliche Giebelhaube vom Kopf und warf sie ins Wasser. Er zog seine Tochter an sich und umarmte sie zärtlich.

»Mein Kind, du warst wundervoll!«

Lunetta erwiderte die Umarmung innig, dann wandte sie sich an Chapuys. »Was ist? Wir müssen zurück ans Ufer und Lambert holen!«

Der Botschafter zog bedauernd die Brauen zusammen. »*Condessa*, das werde ich übernehmen. Es ist alles so mit ihm besprochen. Lambert van Berck ist aus dem Stoff, aus dem man Helden macht.«

»Ich will keinen Helden«, fauchte Lunetta, »ich will, dass er lebt und atmet und frei ist.«

Chapuys schüttelte energisch den Kopf. »Wir müssen erst Euch und Euren Vater zu der Galeone beim Stalhof rudern. Sie legt bei Morgengrauen ab. Das ist der sicherste Weg, Euch rasch und unbemerkt aus dem Land zu schaffen. Bedenkt, wie viele Leben noch von Eurem Vater abhängen.«

Lunetta erhob sich von der Sitzbank. »Niemals verlasse ich diese Insel ohne Lambert«, sagte sie. »Niemals!«

13.

Wieder kreischte die Holztür in den Angeln. Lambert erschrak; eben hatte er sich vom Gebet beim Altar erheben und zur Falltür im Dach seiner Zelle emporsteigen wollen, doch jetzt war es zu spät.

In seinem Rücken vernahm er die Stimme des Predigers, der dem Wächter Anweisung gab, draußen zu warten, bis er den Gefangenen auf seine Reise in das andere Gefängnis vorbereitet habe.

Die Tür fiel ins Schloss. Stille senkte sich über das steinerne Verlies. Die Stille eines Grabes.

»Nun, Bruder«, wandte sich Aleander an den Mann vor dem Altar. »Willst du mich nach so vielen Jahren nicht willkommen heißen?« Er trat näher an den Knienden heran.

Lamberts Gehirn arbeitete fieberhaft. Er trug keine Waffe bei sich. Sein Blick glitt hinauf zum heiligen Leonhard in der Altarnische. Der Schutzheilige aller Gefangenen hielt als Zeichen seiner Macht eine zerrissene Kette in der Rechten. Unzählige verfolgte Christen, so hieß es, habe dieser südfranzösische Mönch im fünften Jahrhundert des Herrn befreit. Ob er auch ihm zur Seite stehen würde? Einen Versuch war es wert.

Lambert packte die hölzerne Figur beim unteren Ende, riss sie aus der Mauernische, wirbelte zu Aleander herum und holte aus. Verblüfft sah der Löwensteinbruder die Figur auf sich zusausen. Er wich zurück, die heilige Kette traf ihn hart an der Stirn, er taumelte und öffnete den Mund zum Schrei. Lambert ließ die Figur rasch ein zweites Mal auf ihn niedersausen. Aleander fiel in das Stroh des Zellenbodens. Lambert sah, dass Blut aus seiner Nase rann, eine hässliche Wunde klaffte auf seiner Stirn. Aleander stöhnte. Lambert wollte die Figur ein weiteres Mal hochreißen, doch Aleander schloss die Augen.

Sein Angreifer machte sich nicht die Mühe, seinen Zustand weiter zu prüfen. Rasch lief er zu der Treppe, die zum Dach hinaufführte, kletterte empor und stieß die Falltür auf. Kalt umströmte ihn die Nachtluft; sie war getränkt mit dem brackigen Geruch des Flusses. Er stemmte sich nach oben und sah einen weißen Punkt über die Mauerzinnen tanzen. Lambert tastete nach der Seidenschnur. Verflucht, er hatte sie im Turm vergessen! Hastig lief er noch einmal nach unten.

Der Zwerg registrierte die Bewegungen auf dem Dach genau. Rasch wickelte er die Taurolle ab, wand eine feste Schlinge und warf sie über einen der Landungspoller, dann zog er einige Längen Tau bis zum Wassergraben, prüfte, ob noch genug Leine blieb, um bis zum Turm hinaufzureichen. Ja, sie hatten richtig gerechnet. Er hielt sich bereit, wieder in die eisige Brühe zu steigen. Das Tauende fest in der Hand, schielte er nach oben zu seinem Äffchen. Lambert brauchte nur seine Seidenschnur am Schweif des Tieres zu verknoten. Der Affe würde sie hinab bringen. Der Zwerg würde mit einem weiteren Knoten Schnur und Tau verbinden, Lambert musste das rettende Seil nur nach oben ziehen und so um eine Zinne legen, dass sich das Seil straff über den Graben spannte. Eine Hangelpartie würde seine Flucht beenden.

Der Zwerg merkte auf. Ein huschender Schatten tauchte auf dem Dach auf und wieder ab. Verflucht! Der Mann musste sich beeilen. Nervös wandte der Zwerg den Kopf nach allen Seiten. Hinter ihm schwappte mit saugendem Geräusch die Themse gegen den steinernen Kai. Die Flut hatte eingesetzt. Die Bootsleute würden es bei der endgültigen Flucht immer schwerer haben, gegen das vom Meer eindringende Wasser anzurudern. Wo blieben sie überhaupt? Er vernahm leisen Ruderschlag und drehte sich um. Endlich!

Nur – wo blieb jetzt der vermaledeite Kaufmannssohn?

Lambert huschte auf leisen Sohlen zurück zur Altarnische, suchte im Stroh nach der seidenen Schnur. Verflucht, wo war sie hingeraten? Er zerwühlte die Halme, tastete die Steinplatten mit den Händen ab, bemerkte nicht, wie sich Aleander von hinten an ihn heranpirschte.

Der graue Mann umfasste die Seidenschnur, in jeder Hand ein Ende. Er straffte sie hart, trat mit dem rechten Fuß kraftvoll in den Rücken seines Gegners und schlang von hinten mit einer blitzartigen Bewegung die Schnur um dessen Hals. Sodann kreuzte er die Enden und zog zu.

Dem Kaufmannssohn schwanden die Sinne, als sich die Seide scharf in seine Kehle schnitt.

Auf der Werft schüttelte Lunetta die Hand ihres Vaters ab. »Bitte! Bitte, lass mich«, flüsterte sie verzweifelt. »Ich muss warten, bis er wieder auf dem Dach erscheint.«

»Es bleibt keine Zeit mehr«, zischte Chapuys ärgerlich. »Wollt Ihr alles verderben? Ein einziger Soldat, und wir sind entdeckt! Überlasst den Rest dem Zwerg. Er ist mein treuester Diener.«

Sein Narr nickte. »Ich werde ausharren bis zur Morgendämmerung, vertraut mir. Eine Winzigkeit wie mich entdeckt niemand so leicht.«

»Nein«, wehrte sich Lunetta. »Er hat meinen Vater gerettet. Ich kann ihn jetzt nicht verlassen. Ich kann nicht!«

»*Condessa*, Ihr müsst«, sagte Chapuys und gab den Bootsleuten ein Zeichen. Einer riss eine Rossdecke unter der Sitzbank hervor, erklomm den Kai. Von hinten warf er die Decke über sie. Vergeblich wehrte sich das Mädchen gegen die eiserne Umklammerung des Schiffsknechts.

Der Graf warf Chapuys einen verzweifelten Blick zu, wollte seiner Tochter helfen. Don Eustace schüttelte energisch den Kopf. »*No, conde!* Ihr müsst mir ein weiteres Mal vertrauen. Mir und Gottes Ratsschluss.«

14.

Nebelschleier hingen in den Tauen der Galeone, webten ein Netz aus Dunst in die Wanten. Das Geräusch umhereilender Füße belebte das Deck. Die üblichen Befehle und Schreie, die das baldige Ablegen eines Großschiffs begleiteten, umhallten die Passagiere, dazu das Kreischen der Möwen. In Lunettas Ohren klang es wie höhnisches Gelächter, schadenfroh, teuflisch. Ihr Vater stand schweigend neben ihr bei der Reling. Die letzten Warenballen waren verladen, die Zollschreiber klappten ihre Tragpulte zu, die sie vor dem Bauch trugen, ließen Pergamentrollen zuschnappen. Jeder Strang englischer Wolle, jede Elle Tuch war registriert. Die Hanseleute rieben sich die klammen Hände und verabredeten sich auf einen Würzwein und ihr wohlverdientes Frühstück im Weinhaus.

Schiffsknechte lösten die Leinen, die Laufplanken wurden eingeholt. Weitere Matrosen steckten die Spaken in das Gangspill, um den Anker zu lichten. Steuerbord legten sich die Schleppboote längs zur Galeone, um das schwere Schiff in einem Halbbogen in den Fluss zu ziehen und den Bug in Richtung auf die Themsemündung im Osten zu lotsen. Schrill tönte die Pfeife des Maats. Schwerfällig löste sich das Schiff vom steinernen Kai.

Adrian von Löwenstein betrachtete voll Kummer das starre, bleiche Gesicht seiner Tochter. Wie jung sie war und wie entschlossen. Eben erst hatte er sein Kind wiedergefunden, und nun musste er erleben, wie es ihm entglitt. Der Liebe wegen. Der Liebe zu einem jungen Mann. Er kannte seine Tochter gut genug, um zu wissen, dass ihre erste Leidenschaft nichts

Leichtfertiges hatte, keine flüchtige Laune war. Darin ähnelte sie ihrer Mutter – und ihm. Gott gebe, dass ihr der Schmerz erspart bliebe, den die Liebe ihm bereitet hatte.

»Komm unter Deck«, murmelte er leise.

Lunetta schüttelte den Kopf. Ihr Blick flog nach Osten, zur London Bridge. Der Tower, der ein Stück flussabwärts und jenseits der Brücke lag, war nicht auszumachen, aber nicht mehr lange, und er würde neben ihnen auftauchen, für immer unerreichbar.

»Mein Kind«, hob der Graf erneut an. »Vertraue auf Chapuys, er hat geschworen, einen Weg zu finden! Er wird Lambert retten. Ich bin mir sicher, ihm kann das Unmögliche gelingen.«

Lunetta hörte am Klang seiner Stimme, dass ihr Vater log.

Welche Hoffnung sollte es noch geben? Stunden waren vergangen, seit sie die Werft beim Tower verlassen hatten. Aleander musste ihn abgefangen haben, und sie hatte keinen Zweifel, dass Lamberts Tod mit seiner Entdeckung besiegelt war.

Wind bauschte ihren Umhang. Die Galeone drehte sich langsam in der Strömung, schon zeigte ihr Bug auf die London Bridge, die zu dieser frühen Stunde bereits vor Menschen wimmelte. Die Vorsegel der Galeone wurden aufgezogen, um sich die leichte Brise bei der Durchfahrt der Zugbrücke nutzbar zu machen. Schiffsknechte gingen beiderseits der Reling in Position; in den Händen hielten sie Treidel- und Zugseile, um sie den Knechten der Zugbrücke zuzuwerfen, die sie durch die Brückenöffnung ziehen würden.

Lunetta und ihr Vater wurden beiseitegedrängt. Lunetta streifte erneut die Hand ihres Vaters ab, der sie sanft an der Schulter berührte.

»Ich gehe zum Bug«, sagte sie heiser.

»Kind, ich bitte dich, komm unter Deck.«

»Nein, Vater, ich will wenigstens dem Tower Lebewohl sagen. Dem Grab meiner Liebe.«

Der Vater wollte ihr folgen, doch seine Tochter schüttelte den Kopf. »Ich will allein Abschied nehmen«, sagte sie leise.

Flink kämpfte sie sich zur Bugspitze durch. Der Wind empfing sie, riss ihr die Perlenhaube vom Haar. Lunetta achtete nicht darauf. Sie sah, wie sich die Zugbrücke langsam zu heben begann. Wie sehr hatte sie sich an jenem Tag, als sie mit Aleander auf die Brücke zuritt, danach gesehnt, auf dem Fluss in Richtung des Meeres zu entkommen. Nun wünschte sie, die Brücke würde sich nie öffnen, doch sie tat es. Bald ragte das mächtige Holzblatt der Zugbrücke senkrecht in die Höhe.

Gaffer sammelten sich auf beiden Seiten der Brücke an den Mauern. Mützen wurden geschwenkt, Abschiedsgrüße geschrien, ein Sackpfeifer stimmte ein wehmütiges Lied an. Die Verwandten einiger Passagiere nutzten die Brücke als Plattform für ein letztes Lebewohl. Langsam glitt das Großschiff durch die steinerne Schleuse. Lunetta drehte sich auf dem Bug, um die Brücke von der anderen Seite zu betrachten.

Johlen und Pfeifen wurde laut.

»Runter da!«, schrie einer der Brückenwächter. »Runter mit dir, du Narr!«

Lunetta öffnete ungläubig den Mund. Dann lief sie los, hastete über das Deck, sprang über die Passagiere, die sich zwischen Taurollen und Blöcken um mögliche Schlafplätze zankten. Sie stieß Matrosen beiseite, die ihr den Weg verstellen wollten, und erklomm das Achterkastell. Ihr Blick flog zum Zugturm hinauf. Sie sah die Stangen mit den aufgespießten Köpfen von Heinrichs Verrätern. Dazwischen stand ein Mann. Rot leuchtete sein lohfarbenes Haar.

»Lambert!«, schrie sie aus voller Kehle.

Der Mann schaute aus schwindelnder Höhe auf das Schiff

herab. Lunetta sah, dass er in der Hand ein Tau hielt. Was, zum Teufel, hatte er vor? Die Galeone glitt immer weiter in den Fluss hinein, bald würde sie die Brücke passiert haben.

Lambert ließ das Seil herab. Hinter ihm tauchten Wächter auf dem Turmdach auf. Lunetta sah Luntenrohre blitzen. Soldaten machten ihr Pulver bereit. Lambert klammerte sich an das Seil und tat einen Schritt ins Leere. Das Seil schwang aus, und er schwebte über dem Fluss. Langsam ließ er sich tiefer hinab.

Ein Turmwächter ließ sein Schwert auf die Seilschwinge bei der Zinne herabsausen. Es riss.

Lamberts Füße fanden im letzten Moment Halt auf dem Sims eines Bogenfensters. Er klammerte sich an einen der Fensterpfeiler. Darunter verlief ein Vorsprung aus Schmucksteinen, ein schmales Band, das den gesamten Turm umschloss. Lambert stieg vorsichtig darauf hinab. Die Brust eng ans Mauerwerk gepresst, seine Hände in die Ritzen gekrallt, arbeitete er sich auf dem Sims bis zum äußersten Ende des Turmes und die Öffnung bei der Zugbrücke vor.

Immer noch bewegte er sich in großer Höhe, etwa auf halber Länge der hinteren Mastbäume der Galeone, deren Heck gerade noch zwischen den Brückenpfeilern schwamm.

Lambert klammerte sich ins Mauerwerk und schaute hinab. Er zögerte.

»Spring!«, schrie Lunetta. »Spring jetzt!«

Lambert stieß sich ab, Lunetta schloss die Augen. Ein dumpfes Krachen ließ die Planken vor ihr erzittern. Dann herrschte Stille. Lunetta wagte es nicht, die Augen zu öffnen.

»Der ist tot!«, hallte ein Schrei von der Höhe des Turmes zu ihr herab. »So tot wie ein Sargnagel!«

Eine Hand zog Lunetta nach hinten. Sie riss die Augen auf. Vorn am äußersten Rand des Achterkastells lag eine Gestalt in schwarzgelber Tracht. Das Wappen der Löwensteins prangte auf ihrem Rücken. Der eigentliche Besitzer dieser Kleidungsstücke, ihr Vater, wollte Lunetta zu sich umdrehen.

»Schau nicht hin«, sagte er schroff. »Schau nicht hin!«

Wieder das Flitzen von Füßen, schrille Pfiffe von der Signalpfeife des Maats. Weitere Matrosen sprangen die Treppe hinauf, rasten über das Achterkastell, beugten sich über die tote Gestalt.

Lunetta schrie wie irrsinnig. Ihr Vater presste ihr Gesicht gegen seine Brust, umarmte sie fest.

»Ein Wunder!«, rief in diesem Moment einer der Schiffsknechte. »Gott hat ein Wunder gewirkt!«

Lunetta riss sich aus den Armen ihres Vaters los. Ungläubig sah sie, wie sich Lambert unter den Blicken der verblüfften Soldaten zu regen begann.

Sie eilte zu ihm hin, kniete sich neben ihn.

»Lambert, Lambert!«, rief sie leise. Der junge Mann stöhnte. Sie sah das Blut, das sich purpurfarben mit dem Feuerrot seiner Locken mischte. Legte eine Hand vorsichtig an seinen Kopf. Lambert drehte ihr das Gesicht zu. Seine Augen waren halb geschlossen, die Lider flatterten.

»*Buenos días*, kleine Gauklerin«, murmelte er. Sein Blick trübte sich.

»Holt den Schiffsarzt«, schrie Lunetta. Vorsichtig hielt sie Lamberts Kopf, versuchte ihn vor den schaukelnden Bewegungen des Schiffes zu schützen, tastete nach Verletzungen.

»Liebster, du wirst leben«, flüsterte sie. »Ich weiß es.«

Lamberts Mund verzog sich zu einem schwachen Lächeln. »Wenn ich sterbe, dann in deiner Nähe. Mehr will ich nicht. Mehr ...« Seine Stimme erstarb.

15.

Hornlaternen beleuchteten die Kabine des Kommandanten. Es war ein vergleichsweise komfortables Gelass. Ein Kojenbett war in den Planken verankert, mit Daunendecken und Kissen ausgerüstet. Darauf ruhte Lambert. Der Schiffsarzt hatte seine Untersuchung beendet, ihm den Kopf mit Leinenstreifen verbunden und seine Kleidung aufgeschnitten.

»Die gebrochenen Rippen bereiten mir Sorge«, sagte er jetzt zum Grafen und Lunetta, die neben dem Bett ausharrten. »Eine könnte seine Lunge durchstechen. Das zerschlagene Bein ist weniger schlimm, der Knochen ist gerade durchtrennt. Ich habe es schienen können. Aber was mit seinem Schädel ist?« Der Mann schüttelte sorgenvoll den Kopf und verstaute seine Instrumente in einer hölzernen Trage.

»Wird er die Überfahrt überleben?«, fragte der Graf.

Lunetta spürte, wie ihr das Herz bis zum Halse klopfte.

Der Schiffsarzt zuckte mit den Achseln. »Das liegt in Gottes Hand, und anscheinend ist er diesem Burschen wohl gesonnen.«

Er schlug ein Kreuz und verabschiedete sich.

»Du musst ein wenig schlafen«, sagte der Graf zu seiner Tochter.

»Ich werde bei ihm wachen«, erwiderte Lunetta und schob einen schweren Lehnstuhl an Lamberts Lager. Das Schiff fuhr noch auf der Themse, bewegte sich sanft in der Strömung. Der Graf nahm seufzend am Kartentisch des Kommandanten Platz. Es hatte ihn ein stattliches Sümmchen gekostet, diese Kabine zu mieten, aber es war der ruhigste Ort an Bord, und das Krängen und Rollen des Schiffes, das sie auf See erwartete, würde hier am wenigsten zu spüren sein.

Lunetta beugte sich in ihrem Stuhl vor und betrachtete Lamberts bleiches Gesicht. Seine Miene war so starr, der Mund so ernst. Stumm begann sie zu beten.

Zwei Stunden später, die Schiffsglocke hatte viermal geschlagen, begann das Schiff zu schlingern, nahm rollende Bewegungen auf, die verrieten, dass es in die Themsemündung eingefahren war, wo Fluss und Meer sich begegneten.

Der bewusstlose Lambert schien die Bewegungen zu spüren, seine starre Miene belebte sich, Schmerz durchzuckte seine Züge. Lunetta beugte sich vor, legte sanft die Hand an seine Wange.

Lamberts Gesicht entspannte sich, sie sah, dass seine Lider flatterten, beugte sich weiter zu ihm vor.

Der junge Mann schlug die Augen auf. Noch immer war sein Blick getrübt, aber seine Lippen kräuselten sich sacht. Lunetta sah es mit Freuden.

»Du hast es geschafft, Lambert, du hast es geschafft«, flüsterte sie.

Lambert versuchte den Kopf zu schütteln und stöhnte. Scharf wie eine Klinge fuhr der Atem in seine Lunge. Er hatte Mühe zu sprechen. »Nicht ich, sondern der verflixte Affe. Ein verliebter Affe hat den Teufel besiegt. Er sprang Aleander direkt in den Nacken, dadurch konnte ich ihn abschütteln, bevor …«

»Nicht jetzt«, sagte Lunetta sanft. »Erzähle es mir später. Wir haben genug Zeit. Schlafe, Liebster. Schlafe.«

»Ich will nicht schlafen«, wehrte Lambert ab. »Ich muss dich ansehen, um zu glauben, dass alles ein Ende hat.«

Lunetta senkte den Blick. »Aber was ist mit deiner Sorge wegen der Mordanklage?«

Lambert stöhnte erneut. Die Schmerzen waren beträchtlich. Er biss mit aller Kraft die Zähne zusammen. »Sorge dich nicht«, brachte er hervor, und in seine Stimme mischte sich etwas von seinem gewöhnlichen Spott. »Chapuys hat bereits einen Plan.«

Lunetta wagte ein zaghaftes Lächeln. »Was sonst!«

16.

Köln, 10. März 1536

»Hostia! Er hat überlebt? Dieser Hurensohn! Er hat den Tod hundertfach verdient!«

Zornig wirbelte Gabriel Zimenes herum und fuhr mit den Augen über die Anwesenden. Es war der erste Missklang an diesem unvergleichlich lauen Frühlingsabend. Der März war gekommen wie ein Lamm. Zarte Knospen schwollen an den Zweigen der Apfelbäume, in hellem Grün entrollten sich an den Birken die ersten zarten Blätter im Garten van Bercks.

Die Familie saß im Hinterzimmer des Hauses, dem privatesten Gemach, dessen Fenster auf den Hinterhof gingen und das allen neugierigen Blicken entzogen war. Das Tschilpen von Spatzen drang zu ihnen herein.

»Nicht so laut, Gabriel! Das Gesinde könnte dich hören und sich wundern, was wir alle hier treiben.« Sidonia erhob sich von ihrem Sessel, um das Fenster zu schließen.

Gabriel kam ihr eilig zuvor. »Setz dich, *mi corazón*«, sagte er mit der übertriebenen Zärtlichkeit eines werdenden Vaters.

Sidonia strich sich lächelnd über den Unterleib. »Es ist doch noch Monate hin.« Glücklich zwinkerte sie Lunetta zu, die auf einem Schemel zu ihren Füßen hockte und lächelte. »Deine Karten waren ein Segen«, flüsterte sie.

Lunetta schüttelte den Kopf. »Nein, dies Wunder hat Gott gewirkt, und ich werde mich nie mehr in seine Werke einmischen, selbst wenn ich es noch könnte!«

Strahlend blickte sie zu Lambert hinüber, der beim Kamin stand. Was kümmerte es sie, dass der elende Aleander von Löwenstein überlebt hatte! Sie und Lambert waren gerettet, das allein zählte.

Der junge van Berck hob kurz den Blick von dem Brief, den er eben vorgelesen hatte, und erwiderte ihr Lächeln. Neben ihm lehnten die Krücken, auf denen er sich immer noch fortbewegen musste. Er wandte sich wieder den Briefbögen zu. Das Schreiben stammte von Eustace Chapuys.

Der Graf trat zu ihm und nahm ihm das Schreiben ab, um es erneut zu überfliegen. Lambert behielt ein Pergament zurück, das ein schweres kaiserliches Siegel trug.

»Lass mich das sehen«, rief sein Vater, der aufgeregt im Raum auf und ab gegangen war. Sein Leib hatte beträchtlich an Fülle verloren, er war noch immer blass von der überstandenen Krankheit und den Wochen voller Sorge, aber bereits wieder so jovial und umtriebig wie in seinen besten Tagen. Rasch entriss er seinem Sohn das Pergament, studierte ehrfürchtig das Siegel mit dem Doppeladler.

»Welch unfassbare Ehre, ein Schreiben des kaiserlichen Botschafters und dazu diese wundervolle Urkunde. Mein Sohn, du bist der Stolz unseres Hauses.« Er fasste Lambert bei den Schultern und drückte ihm einen Kuss auf die Wange.

»Nur, weil du es jetzt schriftlich hast, dass ich kein Mörder bin?«, fragte sein Sohn.

»Lambert«, sagte Lunetta tadelnd. »Dieses Pergament ist das beurkundete Geständnis von Aleander, dass der Schmied Catlyn in seinem Auftrag tötete. Es ist dein Freibrief! Chapuys muss Himmel und Hölle bewegt haben, um es zu erhalten. Gönne deinem Vater die Freude.«

»Genau«, fügte Claas van Berck hinzu. »Wir werden gleich morgen den Gewaltrichter herbestellen. Und beide Bürgermeister! Ein kaiserlicher Brief, ha! Und dann werde ich ein Fest geben, eine Frühlingsfeier. Der Pfarrer von Sankt Kolumba soll ein weiteres Theaterstück verfassen. Etwas über die Wonnen der Fruchtbarkeit. Wir könnten zart andeuten, dass unser Haus bald Nachwuchs erwartet. Sidonia, ich sehe dich bereits als Göttin der Fruchtbarkeit, und Lunetta – ich meine, werte Gräfin von Löwenstein –, Ihr könntet die hoffende Braut geben, die ...«

»Vater«, unterbrach Sidonia ihn streng und rollte die Augen zur Decke. »Noch vor wenigen Tagen drohte deinem Haus der Untergang. Zügle endlich deine Eitelkeit.«

Der Graf hatte die Lektüre des Briefes beendet und sah auf. »Das Papier duftet nach Orangen. Soll ich?«

Lunetta und Lambert nickten. Adrian von Löwenstein hielt das Papier gegen die Flammen im Kamin.

»Ah, weitere Nachrichten!«, rief er. »Für dich, mein Kind.«

»Lies sie vor«, bat Lunetta.

»Verehrte *condessa*. Ich kann nicht widerstehen, mich noch einmal auf diese Weise an Euch zu wenden. Seid versichert, dass ich Aleander genau im Auge behalten werde. Cromwell hat sich für ihn verwandt. Ohne Zweifel hält er diesen Teufel für ein nützliches Werkzeug bei der Vernichtung von Königin Anne. Es fällt mir schwer, es zuzugeben, aber beinahe dauert mich dieses intrigante Mädchen, das unserer großen Katharina so viel Übel zufügte. Mich würde interessieren, was die Karten über das Ende der Anne Boleyn verraten. Nun, sie wird zweifelsohne qualvoll enden, denn welche Strafe ist größer als die Wunde eines schlechten Gewissens! Ich werde vom Fortgang berichten.

Zum Schluss, liebste Lunetta, will ich Euch bitten, Eurem kölnischen Gastgeber meinen herzlichen Gruß auszurichten. Seine Zeilen haben mich vor wenigen Tagen per Eilpost erreicht.«

Sidonia fuhr in ihrem Sessel hoch. Sie blitzte ihren Vater an. »Du hast dem spanischen Botschafter einen Brief geschrieben?«

Claas van Berck hob voll Unschuld die blassgoldenen Brauen. »Nur eine kleine Bitte.«

Der Graf fuhr in der Lektüre fort. »Wie es scheint, ist Claas van Berck ein Mann von flinkem Geist und ein überaus vorausschauender und umsichtiger Schwiegervater …«

Wieder schnappte Sidonia nach Luft. »Vater! Die Verlobung ist noch nicht beschlossen.«

Der Graf hob den Blick von dem Brief. »Ich glaube kaum, dass sie zu verhindern ist, und stehe tief in Lamberts Schuld.« Sein Blick streifte Lunettas lächelndes Gesicht, dann las er weiter.

»Werte Gräfin, teilt dem Kaufmann mit, dass ich gern die Patenschaft für jedes Kind, das Gott Euch und meinem Freund Lambert künftig schenken mag, übernehme. Jedoch nicht im Namen des Kaisers und unter dem Wappen Habsburgs, sondern nur als Euer immer ergebener und bescheidener Freund Don Eustace Chapuys!«

»Vater«, stieß nun auch Lambert voller Zorn hervor. »Wie konntest du das wagen? Eine kaiserliche Patenschaft, du bist maßlos.«

Claas van Berck hob verteidigend die Hände. »Ich tat es für dich. Denk an dein Erbe! Das stolze Rüstungskaufhaus *Van Berck und von Löwenstein.* Was meinst du, wie prachtvoll sich in unserem Wappen ein kleiner kaiserlicher Doppeladler machen würde. In Gold und vielleicht mit Augen aus blauem Saphir?«

Anhang

Genialer Monarch oder blutrünstiges Monster? Notizen zu Heinrich VIII.

Im vorliegenden Roman besetzt Heinrich VIII. nur eine Nebenrolle. Mit gutem Grund, sein Leben ist ein eigener Roman, an dessen erzählerischer Nachgestaltung sich bereits viele Autoren – allen voran Margaret George mit der fulminanten, fiktiven Autobiografie *Heinrich VIII. Mein Leben* – erfolgreich bemüht haben. Als Appetitanreger für weitere Lektüre hier einige Stichworte zu seiner Person.

Der Dicke

Heinrich Tudor, englischer König von 1509 bis zu seinem Tod 1547, gehört zu den Monarchen, die sogar eingefleischten Geschichtsmuffeln vertraut sind: der mit den sechs Frauen, von denen er zwei köpfte. Der Dicke. Verfressen, skrupellos und gnadenlos selbstverliebt. So meinen wir ihn zu kennen.

Durch die Porträts seines deutschen Hofmalers Hans Hohlbein d. J., der ihn zwischen 1537 und 1547 für die Nachwelt festhielt, ist uns sein Äußeres überliefert: Rauschebart und Doppelkinn in überladenen Gewändern mit fantastischen Schulterpolstern. Die exzellent gemalten Nahaufnahmen zeigen den Herrscher jenseits seines vierzigsten Lebensjahres und veranlassen den Romancier Charles Dickens im 19. Jahrhundert zu einem vernichtenden Urteil: »Ein unerträglicher Rohling, ein Blut- und Fettfleck in der englischen Geschichte.« Das sitzt.

Jedoch: Heinrichs Untertanen haben ihn vollkommen anders gesehen.

Der Popstar der Renaissance

Für die Menschen seiner Zeit ist der junge Heinrich, der 1509 mit knapp achtzehn Jahren und nach dem frühen Tod seines älteren Bruders Arthur den Thron erbt, eine Art Popstar der Renaissance. Damit haben sie nicht unrecht. In jungen Jahren ist Heinrich alles andere als ein unförmiger Feistling. Der rotblonde Hüne überragt mit knapp einem Meter neunzig seine Zeitgenossen um einiges. Als begeisterter Sportler ist er zudem schlank und athletisch. Mit Erfolg bestreitet er regelmäßig Ritter-Turniere, liebt Ringkämpfe und Boxen, macht das Tennisspiel populär, frönt dem Volkssport Fußball. Als exzellenter Bogenschütze reitet der zweitgeborene Sohn von Heinrich VII. bis zu acht Pferde und sämtliche Begleiter bei einer einzigen Jagd müde.

Neben seinem hübschen, leicht femininen und glatt rasierten Gesicht fasziniert Europas Botschafter die Tatsache, dass Henricus Rex äußerst muskulöse Waden vorweisen kann – eine Seltenheit zu seiner Zeit. Heinrich betont diesen Vorzug durch enge Strümpfe und ist sehr angetan, als ein italienischer Diplomat ihm versichert, dass sein lebenslanger Rivale, der französische König Franz I., überhaupt keine Waden und eine überlange Pferdenase habe. Beides stimmt. Heinrich ist unbestritten der schönste Thronerbe seines Jahrhunderts und weiß sein blendendes Aussehen zu nutzen.

Doch des Königs Vorliebe für prunkvolle Kleidung, perlenbesetzte Wämser, pelzverbrämte Samtmäntel, Juwelen und Ringe verdankt sich nicht nur übertriebener Eitelkeit. Der Urenkel eines Gewandmeisters und Schafzüchters aus niederem walisischem Adel weiß, dass Macht im Wesentlichen auch eine

Folge des äußerlichen Eindrucks ist. Selfpromotion gehört zu Heinrichs größten Talenten – weshalb er auch heute noch so berühmt ist.

Urenkel von Schafzüchtern

Sein Motto lautet: »Willst du ein König sein, dann benimm dich wie einer.« Er trägt die Maske der Royalität nicht ohne Grund perfekt bis zur Übertreibung. Sein Vater sicherte sich bei der letzten, entscheidenden Schlacht der Rosenkriege – in deren Verlauf sich die altadligen Dynastien von York und Lancaster im Kampf um die Krone fast vollständig ausgerottet hatten – Englands Thron quasi als Seiteneinsteiger. Bei Heinrichs Machtantritt ist die Tudordynastie also blutjung und sitzt auf einem wackligen Thron, für den es noch immer Anwärter mit weit dickerem Adelsblut gibt. Heinrich kaschiert seine etwas halbseidene Herkunft durch eine nie gekannte Prunkentfaltung, die seinen Gegnern unermesslichen Reichtum demonstrieren soll. Der Erfolg: Europas Machthaber beginnen die bislang unbedeutende Nebelinsel im Norden mit ihren knapp 2,3 Millionen Untertanen (Frankreich hatte fünfzehn Millionen, der Kaiser fünfundzwanzig) als Bündnispartner zu umwerben.

Tausendsassa der Tudors

Nicht nur mit strahlendem Aussehen, sondern auch mit beachtlichen Talenten weiß Heinrich zu betören: Er spricht fließend Französisch, Latein, später Spanisch, er komponiert und spielt Messen und Lieder, beeindruckt als Tänzer durch enorme Sprungkraft, weiß über Schiffsbau, Architektur und Theologie Bescheid, betätigt sich als Mediziner, der – wie alle Ärzte jener Zeit – zweifelhafte Salben aus Perlenmehl oder Stierhoden mixt. Als Hobby-Astronom skizziert er Sternbilder, als Juwelier Tafelaufsätze und Weinbrunnen.

Der Hofstaat seiner ersten Regierungsjahre gilt unter den großen Humanisten seiner Zeit – von Erasmus bis Thomas Morus – als »Paradies der Gelehrsamkeit«. Ihr Lob ist nicht zuletzt deshalb so schwärmerisch, weil der König Stipendien für Forscher vergibt. Er will der *ultimative* Renaissancefürst sein, universell gebildet, musisch begabt, politisch gewieft, mächtig, beliebt und strahlend.

Dem Volk imponieren Heinrichs Steuernachlässe und die Tatsache, dass er das Geld aus der prall gefüllten Staatskasse seines Vaters mit vollen Händen ausgibt, nachdem er dessen schärfste Steuereintreiber hat hinrichten lassen. Um Volksnähe und Popularität bemüht, zeigt sich der junge Thronerbe mitunter extrem freigiebig. Bei einem öffentlichen Auftritt taucht er in die Menge der Gaffer ein und erlaubt ihnen, ihm seine Gewänder, Juwelen und Ringe vom Leib zu pflücken. Reiche Höflinge tun es dem Monarchen sogleich nach und müssen von Heinrichs Leibgarde vor der reißenden Meute geschützt werden. Nur Young Henry darf sich diese frühe Form des *stage-diving* leisten. Bis an sein Lebensende kann der Urvater der wahren Superstars relativ unbewacht und unbehelligt unter seinem Volk einherreiten und -schreiten.

Eine königliche Romanze

Seine Fangemeinde im einfachen Volk schwillt weiter an, als der frisch gekrönte Monarch sich im Sommer 1509 mit der Witwe seines verstorbenen Bruders vermählt.

Die Spanierin Katharina von Aragón – Tochter aus einer der mächtigsten Dynastien Europas – ist schon deshalb bei den Inselbewohnern beliebt, weil sie viel hat leiden müssen und dies mit Contenance getan hat.

1501 wird sie – vertragsgemäß – samt Hofstaat, persönlichem Heiratsgut und hunderttausend Gulden Mitgift nach England verfrachtet, um den vierzehnjährigen Arthur Tudor zu heiraten. Eine kleine, rundliche, blonde Braut von sechzehn Jahren, die eine Allianz zwischen dem mächtigen Spanien und dem – noch – aufstrebenden England gegen Frankreich sichern soll.

Im November desselben Jahres heiraten die Königskinder in der St. Paul's Cathedral. Fünf Monate später stirbt Arthur – wahrscheinlich an Schwindsucht. Katharinas Vater Ferdinand will nun die Mitgift zurückbekommen, Arthurs Vater hingegen fordert die Auszahlung des Restbetrags. Die sechzehnjährige Witwe möchte nach Hause, aber Heinrich VII. lässt sie nicht gehen, und ihr Vater Ferdinand will sie nicht wiederhaben. Er braucht das Bündnis mit England und schlägt deshalb vor, Katharina mit dem zehnjährigen Heinrich zu verloben. Im Gegenzug verspricht er, den Rest der versprochenen Mitgift zu zahlen.

Kirchenrechtlich hat diese ausgesprochen praktische Lösung einen Haken: Schwager und Schwägerin gelten als Blutsverwandte, und Ehen zwischen diesen sind nicht erlaubt.

Da aber niemand wirklich annimmt, dass der kränkelnde, Blut spuckende vierzehnjährige Arthur fleischlichen Umgang mit Katharina gehabt hat, bittet ihr Vater den Papst um einen Ehedispens wegen Nichtvollzugs. Julius II. gewährt ihn. Einer späteren Hochzeit mit Heinrich steht nichts mehr im Wege. Bis auf weitere Finanzfragen, die der ebenso kostenbewusste wie geldgierige Heinrich VII. besonders gern erörtert.

So verlangt er eine Erhöhung der Mitgift für die Secondhand-Braut Katharina. Spaniens Ferdinand schlägt vor, den Gegenwert ihres mitgebrachten Goldgeschirrs anzurechnen. Heinrich lehnt »gebrauchtes Porzellan« jedoch ab. Über die zähe Feilscherei gerät Katharina in eine triste Warteschleife. Englands König hält sie finanziell so kurz, dass sie in einem feuchten Londoner Palais hungern muss und Schulden macht; ihr Vater Ferdinand schickt kein Geld aus Angst, dass der Schwiegervater es kassieren könnte. Katharina findet Trost im Gebet und der schwärmerischen Zuneigung ihres pubertierenden, künftigen Bräutigams Heinrich.

Zur Überraschung des Hofes erklärt dieser allerdings am 27. Juni 1505 – dem Vorabend seines 14. Geburtstages, mit dem er heiratsfähig wird –, dass er sich nicht an die Verlobung gebunden fühlt. Sein Vater hat bei diesem Auftritt Regie geführt, weil er eine lukrativere Ehe plant. Dass sein Sohn anders denkt und wohl auch fühlt, wird allerdings klar, als Heinrich im Sommer nach seiner Thronbesteigung und noch während der Trauerzeit um seinen verschiedenen Vater die sechs Jahre ältere spanische Prinzessin zum Traualtar führt. Der junge König beweist erstmals einen Hang zur amourösen Romantik, der ihm später noch einigen Ärger bescheren wird – und erst recht seinen Frauen.

Jetzt aber jubelt ganz London. Man spricht von einer Märchenhochzeit, durch die eine holdselige, fromme Märtyrerin endlich ihren Traumprinzen bekommt. Zugleich hofft man, dass die liebreizende Königin ihren jungen Bräutigam zähmen wird. Denn neben allen Vorzügen geht auch das Gerücht, er sei ehrgeizig, jähzornig und sprunghaft. Berater und Staatsmänner, die ihn aus nächster Nähe kennen, fürchten bereits den Tag, an dem »der junge Löwe seine wahren Kräfte entdecken wird«.

Das Leben ein Fest

Zunächst sieht es nicht danach aus. Heinrich überlässt die Regierungsgeschäfte Beratern wie Thomas Wolsey, dem hochintelligenten Sohn eines Fleischers, der es zum Lordkanzler Englands, zum Kardinal und mächtigsten Politiker der Insel bringen wird, während Heinrich sich vor allem amüsiert.

»Das Leben bei Hof ist ein immerwährendes Fest«, berichtet Katharina ihrem Vater Ferdinand in den ersten Monaten der Ehe. Heinrich führt venezianische Maskenspiele ein, setzt ein Turnier nach dem anderen an, bei Tafeleien werden bis zu vierzehn Gänge serviert, einschließlich blattvergoldeter Pfauen und mit Silberpulver gebundener Saucen. Noch setzt diese Form der Fleischeslust beim Monarchen nicht an, denn zum Ausgleich ist Heinrich fast täglich acht Stunden auf der Jagd.

Seine fromme Gattin sieht über die hemmungslose Lebenslust des Königs klug hinweg und tröstet sich damit, dass er bis zu fünfmal täglich die Messe mit ihr besucht. Wobei er nebenher – in seiner abgeschirmten königlichen Loge – die lästigen Staatsgeschäfte erledigt, Papiere unterzeichnet, Minister feuert und das ein oder andere Todesurteil genehmigt – vor allem gegen Ketzer, die es mit dem deutschen Mönchlein Luther halten.

Heinrich ist – wie Katharina – ein glühender Anhänger des Katholizismus und des Papstes, für den er 1521 eine Streitschrift gegen Luther verfasst. Der Pontifex verleiht ihm dafür den Titel »Defensor fidei«, den Englands Herrscher noch heute tragen.

Nichts fehlt dem jungen Ehepaar – außer einem Kind. Mit dem König und der Königin wartet das ganze Land auf die Geburt eines Thronfolgers, der die Tudordynastie sichert. Auch im Volk ist die Erinnerung an die blutigen und verheerenden Rosenkriege noch lebendig – man will Frieden, keine Erbfolgestreitigkeiten.

Am Ende des ersten Ehejahres wird eine Tochter tot geboren. Ein Jahr später folgt ein Sohn, der jedoch nur zweiundfünfzig Tage lebt. Bis ins Jahr 1519 soll Katharina neunmal schwanger werden und acht Fehl- oder Totgeburten erleben. Einzig ihre Tochter Mary – geboren 1516 – überlebt. Doch eine Tochter zählt nicht.

König Artus' letzter Ritter

Neben seinen Bemühungen um die dringend gebotene Produktion eines Thronerben führt Heinrich in jungen Jahren einige historisch bedeutungslose Scharmützel gegen Frankreich. Er will sich als »Europas letzter Ritter« und Nachfolger Artus' beweisen. Ein kostspieliger Zeitvertreib! Bis zu zwanzig Prozent Steuern müssen seine Untertanen zahlen, um Heere anzuwerben und auszurüsten.

Für eine militärische Expedition im Jahr 1511 werden allein einundsechzigtausend Pfund zum Waffenkauf benötigt. Heinrich will nur beste Kriegstechnik, etwa flämische Bombarden oder Kanonen wie die zwölf Apostel zu sechzehntausend Pfund.[1]

Er entwirft Englands erstes Kriegsgroßschiff von tausend Tonnen, die »Mary Rose«. Militärhistoriker halten dem in Schlachten überwiegend glücklosen König zwei Errungenschaften zugute.

Erstens: Er legt den Grundstein zur Royal Navy, die später Englands imperiale Macht erstreitet und sichert. Zu Beginn von Heinrichs Regierungszeit gibt es nur zwei Kriegsschiffe, am Ende sind es siebzig.

Zweitens: Heinrich schafft einen Ring modernster Festungsanlagen längs der englischen Küstenlinie. Die alte Festung Dover baut er mithilfe eines deutschen Ingenieurs zur uneinnehmbaren Trutzburg aus, was sie bis heute geblieben ist.

---

1 Tudorgeld in heutige Währung umzurechnen ist recht schwierig, da es unter Heinrich VIII. häufig zu Geldentwertungen und Inflationen kam. Ein Tudor-Pfund entspräche heute ungefähr einer Summe von fünfhundert Pfund. Wer im 16. Jahrhundert über ein jährliches Einkommen von über vierzig Pfund verfügte – und das waren die wenigsten – galt als wohlhabend. Ein Schulmeister und Oxford-Absolvent erhielt etwa zehn Pfund pro Jahr. Ein Arbeiter verdiente um 1550 etwa einen Shilling pro Tag; ein Pfund entsprach zwanzig Shilling. Die Armenfürsorge in einigen Dörfern betrug sechs Pence pro Woche; zwölf Pence waren ein Shilling. (Quellen für die Umrechnung: Time traveller's guide to Tudor England auf www.channel4.com und Bill Bryson: Shakespeare)

Eher unfreiwillig stärkt der Tudorkönig auch die Position des Parlaments, indem er sich die Kriegssteuern von seinen Politikern empfehlen, genehmigen und durchsetzen lässt, ganz einfach, um nicht als blutsaugerischer Buhmann dazustehen. Damit gibt er dem Parlament – zumindest formal – eine zuvor nicht gekannte Machtfülle, allerdings nach dem Muster: Das Parlament darf alles machen, was ich will.

Viel später führt diese Stärkung des parlamentarischen Selbstbewusstseins zur Einführung der konstitutionellen Monarchie, die Englands Könige in jene Rolle drängt, die Heinrich noch seinem Parlament zuschiebt: die eines einflusslosen, bloß repräsentativen Schmuckstücks.

Ein harmloser Casanova und neun Schwangerschaften

Als letzter Ritter im Stil der Tafelrunde sucht Heinrich nicht nur ruhmreiche Schlachten, sondern auch die höfische Minne. Er komponiert für die Hofdamen seiner Königin Katharina und flirtet hingebungsvoll. Besonders gern trägt er selbst gedichtete Lieder vor – etwa *Pastime With Good Company.* Erstaunlich ist die hohe Fistelstimme des stämmigen Athleten. Zunächst sind diese außerehelichen Bemühungen rein platonisch.

Doch zur gängigen Ausstattung eines Monarchen gehört auch die Mätresse. Und während Katharina von einer Schwangerschaft in die nächste wechselt, ist es Heinrichs königliches Recht, sich anderweitig zu amüsieren. Katharina ist klug genug, diese Tatsache still hinzunehmen. Und tatsächlich ist ihr Gatte – verglichen mit anderen Monarchen seiner Zeit – ein vergleichsweise harmloser Casanova. Von 1516 bis 1519 hält er der Hofdame Bessie Blount – einer üppigen Blondine, nicht mehr als ein Bettschatz – die Treue.

Sie gebiert ihm 1519 einen gesunden Sohn, während Katharina nur wenige Monate zuvor mit ihrem letzten Kind niederkommt, einer Tot- und – was den abergläubischen Heinrich beunruhigt – wahrscheinlichen Missgeburt. Möglich, dass er zu diesem Zeitpunkt erstmals an der Gottgefälligkeit seiner Ehe mit der Witwe seines Bruders zweifelt. An seiner Zeugungsfähigkeit hingegen zweifelt er – dank Bessies Sohn – nicht länger. Er nennt den Bastard Henry Fitzroy und verleiht ihm den königlichen Titel eines Herzogs von Richmond. Bessie allerdings wird verheiratet und in den Norden geschickt. Sie hat weder Talent noch Geist genug, um sich als einflussreiche Mätresse zu etablieren.

Als Ersatz bringt sich Heinrich 1520 von einem Versöhnungsbesuch bei König Franz I. aus Frankreich Mary Boleyn – die ältere Schwester von Anne Boleyn – mit an den englischen Hof. Sie wird seine erotisch versierte Geliebte. Heinrichs Interesse an der als nymphomanisch beschriebenen Mary rührt vielleicht daher, dass sie zuvor mit seinem Erzrivalen König Franz eine kurze Liaison hatte. Heinrich ist wie stets daran gelegen, seine Waden, seine militärischen Leistungen, seine Kleidung, seinen Bartwuchs oder eben seine erotische Leistungsfähigkeit mit der des drei Jahre jüngeren Franzosen zu vergleichen.

In Sachen Frauen hat er gegen Franz jedoch keine Chance. Der nämlich gehört zu den tatsächlich aktivsten Casanovas seines Jahrhunderts. Zeitweise wechselt er die Bettpartnerinnen täglich, und das nicht immer auf galante Art. Die Tochter eines französischen Bürgermeisters verunstaltet sich selbst mit Kupfervitriol, um seinen groben Avancen und einer Ansteckung mit der Syphilis, unter der Franz leidet, zu entgehen.

Heinrich scheint sich derweil mit einem doppelgleisigen Ehe- und Liebesleben zu arrangieren, mit Katharina, einer würdevollen und beim Volk beliebten Königin, mit Mary Boleyn, einer erotisch raffinierten Geliebten, und seinem illegitimen Sohn

Henry Fitzroy. Katharina, inzwischen fünfunddreißig und nach neun Schwangerschaften ausgelaugt, unförmig und unattraktiv, hofft weiterhin, einen Thronfolger zu gebären. Sie unterzieht sich medizinischen Rosskuren, unternimmt Wallfahrten im Namen der Fruchtbarkeit, trägt das härene Hemd des franziskanischen Tertianerordens unter ihren Gewändern und geißelt sich. Heinrich kommt seinen ehelichen Verpflichtungen sporadisch nach, aber Katharinas Leib »bleibt stumm«, wie es Zeitgenossen ausdrückten.

Die schwarze Nan

Die relativ stabile Ménage-à-trois gerät ins Trudeln, als Mary Boleyns jüngere Schwester Anne 1521 ebenfalls aus Frankreich zurückkehrt und in die Gruppe der Hofdamen um Katharina eingereiht wird. Die glutäugige, gertenschlanke Zwanzigjährige ist bei Hof ein unmittelbarer Erfolg. Sie ist zwar keine atemberaubende Schönheit, aber, gekleidet nach freizügiger französischer Art, mit ausgeschnittenen Roben und koketten Käppchen, die ihre rabenschwarze Mähne und den überschlanken Hals betonen, eine auffallende Erscheinung.

Am französischen Hof hat Anne alle Finessen der Galanterie studiert. Sie ist schlagfertig, gebildet, bissig und »hard to get«: Sie ermutigt alle Höflinge und gewährt keinem ihre Gunst. Auch Heinrich nicht, der um das Jahr 1525 auf sie aufmerksam wird und in Leidenschaft entbrennt.

Wie ein Gockel umwirbt der Vierunddreißigjährige die Tochter eines Landadeligen aus Norfolk. Er übersendet Juwelen, die sie zurückweist, und verfasst – obwohl notorisch schreibfaul – Liebesbriefe, von denen siebzehn erhalten sind, die mysteriöserweise bereits 1529 im Vatikan auftauchen und noch heute dort verwahrt werden. Heinrichs Liebelei war von Beginn an auch Staatsaffäre.

Vom gezierten Minne-Französisch wechselt er in seinen Liebesbriefen im Laufe der Monate ins Englische und wird immer deutlicher, je distanzierter Anne sich zeigt: »Ich wünsche mich besonders am Abend in die Arme meines Schatzes, dessen hübsche Brüste ich bald zu küssen hoffe.«

Die Hexe mit dem sechsten Finger

Anne – so vermuten ihre Biographen – gewährte ihrem glühenden Verehrer zwar gelegentlich das, was heute als »heavy petting« bekannt ist, verweigert aber – um es im Ton des Mittelalters zu formulieren – »die Entsiegelung ihres Brünnleins« mit dem geschickten Hinweis, dass sie nur eheliche Kinder (und mögliche Thronerben für England) empfangen will.

Anne möchte werden, was Katharina um jeden Preis bleiben will: Königin von England und nicht nur Nachfolgerin ihrer Schwester im Bett des Königs.

Heinrichs Berater Kardinal Wolsey durchschaut das Spiel der Hofdame früh und nennt sie fürderhin »die Natter« oder »Black Nan«. Überhaupt ist die zielstrebige und selbstbewusste Aufsteigerin, deren Verwandte immer höhere Posten einstreichen, bei Hof bald unbeliebt.

Erste Gerüchte über einen sechsten Finger von Heinrichs Favoritin und ein erdbeergroßes Hexenmal an ihrem Hals kursieren in den Palastkorridoren. Wohlweislich verbirgt die Boleyntochter die Makel, indem sie enge Halsbänder trägt und überlange Ärmel. Bei dem sogenannten sechsten Finger handelt es sich nur um den Ansatz eines zweiten Nagels am kleinen Finger ihrer linken Hand. Die Gerüchte verebben, als Heinrichs Obsession unvermindert anhält. Die Damen kopieren das Erfolgsmodell Anne: Lange Ärmel, Halsbänder und frivoles Flirten kommen allgemein in Mode. Die Boleyn ist eine begabte Trendsetterin mit Starqualitäten – genau wie ihr Verehrer Heinrich.

Eine sündhafte Ehe

Angesichts der lebensprühenden Anne, die so ganz anders als die inzwischen vierzigjährige, kränkelnde, verbitterte Katharina ist, befragt der verliebte König schließlich sein Gewissen, und das meldet ihm freundlicherweise, dass seine Leidenschaft keine blinde Vernarrtheit, sondern ein Wink Gottes sein muss. Eigentlich nämlich sei er gar nicht verheiratet, sondern habe mit Katharina achtzehn Jahre in schwärzester Sünde gelebt, da der vom Papst einst erteilte Ehedispens ungültig sei.

Der theologisch versierte König findet eine Bibelstelle, die ihm die Augen für seinen Frevel öffnet: »Wenn einer seines Bruders Weib nimmt, ist das schändlich«, heißt es im 3. Buch Mose, und: »Die sollen ohne Kinder sein.« Darum also fehlt es am Thronerben! Wer hinter solchen Argumenten für eine Trennung blanken Zynismus vermutet, der irrt. Heinrich legt Wert darauf, dass »zwischen Gott und meinem Gewissen völlige Übereinstimmung herrscht«. Dass sein Gewissen mitunter bemerkenswert elastisch ist, entgeht ihm dabei.

Aufs Höchste alarmiert, bittet Heinrich hinter Katharinas Rücken Papst Clemens VII. 1527 um eine Annullierung seiner gott- und fruchtlosen Ehe. Solche Annullierungen sind in Fürstenhäusern durchaus üblich und – bei angemessen gottgefälliger Honorierung – eine Formsache. Heinrich ist sich sicher, dass der Papst ihm helfen wird, schließlich ist er für ihn schon in den Krieg gegen Frankreich gezogen, hat Luthers Schriften verbrennen lassen und mit der Feder die römische Kirche verteidigt. Ungehorsam gegen den Papst, so hieß es in seiner Streitschrift damals, sei eine Todsünde.

Über den Verbleib von Katharina macht er sich keine Sorgen, sie kann in ein Kloster gehen. Trägt sie nicht ohnehin schon das härene Gewand, und ist ihr nichts widerwärtiger als der Geruch von Sünde?

Doch was Heinrich für eine Gefälligkeit hält, ist für Clemens ein Problem. Er müsste etwas für unrecht erklären, was einer seiner unfehlbaren Vorgänger verfügt hat. Außerdem kommt die Bitte des englischen Königs höchst ungelegen. Rom ist soeben von den spanischen Landsknechttruppen des Kaisers eingenommen worden. Der Heilige Vater ist ein Gefangener Karls V. Und Kaiser Karl ist nicht nur Europas mächtigster Herrscher, sondern dummerweise auch Katharinas Neffe.

Clemens ist in einer Zwickmühle. Verscherzt er es sich mit Karl, könnte dieser den ganzen Kirchenstaat schlucken; verprellt er Heinrich, so riskiert er, die beachtlichen englischen Kirchenabgaben zu verlieren. Clemens – ohnehin für seine Zögerlichkeit bekannt – entscheidet sich für die Taktik des Aussitzens. Sechs Jahre wird er den Fall verschleppen.

Prozess um ein Jungfernhäutchen

In dieser Zeit streiten Politiker, Diplomaten und – von beiden Seiten geschmierte – Universitätstheologen über die Rechtmäßigkeit von Katharinas Ehe. Die stolze und fromme Spanierin hat hingegen nicht den geringsten Zweifel daran und weigert sich, den Nonnenschleier zu nehmen oder – wie Heinrich ebenfalls vorschlägt – eine Ehe zu dritt zu führen. Auch dafür gibt es Dispense und Vorbilder aus anderen Herrscherhäusern.

Im Sommer 1529 hat Kardinal Wolsey unter Mühen ein Kirchengericht in London zusammengetrommelt, dem auch ein päpstlicher Legat aus Rom beiwohnt. Verhandelt werden soll, ob die Königin bereits von ihrem ersten Gatten – Arthur – entjungfert wurde oder nicht. In diesem Falle wäre ihre zweite Ehe ungültig. Nicht wegen Moses und der Heiligen Schrift, sondern wegen eines ärgerlichen Formfehlers im alten Ehedispens. Der 1502 erteilte Freibrief für Katharinas Heirat mit Heinrich galt nur für den Fall, dass die junge Witwe noch *virgo intacta* gewesen sei.

Ehe die eigentliche – und voraussichtlich pikante – Verhandlung beginnt, hat Katharina einen eindrucksvollen Auftritt. Sie erscheint im Saal von Blackfriars, geht vor Heinrich in die Knie, beteuert, als Jungfrau in die Ehe mit ihm gegangen zu sein – wie er sehr wohl wisse –, und dass sie sich immer bemüht habe, eine gute Königin zu sein. Viele Kinder habe sie dem Monarchen geschenkt, allein Gott habe es gefallen, sie zu sich zu berufen. Zum Schluss merkt sie an, dass nicht ein englisches Gericht, sondern nur ein römisches für ihren Fall zuständig sei. Sie verlässt den Saal und scheucht alle Diener weg, die sie zurückhalten wollen.

Heinrich selbst schweigt zu Katharinas intimen Beteuerungen, offenbart aber noch einmal seine Gewissensqualen und äußert tiefstes Bedauern darüber, nicht mit einer so vortrefflichen Königin verheiratet bleiben zu dürfen.

Die Drecksarbeit erledigen seine Höflinge.

Als Zeugen aufgerufen, erinnern sie sich plötzlich daran, dass der vierzehnjährige Arthur nach seiner Hochzeitsnacht mit Katharina völlig ausgedörrt nach Bier verlangt habe, da er »mehrmals mitten in Spanien« gewesen sei.

Doch ein verbindliches Urteil wird nicht gefällt, der Papst beruft seinen Legaten nach Rom zurück und ordnet Vertagung an.

Der Löwe entdeckt seine Pranken

Anne Boleyn hält Heinrichs Berater Wolsey für den Schuldigen am stotternden Fortgang, denn Heinrich beteuert ihr glaubhaft, er wolle sie heiraten, um den fälligen Thronerben zu zeugen.

Der Zeitpunkt, an dem der »junge Löwe seine wahren Kräfte entdeckt«, ist gekommen. Und sein erstes Opfer heißt Wolsey.

Heinrich lässt seinen langgedienten Berater verhaften. Dabei macht er sich das Parlament und ein zweihundert Jahre altes Gesetz zunutze. Das sogenannte »Statue of praemunire« erklärt es zum Hochverrat, sich in Rechtsfällen an ausländische Machthaber und Gerichte zu wenden, also auch an päpstliche. Wolsey hat dies in Heinrichs Auftrag getan und wird dafür nun verstoßen. Seiner sicheren Hinrichtung entgeht er durch seinen – möglicherweise selbst durch Gift herbeigeführten – Tod.

Anne zeigt ihre Freude unverhohlen. Gemeinsam mit Heinrich besucht sie York Place – Wolseys Stadtpalast am Londoner Themseufer –, um Vitrinen, Wandteppiche, venezianische Gläser, orientalische Seidenkissen und Prunkbetten zu begutachten. Wolseys gesamter Besitz – der unermesslich ist – fällt der Krone zu, darunter mehrere Paläste und Landhäuser. Aus York Place wird Whitehall Palace, Annes Lieblingsresidenz. Überhaupt ist das Einkassieren von Schlössern ganz nach Heinrichs Geschmack. Am Ende seines Lebens werden es sechzig sein. Viele stammen von ehemaligen Günstlingen, die sich mehr oder minder freiwillig von ihren Besitztümern trennen oder sie gegen baufällige, ältere Modelle Heinrichs eintauschen.

Der Bischof von Rom

Nach Wolseys Tod schickt Heinrich 1530 noch einmal Diplomaten – darunter taktvollerweise Annes Vater – zum Papst, um eine Annullierung zu erreichen. Clemens entlässt sie alle mit warmen, aber unverbindlichen Worten. Der König erkennt, dass er sich zwischen Anne und dem Heiligen Vater entscheiden muss. Kurzerhand wendet er das praktische »praemunire«-Gesetz nun auf alle Bischöfe Englands an, die sich ja zunächst dem Papst und erst an zweiter Stelle ihrem König verpflichtet fühlen. Hochverrat! Die eingeschüchterten Prälaten zahlen hohe Bußgelder und lassen sich vom König seine Anerkennung als »Oberhaupt der englischen Kirche gleich unter Gott« abpressen. Eine endgültige Trennung von Rom ist dies noch nicht, aber die Drohung ist unüberhörbar.

Bis zum Sommer 1531 leitet Katharina weiterhin den königlichen Haushalt, näht wie gewohnt des Königs Hemden, harrt duldsam aus. Heinrich – der angebliche Wüstling und Ehebrecher – führt ein zweifaches Zölibat, was seiner Laune abträglich ist. Der Vierzigjährige schläft weder mit seiner Noch-Ehefrau noch mit seiner Geliebten, die bei offiziellen Anlässen stets an seiner Seite ist und in den verschiedenen Palästen eigene Zimmerfluchten bewohnt.

Anne kleidet sich immer prunkvoller, verhält sich hochmütig und brüskiert die Königin, indem sie die Livreen ihres Gefolges mit einem kecken Spruch besticken lässt: »Murre, wer will, es wird doch geschehen.«

Es murren so einige, denn Katharina ist beliebt. Missfallen erregen auch der kometenhafte Aufstieg des unbedeutenden Boleyn-Clans und Annes Interesse für reformatorische Schriften.

Eine ausgemusterte Königin

Im August 1531 reißt dem Monarchen der Geduldsfaden. Er verlässt Windsor mit Anne. Die Königin bleibt zurück und muss ihre Kronjuwelen an die Rivalin übersenden. Für den Rest ihres Lebens wird Katharina in wechselnde Landhäuser verbannt, bevorzugt in klimatisch rauen Gegenden, die tödliche Krankheiten begünstigen. Unter dem Vorwand, sie plane eine »Verschwörung gegen den König«, wird der Verbannten jeglicher Kontakt zu ihrer inzwischen fünfzehnjährigen Tochter Maria untersagt.

Im Herbst 1532 brechen Anne und Heinrich zu einem Staatsbesuch in Frankreich auf. Anne, die am dortigen Hof erzogen wurde, hofft auf Anerkennung als Heinrichs künftige Frau, doch Frankreichs Königin empfängt sie nicht.

Die inzwischen Einunddreißigjährige entschließt sich zum letzten Gunstbeweis für Heinrich, um sich den Thron zu sichern, bevor auch sie in die unfruchtbaren Jahre gerät. Zur damaligen Zeit geschah das – aufgrund mangelhafter Ernährung und allgemein größerer Strapazen und Gesundheitsgefahren – früher als heute.

Anne hat Glück, sie wird unmittelbar nach der ersten fleischlichen Begegnung von Henricus Rex schwanger. Im Januar 1533 heiratet Heinrich sie heimlich. Queen Annes Wappenspruch lautet: »The moost happi of wifes«. Doch noch leben beide – aus römischer Sicht – in Bigamie.

Im April lässt Heinrich kurzerhand jede Einflussnahme des Papstes auf Englands Politik und Kirche verbieten. Dies handhabt er mithilfe von Parlament und Gesetz, denn als willkürlicher Despot will er wie immer nicht dastehen. Auch Kirchenämter darf in England fürderhin nur er besetzen – etwa mit Thomas Cranmer, der als neuer Erzbischof von Canterbury Heinrichs Ehe mit Katharina für null und nichtig erklärt. Im Sommer wird Anne gekrönt.

Eine weitere Tochter

Der prachtvolle Krönungsumzug durch Londons Straßen wird von sehr verhaltenem Beifall und wenigen Rufen begleitet. Hochrufe sind dies allerdings nicht, die gewitzten Londoner skandieren lediglich die Initialen des neuen Herrscherpaars: »HA, HA, HA!«

Wenige Wochen später kommt Anne mit Heinrichs Kind nieder. Zu ihrem und Heinrichs Entsetzen ist es ein Mädchen – hübsch und gesund, aber genauso untauglich für Thron und Regierungsgeschäfte wie ihre ältere Halbschwester Mary. Das

Mädchen wird auf den Namen Elizabeth getauft. Weder ihr Vater noch ihre Mutter konnten damit rechnen, dass der kleine Rotschopf einmal die bedeutendste Monarchin Englands sein würde.

Der Papst fordert Heinrich bei Androhung des Kirchenbanns auf, »die Großhure aus seinem Bett zu werfen«. Zu spät. 1534 stimmen Heinrichs handverlesene Bischöfe der Trennung vom Pontifex zu, der fortan in England nur noch der »Bischof von Rom« genannt wird. Angenehmer Nebeneffekt: England braucht an diesen Bischof keine Kirchenabgaben mehr zu zahlen.

Trotz dieser »Reformation von oben« lässt Heinrich – der im Herzen Katholik bleibt – weiterhin protestantische Ketzer foltern und hinrichten. Nicht weniger beharrlich verfolgt er all jene Katholiken, die sich weigern, ihn als Kirchenobersten anzuerkennen und Rom abzuschwören. Im Mai 1535 wird die scheußlichste Hinrichtungsmethode für Hochverrat an mehreren papsttreuen Kartäusermönchen exerziert: Sie werden gehängt, bis sie bewusstlos sind, und sodann mit Schlägen und Essigwasser sorgfältig wiederbelebt, um ihnen die Schamteile abzuschneiden und vor ihren Augen ins Feuer zu werfen. Es folgt eine Ausweidung bei – noch mehr oder minder lebendigem Leib – und schließlich die Vierteilung.

König Heinrich ist so mächtig und so unbeliebt wie nie zuvor in seiner Regierungszeit.

Die rasende Königin

Auch Anne ist mit ihrem Gemahl unzufrieden, da der – ihrer spitzen Zunge müde – sich unter ihren Hofdamen umzuschauen beginnt. Was Katharina mit dem antrainierten Gleichmut der Aristokratin schlichtweg hinnahm, versetzt Anne in Rage.

Mit gutem Grund: Ihr ausgefeiltes Flirtverhalten hat ein

Exempel gesetzt, dem junge Fräuleins von Rang nacheifern. Die amouröse Taktik »Fang-mich-doch-du-kriegst-mich-nicht« beherrschen jetzt schon Achtzehnjährige. Schließlich winkt bei Erfolg ein Thron. Und dem passionierten Jäger Heinrich gefällt dieses Beuteschema nach wie vor.

Im Sommer 1535 kann sich Anne Boleyn ihre Favoritenrolle zurückerobern. Sie gibt an, schwanger zu sein. Doch schon im Herbst erweist sich dies als Einbildung oder Lüge – darüber streiten Historiker noch. Auch eine Fehlgeburt ist denkbar. Anne weiß, dass ihre Position längst an einem ebenso dünnen Faden hängt wie dereinst Katharinas. Was sie verkennt: Solange die alte Königin noch lebt, ist sie in Sicherheit, denn eine weitere Scheidung kann Heinrich sich nicht leisten; außerdem würde er riskieren, dann zu Katharina zurückkehren zu müssen.

Anne – inzwischen unberechenbar bis zur Hysterie – sucht ihr Heil im Angriff auf Katharina und vor allem Mary. Die ältere Halbschwester ihrer zweijährigen Tochter Elizabeth muss als deren Zofe Dienst tun. Eine Tante von Anne wird angewiesen, Mary streng zu überwachen und mit gelegentlichen Schlägen einzuschüchtern. Die Boleyn kämpft um ihr Überleben. Doch nicht nur ihre biologische Uhr tickt. Heinrich macht gelegentliche Impotenz zu schaffen. Die Schuld für den Lustverlust sucht er selbstverständlich bei Anne.

Turnierunfall und Totgeburt

Im Winter 1535 hat Anne Grund zum Jubel. Sie ist erneut schwanger. Der Hausfrieden kehrt über die Weihnachtstage zurück, doch dann besiegeln mehrere Schicksalsschläge ihren Niedergang.

Zunächst stirbt Anfang Januar Königin Katharina an Herzkrebs. Damit ist Heinrichs erste Ehe endgültig und zweifelsfrei aus der Welt und Vergangenheit.

Mitte Januar stürzt Heinrich bei einem Turnier und fällt mehrere Stunden ins Koma. Daraus erwacht, erfährt er, dass seine Frau bei der Überbringung der Unglücksnachricht herzlich gelacht habe. Als Folge des Unfalls verschlechtert sich sein Gesundheitszustand. Beingeschwüre, unter denen er seit längerem leidet, heilen nicht mehr ab, er muss künftig auf die meisten sportlichen Betätigungen verzichten. Wieder regt sich in ihm der Verdacht, Anne habe es auf sein Leben abgesehen, der sechste Finger fällt ihm ein, das Erdbeermal.

Beunruhigend scheint ihm auch die Tatsache, dass sowohl sein illegitimer Sohn Henry Fitzroy als auch Mary schwer krank – vielleicht mit Vergiftungssymptomen – daniederliegen. Will Anne ihre Tochter Elizabeth an allen anderen Tudors und ihm vorbei auf den Thron bringen?

Auch Annes Feinde sind nicht untätig und lancieren Gerüchte, die Königin halte es mit den Protestanten, ermutige Höflinge zu ernsthaften Avancen und habe mit Heinrichs erstem Kammerherrn über den Tod des Königs und ihre Neuvermählung gescherzt.

Was Heinrich einst betörte, stößt ihn zunehmend ab: Annes loses Mundwerk, ihre geistige Unabhängigkeit und ihre Freude am galanten Flirt.

Die wichtigste Lebensversicherung der Königin ist ihre Schwangerschaft, doch diese endet am 29. Januar mit einer Fehlgeburt. Ein Sohn, der sie nicht mehr retten kann.

Heinrich gibt sich zwar leutselig, sucht aber bereits Trost bei Jane Seymour, die blond, leicht schafsgesichtig und in Demut geschult ist – oder zumindest darin, den Eindruck derselben zu erwecken. Unterstützt und mit Verhaltenstipps versehen, wird sie von der eigenen Familie und mächtigen Höflingen, die die Boleyn-Clique entmachten will.

Drei Monate brauchen die diversen höfischen Intriganten,

um gegen Anne eine Anklage zu konstruieren, die Heinrich von ihr und allen Restbeständen seiner großen Passion befreien wird.

Inzest und Impotenz

Am 2. Mai 1536 wird Queen Anne in Greenwich Palace verhaftet und auf den Tower geführt. Man wirft ihr Ehebruch mit fünf Männern – unter anderem dem eigenen Bruder – vor. Außerdem soll sie die Ermordung des Königs geplant haben. Alle Angeklagten bestreiten die windigen Vorwürfe – bis auf Mark Smeaton. Der bildhübsche Lautenspieler aus einfachen Verhältnissen gesteht den Sex mit der Königin.

Kein Wunder, denn als Einziger wird er der Folter unterzogen, während seine hochadeligen Mitangeklagten nicht mit Streckbank oder Daumenschrauben malträtiert werden dürfen.

Der folgende Prozess ist eine Farce, die Annes Bruder George Boleyn dadurch würzt, dass er einen der Anklagepunkte gegen seine Schwester laut verliest – was ihm ausdrücklich untersagt worden ist. Im Angesicht seines sicheren Todes pfeift der Viscount of Rochford auf das Verbot. Der Dreiunddreißigjährige teilt der interessierten, zahlreichen Zuhörerschaft aus Adel, Londoner Bürgertum und einfachem Volk mit, dass seine Schwester die mangelhafte Manneskraft Heinrichs mehrfach erwähnt haben soll. »Der König ist nicht fähig, eine Frau zufriedenzustellen«, zitiert er öffentlich. So kränkt man Löwen.

Was im Prozess nur ein ohnmächtiger Seitenhieb gegen einen mörderischen Monarchen war, beschäftigt heute die Medizinhistoriker.

Heinrichs zeitweise Impotenz, seine zunehmende Verfettung, offene Geschwüre an beiden Beinen, jähe Stimmungswechsel und gelegentliche Paranoia deuten auf eine schwere Erkrankung hin. Diskutiert werden ein ererbter oder erworbener schwerer Diabetestyp – der bei hohem Blutzuckerspiegel auch zu mentalen Aussetzern führen kann – sowie die Syphilis, die neben unheilbaren Geschwüren Wahnattacken nach sich zieht. Beide Krankheiten beeinträchtigen die männliche Zeugungsfähigkeit. Wobei die Syphilis häufig zu Fehlbildungen von Föten und Totgeburten führt.

Kein Trost für Anne. An allem Unbill des Königs wird schließlich ihr – der Großhure – die Schuld gegeben. Auch das Hexengerücht lebt als Gossengeschwätz wieder auf, wird aber von offizieller Seite nicht bestätigt. Man will vermeiden, dass die englische Kirchenreformation als Werk zauberischer Mächte in Misskredit gerät. Zügig möchte man weiter die achthundert Klöster und Abteien Englands enteignen, um Heinrichs leere Staatskassen zu füllen und seine treuen Anhänger – etwa Prozesszeugen – mit großzügigen Schenkungen zu belohnen.

Annes Hinrichtung wird auf den 19. Mai 1536 festgelegt. Bis zuletzt weiß sie nicht, ob Heinrich sie als Hochverräterin verbrennen oder mit dem Beil köpfen lassen wird.

Erst eine Hinrichtung, dann eine Hochzeit

Heinrichs biegsames Gewissen nimmt diesen offensichtlichen Mord per Gesetz als gerechte Strafe für Anne hin. Der Monarch glaubt inzwischen felsenfest an ihre Untreue und bemitleidet sich aufrichtig dafür, dass er einige seiner besten Freunde aufs Schafott schicken muss, weil Black Nan sie verführt hat.

Immerhin – vielleicht ist es eine letzte Anwandlung sentimentaler Erinnerung – bestellt er einen französischen Henker für ihre Hinrichtung. Ein Meister seines Fachs, der sein Schwert lautlos unter dem Stroh des Schafotts hervorzieht und Anne so geschwind richtet, dass sich ihre Lippen angeblich immer noch im Gebet bewegen, während ihr Kopf herabfällt. Vergessen worden ist allerdings ein Sarg, weshalb Kopf und Rumpf in einer Pfeilkiste in der Towerkapelle bestattet werden müssen.

Die Legende sagt, dass Heinrich Tennis spielt, während Anne den Kopf verliert. Fest steht, dass der Fünfundvierzigjährige sich einen Tag nach ihrem Tod mit Jane Seymour verlobt und sich in den folgenden Wochen maßloser Prasserei hingibt und bis zu acht Liter Bier und Wein pro Tag trinkt. Vielleicht hatte sein Gewissen Durst.

Jane Seymour schenkt ihm 1537 den ersehnten Sohn, stirbt aber am Kindbettfieber. Noch dreimal heiratet Heinrich: 1540 die deutsche Anna von Kleve, die er jedoch so hässlich findet – »eine flandrische Mähre« –, dass er die Ehe nicht vollzieht und sofort annullieren lässt. Im Kreis ihrer Hofdamen entdeckt er einen hübschen, blutjungen Ersatz: die sechzehnjährige Catherine Howard – eine Cousine Anne Boleyns. Heinrich erlebt seinen zweiten Frühling, der jedoch jäh endet. 1542 schickt er Catherine nach eineinhalbjähriger Ehe aufs Schafott. Im Gegensatz zu Anne hat die Teen-Queen tatsächlich Ehebruch mit einem hübschen Höfling begangen und soll auch vor der Ehe mit Heinrich alles andere als eine »virgo intacta« gewesen sein.

1543 findet Henry Trost bei der attraktiven und vermögenden Witwe Katharina Parr. Bis zu seinem Tod im Jahr 1547 schlüpft sie vor allem in die Rolle seiner Krankenschwester. Der König ist zum Koloss angeschwollen, er wiegt hundertsechzig Kilo, seine Beingeschwüre sondern unablässig stinkende Eiterflüssigkeit ab, und auch sein Geisteszustand verschlechtert sich weiter. Kurz vor seinem Tod lässt er sich – beinahe – davon überzeugen, dass Katharina Parr eine protestantische Verschwörerin ist, die ihn beseitigen will. Ihr Todesurteil wird zur Unterschrift vorbereitet. Die kluge Katharina Parr entgeht ihrem Schicksal, indem sie gleich einer christlichen Scheherazade mit Heinrich nächtelang in der Heiligen Schrift liest und ihre Treue zu seiner anglikanischen Kirche betont.

Tod eines Popstars

Am 28. Januar 1547 erliegt Henry einer Blutvergiftung. Der Popstar der Renaissance stirbt als genau jener monströse Feistling, den Hohlbeins Porträts der Nachwelt überliefert haben.

Neben zwei Frauen fielen etwa siebzigtausend Menschen seiner Politik der Verfolgung, seinen Todesurteilen und seinen sinnlosen militärischen Unternehmungen zum Opfer. Allerdings: Heinrichs eher eigensüchtige Reformation von oben kostete weit weniger Menschenopfer als die Religionskriege auf dem Kontinent.

Dort starben etwa durch die Bauernkriege, Ketzerverbrennungen, die Hugenottenverfolgung, durch die Bartholomäusnacht, den spanisch-niederländischen und den Dreißigjährigen Krieg Millionen im Streit um Evangelium oder Messbuch. England machte sich unterdessen daran, die Welt zu erobern – unter der Herrschaft von Anne Boleyns Tochter Elizabeth, die aus nachvollziehbaren Gründen auf eine Ehe verzichtete und als »Virgin Queen« eine beispiellose Karriere machte.

Danksagung

Wie immer möchte ich meiner wundervollen, achtzig Jahre jungen Mutter Ruth für Ermunterung, aufmerksames Zuhören und kritisches Nachfragen danken. Alle meine Freunde und Begleiter haben mich in Zeiten des Zweifels bestärkt und trickreich aus meiner Schreibhöhle gelockt. Erwähnt sei diesmal vor allen Gaby May. Peter Noack und Gabie Baumann haben gelegentliche Schreibhemmungen aufgelöst. Für Inspiration und Ablenkung sorgte meine sechsjährige Tochter, die für den Auftritt eines Drachen im Buch plädierte und ersatzweise einen Zwerg verlangte. Letzterem Wunsch wurde stattgegeben, da kleinwüchsige Menschen bei Hof beliebt waren.

Dank gilt auch meiner einfühlsamen Lektorin Angela Kuepper und Sabine Cramer, die das Buch beim Lübbe-Verlag betreut hat.

Allen Tudor-Fans sei ein Besuch in Hampton Court empfohlen. Die dortigen Speisearchäologen laden in den Gewölbeküchen regelmäßig zu Zeitreisen an Heinrichs Hof ein. Historisch gewandet – inklusive beeindruckender Schamkapseln – brutzeln, braten und köcheln sie königliche Menüs. Die intensiven und launig-britischen Gespräche mit ihnen haben viel zur Lebendigkeit der Recherche beigetragen.

Eine dramatische Epoche. Eine starke Frau.
Eine große Liebe.
Und eine Reise auf dem Jakobsweg.

Marisa Brand
DIE TAROTSPIELERIN
Roman
480 Seiten
ISBN 978-3-404-15729-7

Köln, 1527. Für die schöne Kaufmannstochter Sidonia van Berck scheint sich ein Traum zu erfüllen: Sie soll den Ritter Adrian von Löwenstein heiraten. Doch alles kommt anders, als der durchtriebene Bruder Adrians Sidonia eine Falle stellt. Statt eines herrschaftlichen Lebens erwartet die junge, eigensinnige Frau nun ein erbitterter Kampf ums Überleben, der sie nach Spanien und auf den Jakobsweg führt. Ihren Weg begleiten der geheimnisvolle Spanier Gabriel und das stumme Mädchen Lunetta, das schon bald in den Tarotkarten sieht, welch große Gefahr auf sie alle wartet …

Bastei Lübbe Taschenbuch